HEYNE
HARD
CORE

Das Buch

Pen öffnete die Augen. Sie lag eingerollt auf der Seite, die Beine leicht ausgestreckt. Das obere Bein war eingeschlafen. Die enge Jeans hatte die Blutzirkulation abgebunden. Sie erinnerte sich nicht daran, sich auf die Seite gewälzt zu haben. War sie eingeschlafen, so wie ihr Bein? Sie spähte zum erleuchteten Zifferblatt des Weckers hinüber. Halb vier. Sie machte die Augen wieder zu. Und hörte Schritte. Die Wucht ihres Herzschlags raubte ihr den Atem. Sie vernahm nichts anderes als das Hämmern ihres Herzens. Dann einen neuerlichen leisen, kratzenden Schritt. Nicht innerhalb des Apartments, sondern auf dem Asphalt direkt vor ihrem Fenster. Das Fenster befand sich über ihrem Gesicht. Zitternd zog sie den Vorhang beiseite. Ihr gefror das Blut in den Adern ...

Mit einem ausführlichen Verzeichnis aller im Wilhelm Heyne Verlag erschienenen Werke von Richard Laymon.

Der Autor

Richard Laymon wurde 1947 in Chicago geboren und studierte in Kalifornien englische Literatur. Er arbeitete als Lehrer, Bibliothekar und Zeitschriftenredakteur, bevor er sich ganz dem Schreiben widmete und zu einem der bestverkauften Spannungsautoren aller Zeiten wurde. 2001 gestorben, gilt Laymon heute in den USA und Großbritannien als Horror-Kultautor, der von Schriftstellerkollegen wie Stephen King und Dean Koontz hoch geschätzt wird.

Besuchen Sie auch die offizielle Website über Richard Laymon unter www.rlk.stevegerlach.com

RICHARD LAYMON

DAS AUGE

ROMAN

Aus dem Amerikanischen
von Sven-Eric Wehmeyer

WILHELM HEYNE VERLAG
MÜNCHEN

Die Originalausgabe ALARMS
erschien bei Mark V. Ziesing

Unter www.heyne-hardcore.de finden Sie das komplette Hardcore-Programm, den monatlichen Newsletter sowie alles rund um das Hardcore-Universum.

Weitere News unter www.heyne-hardcore.de/facebook

FSC
www.fsc.org
MIX
Papier aus verantwortungsvollen Quellen
FSC® C014496

Verlagsgruppe Random House FSC® N001967

Vollständige deutsche Erstausgabe 10/2017

Published in arrangement with Lennart Sane Agency AB
Redaktion: Catherine Beck
Printed in Germany
Umschlagillustration: Hauptmann & Kompanie Werbeagentur, Zürich
Satz: Schaber Datentechnik, Austria
Druck und Bindung: GGP Media GmbH, Pößneck

ISBN: 978-3-453-67703-6

www.heyne-hardcore.de

Für Kathleen und Kelly Laymon,
meine Mom und meinen Dad – die mich
auf die Welt brachten, mit Liebe
aufzogen und mir immer zur Seite standen

Alles Liebe

1

Bodie rutschte und zappelte auf dem Stuhl mit der steinharten Rückenlehne herum, um irgendwie eine bequeme Sitzposition zu finden. Es war unmöglich. Das Design dieses Stuhls war zweifellos dem Hirn eines Sadisten entsprungen.

Genau wie die Musik.

Er hätte in diesem Moment im Kino sein können. Oder zu Hause in seinem Apartment, ausgestreckt in seinem gemütlichen Polstersessel, mit einem Buch in der Hand. Stattdessen saß er hier in Wesley Hall auf einem Stuhl, der seinen Hintern und sein Kreuz malträtierte wie eine Knochenmühle, und lauschte einem Streichquartett.

Die Musik plätscherte und trillerte vor sich hin.

Stinklangweilig. Doug Kershaw oder Charlie Daniels, ja, das waren Jungs, die wussten, wie man mit einer Geige umging.

Melanie würde selbstverständlich niemals auf die Idee kommen, rhythmisch mit dem Fuß aufzustampfen und mal so richtig beschwingt einen runterzufiedeln.

Sie saß dort würdevoll wie eine Leichenbestatterin, steif, den Rücken durchgedrückt, und spielte etwas, das klang wie der Soundtrack zu einem Film namens »Vier Waschlappen beim Teetrinken«.

Melanie die Melancholische.

Sie sah aus wie eine mit Selbstentleibung liebäugelnde Lyrikerin. Mager, fast so ausgemergelt wie ein Kadaver. Glattes schwarzes Haar, das bis auf die Schultern herabhing. Große dunkle, traurige Augen in einem Gesicht, das so weiß war, dass man beinahe befürchtete, die Schädelknochen hindurchschimmern zu sehen. Ein außergewöhnlich langer, bleicher, verwundbarer Hals. Und die Kropfkette natürlich – eines dieser samtenen Bänder, die sie immer um die Kehle geschlungen hatte.

Für Bodie waren ihre Kropfbänder etwas sehr Erotisches. Vor allem, wenn das alles war, was sie trug.

»Wenn ich das losbinde«, hatte er mal gefragt, »wird dann dein Kopf runterfallen?«

»Vielleicht.«

Er hatte Melanies Beine gespreizt und hinter ihren Nacken gegriffen, um das eng sitzende Band zu lösen.

»Noch nicht«, hatte sie geflüstert, die Hände um die Ohren geklammert, und dann gesagt: »Jetzt.«

Sensibel, verletzlich und ruhelos, aber nicht ohne Sinn für Humor.

Bodie veränderte seine Sitzposition. Es half ein wenig, die Beine übereinanderzuschlagen. Dieses Mal war er klug genug gewesen, einen Platz in der ersten Reihe zu wählen. Beim letzten Konzert hatte er so beengt und eingequetscht gesessen, dass ihm sogar die kleine Erleichterung, die das Kreuzen der Beine mit sich brachte, verwehrt gewesen war. Er sah auf seine Armbanduhr. Zehn vor neun. Fünfzig Minuten geschafft, siebzig noch in Aussicht. Er fragte sich, ob er es so lange aushalten konnte.

Das soeben vollendete Stück erntete leisen Applaus, und Bodie klatschte lauter als alle anderen.

Sie halten mich bestimmt für einen besonders dankbaren Zuhörer, dachte er. Und sie haben recht. Ich bin dankbar, dass es vorbei ist.

Melanie blickte ihn an. Ihre Miene blieb unverändert. Kühl, ernst und ziemlich hochmütig, wie es sich im Rahmen des Anlasses geziemte. Bodie zwinkerte.

Melanie wandte die Augen rasch ab, errötete jedoch. Die Farbe überflutete den milchigen Ton von Hals und Gesicht. Sie krümmte sich ein wenig, bevor sie den Rücken noch straffer durchdrückte, sich die Violine fest unters Kinn klemmte und steif und reglos wartete, bis die Musik wiederaufgenommen wurde.

Das neue Stück war dem letzten verdächtig ähnlich.

Und weiter geht's. Immer weiter.

Bodies Blick streifte erneut seine Armbanduhr. Es waren erst zwei Minuten vergangen.

Keine Sorge, sagte er sich. Es *wird* ein Ende finden. Irgendwann. Und danach: Freiheit. Sich dehnen und strecken. Abschalten. Entspannen. Einen netten langen Spaziergang zu Sparkey's. Eine Salami-Pizza, einen Riesenkrug Bier. Erleichterung.

Du musst nur noch bis zehn Uhr durchhalten.

Gibt es wirklich Menschen, die solche Musik *genießen*?, überlegte er. Der Saal war ziemlich voll. Ausgeschlossen, dass es sich bei sämtlichen Anwesenden um Geliebte, Verwandte oder Freunde der Künstler handelte. Nun ja, viele waren Studenten und Dozenten von der Musikabteilung. Sie werden es wahrscheinlich einfach wegschlucken, genauso wie Melanie ...

Sie zuckte, als hätte ihr jemand von hinten einen Tritt verpasst, doch in ihrem Rücken war niemand. Sie warf sich die Arme vors Gesicht. Die Geige plumpste ihr in den Schoß. Der Cellist zu ihrer Linken wich der Spitze ihres durch die Luft fliegenden Bogens aus. Sie gab keuchende Würgegeräusche von sich. Die Geige fiel zu Boden, während ein krampfartiges Zittern ihren Körper erschütterte.

Bodie sprang auf und rannte zu ihr hinüber.

Ein Anfall?

Herzinfarkt? Epilepsie?

Stolpernd kam er direkt vor Melanie zum Stehen, achtete darauf, nicht auf die Violine zu treten, und packte ihre Handgelenke. Ihre stockstarren Arme zuckten in seinem Griff, als würden Stromstöße hindurchgejagt.

»Melanie!«

Sie reagierte nicht auf seine Stimme.

Er zwang ihre Arme nach unten und hielt sie gegen die Seiten ihres wild zuckenden Körpers gedrückt. Ihr Gesicht war wenige Zentimeter vor seinem – verzerrt und grau, die Augen so verdreht, dass nur das Weiße darin zu sehen war. Ihre Zunge hing schlaff aus dem Mund. Speichel tropfte ihr Kinn hinab. Ihr pfeifender Atem wehte Bodie heiß ins Gesicht.

Jemand lief in ihn hinein. Er begriff, dass sie von einer Menschentraube umgeben waren. Die Leute murmelten, manche stellten Fragen, andere äußerten lautstark Ratschläge.

»Zurück!«, blaffte er.

Er hatte Angst. Noch nie hatte er solche Angst gehabt. Melanie sah aus, als würde sie umgebracht – von innen in Stücke gerissen oder durch Elektrizität hingerichtet.

»Sanitäter«, sagte eine Stimme hinter ihm. »Ich rufe die Sanitäter.«

»Ja, schnell!«, schrie Bodie.

Melanies Stuhl lehnte sich plötzlich nach hinten, als sie die Füße gegen den Boden stemmte. Bodie zog an ihren Armen. Der Stuhl kippte mit einem dumpfen Poltern um, und sie schlingerte ihm entgegen. Bodie wurde aus dem Gleichgewicht gebracht und taumelte rückwärts. Irgendjemand versuchte ihn aufzufangen, schaffte es jedoch nicht. Er stürzte zu Boden, mit Melanie über sich. Ihre Stirn zertrümmerte sein Nasenbein.

Mit einem Mal hörte das Beben auf, und die Starre wich aus ihren Gliedern. Sie lag reglos da. Bodie schmeckte Blut und spürte, wie es seine Kehle hinabrann und sich über seine Oberlippe und Wangen ergoss. »Bist du in Ordnung?«, fragte er.

Melanie schüttelte den Kopf. »Ich muss nach Hause«, nuschelte sie. Sie sah zu der Menge auf, die sich um sie geschart hatte. »Tut mir leid«, sagte sie und brach in Tränen aus.

Sie versicherte allen, dass sie beide wieder einigermaßen in der Spur waren. Den Sanitätern hatte man vorläufig noch nicht Bescheid gegeben. Bodie schlug ein Angebot, sie zum Krankenhaus zu fahren, aus. Er hielt ein Taschentuch auf die Nase gepresst und erklärte, er würde Melanie selbst zur Kontrolluntersuchung ins Krankenhaus bringen. Sie nickte. Ihre Augen waren stark gerötet, aber sie weinte nicht mehr. »Wir werden schon klarkommen«, sagte sie. »Vielen Dank. Ihnen allen herzlichen Dank für Ihre Anteilnahme.«

Ein Mitglied des Streichquartetts brachte Melanie ihren Instrumentenkoffer. »Ist alles drin«, versicherte ihr das Mädchen. »Deiner Geige geht es bestens.«

Ein paar Leute aus dem Pulk blieben an ihrer Seite, als sie den Zuhörerraum verließen – sie äußerten Mitgefühl oder aufmunternde Worte, stellten Fragen, waren bereit, bei einem Rückfall zu helfen. Professor Trueblood, der Leiter der Musikabteilung, ging ihnen voraus und öffnete die Türen. »Mein Wagen steht direkt da hinten. Ich werde Sie zur Notaufnahme fahren, darauf bestehe ich«, sagte er.

»Wirklich, mir geht es gut«, erklärte Melanie ihm. »Trotzdem besten Dank. Ich bin in Ordnung.«

»Ich kümmere mich um sie«, sagte Bodie durch sein vollgesogenes Taschentuch.

»Sie haben selbst eine gewisse Zuwendung nötig, junger Mann.«

»Ich komme schon klar.«

Professor Trueblood beobachtete vom Eingang zu Wesley Hall aus, wie sie die Betonstufen hinabeilten. Als sie seinem Blickfeld entschwunden waren, gingen sie langsam nebeneinander her.

Schweigend liefen sie durch die warme Nacht. Dann fragte Melanie: »Wie geht's deiner Nase?«

»Sie wird's überleben.« Er schniefte. »Ich glaube, das Bluten hat aufgehört.«

»Es tut mir leid, dass ich dich verletzt habe.«

»Es ist nichts.« Er sah sie an. »Magst du mir erzählen, was passiert ist?«

»Oh, Bodie«, flüsterte sie. Sie schlang den Arm um seinen Rücken und ließ ihre kleine warme Hand auf seiner Hüfte ruhen. »Es ist etwas furchtbar Schreckliches.«

»Ich weiß. Das habe ich gesehen.«

»Nicht das. Was ich meine, ist ... *das, was ich gesehen habe.*«

»Was hast du gesehen?«

»Meinen Dad. Es muss Dad gewesen sein. Oder meine Schwester.« Die Hand um Bodies Hüfte zog sich fester zusammen. »Mein Gott. Er ... er ist bestimmt tot. Einer von ihnen ist jedenfalls tot, garantiert. Ich ... verdammt noch mal.« Sie schluchzte. »Ich weiß nicht, wer. Aber ich glaube, es ist Dad. Als es das letzte Mal passiert ist, war es Mom.«

Bodie hielt inne. Er wandte sich um und blickte in ihre feucht glitzernden Augen. Ihr Kummer schnürte ihm die Kehle zu und versetzte ihm einen heftigen Stich in die Brust. Doch ihre Worte … Was hatte sie gesagt?

Er stopfte das Taschentuch weg und fasste sie sanft bei den Schultern. Zu spät wurde ihm bewusst, dass Blut an seinen Fingern klebte. »Ich will das verstehen«, sagte er.

Melanie versteifte sich. Sie beugte den Kopf und wischte sich mit dem Ärmel über die Nase. »Da ist etwas über mich hergefallen«, sagte sie mit zitternder Stimme. »Aber nicht nur über *mich*. Es war dunkel und laut und rannte auf mich zu, und ich wusste, ich musste ausweichen, oder es würde mich umbringen, aber ich hatte keine Zeit, es war zu schnell und hat mich erwischt. Es hat mich erwischt.«

Bodie zog sie zärtlich an sich. Sie vergrub das Gesicht an seinem Hals. Er fühlte die Nässe und das Kitzeln ihrer Wimpern. »Das hat sich in deinem Kopf abgespielt?«, fragte er leise. »Während du … gezittert hast und so?«

Er spürte sie nicken. »Himmel«, murmelte er.

»Als es schon mal passiert ist, war ich elf und im Sommerlager. Damals war es Mom.«

Sie hatte Bodie vom Verlust ihrer Mutter erzählt. Sie war in der Badewanne ausgerutscht, hatte sich den Kopf angeschlagen und war ertrunken. »Du hattest eine Art Vision – wie heute Abend?«, fragte er.

»Nicht genau wie heute Abend. Doch, ja. Deshalb weiß ich, dass Dad tot ist.«

»Du *weißt* es nicht«, widersprach Bodie. »Jedenfalls nicht mit Bestimmtheit.«

Sie gab keine Antwort.

»Komm. Lass uns ins Apartment zurück. Du kannst zu Hause anrufen. Vielleicht ist alles in bester Ordnung.«

In ihrer Wohnung, zwei Blocks vom Campus entfernt, stand Bodie still hinter Melanie, während sie die Nummer wählte. Ihr Kopf hing herab. Auf den Schultern ihrer weißen Bluse prangten die rostroten Flecken, die seine Finger dort hinterlassen hatten.

Sie lauschte eine ganze Weile in den Hörer hinein, legte dann auf und drehte sich zu ihm um. »Es ist keiner rangegangen.«

Bodie sah auf die Uhr. Halb zehn. Nach Pazifik-Zeit war es jetzt halb neun. »Vielleicht sind sie zum Abendessen ausgegangen oder so. Warum versuchst du es nicht in ungefähr einer Stunde noch mal?«

»Das wird zu nichts führen.«

»Du kannst nicht sicher sein«, sagte er. »Wie oft hast du diese ... Visionen schon gehabt?«

»Eine wie diese nur ein einziges Mal. Eine so starke wie diese. Als Mom getötet wurde.«

»Warum hast du mir nie was davon erzählt?«

Sie schwieg einen Augenblick lang und nahm ihn fest in die Arme. »Ich wollte nicht, dass du mich für eine Verrückte hältst.«

»Zum Teufel, das wusste ich doch schon.«

»Ich liebe dich, Bodie.«

»Siehst du? Das beweist, dass du eine Verrückte bist.«

»Ja.«

»Also, was willst du tun?«

»Nach Hause fahren.«

»Jetzt sofort?«

»Ja. Ich muss. Ich kann es nicht aushalten.«

»Willst du, dass ich mitkomme?«

»Würde es dir was ausmachen?«

»Nein, natürlich nicht.«

»Du kannst rechtzeitig für deine Montagskurse zurückfahren, und ich kann so lange bleiben, bis …« Sie zuckte die Achseln.

»Vielleicht stellen wir fest, dass alles in Ordnung ist.«

Sie erwiderte nichts darauf.

Während sie einander festhielten, dachte Bodie über den Ausflug nach. Das Haus ihres Vaters in Brentwood, Kalifornien, lag wahrscheinlich mehr als acht Fahrstunden von Phoenix entfernt. Wenn sie um zehn loskamen, würden sie gegen sechs Uhr morgens ankommen, fünf Uhr pazifischer Zeit.

Eine lange Fahrt, vor allem, wenn man ohne Schlaf startete. Bodie empfand jedoch einen Anflug von Aufregung angesichts der Reise – ein Trip durch die nächtliche Wüste, Melanie an seiner Seite, vielleicht eine Kaffeepause an einem Diner. Es würde wie ein kleines Abenteuer sein, obwohl der Anlass alles andere als erfreulich war.

»Lass uns zusammenpacken«, sagte er, »und Gas geben.«

2

»Er hat Haus angezündet. Er denken, ›Haha, ich verbrenne Leiche, dann keine Leiche.‹ Er denken, ›Ich schlaues Kerlchen.‹ Nicht besonders schlau. Braucht mehr als brennendes Haus, um Leiche loszuwerden. Hat sie bloß wie ein Stück Rindfleisch gekocht.«

Der Gerichtsmediziner vom Los Angeles County grinste und nickte weise, als seine Bemerkung bei Teilen seines Publikums Kichern und Stöhnen hervorrief. Pen sah sich um. Der elegante Asiate, eine Mischung aus Quincy und Charlie Chan, hatte die Zuhörerschaft in seinen Bann geschlagen. Alle waren begeistert, kauften ihm jedes Wort ab, fraßen ihm förmlich aus der Hand.

Sie war froh darüber, schlussendlich genug Mut aufgebracht zu haben, an einem dieser Treffen teilzunehmen. Obwohl sie bislang erst eine Geschichte verkauft hatte, war es etwas ganz Besonderes für sie, zwischen so vielen Krimiautoren zu sitzen.

Gary Beatty lehnte sich auf seinem Platz zur Seite, wodurch seine Schulter ihre streifte. Er nahm die schlanke Zigarre aus dem Mund. »Der Mann versteht zu reden«, sagte er und verzog auf Sam-Spade-Art den Mundwinkel. »Zu schade, dass er kein Englisch spricht.«

Gary war die erste Person gewesen, die sie heute Abend hier getroffen hatte. Sie war früh angekommen, hatte in einer

Nebenstraße nah des Los Angeles Press Club einen Parkplatz gefunden, war mit ihrem aufgespannten Schirm durch den Regen gehastet und hatte sich kaum an der Bar des Presseclubs niedergelassen, als er sich auch schon auf den Hocker neben ihr schwang.

»Hey, Allen«, begrüßte er den Barkeeper.

»Wie geht's, Gary?« Die Stimme von Allen, einem Asiaten, klang wie die von Paul McCartney. »Was kann ich für dich tun? Coors oder Bud?«

»Bring mir ein Coors.«

Allen mixte Pens Wodka-Tonic fertig und stellte ihn vor ihr ab. Pen ließ ihre Handtasche aufschnappen. Gary schüttelte den Kopf. »Das geht auf mich«, sagte er.

»Nein, wirklich ...«

»Einem geschenkten Gaul schaut man nicht ins Maul.«

»Tja ...«

»Zwing mich nicht, dich mit Gewalt zu überreden, Süße. Wir könnten beide allzu viel Spaß daran entwickeln.«

Sie unterhielt sich und trank zwanzig Minuten lang mit Gary. Dann führte er sie hoch zum Versammlungsraum.

»Das wird die Spreu vom Weizen trennen. In diesem Fall: die echten Kerle von den Weicheiern«, meinte Gary, als die Deckenlampen erloschen.

»Glaubst du, er zeigt Leichen?«, fragte Pen.

Gary warf den Kopf in den Nacken und blies einen Rauchkringel aus. »Es würde mich nicht im Geringsten wundern.«

Die ersten Bilder zeigten die Hauptniederlassung der Gerichtsmedizin von Los Angeles und eine Flotte goldener Transporter. Untermalt wurden die visuellen Informationen von durch einen Leichenbeschauer runtergeleierter statistischer Daten bezüglich der Größe seiner Abteilung, ihres

Jahresetats und der Anzahl an Leichen, mit denen man es im vergangenen Jahr beziehungsweise im Monatsdurchschnitt zu tun hatte. Wie Pen bemerkte, machte sich Gary Notizen. »Unser Geschäft floriert«, sagte der Gerichtsmediziner. Sein Tonfall klang ziemlich vergnügt.

Dann wurde es langsam unangenehmer.

Ein Foto vom Obduktionsraum. Operationstische aus Edelstahl. Tabletts mit Operationsbesteck. Waagen, um das Gewicht herausgeschnittener Organe zu bestimmen. Abgeschrägte Liegen mit Abflussrinnen am Fußende, um die Flüssigkeiten aufzufangen.

Pen wurde bewusst, dass sie den Atem anhielt. Sie stieß ihn aus, holte tief Luft und nahm einen Schluck vom Wodka-Tonic, den sie von der Bar mit raufgenommen hatte.

Das nächste Bild zeigte ein Feld im Sonnenlicht. Einer der goldenen Lieferwagen stand neben ein paar Polizeiautos. Etliche Männer standen am oberen Bildrand bis zu den Knien im Unkraut. »Netter Platz zum Picknicken, aber wir haben Kundschaft.« Der Diaprojektor klickte und summte. Die Kundschaft erschien.

Eine Frau. Sie lag ausgestreckt, mit dem Gesicht nach unten. Ihre Haut war blaugrau und aufgebläht. Ihre nackten Fußsohlen waren schmutzig. Neben ihr sah man die Schuhe und Knöchel der Männer von der vorherigen Einstellung. »Sie noch nicht lange hier liegt. Die Nacht über vielleicht.«

Eine Nahaufnahme ihres Hinterns. Was aus der entfernteren Ansicht ausgesehen hatte wie ein dunkler Schmutzfleck, entpuppte sich eindeutig als Quetschung um eine Bisswunde herum. »Unser Mörder macht großen Fehler. Knutschflecken. Zahnspuren nicht ganz so gut wie Fingerabdrücke, aber fast. Gut für uns, schlecht für ihn. Vielleicht wir kriegen Speichelprobe. Wenn er etwas absonderte, wir können Blutgruppe über Speichel ermitteln. Ihn einordnen und besser bestimmen.«

Das Bild wich einem anderen.

Eine weitere nackte Frau. Üppiger gebaut als die andere. Sie lag mit dem Gesicht nach unten auf einem Tisch in der Autopsie. Der kleine Mann trat nah an die Leinwand heran und wies mit einem Finger auf ihr Hinterteil. Beide Pobacken waren eine einzige violett-graue Masse. »Leichenflecke. Wenn Herz zu schlagen aufhört, wirkt Schwerkraft aufs Blut. Blut sackt ab.« Er zeigte auf weitere Flecken auf den Schulterblättern und den Rückseiten ihrer Beine. »Sieht wie schlimmster Knutschfleck der Welt aus. Doch wir wissen, sie schlug nach dem Tod auf den Rücken. Mutter Natur man kann nicht zum Narren halten.«

Gary ächzte. »Welch ein Witzbold«, murmelte er.

Pen atmete so scharf wie zitternd ein. Sie fühlte sich leicht benommen und schwach. Irgendwas stimmt nicht mit mir, dachte sie. Zu viel Wodka? Sie wollte noch einen Schluck nehmen, traute sich allerdings nicht.

Das nächste Dia präsentierte einen Mann.

Er lag lang rücklings auf einem Tisch. Ein blaues Tuch verdeckte sein Gesicht. Er war nackt. Seine Haut war rot. »Dies keine Leichenflecke, dies kein Sonnenbrand, dies Zyanose. Blausucht.« Er fuhr fort.

Pen starrte auf den schlaffen Penis der Leiche, zwang sich, den Blick abzuwenden, sah wieder hin.

Sie schloss die Augen. Ihr Gesicht fühlte sich kalt und taub an. Sie rieb mit einer Hand darüber. Es war feucht.

Das, dachte sie, nennt man kalten Angstschweiß.

Himmel.

Was mache ich hier?

Dann folgte die Großaufnahme einer ausgemergelten toten Miene. Ein Mann mit Schnurrbart und etwas Weißem in den Haaren seines linken Nasenlochs. »Natur immer emsig arbeitet«, sagte der fröhliche Leichenbeschauer.

In Pens Ohren klingelte es.

Er wies auf den weißen Fleck. »Fliegeneier. Fliegeneier wie kleine Uhren, sehr nützlich. Wir wissen, sie nach dem Tod dort abgelegt, also …«

Pen stellte ihren Drink auf dem Boden ab und ergriff Regenschirm und Handtasche. Sie erhob sich auf ihre wackeligen Beine, schob sich an Garys Knien vorbei und ging an der Seitenwand des Raums entlang bis zum oberen Ende der Treppe. Das enge Treppenhaus wirkte sehr steil. Sie hielt inne und fragte sich, ob sie den Abstieg wagen würde. Sollte ich verdammt noch mal schleunigst tun, dachte sie. Muss hier raus, bevor ich kotze.

Sie hängte sich den Schirmgriff über das linke Handgelenk, klammerte sich an das hölzerne Geländer und ging langsam die Treppe hinab.

Ihr Mund füllte sich unablässig mit Speichel. Die Treppenflucht erschien ihr finsterer, als sie sollte. Wenn sie blinzelte, herrschte darin eine stahlblaue Aura. Sie krallte sich am Geländer fest, ließ die Hand daran hinabgleiten und war darauf gefasst, noch fester zuzupacken, falls ihre Beine nachgaben.

Du wirst in Ohnmacht fallen oder dich übergeben, dachte sie. Entweder das eine oder das andere. So oder so. Unvermeidlich.

Mein Gott, was für eine Katastrophe.

Fliegeneier.

Sie würgte, ihre Kehle brannte und dehnte sich, und Tränen stiegen ihr in die Augen.

Dann hatte sie den Fuß der Treppe erreicht und atmete tief die frische kühle Luft ein. Es half. Der Regen klang wohltuend, wie er da vor ihr aufs Pflaster prasselte. Er schien inzwischen stärker zu fallen als zuvor.

Sie fühlte sich nach wie vor zittrig, aber ihre Sicht war klarer, und der kalte Krampf in ihrem Magen schien sich zu lösen. Sie schürzte die Lippen und riss dann den Mund weit auf. Die Taubheit war aus ihren Wangen gewichen.

Während sie den Regenschirm aufspannte, überlegte sie, was sie anstellen sollte. Eins war klar, sie konnte nicht zurück nach oben. Was zwei Möglichkeiten offen ließ: entweder quer durch den Hinterhof zur Presseclub-Bar und warten, bis die Versammlung endete, oder zurück nach Hause.

Gary würde eventuell in der Bar vorbeischauen, nachdem die Sitzung beendet war. Doch darauf konnte sie sich nicht verlassen. Und wenn er auftauchte, könnte das außerdem Ärger geben.

Wahrscheinlich würde es darauf hinauslaufen, dass sie ihn sich mit mehr oder weniger Mühe vom Hals halten musste.

Am besten einfach verschwinden.

Sie trat aus dem Eingangsbereich. Der Regen trommelte auf ihren Schirm, während sie den Hof durcheilte und die Betonstufen zum Parkplatz hinunterlief.

Zwanzig Minuten später zog sie die Wohnungstür hinter sich zu und hängte den tropfenden Regenschirm an seinen Haken. Sie drückte den Hintern gegen die Tür, um sich Halt zu verschaffen, zog die Stiefel aus und trug sie ins Schlafzimmer, während sie auf dem Weg dorthin die Lichter einschaltete.

Es tat gut, sich aus den Klamotten zu schälen. Sie schob den feuchten Rock auf einem Kleiderbügel in den Schrank, schlüpfte in ein Paar alter Mokassins und zog ihren Morgenrock an, der angenehm weich auf ihrer Haut lag.

Im Badezimmer schaltete sie das Licht ein, bevor sie in die Küche ging und eine Flasche Burgunder aus dem Kühlschrank holte.

Ein Glas Wein, ein gutes Buch, ein langes heißes Bad – das wahre Luxusleben. Dafür lohnte es sich, nach Hause zu kommen.

Mit einem leisen, aber vernehmlichen Knall kam der Korken aus der Flasche.

Sie trug den Wein zur Essecke und entnahm der Vitrine ein Kristallglas, das sie füllte, als sie zurück im Badezimmer war. Sie trank, und der Wein war in ihrem Mund zunächst schneidend kalt und dann, als sie schluckte, angenehm warm. Seine Hitze durchströmte sie, breitete sich in ihrem ganzen Körper aus.

Schön, dachte sie.

Das wird sehr schön sein, weitaus netter, als in der Presseclub-Bar herumzusitzen.

Mit Gary hätte sich was entwickeln können.

Vergiss es.

Er hätte lediglich versucht, sie direkt rumzukriegen. Wie alle Typen. Wenn man nicht willig war, versuchten sie es mit Gewalt. Zur Hölle mit ihnen.

Sie stellte Glas und Flasche neben der Wanne ab – ganz am Ende, damit sie gut rankäme, wenn sie drinsaß. Sie kniete sich hin, stöpselte den Abfluss zu und drehte das Wasser auf. Sie regelte die Temperatur auf das richtige Maß, gerade so heiß, dass man es noch aushalten konnte, trocknete sich die Hände ab und ging ein Buch holen.

Ihr lose gebundener Bademantel stand offen. Sie ließ es so, da sie sich wohlfühlte und außerdem zu träge war, ihn anständig zu verknoten.

Sie betätigte den Lichtschalter in dem Zimmer, das als ihr Büro fungierte. Auf der Ecke ihres Schreibtischs lag der neue Roman von Dean R. Koontz. Es wurde langsam spannend, war aber ein Hardcover. Bücher mit festem Einband waren im Bad tabu.

Sie näherte sich ihrem Bücherregal und jaulte vor Schmerz, als sich die spitze Ecke des Tischs in ihren Oberschenkel grub. Sie umklammerte die Stelle und ließ sich auf den Stuhl fallen.

»Jesus«, zischte sie.

Als der Schmerz abklang, hob sie die Hand. Kein Blut an ihrem Bein, aber ein Stück der obersten Hautschicht war abgeschabt, stand weiß ab und legte das rosig schimmernde Fleisch darunter frei.

Ein Schauer durchfuhr sie, und sie stieß verärgert die Luft aus.

Verdammt, warum habe ich nicht darauf geachtet, wohin ich laufe? Das wird ein Vergnügen, wenn es mit dem heißen Badewasser in Berührung kommt.

Von ihrem Sitzplatz aus konnte sie das Wasser rauschen hören.

Sie machte Anstalten, sich zu erheben.

Und dann fiel ihr Blick auf den Anrufbeantworter neben ihrer Schreibmaschine. Das rote Licht brannte. Sie sah genauer hin.

Vier Anrufe in Abwesenheit? Ziemlich betriebsamer Abend.

Sie spulte das Band zurück, drückte auf Wiedergabe, wandte sich ab und ging Richtung Bücherregal.

»Hallo Schatz.« Pen erkannte die Stimme des Mannes nicht. »Schade, dass du nicht da bist. Ich wollte mich mit dir über meinen großen harten Schwanz und deine saftige dampfende Fotze unterhalten.«

Die Worte verschlugen ihr den Atem. Sie wirbelte herum und glotzte das Aufnahmegerät aus braunem Plastik an.

»Wie fändest du es, wenn ich dir das Hirn rausficken würde, hä? Ja, ich schiebe ihn dir direkt in ...«

Sie stürzte zum Tisch, Arm und Zeigefinger ausgestreckt, um die Stimme mit einem Knopfdruck zum Schweigen zu bringen. Der Apparat kam ihr zuvor. Ein leises Piepen signalisierte das Ende der Nachricht.

Pen hatte weiche Knie. Sie stützte sich auf dem Schreibtisch ab, die Ellbogen durchgedrückt, die Handflächen auf das kühle Holz gelegt.

Zweite Nachricht.

Dieselbe Stimme.

»Was hältst du davon, wenn ich meine Zunge in ...«

Sie hämmerte auf die Stopptaste.

Schloss die Augen. Senkte den Kopf. Atmete heftig ein und aus, während ihr das Herz in der Brust hämmerte.

Verfluchter geisteskranker Perverser. Gut, dass ich nicht zu Hause war. Besser Fliegeneier als ...

Pen öffnete die Augen. Erblickte flüchtig das blonde Haarbüschel zwischen ihren Beinen. Zog ruckartig den Bademantel zusammen und schnürte den Gürtel fest zu. Sah auf das Gerät.

Vielleicht hat der Drecksack nach zwei Anrufen aufgegeben.

Sie drückte auf schnellen Vorlauf und beobachtete, wie der Zähler sich drehte. In Ordnung, dritte Nachricht. »... spritze in deinem Maul ab. Ich will dir meine Ladung die Kehle runter ...«

Sie knallte die Faust auf die Auswurftaste. Die Kassette schnellte empor. Sie riss das Band aus dem Anrufbeantworter und schleuderte es weg.

3

Sie hatten Phoenix seit einer Stunde hinter sich gelassen und fuhren auf dem Highway 10 Richtung Westen. Die Frontscheinwerfer des VW-Busses glitten ihnen voran durch die Dunkelheit und erhellten jenseits des Standstreifens mehr, als Bodie für sehenswert hielt.

In der Abzäunung hatten sich eine Menge Steppenläufer verhakt. Darin schien ihr einziger Daseinszweck zu bestehen.

Hinter dem Zaun war nichts.

Rein gar nichts.

Zum Teufel, da draußen ist eine ganze Menge, dachte er. Eine Menge Felsen und Sand und Kakteen und Spinnen und Skorpione. Und Steppenläufer.

Ihm kam eine alte Folge von *Thriller* oder *The Outer Limits – Die unbekannte Dimension* (nicht so einfach, die beiden Serien auseinanderzuhalten) in den Sinn, in der sich ein Pärchen in einer Gegend wie dieser verfuhr und von den verdammten Steppenläufern geholt wurde. Sie umzingelten sie, kamen näher und näher, und …

Ein bleiches Gebilde von der Größe eines Mülleimers huschte durch die Scheinwerferkegel. Bodies Fuß sprang aufs Bremspedal. Bevor er es durchtreten konnte, wurde das Ding bereits von seiner Fahrspur geweht.

Ein Steppenläufer. Muss über den Zaun gesprungen sein.

Es sah wie ein gigantisches Knäuel toter Äste aus.

Skelettartig.

Er spürte ein Kribbeln im Nacken.

»Sie kommen und holen dich«, sagte er, womit er seine Lieblingsdialogzeile aus *Die Nacht der lebenden Toten* zitierte. Er bemühte sich, ein Lächeln aufzusetzen.

Melanie wandte sich ihm zu. Ihr Gesicht war ein fahles Oval mit dunklen Flecken für Augen und Mund darin. »War nur Spaß«, sagte er.

Sie gab keine Antwort.

»Erinnerst du dich an die alte *Thriller*-Folge? Vielleicht war es auch *Outer Limits*. Dieses Paar war ... Hey, würdest du bitte das Schweigen einstellen?«

»Ich war so schrecklich zu ihm. Ich habe nie aufgehört, ihm Vorwürfe zu machen wegen ... wegen dem, was Mom zugestoßen ist. Ich weiß, dass es nicht seine Schuld war, aber er war dabei, direkt im Haus. Wenn er doch nur gehört hätte, wie sie gestürzt ist ... Wenn ich doch da gewesen wäre, statt weit weg im Lager.«

»Wer hat dich ins Lager geschickt?«, fragte Bodie.

»Sie beide. Mom und Dad. Ich wollte gar nicht fahren, aber sie meinten, es wäre eine entwicklungsfördernde Erfahrung. Sie hielten mich für zu unselbstständig und verschlossen und dachten, das Camp würde mir helfen, ›aus mir rauszukommen‹. Ich hatte keine Wahl und musste gehen. Ich weiß, dass ich mich nicht für Moms Unfall verantwortlich fühlen sollte. Und auch Dad konnte nichts dafür. Es war ebenso wenig sein Fehler wie meiner. Aber manchmal passt das, was man weiß, nicht zu dem, was man fühlt. Weshalb es danach zwischen meinem Dad und mir nie mehr so richtig lief. Ich habe es versucht ... Ich konnte ihm einfach nicht verzeihen, und mir auch nicht. Dann haute er ab und heiratete wieder.«

»Sofort?«

»Nein. Ich war in der zweiten Highschool-Klasse. Das hat alles endgültig kaputt gemacht. Ich meine, er ging auf die sechzig zu, und Joyce war, keine Ahnung, um die sechsundzwanzig. Es war ekelhaft. Damit kam ich überhaupt nicht klar. Ich zog zu meiner Schwester und habe bei ihr gelebt, bis ich mit der Highschool fertig war. Ich konnte einfach nicht ...« Ihre Stimme zitterte. »Jetzt ist er tot, und ich werde nie ...« Sie fing an zu weinen.

»Du weißt nicht mit Bestimmtheit, dass er tot ist«, versuchte Bodie sie zu beschwichtigen.

»Ich weiß es. Ich weiß es einfach.«

»Wir suchen eine Tankstelle. Irgendwo hier in der Ecke muss es eine geben. Ich möchte, dass du noch mal anrufst.«

»Das bringt sowieso nichts.«

»Jedenfalls vertraust du deiner Vision vielleicht ein wenig zu sehr. Du könntest komplett falsch liegen.«

Sie schniefte und schwieg.

»Du hast selbst zugegeben, dass du dir nicht sicher warst, um wen genau es sich bei dem Opfer handelte. Du meintest, es könnte dein Vater oder deine Schwester sein.«

»Es war Dad.«

»Jetzt bist du dir sicher?«

»Ja.«

»Hör mal, vielleicht ist das einer dieser Fälle, bei denen jemand in die Zukunft sieht. So eine Art Vorahnung? Wenn das stimmt, dann könnte es der Teil oder die Absicht irgendeines verborgenen Plans sein, hinzufahren und es zu verhindern. Wäre das eine Möglichkeit?«

»Keine Ahnung«, murmelte Melanie.

Immerhin kein striktes Ableugnen. Bodie hatte das Gefühl, einen Durchbruch geschafft oder zumindest einen Riss in ihrer Gewissheit erzeugt zu haben. »Als du die Vision mit deiner Mutter hattest, war das vor oder nach ihrem Unfall?«

»Exakt zum selben Zeitpunkt. Ich hatte sie, während sie ertrank.«

»Okay, das ist die einzige bedeutsame Erfahrung, die du mit dieser Sache gemacht hast. Dieses Mal könnte es komplett anders ablaufen. Eigentlich ist es, wenn man genauer darüber nachdenkt, doch fast immer und bei fast allen Dingen so, dass sich das zweite vom ersten Mal ziemlich deutlich unterscheidet. Überleg mal. Dein erster Drink, deine erste Verabredung, der erste Sex. Ich weiß auf jeden Fall, dass es beim zweiten Mal anders war – geradezu ein Unterschied wie Tag und Nacht.«

»Schön für dich, dass du die Angelegenheit so locker nehmen kannst.«

»Ich versuche nur, dir zu helfen, Mel. Du bist völlig durch den Wind wegen dieser Geschichte, aber es ist nicht ausgeschlossen, dass deine Vision nicht das war, wofür du sie hältst. Ich will lediglich andeuten, dass mit deinem Vater – oder wem auch immer – nach wie vor alles in Ordnung sein könnte. Vielleicht war es eine Warnung, die dich dazu bringen sollte, rechtzeitig dort aufzuschlagen, um das, was du gesehen hast, zu verhindern.«

»Wäre wahrscheinlich möglich«, lenkte sie ein. Allerdings klang ihre Stimme nicht besonders überzeugt.

Es *ist* möglich, sagte er sich.

Verdammt noch mal, vielleicht war der ganze Kram von vorne bis hinten eine Ausgeburt ihrer Fantasie. All die Schuldgefühle bezüglich ihres Vaters, wahrscheinlich der unbewusste Wunsch, er möge abkratzen, und Gott weiß was für andere Komplexe und Neurosen, die in ihrem Hirn herumspuken. Eine psychische Zeitbombe, die früher oder später hochgehen musste.

Er beschloss, diese Theorie für sich zu behalten.

Das Letzte, was sie jetzt gebrauchen konnte, war, dass Bodie andeutete, sie könne einen Sprung in der Schüssel haben.

Wir werden es schon bald herausfinden, dachte er. Sollte sich rausstellen, dass ihr Vater heute Abend endgültig die Anker gelichtet hatte ...

Vor sich sah Bodie eine Oase. Lichter, Gebäude, ein Shell-Emblem hoch auf einem Pfosten. Nicht mehr weit.

Er steuerte seinen Transporter in Richtung Ausfahrt und kurvte den einspurigen Weg auf die Shell-Tankstelle zu. Ihr gegenüber befand sich eine zweite Tanke, wo ein beleuchtetes Holzschild »Günstigen Sprit« feilbot. Daneben standen ein Denny's-Diner und ein flaches Ziegelbauwerk mit einer blinkenden blauen Neonschrift, die »Bingo's Bar and Grill« lautete.

Melanie beugte sich vor, um einen Blick auf die Tankanzeige zu werfen. »Ist noch halb voll«, sagte sie.

»Lieber einmal zu viel als einmal zu wenig.«

»Wenn wir schon halten, kann ich auch gleich anrufen, schätze ich.« Ihrem Ton nach schien sie nicht besonders erpicht darauf zu sein.

Bodie hielt neben den Selbstbedienungssäulen der Shell-Station an. Direkt vor ihnen, am Rand des Parkplatzes, standen zwei öffentliche Fernsprecher. »Willst du anrufen, während ich den Tank vollmache?«

»Ich muss aufs Klo.«

Sie stiegen aus dem Van. Bodie trat zur Zapfsäule, hakte den Tankstutzen aus und zog den Starthebel. Er beobachtete Melanie. Sie ging mit gesenktem Kopf, wirkte niedergeschlagen und verletzlich. Das war alles andere als untypisch für sie, eher ein Dauerzustand, und es weckte in Bodie immer den Wunsch, sie in den Arm zu nehmen und zu trösten. Seine Augen wanderten über ihre Cordhose, die locker, aber gleichzeitig eng genug saß, um das Spiel ihrer Hinterbacken hervorzuheben. Er stellte sich vor, seine Hand den Bund hinabgleiten zu lassen. Die kühle Glätte. Er fragte sich, ob sie einen Slip trug.

Heute Abend trägt sie vermutlich einen Slip, befand er. Als sie sich für die Reise umgezogen hatte, war Sex garantiert das Letzte gewesen, was ihr durch den Kopf gegangen war.

Sie verschwand hinter einer Ecke des Gebäudes. Bodie drehte den Tankdeckel ab und schob die Tülle in die Öffnung.

Das sind die milden Nächte Arizonas, dachte er. Die machen jeden Kerl ein bisschen geil.

Wenn sie telefoniert und alles in Ordnung ist, würde er danach vielleicht vom Highway abbiegen …

Hör auf mit dem Quatsch.

Im Fond eines Vans ist es immer fantastisch. Dieses gewisse Risiko, entdeckt zu werden, das die Sache noch reizvoller und aufregender machte …

Der Tankstutzen schaltete sich ab. Er hakte ihn wieder in der Zapfsäule ein, verschloss den Tankdeckel und begab sich zum Schalter. Er war fast dort angekommen, als Melanie hinter der Ecke des Gebäudes auftauchte und sich die Hände an ihrer Cordhose abwischte.

»Keine Trockentücher?«, fragte er.

»Einer dieser dämlichen Heißluftapparate.«

»Ich fahre den Transporter zu den Telefonzellen rüber.«

Sie nickte und ging weiter. Bodie trat in den Schalterraum, bezahlte das Benzin und kam wieder raus.

Melanie stand vor einem der Fernsprecher und kramte in ihrer Handtasche herum.

Abgesehen von Bodies Van, war die Tankstelle leer und verlassen. Er entschied sich, den Wagen doch zu lassen, wo er war, und hielt auf Melanie zu. Sie blickte zu ihm auf. »Probleme?«, rief er.

»Ich habe nur einen Vierteldollar.«

Er zog seine Brieftasche hervor. »Ruf mit Karte an«, sagte er. »Meine muss hier irgendwo sein.« Als er bei ihr ankam, hatte er seine Telefonkarte gefunden.

»Danke«, sagte sie.

Er erklärte ihr, wie man sie benutzte.

Als sie die Nummer wählte, trat Bodie dicht an ihren Rücken heran. Sanft umfasste er ihre Schultern. »Alles wird gut sein«, sagte er. Sie nickte, wobei ihr Haar über seinen Mund und sein Kinn streichelte.

Sie las für den Telefonisten die Zahlenkombination der Karte ab.

Er fühlte, wie sich ihr Körper anspannte.

»Ein Freizeichen. Es klingelt«, sagte sie.

Er massierte ihre Schultern und spürte unter dem feinen Stoff ihrer Bluse die Träger ihres BHs.

»Es geht keiner ran«, sagte sie.

»Warte einen Moment. So was kann dauern.« Bodie drückte ihr seine Lippen an den Hinterkopf. Ihr Haar verströmte einen schwachen, angenehmen Duft nach Zitronen.

»Es bringt nichts. Niemand zu Hause.«

Sie legte auf, wandte sich um und sah Bodie von unten mit ihren aufgerissenen, leidvollen Augen an.

»Ich wünschte, ich könnte dafür sorgen, dass alles in Ordnung ist«, sagte er.

»Das weiß ich.«

»Pass auf, vielleicht gibt es jemand anderen, den du anrufen kannst. Einen Nachbarn zum Beispiel?«

Sie biss sich auf die Unterlippe und runzelte die Stirn.

Dann fing sie an, in ihrer Handtasche herumzuwühlen. Als ihre Hand wieder zum Vorschein kam, hielt sie darin ein kleines rotes Büchlein.

Pens Augen flogen Zeile für Zeile über die Seite. Sie dachte, sie würde die Taschenbuchausgabe des Romans lesen. Ihr Blick folgte den Reihen aus Wörtern, und ihr war nicht bewusst, dass der Inhalt nicht bis in ihren Verstand vordrang.

Schade, dass du nicht da bist. Ich wollte mich mit dir unterhalten.

Was, wenn er noch mal anruft?

Mein großer harter Schwanz ... deine saftige dampfende Fotze.

Er ist irgendwo da draußen. Ein geisteskranker Perverser. Und er denkt an mich.

Vielleicht greift er in diesem Augenblick zum Telefon.

Pen blätterte eine Seite um. Ihre Augen folgten den Sätzen, während sie lauschte, jederzeit damit rechnend, dass das entfernte Schrillen ihres Telefons ertönte. Alles, was sie hörte, war ein langsames Tröpfeln von Wasser in der Nähe ihrer Füße.

Vielleicht ruft er nie wieder an.

O doch, das wird er. Unter Garantie.

Vier Anrufe allein heute Abend.

Wahrscheinlich vier, denn sie hatte sich nur drei zugemutet.

Ihm gefällt der Klang meiner Stimme.

Vier Mal hatte sie zu ihm gesprochen. *Hallo. Tut mir leid, aber ich kann Ihren Anruf gerade nicht entgegennehmen. Wenn Sie Ihren Namen und Ihre ...* Vier Mal war ihre Stimme durch die Leitungen geschossen und wie ein intimes Flüstern an seinem Ohr wieder herausgekommen. Sie sah ihn allein in einem Raum sitzen, allein mit ihrer Stimme. Das Licht war ausgeschaltet, sodass er in der Dunkelheit so tun konnte, als wäre mehr als nur ihre Stimme anwesend – dass er sich ausmalen konnte, dass es Pens Hand war, die ihn dort im Finsteren liebkoste, oder Pens Mund, der an ihm saugte, oder ...

Das war's mit dem Anrufbeantworter.

Er wird keine weitere Gelegenheit erhalten, meine Stimme zu missbrauchen.

Verschenke ihn. Gib ihn Dad. »Ich will das verdammte Ding nicht«, würde er sagen. »Tu der Welt einen Gefallen, und schmeiß das Teil ins Meer.« Das wäre allerdings kein schlechter Witz. Ihn in Geschenkpapier einwickeln und dann sein Gesicht beobachten, wenn er das Päckchen aufreißt. Pen lächelte, als sie sich seine Reaktion vorstellte.

Hey, schoss es ihr durch den Kopf. Glückwunsch, du denkst an Dad, nicht an diesen ...

Was hältst du davon, wenn ich meine Zunge in ...

Verdammte Scheiße.

Ihre Schenkel schlossen sich sprunghaft, wodurch eine Welle warmen Wassers aufgewirbelt wurde, die gegen die Unterseite ihrer Brüste schlug. Sie blätterte wieder um und las weiter. »Penny krümmte sich unter dem Bett vor Schmerzen ...« Hoppla, das Mädel trägt *meinen* Namen! Sie blätterte ein paar Seiten zurück. Der Name Penny sprang ihr fast aus jedem Abschnitt entgegen. Wer zum Geier war Penny? Was geschah da eigentlich? Sie überflog, was sie bisher gelesen hatte, und ihr wurde klar, dass sie nichts davon erfasst hatte.

Mit einem Seufzer setzte sie sich auf, griff über die Badewannenwand und legte das Buch neben der Weinflasche auf den Boden. Ihr Glas, das auf dem Wannenrand stand, war leer. Sie griff es sich, holte die Flasche dazu und füllte es.

Ich sollte mich amtlich volllaufen lassen, dachte sie.

Sie trank das Weinglas zur Hälfte aus, goss sich nach und stellte die Flasche dann vorsichtig auf dem Wannenrand ab.

Genau, schieß dich so richtig ab, und dann schlägst du dir, wenn du aus der Wanne steigen willst, vielleicht den Schädel ein, und ... Wie die Mutter, so die Tochter. Und schon haben sich die Sorgen über den netten Perversen von nebenan für immer erledigt.

Sie ließ sich – bedacht darauf, nichts zu verschütten – wieder in die feuchte Hitze sinken, dieses Mal tiefer. Ihr Kopf traf auf das aufblasbare Rückenkissen. Sie hielt sich das Glas nah vors Gesicht und starrte durch den blauroten Burgunder.

Die Farbe von Leichenflecken.

Mom ...

Himmelherrgott, fang nicht an, an sie zu denken.

Dieser Abend hatte sich auf jeden Fall zu einem besonders gelungenen entwickelt.

Irgendein Widerling, den ich nicht einmal kenne ...

Woher weiß ich, dass ich ihn nicht kenne?

Die Stimme.

Er könnte seine Stimme verstellt haben, um sich zu tarnen.

Obwohl: Ruft diese Sorte Typen nicht üblicherweise bei Fremden an? Das Telefonbuch aufschlagen und blind irgendeinen Namen auswählen, solange es nicht der eines Mannes ist. Für den alten Trick mit dem Vornamen-Initial spricht auch nicht besonders viel. Wenn er P. Conway sieht, weiß er, dass es sich um keinen Peter handelt.

»Kein Peter hier«, brummte sie. »Nein, in der Tat nicht.«

Sie wollte einen Schluck nehmen.

Und merkte zu spät, dass sie sich dazu hätte aufsetzen müssen.

Der Rand des Glases befand sich beinahe an ihren Lippen, als dessen Fuß ihre Brust berührte. Nur ein leichtes Antippen. Wein schwappte ihr in den Mund und ergoss sich über ihr Kinn. Würgend drückte sie sich hoch. Sie versuchte den Wein im Mund zu behalten, begriff, dass er aus ihrer Nase sprudeln würde, wenn sie sich nicht davon trennte, und spuckte ihn hustend aus. Der Wein färbte das Wasser zwischen ihren Beinen rosarot.

Sie keuchte, schnaufte und nahm einen tiefen Atemzug, der ihr in der Lunge stach.

Äußerst geschickt und elegant.

Sie blinzelte sich Tränen aus den Augen.

Ich setze auf Mom noch einen drauf und ersaufe an einem Mundvoll Charles Krug.

Tod, wo ist dein Stachel?

Die rosafarbene Wolke breitete sich aus und verflüchtigte sich, doch der süße Duft des Weins hing in Pens Nasenlöchern.

Sie trank, was noch im Glas war, und stellte es dann zur Seite.

Sie zog die Füße über den Wannenboden und hob die Knie aus dem Wasser. Beugte sich vor. Schnüffelte an ihnen. Ein angenehmer Geruch, aber wenn sie nichts dagegen unternahm, würde es ihr eventuell leidtun. Er würde wie verschüttetes Parfüm an ihr kleben und nach einer Weile einen unangenehm süßlichen bis ekelerregenden Gestank verströmen.

Ein rundum gelungener Abend. Unter einem leuchtenden Sternenhimmel. Unvergesslich.

Sie spreizte die Knie weit, beugte sich dazwischen und zog an der Kette des Abflussstöpsels. Die Gummischeibe löste sich mit einem satten Rülpser. Auf der Oberfläche des Wassers bildete sich ein kleiner Strudel, und der Pegel fiel langsam ab.

Eine schnelle Dusche.

Sie hasste es zu duschen.

Man konnte keinen einzigen verdammten Laut hören, wenn man unter der Dusche stand.

Die Manson-Family konnte einem die Tür eintreten, Norman Bates könnte »Mammy« singend hereintänzeln, das Telefon ...

Man konnte stürzen und sich den Schädel aufschlagen.

Vor allem, wenn man ein paar Drinks intus hatte.

Sie hasste es zu duschen.

Doch was bleibt dir übrig, die du wie eine Weinamphore stinkst?

Sie drehte den Kopf. Das leere Glas und die halb volle Weinflasche standen auf dem Wannenrand. Sie würde sie aus dem Weg räumen müssen, und das Buch auf dem Boden ebenfalls. Beim Duschen veranstaltete man mitunter eine ziemliche Schweinerei.

Sie griff nach der Flasche.

Das Telefon klingelte.

Ihr gesamter Körper kam ins Schlingern. Ihre Hand schlug gegen den Flaschenhals. Dank ihrer schnellen Reaktion konnte sie die Flasche gerade noch retten.

Das Telefon klingelte abermals.

DU ARSCHLOCH! WAS ERLAUBST DU DIR?

Jedes Schrillen war ein Stich, der direkt in Pens Herz fuhr und ihr den Atem raubte.

Sie stellte sich vor, wie sie aus der Badewanne kletterte, tropfnass in ihr Büro stürmte und sich den Hörer schnappte.

Du verkommenes abartiges Stück Scheiße, wenn du mich noch einmal anrufst ...

Nein, das ist genau das, was er will. Meine Stimme, meine Angst.

Verpass ihm einen Stoß aus der Pfeife.

Die Polizei-Trillerpfeife befand sich an ihrem Schlüsselbund. Der Schlüsselbund war in ihrer Handtasche. Im Wohnzimmer. Auf dem Kaffeetisch.

Pack sie dir und puste ihm das Ohr weg.

Das wird deinen großen harten Schwanz erschlaffen lassen, du gottverfluchter ...

Endlich hörte das Klingeln auf.

Sie ließ die Weinflasche los und lauschte. Sie vernahm das hämmernde Klopfen ihres Herzens, ihre hektisch-zittrigen Atemzüge, das den Abfluss hinabgurgelnde Wasser, die Stille jenseits der verschlossenen Badezimmertür.

Er weiß jetzt, dass ich zu Hause bin. Das Band hat nicht mit ihm gesprochen, also weiß er, dass ich inzwischen nach Hause gekommen bin.

Die Wanne leerte sich. Der Abfluss wurde still.

Pen saß da. Nass. Die Nässe wurde kalt. Sie fröstelte und erschauerte.

Sie saß da, zusammengekrümmt, die Knie aufgerichtet, die Brüste gegen die Beine gedrückt, die Arme um die Schienbeine gelegt. Sie biss die Zähne zusammen, um das Klappern zu beenden.

Wassertropfen krochen ihre Haut hinab.

Was es jetzt zu tun gilt, ist ...

Ist was?

Sorge dafür, dass er nicht noch mal anruft.

Sie umklammerte ihre Beine fester.

Jetzt. Unverzüglich. Sofort. Auf der Stelle.

Pen entspannte sich, löste sich aus ihrer Kauerstellung, verlor die tröstende Wärme ihrer an ihre Brust gedrückten Beine.

Als sie sich erhob und ein Bein über den Wannenrand schwang, fühlte sie sich sehr nackt und sehr verletzlich.

Jetzt klingelt es, dachte sie. Ich rutsche aus, falle und spalte mir den Schädel.

Sie schwang ihr anderes Bein hinterher.

Beide Füße auf der Badematte.

Dein Timing versagt, du Ekelpaket.

Sie fühlte sich, als hätte sie ihn hinters Licht geführt und einen kleinen Sieg errungen.

Dann folgte die weiche trockene Wärme ihres Handtuchs. Es rieb die Nässe ab. Es linderte die Kälte. Es beruhigte das Zittern. Ihr Kiefer öffnete sich, und sie bemerkte den Schmerz in ihren Backenmuskeln.

Als sie fertig war, roch das Handtuch nach Burgunder.

Sie wickelte es sich um die Brüste und stopfte eine Ecke darunter, damit es blieb, wo es war.

An der Tür umfasste sie den Knauf und zögerte.

Mach dich nicht schon wieder verrückt, sagte sie sich. Er ist nicht da draußen. Es ist vollkommen sicher.

Sie drehte den Türknauf. Das Schloss sprang unter einem lauten Schwirren der Feder auf. Sie schob die Tür auf und starrte durch einen Spalt von der Breite ihres Kopfs. Licht fiel aus dem Wohnzimmer, ihrem Büro und ihrem Schlafzimmer in den Flur. Alles sah aus wie immer, doch gleichzeitig sah es nicht im Geringsten wie immer aus, sondern auf seltsame Art verändert und fremd.

Eine Stimme auf einem Tonband, und die Welt steht auf dem Kopf.

Sie lauschte.

Da war nur das leise Brummen ihres Kühlschranks, sonst nichts.

Ein Wassertropfen sickerte von ihrem Hintern die Rückseite ihres Oberschenkels hinab. Sie griff mit einer Hand hin und wischte ihn weg.

Warte doch noch ein Weilchen hier, bis er erneut anruft. Nur keine Eile.

Sie trat in den Flur hinaus. Spähte ins Schlafzimmer, als sie daran vorbeiging.

Niemand sprang sie daraus an.

Natürlich nicht. Ich leide momentan nur an schlimmen Wahnvorstellungen, das ist alles.

Sie hielt vor ihrer Bürotür an. Sah die Kassette auf dem Teppich, den Anrufbeantworter neben der Schreibmaschine.

Eins nach dem anderen.

Am Ende des Flurs warf sie einen prüfenden Blick ins Wohnzimmer. Ihre Augen wanderten zur Tür. Die Sicherheitskette hing an Ort und Stelle.

Zufrieden?

Pen war keineswegs zufrieden, spürte aber, wie die Spannung aus ihren Schultern wich.

Sie betrat die Küche. Aus dem Flur fiel genügend Licht herein, doch sie betätigte trotzdem den Schalter, um die Schatten zu vertreiben.

Genau über dem Lichtschalter war ihr Telefon an der Wand angebracht. Sie legte die Hand darum und zog. Die Metallplatte blieb mit leerer Anschlussdose an der Wand hängen. Das von der Leitung getrennte Telefon legte sie oben auf dem Kühlschrank ab.

Erste Aufgabe erledigt. Nur noch eine.

Mit flinken Schritten kehrte sie in ihr Arbeitszimmer zurück. Die Tischkante, die sich ihr zuvor ins Bein gegraben hatte, mied sie sorgsam.

Der Anrufbeantworter. Das Telefon. Ihre Kabel verliefen bis zum Rand des Tischs, hingen in der Lücke zwischen Tisch und Bücherregal und schlängelten sich dann aufwärts, um hinter den Büchern zu verschwinden.

Pen trat einen Schritt zur Seite. Sie ging in die Hocke, hielt sich mit einer Hand an der Tischecke fest und schob die linke in den Spalt. Ihre Fingerspitzen ertasteten die Leitungen. Sie folgte ihrem Verlauf, bis sie sich seitwärts wanden und ihre Hand über die Schnitte der Bücher glitt. Ihr Handtuch fiel hinab. Das Telefon heulte auf, was ihrem Herzen einen Stromstoß verpasste. Mit einem Aufschrei, entsetzt und gleichzeitig wütend, stürzte sie nach vorne. Ihre rechte Schulter rammte den Tisch, schob ihn an, drehte ihn. Erneutes Dröhnen des Telefons. Ihre Knie trafen auf den Teppich. Sie wand sich, wobei sich die Regale in ihre Hüfte und Rippen gruben und die Tischkante über ihre rechte Brust schrammte. Das Telefon kreischte ihr in die Ohren. Sie rekelte sich mit aller Macht und gefletschten Zähnen unter kläglichem Winseln erneut, bis ihre Finger den Klinkenstecker fanden. Sie riss ihn aus der Wand.

Stille.

Vorsichtig manövrierte sie sich nach hinten und war frei.

Ihre zitternden Hände griffen nach dem Handtuch, und sie zog es hinter sich her, während sie auf Knien rückwärts kroch.

Die Augen fest auf das Telefon gerichtet.

Fast so gut, wie ihm leibhaftig die Zunge rauszureißen.

4

»Es ist Freitagabend«, sagte Bodie. »Die Leute gehen aus.«

»Ich weiß«, murmelte Melanie. Sie war im Beifahrersitz versunken, die Knie angezogen, die Füße gegen das Armaturenbrett gestemmt. Sie hatte so gesessen, seit sie von der Tankstelle aufgebrochen waren. Stur geradeaus blickend, aber zu tief eingesunken, um durch die Windschutzscheibe zu blicken. »Vielleicht ist es Pen zugestoßen«, sagte sie.

Vielleicht ist es niemandem zugestoßen, dachte Bodie. »Es bringt nichts, sich ständig Gedanken darüber zu machen. Warum gehst du nicht nach hinten und versuchst ein bisschen zu schlafen?«

Sie gab keine Antwort und rührte sich nicht. Sie verharrte zusammengerollt, den Kopf gegen die Rückenlehne gepresst. Bodie wunderte sich, dass sie in dieser Position überhaupt Luft bekam.

»Geht deine Schwester etwa nicht aus? Zu Verabredungen oder so?«, fragte er.

»Nein.«

»Nein?«

»Tja, manchmal schon, nehme ich an. So gut wie nie.«

»Was hat sie? Ist sie fett und hässlich?«

Melanie drehte den Kopf. Im matten Licht war ihr Gesicht ein trüber Fleck. Bodie konnte ihre Miene nicht lesen, aber er ging stark davon aus, dass sie nicht amüsiert war.

»Ich versuche nur, dich aufzuheitern«, erklärte er.

»Sie ist wunderschön«, sagte Melanie.

»So schön wie du?«

»Ja klar, ich bin eine regelrechte Bo Derek.«

»Für mich siehst du toll aus.«

»Du hast Pen nicht gesehen.« In Melanies Tonfall schwang keinerlei Bewunderung mit. In die Monotonie ihrer Stimme hatte sich lediglich eine Spur von Verbitterung gemischt.

»Sie hat jedenfalls einen schrecklichen Namen«, meinte Bodie.

»Wen kümmert's?«

»Mich.«

»Du hast sie noch nicht gesehen.«

»Wie sieht sie aus?«

»Playmate des Jahres.«

»Welches Jahr?«

»Jedes Jahr.«

»Ich kann's kaum erwarten, sie kennenzulernen.«

»Darauf wette ich.«

Bodie streckte den Arm aus und tätschelte Melanies Bein. Da sie keinerlei Protest zeigte, ließ er seine Hand das weiche Cordgewebe hinab bis zu ihrem Po gleiten. »Ich stehe nicht besonders auf Playmates«, sagte er.

»Du …«

»Ja, schon klar, ich habe Pen noch nicht gesehen. Ihre Lieblingsbücher sind bestimmt *Der Prophet* und *Die Möwe Jonathan.*«

Melanie grunzte.

»Also, warum trifft sie sich nicht mit Typen?«

»Sie hat ein Problem mit ihnen.«

»Ah.«

»Nicht ›ah‹. Damit hat es nichts zu tun. Sie machen sie bloß in einer Tour an. Sie wird angebaggert, seit sie – was weiß ich – zwölf oder dreizehn war. Sie hat einfach keinen Bock mehr darauf, sonst nichts.«

»Das ist allerdings ein todernstes Problem.«

»Es kann jedenfalls eins sein. Nehme ich an. Keine Ahnung.«

Bodie schob sich näher an Melanie heran. Seine Fingerspitzen ertasteten die Mittelnaht ihrer Cordhose. Er fuhr daran entlang und spürte ihre Wärme durch den Stoff. Er drückte ein wenig fester zu, rieb hin und her. Melanie holte tief Luft.

»Nicht jetzt«, sagte sie.

Er nahm die Hand weg.

Melanie setzte ihre Füße auf den Boden und richtete sich gerade im Sitz auf. »Tut mir leid«, flüsterte sie.

»Nein, das verstehe ich.«

»Es ist meine *Familie*. Dad oder Pen ...«

»Ich weiß. Ich wäre auch aufgelöst. Aber es ist Freitagabend. Du solltest keine voreiligen Schlüsse ziehen, nur weil niemand ans Telefon geht. Dein einziger Anhaltspunkt ist bislang diese Vision, oder was auch immer es war.«

»Du glaubst, dass ich es mir nur eingebildet habe.«

»Das habe ich nicht gesagt.«

»Aber du denkst es.«

»Nein, aber ich halte es auch nicht für ausgeschlossen. Du trägst all diesen Groll und diese Schuldgefühle gegenüber deinem Vater mit dir herum – und auch gegenüber deiner Schwester, wie es scheint. Ich bin kein Seelenklempner, aber ...«

»Richtig, bist du nicht.«

»Ich versuche nur, dir zu helfen.«

»Ich bin nicht verrückt.«

»Melanie …«

»Wenn du mir nicht glaubst, hättest du das von Anfang an sagen sollen. Ich wäre auch allein hingekommen.« Ihre Stimme kletterte in eine höhere Tonlage und fing an zu zittern. »Das muss ich echt nicht haben. Es ist schwer genug …« Sie atmete schluchzend ein. »Vergiss es.«

»Hey, komm schon«, sagte Bodie sanft und versöhnlich.

Sie stand auf, quetschte sich zwischen den beiden Vordersitzen hindurch und verschwand im hinteren Teil des Transporters.

Toll gemacht, dachte Bodie. Er seufzte.

Herrgott, du hast keine Chance.

Man sollte meinen, dass sie auf die Möglichkeit, ihre Vision sei falscher Alarm, begeistert anspringen würde. *Wollte* sie, dass es sich um die Wahrheit handelte?

Wir sprechen hier vom Abkratzen ihres Vaters oder ihrer Schwester, verflucht noch mal.

Ja, vielleicht will sie wirklich, dass es der Wirklichkeit entspricht. Irgendwo tief hinten in einer dunklen Ecke ihrer Seele. Wunschdenken, wenn auch eventuell unbewusst. *Du hast es dir redlich verdient, Dad – erst Mom ertrinken lassen und dann ein Flittchen heiraten, das deine Tochter sein könnte. Nimm das, Pen. Das wird dir eine endgültige Lehre sein – was erlaubst du dir, einfach wie ein gottverdammtes Playmate des Jahres auszusehen?*

Ich kann's kaum abwarten, diese Pen endlich zu sehen.

Darauf wette ich, erwiderte Melanie, und ihre Stimme klang in seiner Erinnerung bitter.

Sie will sie für ihre Sünden bezahlen lassen.

Rache ist süß, und sie ist noch viel süßer, wenn man ihr leibhaftig beiwohnen und eine hübsche kleine telepathische Verbindung einrichten kann, die es einem gestattet, im Augenblick des Todes, wenn ihre Leiber zerschmettert werden, an ihren Qualen teilzuhaben.

Zerschmetterte Leiber. Das ist ungemein praktisch, nicht wahr? Was hatte sie doch gleich gesagt? Es war laut und bewegte sich rasend schnell auf sie zu, sodass sie nicht mehr ausweichen konnte. Wie ein Auto oder ein Zug. Irgendeine Art Fahrzeug.

So etwas konnte einen ziemlich gründlich zerschmettern. Verunstaltungen, grässliche Narben. Die hinreißend hübsche Schwester, die immer alle Kerle abbekommt – darunter vielleicht auch welche, auf die *du* es abgesehen hattest –, wird von einem Auto übergebügelt. Das Playmate des Jahres findet sich in einen blutigen Haufen aus zerfetztem Fleisch und zertrümmerter Knochen wieder. Nimm *das*, Miststück. Wer ist *jetzt* die Hübsche von uns beiden?

Bodie gefiel der Weg, den seine Gedanken nahmen, ganz und gar nicht. Er machte das Radio an. Dolly Parton, »Single Bars and Single Women«. Die Lautstärke beließ er so leise, wie sie eingestellt war, damit Melanie nicht gestört wurde.

Vielleicht war sie da hinten drin bereits eingeschlafen. Schlaf, der des Grams verworr'n Gespinst entwirrt. Sie konnte ihn gebrauchen. Ein paar Stunden, in denen sie ihre verdammte Vision vergaß.

Vielleicht hätten wir gar nicht anrufen sollen.

Vor allem nicht bei ihrer Schwester.

Herauszufinden, dass Pen ebenfalls nicht zu Hause war, machte die Sache wesentlich schlimmer.

Wo war sie? Vielleicht im Kino oder so. Doch vielleicht hatte man Pen auch die Nachricht vom Unfall ihres Vaters zukommen lassen, und sie war aufgebrochen, um bei ihm zu sein. Im Krankenhaus. In der Leichenhalle.

Oder es war umgekehrt: Pen war das Opfer, ihr Vater der Benachrichtigte und von daheim Aufgebrochene.

So oder so. Darum ging niemand ans Telefon.

Ich bin genauso verdorben oder krank wie sie, dachte Bodie. Ganz ehrlich, ich rechne halb damit, dass sich die Vision als real erweist.

Wenn es keine Telepathie oder so was war, dann ist Melanie eine mentale Sicherung durchgebrannt, und sie läuft bereits auf den Felgen.

Um ihretwillen wäre es besser, es wäre kein Hirngespinst.

Das willst du allerdings auch nicht.

Damit ist das, was du vor dir hast, alter Junge, eine waschechte und ausweglose Pattsituation. Das gute alte Minussummenspiel.

Bei Kopf hast du deinen Vater oder deine Schwester verloren, bei Zahl deinen Verstand.

Ich habe nichts damit zu tun, Melanie. Ich bin nur der Reisebegleiter.

Das hättest du wohl gern.

Sie ist ein Teil von mir, ob ich will oder nicht. Ihre Probleme sind meine Probleme. Irgendwie hatte es sich so entwickelt.

Als er Melanie zum ersten Mal sah, kam sie ihm zu Fuß entgegen, Bücher gegen die Brust gedrückt, den Kopf gesenkt, traurige Miene, gerunzelte Stirn. Es war ein sonniger Freitag und schon so spät am Nachmittag, dass die meisten Kurse beendet waren und alle, die sich auf dem Campus aufhielten, fröhlich und entspannt wirkten. Alle bis auf dieses Mädchen, das die Risse im Bürgersteigpflaster betrauerte.

Bodie hatte Mitleid mit ihr. Außerdem war er fasziniert. Sie sah reizend aus, zerbrechlich – ätherisch – und war offensichtlich zutiefst melancholisch, wenn nicht sogar depressiv.

Sie brauchte dringend einen Retter.

Sie war noch immer etliche Meter von ihm entfernt, starrte noch immer stur zu Boden, und er wusste, dass sie an ihm vorbeigehen würde, ohne aufzusehen.

Also fischte er einen Vierteldollar aus seiner Hosentasche und warf ihn verstohlen weg. Die Münze klimperte auf den Asphalt, prallte ab, landete auf der Kante und rollte in aberwitzigem Zickzackkurs auf das Mädchen zu. An den Bewegungen ihres Kopfs, der sich kaum merklich von einer Seite zur anderen neigte, konnte Bodie sehen, dass sie beobachtete, wie sich der Vierteldollar näherte. Als er nach rechts schlingerte, vergrößerte sie ihren Schritt und ließ ihre Sandale auf das 25-Cent-Stück hinabklatschen. Der bedrückte Ausdruck in ihrem Gesicht war verschwunden, als ihrer und Bodies Blick sich trafen. Sie schien eher zufrieden mit sich zu sein – erfreut, den Lauf der flüchtigen Münze erfolgreich aufgehalten zu haben.

»Danke«, sagte er. »Sie ist mir entkommen.«

Sie schwieg. Jetzt wirkte sie unruhig. Vielleicht war sie eingeschüchtert, weil sie eine Studienanfängerin – den Frischling sah man ihr auf fünfhundert Meter Entfernung an – und er alt genug war, um Doktorand oder gar Dozent zu sein. Sie trat einen Schritt zurück.

Bodie ging in die Hocke, um den Vierteldollar aufzuheben.

Sie trug einen knielangen Rock und hatte schlanke, blasse Beine, ohne die allergeringste Spur von Sonnenbräune. Das Weiß schien ihre Nacktheit überdeutlich zu akzentuieren.

Es war nicht einfach für Bodie, den Blick von ihnen zu lösen.

Er klaubte die Münze vom Bürgersteig und stand auf.

Das Gesicht des Mädchens war gerötet. Eine ihrer dünn gezeichneten Augenbrauen war in ziemlich gelungener Nachbildung eines Fragezeichens nach oben gezwirbelt. Bodie ging davon aus, dass ihr die Begutachtung ihrer Beine nicht entgangen war.

Ich bin erledigt, dachte er.

Das Mädchen machte einen Schritt zur Seite, offenbar entschlossen, weiterzugehen.

Bodie machte selbst einen Ausfallschritt.

»Verzeihung«, sagte sie mit bebender Stimme. »Bitte, ich hab's eilig.« Sie versuchte, zur anderen Seite auszuweichen. Bodie vertrat ihr abermals den Weg.

Sie ließ von dem Versuch ab, seitlich um ihn herumzugehen. Stattdessen stand sie einfach unbeweglich da, sah ihm in die Augen und kaute auf ihrer Unterlippe herum.

»Es tut mir leid, falls ich dich verärgert habe«, sagte er.

»Ich bin nicht verärgert.«

»Außerdem habe ich dir *nicht* auf die Beine geglotzt«, fügte er hinzu.

»Mit meinen Beinen ist alles in Ordnung«, sagte sie.

»Tatsächlich?« Er hatte keine Ahnung, warum er das sagte. Ihm fiel einfach nichts Besseres ein.

»Meinen Beinen geht's ausgezeichnet«, behauptete sie nachdrücklich.

»Und sie sind sehr hübsch«, meinte Bodie. »Das ist eins der hübschesten Paar Beine, das ich seit Langem gesehen habe.«

»Ja, das glaube ich dir aufs Wort.« Sie musterte ihn aus schmalen Augenschlitzen.

Entweder hat sie ein Bein-Problem, das mir entgangen ist, oder ihr Selbstbild bedarf einer gründlichen Überholung, dachte Bodie.

»Um die Wahrheit zu gestehen«, sagte er, »kam ich nicht umhin, mich zu fragen, wie der Rest von ihnen wohl aussehen mag.«

»Mehr als die zwei habe ich nicht.«

»Das habe ich nicht ...« Ihm wurde bewusst, dass sie einen Witz gerissen hatte. Völlig überrascht brach er in Gelächter aus. Das Mädchen lachte nicht, doch einer ihrer Mundwinkel hob sich zu einem schiefen Halblächeln.

»Ich habe hier diesen Vierteldollar«, sagte Bodie. Er schnippte ihn in die Luft und fing ihn wieder auf. »Wie wäre es, wenn wir zur Studentenvereinigung hinüberspazieren und ich dir eine Dr Pepper ausgebe?«

Sie nahm das Angebot an.

So hatte es angefangen: eine geworfene Münze, ein Blick auf ihre Beine, ein Missverständnis und ein Witz, der alles ins Lot rückte.

Melanie schien fassungslos ob der Tatsache, dass er sie attraktiv fand. Sie machte nervöse Scherze darüber, mager und reizlos zu sein.

Als er am nächsten Abend im Autokino unter ihrer Bluse herumfummelte, um den BH aufzuhaken, sagte sie: »Du wirst es bereuen.«

»Mach dich nicht lächerlich«, gab er zur Antwort.

Endlich bekam er den BH auf und zog die Hände nach vorne. Sie ergriff sein Handgelenk. »Nicht«, sagte sie. Sie weinte, und im Licht der Filmleinwand hinterließen ihre Tränen silberne Spuren auf ihren Wangen. »Er ist gepolstert«, schluchzte sie.

»Na und?«

Sie ließ seine Hand los.

Bodie sagte: »Es gibt Schlimmeres.« Ihr Schluchzen wurde von leisem Glucksen durchbrochen, und sie stieß ihn mit dem Ellbogen an. Die Brust war warm und weich. Sie war klein, aber sie füllte seine Hand aus. Der Nippel fühlte sich sehr groß an. Bei der anderen Brust war es genauso. Seine Hand wanderte von einer zur anderen. Er wollte sie mit dem Mund umschließen, aber als er Anstalten machte, ihre Bluse aufzuknöpfen, hielt Melanie ihn zurück. »Nicht hier«, keuchte sie. Sie verließen das Autokino, und Bodie fuhr zu seinem Apartment.

Als er die Tür aufmachte, stand sie wie eingefroren da und starrte mit weit aufgerissenen, angstvollen Augen in das dunkle Zimmer. Bodie nahm ihre Hand. Sie war eiskalt und zitterte. »Kein Grund zur Sorge«, sagte er und führte sie hinein. Er schaltete das Licht ein.

»Ich weiß nicht so recht«, sagte sie. Ihre Stimme klang hoch, dünn und gepresst.

»Ich auch nicht«, antwortete Bodie, um sie zu beruhigen. »Lass uns einfach ein bisschen fernsehen.«

Hastiges Nicken.

»Wir müssen gar nichts tun. Uns zwingt niemand zu irgendwas«, erklärte er ihr.

»Okay.«

Er machte den Fernseher an. Während Melanie auf dem Sofa Platz nahm, ging er in die Küche und schenkte Wein ein. Dann setzte er sich neben sie. Sie umklammerte das Glas mit beiden Händen, offenkundig bemüht darum, es nicht fallen zu lassen. Während sie einen kleinen Schluck nahm, sah sie zu, wie Bodie sein Glas erhob. Beide sahen seinen Wein an der Oberfläche schimmern. Er zitterte selbst ein wenig.

»Was macht *dich* so nervös?«, fragte Melanie.

»Wen, mich?«

»Ja, dich.«

Sie starrten einander in die Augen. Sehr lange.

»Wir *müssen* gar nichts tun«, teilte sie ihm mit. Lächelnd stellte sie ihr Glas auf den Tisch.

Bodie setzte sein Glas ab.

Sie küssten sich und hielten sich dabei fest in den Armen. Sie zitterte, doch sie war diejenige, die *ihn* auf das Sofa drückte. Sie lagen beide auf der Seite, Körper an Körper. Sie zitterte immer noch, zog ihm jedoch das Hemd aus der Hose, knöpfte es auf, schob es auseinander und streichelte ihm über die Brust. Bodie folgte ihrem Beispiel. Bald waren beide bis zur Hüfte nackt. Bodie küsste ihren Mund, ihre Augen, ihren langen Hals mit dem engen schwarzen Samtband darum. Er liebkoste und drückte und massierte ihre Brüste, während ihre Hände seinen Rücken erkundeten.

Über Bodies Gürtel in tiefere Regionen hinab wagten ihre Hände sich nicht. Er hielt sich an die unausgesprochene Regel und seine Hände von Melanies unteren Regionen fern.

Es dauerte nicht lange, bis ihm klar wurde, dass Melanie nur bis hierher zu gehen bereit war. Die untere Körperhälfte lag außerhalb des Spielfelds. Zutritt verboten. Ein bisschen Rubbeln und Scheuern und Reiben, aber Pfoten weg und Hose an.

Dann wurde ihm noch etwas klar.

Melanie war Jungfrau.

Es konnte gar nicht anders sein.

Die untere Region lag nicht nur außerhalb des Spielfelds, sie befand sich nicht einmal innerhalb des kartografisch erfassten Gebiets.

Bodie wäre ihr erstes Mal.

Wenn er sie doch nur irgendwie aus der Hose bekäme … das könnte schwierig werden.

Besser keinen Versuch starten.

Vielleicht morgen Abend, oder …

Melanies Hand schob sich unter seinen Gürtel. Ihre kalten Finger wickelten sich um seinen Penis.

Mein Gott, fuhr es ihm durch den Kopf.

Während ihre Finger hin und her glitten, öffnete er den Bund von Melanies Cordhose.

Die Cordhose landete an ihren Knöcheln. Bodie bemerkte es nicht. Er bemerkte eigentlich gar nichts mehr. Wie betäubt war er irgendwann auf ihr, schließlich in ihr, wenn auch nur ein kleines Stück, zögerlich, gepeinigt von der Verheißung ihrer schlüpfrigen Enge, die ihn umschloss, dem unendlichen Verlangen, ganz in sie einzudringen. Doch er bremste sich, um ihr nicht wehzutun, obwohl ihre Finger sich in seine Hinterbacken gruben, ihn drängten, tiefer vorzustoßen. »Fester … tiefer … stoß zu!«, keuchte sie. Und endlich stieß er zu. Melanie zuckte, versteifte sich abrupt, gab ein schmerzhaftes Stöhnen von sich und drängte sich ihm entgegen. Er drang tief in sie ein. Bis zur Wurzel. Er war zur Gänze in ihr, konnte es nicht länger ertragen, entlud sich in pulsierenden Fontänen.

Sie hielt ihn ganz fest. Sie strich durch sein Haar. Sie ließ ihn keinen Millimeter zurückweichen. Träge murmelte er etwas davon, sie nicht zerquetschen zu wollen, aber sie versicherte ihm, sich darüber keine Gedanken machen zu müssen.

Bodie schlief ein. Als er erwachte, lag er noch immer auf Melanie und war nach wie vor in ihr. Er fühlte sich, als *klebte* er an ihr. »Ich glaube, wir stecken fest«, sagte er.

»Gut so.« Sie lächelte und gab ihm einen Kuss auf die Nasenspitze.

»Ich glaube, da steckt *wirklich* was fest.«

»Irgendwas muss getrocknet sein.«

Er zog sich so behutsam, wie er konnte, aus ihr zurück, aber es tat ihr weh. Ihre Lippen zogen sich vor Schmerzen zurück.

Bodie sah nach unten. »Kein schöner Anblick.«

Melanie setzte sich auf und sah ebenfalls hin. »Igitt.«

»Ich denke, wir sollten besser unter die Dusche gehen.«

Sie duschten. Bodie, Melanie und Melanies Cordhose. Als sie fertig waren, war nur noch der Cord blutbefleckt. »Die ist für immer versaut«, sagte Bodie.

Melanie lächelte. »So wie ich.«

Sie ist ein Teil von mir, ob ich will oder nicht. Ihre Probleme sind meine Probleme. So hat es sich sehr schnell entwickelt, wenn auch möglicherweise nicht absichtlich, aber so ist es nun mal, und deshalb fahre ich durch die nächtliche Wüste mit einer Hellseherin oder einer Verrückten hinten im Transporter.

»Es tut mir leid«, sagte sie dicht an seinem Ohr.

Eine Welle der Zuneigung überrollte ihn.

»Verzeihst du mir?«, fragte sie.

»Du warst völlig zu Recht sauer.«

Sie schob sich zwischen den Sitzen hindurch und legte Bodie eine Hand auf den Oberschenkel. Er sah sie an. Der nackte Arm ging in eine nackte Schulter über. Unterhalb der Schulter wölbte sich der Hügel einer Brust. Eine zierliche Brust mit großem dunklen Nippel. »Warum suchen wir uns nicht ein Plätzchen abseits der Schnellstraße?«, schlug sie vor.

»Bist du sicher?«

Die Antwort gab Melanies Hand, die in seinen Schoß glitt.

Bodie begann unverzüglich, nach einer Abfahrt Ausschau zu halten.

5

Pen hatte rasch geduscht, um den Weingestank loszuwerden, und trocknete sich mit einem frischen Handtuch ab. Sie legte einen Verband um ihren aufgeschrammten Schenkel, schlüpfte in ihre Mokassins und zog den Morgenrock an. Dann nahm sie sich das leere Glas und die Weinflasche.

Saug alles bis auf den letzten Tropfen weg, dann findest du vielleicht ein wenig Schlaf, dachte sie.

Schlafen wirst du definitiv, keine Frage. Du wirst schlafen wie eine Tote, komplett weggetreten, und eventuell wäre das keine ganz so grandiose Idee.

Vielleicht bekommst du Besuch.

Denk nicht mal dran.

O doch, darüber sollte ich verdammt noch mal sehr intensiv nachdenken. Er hat meine Telefonnummer, also kennt er auch meine Adresse. Sie steht direkt vor seinen Augen im Telefonbuch. Der Anrufbeantworter ist ausgeschaltet, deshalb weiß er, dass ich hier bin. Was, wenn er sich überlegt, mal vorbeizuschauen?

Das machen solche Typen nicht, redete sie sich ein und öffnete die Badezimmertür. Sie lief rasch in die Küche und stellte die Weinflasche in den Kühlschrank. Dann spülte sie ihr Glas im Abwaschbecken aus.

Verdrehte Telefon-Stalker verzichten darauf, persönlich ihre Aufwartung zu machen.

Sagt wer?

Fiktive Polizisten. Bullen in Büchern, im Fernsehen oder im Kino. *Er ist bloß ein Telefon-Terrorist, Ma'am. Kein Grund, sich ernste Sorgen zu machen. Diese Kerle, denen es Spaß macht, ihnen unbekannte Frauen mit Anrufen zu belästigen, das sind scheue und schüchterne Haselmäuse, die Angst vor ihrem eigenen Schatten haben. Deswegen stehen sie so aufs Telefonieren, denn das ist anonym und ungefährlich. Da hat man nichts zu befürchten.*

Das ungefähr erzählen sie einem, diese fiktiven Bullen. Und bevor man sich's versieht, schleicht diese schreckhafte Haselmaus von Telefon-Terrorist mit einem Schlachtermesser in der Hand bei einem Mädchen durchs Haus und hegt die Absicht, dieses Mädchen in Stücke zu schneiden.

Pen drehte den Wasserhahn zu und stellte das Glas in die Spüle. Als sie ihre Hände abtrocknete, warf sie einen Blick durch die Küche. In der Essecke stand ihr Tisch, umringt von vier robusten Stühlen mit hohen, geraden Rückenlehnen.

Sie schleppte einen davon ins Wohnzimmer, schob den Regenschirm beiseite, drehte den Stuhl herum und verkantete ihn unter dem Türknauf.

»Das wird ihn zumindest ein wenig bremsen«, murmelte sie.

Es war nicht nötig, die Fenster zu kontrollieren; sie waren seit letztem Wochenende geschlossen und verriegelt. In den Führungsschienen steckten dübelstangenartige Sicherungsstifte, sodass sie nicht aufgeschoben werden konnten. Gefahr gebannt.

Nicht richtig gebannt, dachte sie. Glas.

Wenn er es wirklich darauf anlegt reinzukommen ...

Dann müsste er komplett durchgeknallt sein. In diesem Gebäudekomplex gibt es fünfzehn weitere Apartments, allesamt mit Fenstern zum Innenhof und dem Pool hinaus. Wenn er eine Scheibe einschlägt – wenn ich schreie –, wird das irgendwer hören.

Würde ihr jemand zu Hilfe kommen?

Wahrscheinlich. Manny Hammond zum Beispiel. Dieser Kerl würde sich geradezu darum reißen, mir als Retter in der Not zur Seite zu eilen. Das wäre wirklich traumhaft. Besser als keiner, schätze ich. Wenn auch nur knapp.

Pen kehrte in die Küche zurück. Im Metzgerblock, der auf der Theke stand, steckten acht Messer. Sie trug die zwei größten ins Schlafzimmer, wo sie eins auf dem Nachttisch und das andere unter dem Teppich unmittelbar neben der Bettkante platzierte.

Falls wir auf dem Boden landen …

Ist das dein Ernst?, fragte sie sich.

Muss wohl, sonst würde ich nicht tun, was ich gerade tue.

Ihr fiel ein, dass sie das Nachttisch-Messer nicht einfach offen herumliegen lassen wollte. Sie nahm eine Ausgabe von *Publishers Weekly* aus ihrem Zeitungsständer, schlug sie auf und bedeckte die Waffe.

Okay, jetzt bist du auf dem Posten.

Na schön, wenn auf dem Posten sein bedeutet, unter Verfolgungswahn zu leiden, *dann* bist du tatsächlich auf dem Posten. Du verhältst dich vollkommen übergeschnappt.

Ach wirklich? Besser sicher als – vor ihrem geistigen Auge blitzte eines der Dias des Gerichtsmediziners auf, das der nackten Frau, die mit dem Gesicht nach unten und violett verfärbten Hinterbacken auf dem Obduktionstisch lag. *Der schlimmste Knutschfleck der Welt.*

Noch ein Messer mehr, entschied sie und ging zurück in die Küche, um es zu holen. Dieses Messer legte sie auf der anderen Seite unter das Bett.

Als sie wieder im Wohnzimmer war, zog sie den Stecker ihrer Stereoanlage heraus und stöpselte das Verlängerungskabel ab. Sie kniete sich am Eingang zum Schlafzimmer hin und fädelte das eine Ende des Kabels durch die Lücke zwischen Tür und Türrahmen, direkt über dem unteren Scharnier. Dann schob sie den Stecker unter der Angel hindurch wieder zu sich, band einen Knoten und riss zur Probe kräftig daran. Das Kabel hielt. Sie zog es quer über die Türschwelle und knotete das andere Ende um das hintere Bein ihrer Kommode.

Sie erhob sich und bewunderte ihr Werk.

»Schöne Reise«, sagte sie laut.

Was könnte sie sonst noch …?

Reicht es nicht langsam? Ich bin echt unzurechnungsfähig.

Das reicht, beschloss sie schließlich.

Sie schaltete das Schlafzimmerlicht aus.

Andere Lampen in ihrem Apartment brannten noch. Sie hatte eigentlich vorgehabt, sie anzulassen, doch das schwarze Band ihres Stolperdrahts, der am Türeingang verlief, war deutlich zu erkennen.

Das Ding würde seinen Zweck kaum erfüllen, wenn er es sehen konnte.

Pen trat über das Kabel hinweg und schritt ihre Wohnung ab.

Am liebsten hätte sie sämtliche Zimmer hell erleuchtet gelassen. Dunkelheit würde seinem Treiben allerdings auch über das bloße Tarnen des Kabels hinaus ein Ende bereiten.

Rechnest du wirklich damit, dass er auftaucht?

Nein, nicht richtig. Also gut, doch, ja, eigentlich schon. Ja, er wird auftauchen. Vielleicht.

Sie war schon einmal vergewaltigt worden. Sie hatte nicht vor, es ein weiteres Mal geschehen zu lassen.

Vielleicht sollte ich mich möglichst zügig von hier verpissen.

Sie stieg über das Kabel hinweg und setzte sich auf die Bettkante.

Ich könnte zu Dad rüberfahren und die Nacht in seinem Haus verbringen. Oder bei einer Freundin schlafen. Abby oder Jane oder Loretta – jede von ihnen würde mich liebend gern aufnehmen. Ich könnte allerdings nicht einfach unangemeldet reinplatzen. Zuerst müsste ich anrufen. Das Telefon einstöpseln, anrufen, anziehen und ab nach draußen in den Regen.

Welches Problem wäre dadurch behoben?, fragte sie sich.

So könnte ich immerhin die Nacht hinter mich bringen.

Und was ist mit morgen Nacht und der Nacht darauf?

»Scheiß drauf«, brummte sie.

Soll er doch kommen, wenn er will.

Sie erhob sich, löschte das Licht, zog den Bademantel aus, legte ihn über eine Stuhllehne, strich die Mokassins von den Füßen und kroch ins Bett. Die kühlen, glatten Laken fühlten sich wundervoll an. Ihre Körperhitze erwärmte sie. Sie kuschelte sich ein und begrub das Gesicht im Kissen.

Hast du *tatsächlich* vor, nackt zu schlafen?

Das tue ich immer.

Jetzt ist nicht immer. Willst du barfuß und nackt bis zum Hals daliegen, wenn er sich auf dich stürzt?

Wenn. *Wenn.*

Pen war wohlig zumute. Sie fühlte sich angenehm schläfrig, und ihr war so gar nicht danach, ihr gemütliches Bett zu verlassen. Dennoch zwang sie sich dazu, sich aufzusetzen, die Nachttischlampe anzuknipsen, ihre Füße unter der Decke hervorzuschwingen und aufzustehen.

Im Spiegel sah Pen eine nackte Frau, die auf sie zuging. Auf ihrer Miene lag ein missbilligend-spöttischer Ausdruck, mit höhnisch verzogenem Mundwinkel und gebleckten Zähnen.

»Jaja, ich weiß, ist alles deine Schuld.«

Der miese Scheißkerl weiß nicht mal, wie ich aussehe, dachte sie. Wahrscheinlich hat er meinen Namen ganz zufällig ausgewählt. Ich könnte hässlich wie die Nacht sein, und er würde mich trotzdem belästigen.

Ich bin eine Frau. Nur das zählt für ihn.

Ein Paar Brüste und eine Vagina.

Ich wollte mich mit dir unterhalten ...

Ein kalter Schauer fuhr ihr über das Rückgrat.

Sie bückte sich, zog eine Schublade auf und nahm einen taubenblauen Seidenpyjama heraus. Sie schlüpfte hinein, und der kühle Stoff glitt wie Öl über ihre Haut. Anschmiegsam, aufreizend, mehr zeigend als verhüllend.

Immer noch besser als ihr Nachthemd.

Sehr viel besser als gar nichts.

Sie massierte sich die Arme und konnte ihre Gänsehaut durch das zarte Gewebe fühlen.

Die Frau im Spiegel grinste sie schief an, offenbar irgendwie von der ganzen Situation angewidert.

Pen zog den Schlafanzug wieder aus und stopfte ihn in die Schublade zurück. Dann öffnete sie das oberste Fach, entdeckte, dass nur noch vier gute frische Slips übrig waren, und wühlte im hinteren Bereich der Schublade herum, bis sie einen alten fand. Ziemlich zerlumpt, ausgeblichen, mit ausgeleiertem Gummizug. Perfekt.

Sie trieb einen ähnlich alten, ausgefransten Büstenhalter auf und zog ihn an. Danach eine Jeans. Calvin Klein. Die engste Jeans, die sie besaß.

So eng, dass sie den Verband von ihrem Schenkel pellte.

Sie machte sie zu.

Die Frau im Spiegel verdrehte die Augen. *Du bist eine echte Witzfigur.*

Okay, dann bin ich eben eine Witzfigur.

Sie zog ein sackartiges blaues Sweatshirt über.

Ihre vakuumdicht verpackten Beine erschwerten es,sich vorzubeugen, aber sie schaffte es und streifte sich Socken über. Dann ging sie zum Wandschrank und nahm ein Paar Cowboystiefel heraus. Sie stieg hinein. Vorne liefen sie extrem spitz zu. Ideal zum Zutreten.

Als sie an sich hinabsah, schüttelte sie den Kopf.

Gott sei Dank bin ich allein. Schlimm genug, dass *ich* weiß, wie sehr ich gerade ausflippe.

So, wie sie angezogen war, hatte sie nicht vor, wieder unters Laken zu krabbeln. Sie machte das Bett, legte das Kissen obendrauf, schaltete das Licht aus und legte sich auf den Rücken.

Großartig. Wie ein Nickerchen auf der Couch.

Total bescheuert.

Doch was wäre die Alternative? So tun, als sei alles in Ordnung? *Nicht* die Eingangstür befestigen, *keine* Stolperfalle an der Schlafzimmerschwelle aufstellen, sich *nicht* bewaffnen? Sich nackt und lauschig unter der Decke zusammenrollen, als wäre da draußen kein Kerl, der mich möglicherweise vergewaltigen will?

Sie schloss die Augen. Ihre Lider fühlten sich an, als würden sie unter Federspannung stehen. Es kostete Mühe, sie unten zu halten. Sie drückte sich das Kissen aufs Gesicht und faltete die Hände über dem Bauch.

So werde ich nie einschlafen, wurde ihr klar.

Vielleicht ist das auch das Beste.

Ich kann morgen nach Sonnenaufgang Schlaf nachholen. Wenn erst mal Tageslicht herrscht, bin ich sicher. Bleib einfach hier liegen, und entspann dich. Denk an schöne Dinge.

Wohl kaum.

Statt angenehmen Gedanken nachzuhängen, erwischte sich Pen dabei, über weitere Vorsichtsmaßnahmen nachzugrübeln. Der Polizei Bescheid geben? Die würden ihr wahrscheinlich raten, eine Geheimnummer zu beantragen. Doch das würde den Widerling nicht davon abhalten vorbeizuschneien, wenn er den Drang danach verspürte.

Hätte ich doch nur eine Pistole.

Tja, hast du aber nicht.

Vielleicht besorge ich mir morgen eine.

Es gab eine Wartefrist für Handfeuerwaffen, wie sie dank einer Artikelrecherche wusste. Ungefähr zwei Wochen.

Allerdings könnte ich mir eine Schrotflinte in den Einkaufswagen legen. Glaube ich jedenfalls. Ja, die Wartefrist bezieht sich nur auf Pistolen, oder?

Also kaufe ich eine Schrotflinte.

Und dann? Sie mit unter die Decke nehmen?

Ja …

Pen öffnete die Augen. Sie lag eingerollt auf der Seite, die Beine leicht ausgestreckt, als liefe sie. Das obere Bein war eingeschlafen. Die enge Jeans hatte die Blutzirkulation abgebunden.

Sie erinnerte sich nicht daran, sich auf die Seite gewälzt zu haben. War sie eingeschlafen, so wie ihr Bein? Sie spähte zum erleuchteten Zifferblatt des Weckers hinüber. Halb vier.

Geschlafen hatte sie zweifellos, aber nicht lange genug.

Als sie sich auf den Rücken drehte, kribbelte ihr Bein unangenehm.

Sie machte die Augen wieder zu.

Und hörte Schritte. Die Wucht ihres Herzschlags raubte ihr den Atem. Stocksteif lag sie da und lauschte. Sie vernahm nichts anderes als das Hämmern ihres Herzens. Dann einen neuerlichen leisen, kratzenden Schritt. Nicht innerhalb des Apartments, sondern auf dem Asphalt direkt vor ihrem Fenster.

Das Fenster befand sich über ihrem Gesicht.

Sie rollte sich herum, kniete sich behutsam auf den Boden und schob das Messer unter dem Magazin hervor. Dann kroch sie auf Knien langsam vom Bett weg, bevor sie auf die Beine sprang und sich gegen die Wand in der Ecke jenseits des Fensters presste.

Mit einem Finger zog sie den Vorhang den Bruchteil eines Zentimeters beiseite. Kein Gesicht. Sie verbreiterte den Spalt um ein winziges Stück, sodass sie hindurchblicken konnte.

Tatsächlich, da war jemand.

Sie atmete so tief ein, dass sich der BH über ihrer Brust spannte und sie irgendwo an der Rückseite eine Naht reißen hörte. Langsam ließ sie die Luft wieder entweichen. Mit einem Mal war sie furchtbar müde, lehnte sich mit der Schulter an die Wand und lugte erneut durchs Fenster.

So viel zu deinem lauernden Perversen, dachte sie.

Vor dem Eingang zur Eckwohnung, nur wenige Meter hinter dem Rand von Pens breitem Fenster, standen Alicia Bonner und ihr Freund in enger Umarmung. Das achtzehn Jahre alte Mädchen, das die Inspiration für ihren Kleidungsstil augenscheinlich aus den Mad-Max-Filmen bezog, trug Stiefel, die leise, scharrende Geräusche auf dem Gehsteig machten. Der Dachvorsprung schützte Alicia und ihren Freund vor dem Regen.

Eine von Alicias Händen schob sich über dem Gesäß des Typen unter den Gürtel seiner Jeans. Sie wand sich und rieb ihre Schenkel an seinem Bein.

Mein großer harter Schwanz und deine saftige dampfende Fotze ...

Es müsste eine Methode geben, seine Erinnerungsdaten zu löschen, dachte Pen. Zurückspulen, einen Knopf drücken und die Stimme so einfach und unkompliziert löschen wie von einem Magnetband.

Lass es patentieren, und du wirst ein Vermögen verdienen.

Durch das Fenster hörte sie, wie geflüstert wurde.

Wie lange werden sie beschäftigt sein?

So lange, wie es eben dauert. Punkt.

Pen legte das Messer auf den Tisch, streckte sich auf dem Bett aus, zog sich das Kissen über den Kopf und seufzte.

Solange sie sich da draußen rumtreiben, muss ich mir keine Sorgen wegen meines Freundes machen, dämmerte es ihr.

Freund?

Schlaf jetzt.

Trotz des Kissens über ihrem Kopf konnte sie den Regen trommeln und rauschen hören, manchmal ein Stiefelscharren, gelegentlich ein Flüstern.

Danke fürs Wacheschieben, Kinder.

Sie merkte, wie sie sich entspannte und allmählich dem Schlaf entgegenglitt.

Muss pinkeln.

Noch nicht besonders dringend. Aber besser, es hinter sich zu bringen.

Stöhnend quälte sie sich aus dem Bett. Sie knöpfte ihre Jeans im Gehen auf und zog gerade den Reißverschluss runter, als ihr Stiefel von irgendwas aufgehalten wurde.

Ach ja.

Das Stolperkabel.

O Scheiße.

Ihr anderer Fuß schnellte vor, um ihren Sturz zu bremsen, doch das Kabel riss ihn zurück.

Sie verhakte sich, schrie auf und warf die Arme nach vorne, als sie mit einem unfreiwilligen Hechtsprung durch die Türöffnung stürzte. Zunächst schlug ihr Unterarm gegen die Wand, dann ihr Kopf.

Sterne. Eine ganze Galaxie. In strahlend hellem Wirbeltanz.

Klingeln. Pen hörte ein Klingeln.

Ich sollte ans Telefon gehen.

Doch irgendwer rammte ihr durch ein sauber gebohrtes Loch in ihrem Schädel eine Gabel ins Hirn, stocherte darin herum, zerlegte die graue Masse in mundgerechte Happen.

Ich sollte ans Telefon gehen, solange ich noch genügend Hirnmasse übrig habe, um …

Augenblick. Ich habe die Leitungen lahmgelegt.

Er.

Wie kann er das Telefon läuten lassen, wenn alle Stecker ausgestöpselt sind?

Es ist nicht das Telefon, sondern die Türklingel.

Ihr Magen verkrampfte sich. Ihr Herz schlug wie wild und schoss Schmerzpfeile durch ihren Kopf.

Ächzend ertastete sie ihren Scheitel.

Da war kein Loch. Da war eine äußerst schmerzempfindliche Beule von der Größe eines halben Golfballs.

Das Klingeln verstummte.

Pen schlug die Augen auf. Im Flur schimmerte das trübe, blaugraue Dämmerlicht des frühen Morgens.

Sie lag mit gespreizten Gliedern bäuchlings auf dem Boden. Der Teppich kratzte an ihrer Wange. Sie schob sich auf Hände und Knie und drückte die Augen wieder fest zu, als sich der Schmerz seinen Weg durch ihren Kopf fraß.

Du kannst von Glück sagen, dich nicht umgebracht zu haben, so, wie du ...

Geräusche von der Eingangstür. Jemand, der sich am Knauf zu schaffen machte? Ein Kratzen und Knacken von Metall gegen Metall.

Pen befreite ihre Füße aus dem Stolperdraht und zwang sich auf die Beine. Sie hüpfte über das Kabel hinweg, hastete durchs Schlafzimmer und schnappte sich das Messer vom Nachttisch. Ihr Herz klopfte. Brennende Nadeln stachen ihr bei jedem Schritt ins Hirn, als sie losrannte, erneut über das Kabel sprang und durch den Korridor zum Wohnzimmer sprintete.

Die Eingangstür stand offen!

Nur ein paar Zentimeter, aber weit genug, um der Hand Einlass zu gewähren.

Der Hand, die dort die Stuhllehne umklammert hielt, daran rüttelte und versuchte, sie unter dem Knauf wegzuschieben.

6

»Beeilung!«

»Ich versuch's ja.«

»Lass mich mal.«

»Es klappt.«

»Los, *mach schon.*«

Bodie hielt mit der linken Hand den Knauf fest und zog die Tür gegen seinen rechten Arm. Der Stuhl im Inneren rutschte ein wenig abwärts. Er zerrte daran und war sich ziemlich sicher, ihn aus dem Weg räumen zu können, fragte sich aber, was er Melanies Ansicht nach mit der Sicherungskette anstellen sollte. Dachte sie, er würde die Tür eintreten und die Halterung aus der Wand reißen?

Dann erklang das Stampfen schwerer Schritte. Jemand stürmte von der anderen Seite auf die Tür zu.

»Du Dreckskerl!«

Er taumelte zurück, stieß gegen Melanie und riss hastig den Arm aus dem Spalt. Eine lange Messerklinge stach daraus hervor. Er stolperte so schnell nach hinten, wie die Klinge auf ihn zufuhr. Oder jedenfalls fast. Die Spitze erwischte ihn in der Flanke.

Seine Füße verhedderten sich mit Melanies. Er prallte gegen sie. Die Gitterstäbe des Balkongeländers schepperten, als Melanie dagegenfiel.

Ein in einem blauen Sweatshirt steckender Arm wedelte mit dem Messer herum und schnitt die Luft in Scheiben.

»Pen!«, stieß Melanie hervor.

Der Arm hielt inne. Die Klinge wurde himmelwärts gerichtet. Der Arm zog sich aus der Öffnung zurück. Einen kurzen Moment später tauchte ein halbes Gesicht in dem Spalt auf. Ein Auge starrte durch blonde Haarsträhnen.

»Melanie?«

Das halbe Gesicht verschwand. Die Tür wurde geschlossen. Bodie hörte, wie der Stuhl beiseitegeschoben und die Kette rasselnd entriegelt wurde. Dann schwang die Tür weit auf.

Das soll das Playmate des Jahres sein?, schoss es Bodie durch den Kopf. Das hier ist eher die hexenhafte Schräge Schwarze Schwester. Doppelt plagt euch, mengt und mischt: Kessel brodelt, Feuer zischt …

Wenigstens hatte sie das Messer aus der Hand gelegt. Zitternde Finger strichen das Haar aus ihrem Gesicht. »Mein Gott, ich hätte dich töten können«, murmelte sie.

»Nur 'ne Fleischwunde, Ma'am«, sagte er in schleppendem Südstaatler-Tonfall. Er hielt sich die Seite und kam auf die Beine.

Pen beugte sich vor und hielt nach allen Seiten Ausschau, als wollte sie überprüfen, ob irgendjemand Zeuge ihres tätlichen Angriffs geworden war. »Kommt rein«, flüsterte sie.

Bodie trat zurück und ließ Melanie vorgehen. Pen machte die Tür hinter ihm zu und lehnte sich dagegen. Sie wirkte mitgenommen, verstört.

»Ich wollte nicht … Es tut mir so leid. Ich weiß nicht, was ich sagen soll.«

»Was ist los?«, fragte Melanie.

Sie zuckte die Achseln. Ihre Jeans stand offen und entblößte ein Dreieck ihres weißen Höschens und darüber einen Streifen glatter Haut. Sie schien es im selben Augenblick wie Bodie zu merken, zog den Reißverschluss hoch und schloss die Knöpfe. »Ich hatte ein bisschen Ärger«, sagte sie leise. Sie rieb sich den Nacken. »Komm, wir sollten dir einen Verband besorgen.«

Sie folgten ihr durch einen kurzen Flur. Als sie am Schlafzimmer vorbeigingen, sah Bodie, dass ein Elektrokabel über die Türschwelle gespannt war.

Was zum Teufel läuft hier?, dachte er.

Im Badezimmer bat sie ihn, sich hinzusetzen und sein Hemd auszuziehen. Er klappte den Klodeckel zu und nahm darauf Platz. Als er sich seines Hemds entledigte, holte Pen Desinfektionsmittel und eine Dose mit Pflastern aus dem Medizinschränkchen. Am Waschbecken feuchtete sie einen Frotteelappen an.

»Das übernehme ich«, meinte Melanie.

Sie ging neben ihm in die Hocke, säuberte die Wunde von Blut und drückte dann den Lappen darauf. Bodie sah mit erhobenem Arm zu. Sie nahm den Waschlappen weg. Unter seiner letzten Rippe befand sich ein ungefähr acht Millimeter großer Einstich. Blut quoll daraus hervor. Melanie bedeckte die Schnittwunde erneut.

Pen riss ein Pflaster aus der Packung. »Ich verstehe es nicht«, sagte sie mit müder Stimme. »Was treibt ihr eigentlich hier?«

»Ich hatte eine Vision«, erklärte Melanie.

Pen runzelte die Stirn. »Von mir?«

»Ich bin nicht sicher.« Sie lüpfte den Waschlappen und spritzte Desinfektionsmittel auf die Wunde. Das kühle Spray ließ Bodie zusammenzucken. Als abermals Blut herauströpfelte, nahm sie ihrer Schwester das Pflaster ab und drückte es fest. »So«, sagte sie.

»Danke.«

»Ihr seid den ganzen Weg von Phoenix hergekommen … nur wegen einer *Vision*?«

»Genau.« Melanie erhob sich. »Nebenbei, das ist Bodie.«

»Tut mir leid, dass ich dich verletzt habe, Bodie«, sagte sie und sah so betrübt aus, dass er fürchtete, sie könne in Tränen ausbrechen.

»Kein Problem.«

»Ich dachte, du wärst … jemand anders.«

»Wer?«, wollte Melanie wissen.

»Keine Ahnung. Letzte Nacht kamen diese Anrufe. Obszöne Anrufe.« Sie wandte sich ab, griff in das Medizinschränkchen und nahm verschreibungspflichtige Tabletten heraus. Dann schien sie ihren Fehler zu bemerken, stellte die Flasche wieder zurück und griff stattdessen nach dem Plastikröhrchen daneben. Aspirin. Nachdem sie eine Tasse mit Wasser gefüllt hatte, schluckte sie vier von den Pillen. »Ich bin ein totales Wrack«, nuschelte sie. »Ich habe mir den Kopf angeschlagen.«

Melanie warf Bodie einen Blick zu. »Siehst du? Ich hab's dir doch gesagt.« Sie drehte sich zu Pen um. »Ich wusste, dass du in gewaltigen Schwierigkeiten stecktest. Meine Vision – sie war so ähnlich wie die, die ich hatte, als Mom ertrunken ist.«

»Nun ja, ich bin jedenfalls nicht tot. Obwohl das bei meinem jetzigen Zustand vielleicht wünschenswert wäre.« Sie setzte ein Lächeln auf, das eher einer Grimasse ähnelte. Sie rieb sich über das Gesicht und sagte: »Habt ihr zwei schon was gegessen?«

»Wir sind ohne größere Pause durchgefahren«, gab Bodie zurück. Abgesehen von einer Stunde Parken am Rand irgendeines öden Wüstenpfads – ein Halt, der, wie er vermutete, damit zu tun hatte, dass Melanie ihn vor seiner Begegnung mit der umwerfend schönen Schwester ordentlich befriedigt wissen wollte.

»Wie wäre es, wenn ich uns Frühstück organisiere?«

Als sie sich Richtung Küche aufmachten, fiel Melanie das Kabel an der Schlafzimmertürschwelle auf. »Was ist das?«, fragte sie.

»Eine Vorsichtsmaßnahme. Ich war ... Irgendwie habe ich mir eingeredet, er würde einbrechen. Letzte Nacht.«

»Der Anrufer?«

»Genau.«

»Ist es jemand, den du kennst?«

»Das glaube ich nicht.«

Sie betraten die Küche.

»Nur ein anonymer obszöner Anrufer?«

»Nur?«

»Die sind normalerweise harmlos«, gab Melanie zu bedenken.

»Das habe ich auch schon gehört.«

»Wie hast du dich verletzt?«, fragte Bodie.

»Ich bin über das Kabel gestolpert. Habe mich in meiner eigenen Schlinge verfangen«, erwiderte sie. Ihr Mund verzog sich zu einem schiefen Grinsen. »Eier und Speck?«

»Großartig. Ich bin am Verhungern.«

Melanie nickte, ging in die Hocke und holte eine Pfanne aus dem Schrank.

Pen nahm sich einen Kaffeefilter.

»Ich kann Kaffee kochen«, schlug Bodie vor. »Du kannst dich hinsetzen und ein wenig ausruhen.«

»Hinsetzen wird kaum helfen, fürchte ich. Was ich brauche, sind zwölf Stunden Schlaf.« Ihre zitternde Hand verschüttete etwas Kaffeepulver auf dem Tresen, während sie den Filter volllöffelte.

»Ich bin völlig fertig.« Sie legte die Stirn in Falten. »*Ihr zwei* müsst komplett erledigt sein. Ihr seid die ganze Nacht gefahren, und …« Ihre Stimme erstarb, als wäre ihr angefangener Satz es nicht wert, beendet zu werden.

»Essen wir erst mal was«, sagte Melanie. Sie fing an, Speckstreifen auseinanderzuziehen und in die Bratpfanne zu legen. »Erzähl uns doch einfach, was passiert ist.«

Pen füllte den Tank ihrer Kaffeemaschine mit Wasser. Dann lehnte sie sich gegen die Küchentheke. Erneut rieb sie sich den Nacken. »Wie ich schon sagte, ich bekam diese obszönen Anrufe.«

»Was hat der Kerl gesagt?«, wollte Melanie wissen.

Pen sah flüchtig Bodie an und senkte dann den Blick. »Was er genau gesagt hat, ist egal. Es war ziemlich übel.«

»Was hast *du* gesagt?«

»Nichts. Er war auf dem Anrufbeantworter.«

Melanies Miene erhellte sich. »Du hast ihn auf Band?«

»Ja.«

»Perfekt. Dann lass mal hören.«

Pen schüttelte den Kopf.

Bodie sah irritiert drein. »*Wir* haben dich letzten Abend angerufen. Vielmehr Mel.« Er sah Melanie an. »Bei dir ist der Anrufbeantworter nicht angesprungen, oder?«

»Nein.«

»Wann war das ungefähr?«, fragte Pen.

»Um zehn, deine Ortszeit.«

»Zehn?« Sie stöhnte. »Das warst du? Da hatte ich den Anrufbeantworter schon ausgeschaltet. Ich habe ein Bad genommen. Ich dachte, du wärst *er*. Also bin ich aus der Wanne gestiegen und habe die Leitung lahmgelegt …« Sie runzelte die Stirn. »Hast du es zweimal probiert?«

»Nur einmal«, gab Melanie zurück.

Pen schürzte die Lippen.

Melanie schaltete die Kochplatte ein. »Also, was ist passiert, nachdem du die Leitungen ausgestöpselt hast?«

»Danach habe ich gedacht, er könnte vorbeikommen.«

»Warum hast du das gedacht?«

»Warum hätte ich es *nicht* denken sollen? Er hat ziemlich deutlich zu verstehen gegeben, dass er ... mich fertigmachen will.«

»Aber diese Sorte von Typen werden so gut wie nie ...«

»*So gut wie* nie. Weiß ich. Aber vielleicht ist dieser Typ eine Ausnahme. Ich meine, er hatte meine Telefonnummer, also kennt er auch meine Adresse. Wie auch immer, ich wollte auf sein Kommen vorbereitet sein. Deshalb habe ich die Tür blockiert und das verdammte Kabel gespannt. Einfach, um bereit zu sein, versteht ihr? Für alle Fälle. Sicherheitshalber. Deswegen hatte ich das Messer dabei. Und mitten in der Nacht hab ich den Stolperdraht vergessen und bin mit Kopfsprung gegen die Wand gekracht.«

Sie sah zur Kaffeemaschine. Die Glaskanne war voll. Sie nahm Tassen aus dem Schrank, und ihre Hand zitterte, während sie einschenkte. Eine Tasse reichte sie Bodie.

»Meinst du immer noch, der Typ könnte vorbeikommen?«, fragte er.

Sie zuckte mit den Schultern. »Was sollte ihn davon abhalten?«

»Wir sind jetzt hier. Ich schätze, Mels Vision hat sich bezahlt gemacht.«

»Ja«, sagte Pen. »Dieses Mal lag alles genau im Zeitplan.«

»Wir halten Wache«, sagte Melanie. »Du kannst den ganzen Tag lang schlafen, wenn du willst.«

»Das muss ich vielleicht auch.«

Als das Frühstück erledigt war, bestanden Melanie und ihr Freund darauf, dass sie sich hinlegte. Sie ging ins Badezimmer und trank ein Glas Alka-Seltzer. Als sie wieder rauskam, kniete Bodie im Eingang zum Schlafzimmer und war dabei, das Kabel zu entfernen.

»Mach dir keine Sorgen«, versicherte er ihr.

Sie dankte ihm. Dann wandte sie sich Melanie zu und nahm ihre Schwester fest in die Arme. »Toll, dich wiederzusehen, Kleines.« Sie verstrubbelte Melanies Haare.

Als sie allein im Zimmer und die Tür geschlossen war, schlug sie die Bettdecke zurück. Laken und Matratze sahen äußerst einladend und verheißungsvoll aus. Die einengenden Klamotten waren jetzt überflüssig. Sie zog sie aus, aber da Bodie da war, stieg sie in einen Schlafanzug, bevor sie ins Bett kroch.

Sie drapierte den Rand des Kissens über ihren Augen, um das Morgenlicht auszublenden. Ihr Hals fühlte sich steif an, aber sie hatte keine schlimmen Kopfschmerzen mehr. Essen und Aspirin hatten geholfen. Sie nahm einen tiefen Atemzug. Eigentlich war sie den Umständen entsprechend einigermaßen gut beieinander.

Ihr Martyrium war beendet, zumindest fürs Erste. Vielleicht war es sogar endgültig vorbei.

Sie hatte überreagiert, das war völlig klar.

Hätte sich beinahe einen verfluchten Schädelbruch zugezogen. Sich beinahe das verfluchte Genick gebrochen. Beinahe verflucht noch mal Bodie abgestochen.

Ich *habe* ihn gestochen

Er ist sehr entspannt damit umgegangen.

Netter Kerl.

Glückliche Mel.

Und ich kann mich glücklich schätzen, sie beide hier bei mir zu haben.

Doch wie lange mochten sie bleiben? Sie hatte sie nicht gefragt. Sie würden bald wieder zur Uni müssen, eventuell schon morgen.

Mach dir darum jetzt keine Gedanken.

Jetzt gibt es nichts, über das du dir Gedanken machen müsstest.

Sie rollte sich herum. Der Pyjamastoff strich wohlig über ihre Haut. Sie hatte die Decke bis zum Hals hochgezogen. Schließlich schlief sie ein.

»Meinst du, wir passen beide auf das Sofa?«, fragte Bodie.

»Wer will denn schlafen?«

»Ich«, erwiderte er. »Ich bin kaputt. Schließlich habe *ich* nicht die halbe Fahrt lang hinten im Van gepennt, erinnerst du dich?«

»Ich weiß nicht, was mit dir ist, aber ich will das Band hören.«

»Ich glaube nicht, dass es Pen recht wäre.«

»Sie muss es nicht erfahren.«

Bodie setzte sich auf die Couch. Er tätschelte das Kissen, das neben ihm lag. »Ich werde dir schmutzige Sachen ins Ohr flüstern.«

»Das ist nicht witzig. Was immer der Kerl gesagt hat, es hat sie zu Tode erschreckt. So habe ich sie noch nie erlebt.«

»Ich hatte eigentlich angenommen, Wahnsinn wäre ihr *Dauerzustand.*«

»Nun mach schon.«

Bodie stand auf. Sein Puls ging schnell, und er stand bewegungslos da und wartete darauf, dass der leichte Schwindel, der ihn erfasst hatte, nachließ.

»Alles in Ordnung?«

»Mein Körper signalisiert mir, dass ich mich hinhauen soll.«

»Dann hau dich hin«, sagte Melanie und klang ein winziges bisschen verärgert. »Ich höre mir das Band allein an.«

»Schon gut. Ich bin aufrecht und wach.«

Er folgte ihr. Auf der Suche nach dem Anrufbeantworter wanderten sie durch die gesamte Wohnung. Anscheinend hatte Pen ihn noch nicht besessen, als Melanie bei ihr gewohnt hatte. Schließlich führte sie ihn in ein Büro neben Pens Schlafzimmer. Der Anrufbeantworter stand auf dem Tisch. Leer.

Melanie warf einen mürrischen Blick darauf. »Die Kassette muss irgendwo hier rumliegen«, flüsterte sie.

Sie suchte im Mülleimer.

Bodie entdeckte die Kassette auf dem Teppich in der hinteren Ecke. Er drehte sie in der Hand. Sie sah unversehrt aus.

»Mach die Tür zu«, flüsterte Melanie.

Leise schloss er die Tür und kehrte zum Tisch zurück. Melanie schob die Kassette in das Fach und ließ es zuschnappen. Sie spulte das Band zurück und drückte auf Play.

»Hallo Schatz. Schade, dass du nicht da bist …«

Melanie drehte die Lautstärke runter.

Die Stimme klang hässlich und böse. Sie würde auch hässlich und böse klingen, wenn sie eine McDonald's-Speisekarte vorläse, dachte Bodie. Doch was sie sagte … Er malte sich aus, wie Pen zuhörte, stellte sich vor, wie sie sich gefühlt haben musste. Allein im Apartment. Der kranken Lust eines Fremden ausgesetzt, verletzt und verängstigt.

Das Band nahm nur verhältnismäßig kurze Nachrichten auf, aber der Drecksack hatte genug Zeit, ihr mitzuteilen, was er zu tun gedachte, bevor ein Piepen ihm mitten im Satz das Wort abschnitt.

»Ich weiß nicht, worüber sie sich so aufregt«, murmelte Melanie. »Bloß ganz gewöhnliche Unflätigkeiten …«

»Was hältst du davon, wenn ich meine Zunge in …«

»Das ist echt abartig«, flüsterte Bodie über die plappernde Stimme hinweg.

»*So* schlimm ist es nicht«, meinte Melanie. »Pen muss bescheuert sein, sich davon derart runterziehen zu lassen. Ich habe auch schon ein paar fiese Anrufe erlebt. Ich bin da aber nie so ausgerastet.«

Der Typ hatte noch mal angerufen. »Blas mir einen, Schätzchen. Schön weit aufmachen. Kau mir ordentlich einen ab. Ich will dir meine Ladung die Kehle runterspritzen. Komm schon, aufmachen. Schön weit aufmachen, du Hure. Ja, ja. Tief rein damit. Schluck meinen Schwanz und *piiiep*.«

Drei erledigt. Noch eine.

Bodie holte tief Luft.

Die vierte Nachricht begann.

»Pen, Joyce hier. Dein Vater hatte einen schrecklichen Unfall. Ich bin in der Notaufnahme des Beverlywood Medical Center, das am Pico liegt. Komm bitte, so schnell du kannst.«

7

Pen wurde aus dem Schlaf gerissen. Jemand klopfte an ihre Tür. Warum war die Tür zu, und wer …? Dann dämmerte es ihr. Melanie ist hier. Und Bodie, ihr Freund. Der Typ, den ich angestochen habe.

Was, wenn ich ihn umgebracht hätte?

Sie schien innerlich zusammenzuschrumpfen.

Die Tür ging auf, und Melanies Gesicht erschien im Spalt. Sie sah gequält und verstört aus. »Du solltest dich besser anziehen.«

»Was ist passiert?«

»Wir haben das Band angehört.«

Pens Kehle schnürte sich zusammen. »Verflucht noch mal, vielen Dank auch. Du und Bodie, ihr beide?«

»Joyce war drauf.«

»Hä?«

»Auf dem Band. Dad ist verletzt. Sie haben ihn in die Notaufnahme gebracht. Joyce hat nicht gesagt, wie es um ihn steht, nur dass er einen schrecklichen Unfall hatte.«

»O Gott. Bitte nicht.«

»Wir müssen uns auf den Weg machen.«

»Ja. Ja, klar. Gib mir eine Minute.«

Die Tür wurde zugezogen.

Pen sprang aus dem Bett und dann aus dem Pyjama.

Ein Unfall. Dad.

Wie in Trance nahm sie einen Slip aus der Schublade und schlüpfte hinein. Sie zerrte ihn noch immer hoch, als sie schon zum Schrank eilte, wo sie eine weiße Hose vom Bügel riss, hineinstieg und nach der nächstbesten Bluse griff. Sie war burgunderrot, aus Seide und viel zu schick für die Hose. Es war ihr gleichgültig. Sie zog sie an und schob die Füße in ein Paar Sandalen, während sie die Knöpfe schloss. Sie ließ die Bluse über den Bund hängen. Auf dem Weg zur Tür zog sie den Reißverschluss der Hose hoch.

»... sie anrufen«, sagte Bodie gerade, als sie ins Wohnzimmer trat. »Sie kann dir vielleicht sagen, wie es ihm geht.«

»Kann sein.«

»Joyce anrufen?«, fragte Pen. »Ja.« Sie drehte sich auf dem Absatz um und ging in die Küche. Ihr ausgestöpseltes Telefon lag nach wie vor auf dem Kühlschrank. Sie nahm es, schloss es an und wählte mit zittrigen Fingern. Melanie erschien direkt neben ihr.

Besetztzeichen.

Sie legte auf. »Ist besetzt.«

Melanie schloss die Augen und stieß hörbar die Luft aus, als seien die aufgeschobenen Neuigkeiten ein Segen.

Pen zog das Mädchen sanft an sich. Melanie schlang die Arme um ihre große Schwester und drückte ihre Stirn an deren Hals. Ihr Atem drang heiß durch den Stoff der Bluse. »Mach dir nicht zu viele Gedanken, okay?«

»Ich habe furchtbare Angst.«

»Ich auch.«

»Was, wenn er tot ist?«

»Das ist er nicht. Sonst hätte Joyce es gesagt.« Allerdings war mein Telefon nicht angeschlossen, überlegte Pen. Möglicherweise hatte Joyce durchaus versucht, noch ein weiteres Mal anzurufen. »Los, Mel.« Sie schob das Mädchen von sich. »Weißt du, wo sie ihn hingebracht haben?«

»Ins Beverlywood Medical Center.«

»Gut. Das ist nicht weit.«

Sie eilten zur Vorderseite des Apartmentkomplexes. Bodie bot an, das Fahren zu übernehmen. Sein blauer Transporter parkte direkt am Bordstein. Pen setzte sich auf den Beifahrerplatz und wies den Weg, während Melanie zwischen den Vordersitzen hindurch nach hinten kroch und die Rückenlehnen umklammerte.

Das Taubheitsgefühl, das sich in Pen ausgebreitet hatte, wollte einfach nicht verschwinden. Nichts von dem, was gerade geschah, kam ihr echt vor.

»Bieg nach rechts auf den Pico ab«, sagte sie.

Als Pen am Ende des nächsten Blocks schließlich das Krankenhaus erblickte, fühlte sie sich wie in einem Fahrstuhl, dessen Boden sich unter ihren Füßen öffnete.

»Das ist es«, stieß sie hervor.

Bodie steuerte den Straßenrand an. »Ist das nah genug?«

»Prima«, antwortete Melanie.

Näher will ich gar nicht ran, dachte Pen.

Sie stiegen aus. Bodie fütterte die Parkuhr. Melanie ergriff seine Hand, und Pen ging voran.

Der Morgenhimmel war tiefblau. Die milde Brise, die nach dem Regen der letzten Nacht besonders frisch duftete, wehte Pens Bluse gegen ihre Haut. Sie bemerkte, dass sich das gut anfühlte, und fragte sich, warum sich in diesem Moment überhaupt irgendetwas gut anfühlen konnte, mit ihrem verkrampften Magen und den wackligen Beinen, die kaum in der Lage waren, sie aufrecht zu halten – und mit ihrem Vater, der sich in dem Gebäude vor ihnen befand …

Er lebt. Es kann nicht anders sein. Bitte.

Eine Frau mit Kinderwagen kam ihnen entgegen.

Er hatte sich immer ein Enkelkind gewünscht.

Erst vor einer Woche hatte er noch gesagt: »Ich werde nicht jünger, falls dir das entgangen ist. Warum gibst du dir nicht wie eine anständige Tochter ein bisschen Mühe und lässt dich schwängern?«

Pens Hals wurde eng. Ihre Augen begannen zu brennen.

Fang jetzt bloß nicht an zu heulen, Himmelherrgott.

Es geht ihm gut, verdammt noch mal.

Lass dich keinesfalls vor Melanie gehen. Reiß dich zusammen.

Sie sah über die Schulter. Melanie hielt Bodies Hand und starrte stur auf den Bürgersteig. Bodie fing ihren Blick auf. Sie fragte sich, wie er, der sich plötzlich mitten in einer Familientragödie wiederfand, sich wohl fühlen mochte. Wahrscheinlich wünscht er sich innig, Phoenix nie verlassen zu haben. Erst wird er fast abgestochen, und jetzt das hier.

An der Ecke bewegte sich Pen Richtung Fußgängerüberweg. Sie drückte einen Knopf auf dem Ampelmast und wartete. Jenseits des Pico Boulevard lag eine Einfahrt, die mit »Eingang Notaufnahme« markiert war. Am Bordstein parkte ein Streifenwagen.

Das grüne Licht leuchtete auf. Sie wollte gerade über die Bürgersteigkante treten, als sich eine Hand von hinten auf ihre Schulter legte und ihren Lauf abrupt und nachdrücklich stoppte. Ein großer roter Umriss raste dröhnend vorbei und erfasste sie in seinem Windschatten. Sie stolperte einen Schritt rückwärts und erblickte das Heck eines deutlich zu schnell fahrenden Porsches.

»Das Arschloch ist über Rot gefahren«, sagte Bodie leise.

Pen drehte sich zu ihm um. Er löste die Hand von ihrer Schulter. »Danke. Ich sollte wohl besser aufpassen, wo ich hintrete.«

Melanie hatte sich eine Hand aufs Herz gelegt. Mit ihren weit aufgerissenen Augen und dem angehaltenen Atem sah sie aus, als wäre sie von einem Geist angesprungen worden.

»Alles klar mit dir?«, fragte Pen sie.

Sie nickte.

Das Rot für Fußgänger blitzte bereits auf, weshalb sie das nächste Grün abwarteten. Als es kam, inspizierte Pen prüfend die Kreuzung, bevor sie die Sicherheit des Bürgersteigs verließ.

Sie ging auf die Zufahrt der Notaufnahme zu, bis ihr bewusst wurde, dass sie dort nicht reinkommen würde und sie sich unschlüssig zu Bodie und Melanie herumdrehte. Sie zuckte die Achseln, trat an ihrer Schwester und deren Freund vorbei und entdeckte einen Eingang gegenüber dem Beverly Drive.

Als die Glastüren auseinanderglitten, schien sich ihr Lähmungsgefühl auszudehnen und gleichzeitig zu verstärken.

Sie betrat einen Empfangsraum. Eine junge Frau, die auf ihrer Unterlippe herumkaute, warf ihr einen nervösen Blick zu und wandte sich schnell wieder ab. Sie saß auf einer Bank und hielt einem flachsblonden Kind die Hand. Das Kind war höchstens fünf Jahre alt und hatte sich vorgebeugt, um eine dunkelhäutige Frau anzuglotzen, um deren Arm ein blutiger Lappen gewickelt war. Die schwarze Frau saß auf einem Stuhl vor der gegenüberliegenden Wand, hielt sich den verletzten Arm und wiegte sich vor und zurück, wobei sie unablässig und leise summte. Ihre Augen blickten ausdrucksslos ins Leere. Das Kind unterbrach sein Anstarren gerade lang genug, um die drei Neuankömmlinge zu beäugen und offenbar auf irgendwelche Wunden hin zu inspizieren.

Pen wandte sich der Bürozelle zu ihrer Linken zu. Durch die gläserne Trennwand sah sie zwei Frauen in weißen Uniformen. Eine davon saß an einem Tisch. Die andere – sie war sehr dick und trug ihr braunes Haar in einer Prinz-Eisenherz-Frisur – sah von ihrem Papierkram auf, lächelte Pen an und näherte sich der Fensterscheibe.

Pen erstarrte.

Sie war hier – nur wenige Schritte, wenige Sekunden davon entfernt, die endgültige Wahrheit zu erfahren –, und die Tragweite dieses Augenblicks lähmte sie. Sie konnte sich keinen Millimeter bewegen. Ihre Beine zitterten und wurden weich. Sie gaffte die Frau an und keuchte nach Luft.

Bodie ging um sie herum und beugte sich nah an das Fenster. »Wir haben gehört, dass nach einem Unfall gestern ein Whit Conway eingeliefert wurde. Das sind seine Töchter. Sie machen sich große Sorgen um ihn und wollen unbedingt wissen, wie es ihm geht.«

Die Frau sah auf irgendetwas hinab. »Geht es um Whitman Conway?«

»Genau.«

»Er wurde gestern Abend mit dem Krankenwagen eingeliefert, in Begleitung seiner Ehefrau.« Sie verstummte, las jedoch weiter in ihrem Dokument.

Pens Magen tat einen aufgeregten Hüpfer.

Melanie ergriff ihre Hand.

»Die Aufnahmediagnose lautete auf beidseitige Patella-Fraktur …«

»Was heißt das?«, wollte Bodie wissen.

»Beide Kniescheiben waren gebrochen. Sein rechter Oberarm ebenfalls«, fügte sie hinzu. Sie wischte sich über den

Mund. »Außerdem hatte er eine schwere Kopfverletzung. Er war ohne Bewusstsein, als sie ihn brachten.«

Melanies Hand zuckte in Pens Griff.

»Er wurde dann zur Operation ins Krankenhaus überwiesen. Ich habe hier nur die Notfallambulanz-Berichte vorliegen, also müssen Sie wegen seines aktuellen Zustands im Hauptkrankenhaus nachfragen.«

Sie erklärte Bodie den Weg dorthin. Er nickte, bevor er fragte: »Können Sie Ihren Unterlagen entnehmen, wie er verletzt wurde?«

»Er wurde von einem Wagen erfasst, als er in Beverly Hills eine Straße überquerte. Es war Fahrerflucht.«

Bodie bedankte sich bei ihr. Dann übernahm er die Führung und ging durch eine Tür im hinteren Teil des Raums. Pen und Melanie folgten ihm in einen Korridor.

Von einem Wagen erfasst. Pen dachte an ihren eigenen Beinahe-Unfall draußen auf dem Boulevard, doch in ihrer nachträglichen Vorstellung gab es keinen Bodie, der sie rettete, und das Auto rammte sie genau auf Kniehöhe. Sie flog mit dem Kopf voran auf die Windschutzscheibe zu.

Dad.

Eine schwere Kopfverletzung.

Operation.

Wenigstens lebt er noch, sagte sie sich. Wenigstens lebte er noch, als er die Notaufnahme verließ.

Die Frau hätte davon gewusst, wenn er inzwischen gestorben wäre, nicht wahr? Aber vielleicht auch nicht. Oder vielleicht wusste sie es, überließ es jedoch lieber jemand anderem, die Nachricht zu überbringen.

Der Korridor mündete in einen weiteren Empfangsbereich. Zweifach verglaste Flügeltüren gewährten Blick auf den Pico. Hinter dem Infoschalter saß eine Frau.

»Ich bringe den Stand der Dinge in Erfahrung«, sagte Bodie. »Ihr zwei könnt euch hinsetzen.«

Pen nickte und führte Melanie zu einem Sofa nah bei der Wand, auf dem beide Platz nahmen.

Bodie sprach mit der Frau am Schalter. Sie machte einen Telefonanruf und erklärte Bodie etwas. Er kehrte zu ihnen zurück und setzte sich neben Melanie. »Ein Arzt kommt und spricht mit uns.«

Sie warteten.

Pen rieb sich die schweißnassen Hände an ihrer Hose trocken.

Tut mir leid, wir haben alles Menschenmögliche versucht.

Ein Mann kam durch eine Tür am anderen Ende der Lobby und lief schnurstracks auf sie zu. Er war nicht der alte, ausgelaugte und klapprige Mediziner, den Pen erwartet hatte. Er sah jung aus, kaum über dreißig, attraktiv, lebhaft und dynamisch. Eigentlich hätte er in eine weiße Tennis-Kluft gehört, trug aber eine graue Hose, ein offenes weißes Jackett, ein Hemd mit Schottenmuster und eine locker gebundene grüne Krawatte. Außerdem hatte er ein Klemmbrett bei sich.

Pen versuchte, in seiner Miene zu lesen. Sie war geschäftsmäßig und professionell verschlossen und gab nicht das Geringste preis.

Bodie stand bereits.

Pen drückte sich ihrerseits hoch. Melanie zögerte und erhob sich dann auch.

»Ich bin Dr. Gray«, stellte er sich vor und schüttelte Bodies Hand. »Ich bin der Neurochirurg, der Mr. Conway operiert hat.« Er hatte eine angenehme Stimme und ein angenehmes Lächeln.

»Wie geht es ihm?«, fragte Melanie, ihre Stimme kaum mehr als ein ersticktes Flüstern.

»Der Zustand Ihres Vaters ist stabil.«

Seine Worte zerrissen die Nebelwand in Pens Geist.

Dad ist in Ordnung.

Die Tränen kamen und flossen, und sie dachte: Schon gut, dafür hat jeder Mensch Verständnis, o mein Gott, er ist nicht tot, er kommt durch. »Können wir ihn sehen?«, fragte sie. Heulend, flennend. Ich flenne. Ist mir egal.

»Selbstverständlich. Doch zunächst müssen wir einiges besprechen. Wenn Sie mir bitte folgen wollen?«

Besprechen.

Das klingt gar nicht gut.

Dr. Gray geleitete sie in ein Büro. Sie nahmen auf weich gepolsterten Stühlen Platz, er setzte sich auf die Tischkante und sah sie an.

»Ihr Vater hat ein sogenanntes Subduralhämatom erlitten. Durch den Unfall und die Wucht des Aufpralls sind Blutgefäße in seinem Gehirn geplatzt. Wir haben ihn letzte Nacht unverzüglich nach seiner Einweisung operiert, den Schädel geöffnet, den sich im Inneren aufgebauten Druck gelindert und die Blutungen gestoppt. Die Operation ist gut verlaufen. Dennoch hat Ihr Vater gewisse Hirnschäden davongetragen, was im Falle eines solchen Traumas, einer derartigen Gewalteinwirkung, nahezu unvermeidlich ist.« Dr. Gray rieb sich mit ernstem Ausdruck über das Gesicht, als wollte er es auf Bartstoppeln prüfen. »Ich habe Patienten vollständig genesen sehen, die sich in schlimmerem Zustand als Ihr Vater befanden. Ich habe andere gesehen, die weniger Glück hatten. Doch Ihr Vater ist für einen Mann in seinem Alter in hervorragender körperlicher Verfassung, weshalb wir uns einen gewissen Optimismus erlauben können. Nichtsdestotrotz ist er gegenwärtig komatös.«

»Er liegt im *Koma*?«, fragte Bodie.

»Seit dem Zeitpunkt des Unfalls hat er das Bewusstsein nicht wiedererlangt. Sein Zustand ist dennoch nicht akut kritisch. Wir haben lebenserhaltende Maßnahmen eingeleitet und ihn an die Herz-Lungen-Maschine angeschlossen, und sein Zustand wird permanent überwacht. Seine Vitalparameter machen einen guten Eindruck.«

»Glauben Sie denn, dass er aus dem Koma erwachen wird?«, fragte Bodie.

»Das kann man nie wissen. Er könnte heute rauskommen oder nächste Woche ...«

»Oder nie«, sagte Melanie.

»Auch das wäre möglich. Aber wir tun für ihn, was wir können.«

8

Bodie stand am Fuß des Betts. Melanie war neben ihm und starrte auf ihren Vater, während Pen an die Seite trat und seine Hand ergriff.

Ein Laken bedeckte ihn bis zur Brust. Schläuche steckten in seinen Nasenlöchern und Armen. Der obere Teil seines Kopfs war bandagiert.

Der Herzmonitor zeigte eine gezackte grüne Linie und piepte regelmäßig, genau wie solche Apparate es immer im Fernsehen taten – was das Höchste an Erfahrung war, die Bodie mit solchen Dingen bislang hatte. Das Beatmungsgerät gab ein zwitscherndes Geräusch von sich, während es Luft in die Lungen des Mannes pumpte. Irgendwo hatte Bodie einmal den Begriff »Bird-Respirator« gehört. Da er nicht wusste, dass der Entwickler eines bestimmten Beatmungsgeräts den Namen Bird trug, nahm er an, dass das Teil seines vogelartigen Betriebslärms wegen so hieß.

Das alles war hochinteressant.

Er wollte nichts als raus hier.

Der Arzt hatte es ziemlich harmlos klingen lassen, fast so, als wäre das Koma lediglich ein geringfügiger, unbedeutender Rückschlag. Doch mit all seinen Schläuchen und Verkabelungen und dem Verband sah der alte Herr eher wie ein Experiment aus, das Viktor Frankenstein an einem seiner schlechteren Tage durchführte.

»Dad, ich bin's, Penny. Der Doktor sagt, dass du gute Fortschritte machst und wieder gesund wirst. Melanie ist auch hier.«

»Hi Dad«, sagte Melanie.

Seine Brust hob und senkte sich, aber er zuckte nicht mal mit den Augenlidern. Der Herzmonitor piepte im selben Rhythmus wie zuvor.

Gut, dass es keine Fernsehsendung ist, dachte Bodie, denn sonst würde sich die Linie auf dem Bildschirm der Maschine in ungefähr diesem Moment verflachen und dieser lange durchgehende jaulende Ton erklingen.

So weit, so gut.

Allerdings war er nicht scharf darauf, in der Nähe zu sein, wenn das passierte.

Es schien eine Menge Zeit zu vergehen, bis Dr. Gray ihnen nahelegte zu gehen. »Sie können heute Abend um acht wiederkommen und ihn für ein paar Minuten sehen. Vielleicht hat sich sein Zustand bis dahin verbessert.«

Pen drückte die Hand ihres Vaters. »Wir kommen dich heute Abend wieder besuchen, Dad.« Behutsam ließ sie die Hand los und zog sich zurück.

Melanie schwieg – als wüsste sie, dass es nichts zu sagen gab.

Sie verließen das Zimmer. Dr. Gray führte sie zum Fahrstuhl und gab sich ein weiteres Mal Mühe, ihnen zu versichern, dass die Lage nicht hoffnungslos war, bevor sie sich trennten.

Als sich die Fahrstuhltür zuschob, rief eine Stimme: »Halt, würden Sie uns bitte mitnehmen?« Bodie drückte auf den Knopf, der die Tür öffnete. Ein Krankenpfleger rollte eine Bahre in die Kabine. Auf der Krankentrage lag eine stockbesoffene alte Frau mit teigig gelbem Gesicht und fettigen

Haaren. Der Fahrstuhl fuhr abwärts, und Bodie, erfüllt von dem Wunsch, die Zeit zurückdrehen zu können, damit sich die Tür vor ihrer Nase geschlossen hätte, versuchte angestrengt, nicht zu atmen.

Krankenhäuser. Liebreizende Orte.

Die alte Schachtel litt an einem schweren Fall von akuter Todesfäule, und er hoffte inständig, dass die Sache nicht ansteckend war.

Endlich glitt die Tür auf, und er hastete ins Freie. Der Pfleger und seine schauderhafte Patientin blieben. Sie fuhren weiter nach unten. Was war dort im Keller? Ist das nicht der Ort, an dem Krankenhäuser ihre Toten aufbahren? Dafür war die Alte noch ein bisschen früh dran.

Bodie ließ sich zurückfallen und ging neben Melanie her auf die Türen zu, die aus der Lobby führten. Und dann trat er in das Sonnenlicht und die frische, saubere Luft hinaus. Nun ja, es hing ein dezenter Duft nach Auspuffabgasen von den auf dem Pico herumfahrenden Automobilen darin, doch das war deutlich angenehmer als die Krankenhaus-Luft, die nach Bohnerwachs, Desinfektionsmittel und, weitaus schlimmer, nach Verwesung und Tod roch.

»Es ist ziemlich angenehm, da wieder rauszukommen«, sagte Pen.

Sie warteten an der Ecke. Das Fußgängerzeichen der Ampel leuchtete grün auf. Ein RTD-Bus donnerte stur über die Kreuzung, als würden Ampeln nur für Pkw gelten. Bodie fiel der Porsche ein, der beinahe Pen überfahren hätte.

Eine gefährliche Stadt.

Wenn sich alles ein klein wenig anders entwickelt hätte, wäre Dr. Gray an diesem Morgen eventuell mit *ihrem* Kopf beschäftigt gewesen.

Ich brauche dringend Schlaf, dachte Bodie, während er die Straße überquerte. »Vielleicht sollten wir uns ein Motel suchen«, sagte er.

»Ihr zwei könnt doch bei mir wohnen«, schlug Pen vor. Ihre Stimme klang ermattet und flach. »Nehmt mein Bett. Ich passe auf die Couch.«

Bodie fuhr ein leichter Erregungsschauer über den Rücken. »Von mir aus gern.«

»Ich weiß nicht«, meinte Melanie. Sie klang ebenfalls erschöpft. »Vielleicht doch lieber ein Motel.«

»Das hat keine Eile«, sagte Pen. »Ihr könnt euch später entscheiden. Jetzt sollten wir erst mal zu Joyce rüberfahren.«

»Weshalb?«

»Sie ist Dads Ehefrau.«

»Schöne Ehefrau. Sie war nicht mal bei ihm. Warum war sie nicht da? Sollte eine Ehefrau nicht eigentlich an der Seite ihres Mannes sein, wenn er halb tot im Krankenhaus liegt?«

»Er ist nicht halb tot.«

»Wirklich nicht? Dann dreivierteltot? Sieben Achtel?«

»Hör auf damit, Mel.«

»*Mom* wäre bei ihm geblieben.«

»Sie haben *uns* nur ungefähr fünf Minuten mit ihm erlaubt.«

»Es gibt ein Wartezimmer.«

»Sieh mal, wir wissen es doch gar nicht genau – vielleicht hat sie die ganze Nacht dort verbracht.«

»Ich hoffe sehr für sie, dass sie das getan hat.«

»Möglicherweise solltest *du* sie nicht treffen, wenn du dich derartig aufführst.«

»Ich habe eine tolle Idee. Du fährst ohne uns hin. Grüß sie von mir.«

»Okay.«

Sie kamen zu Bodies Van und stiegen ein. Er ließ den Motor an. »Wohin?«, fragte er.

»Zu meinem Apartment, schätze ich«, antwortete Pen. »Ich fahre mit meinem Wagen zu Dads Haus, und ihr zwei könnt etwas Schlaf nachholen.«

»Schon gut, vergiss es«, sagte Melanie hinter ihnen. »Ich will sie eigentlich doch sehen.«

»Meinst du das ernst?«

»Ja, ich meine es ernst. Es gibt da ein paar Fragen, die ich ihr gern stellen würde.«

Pen drehte sich in ihrem Sitz um und sah sie an. Durch die Bewegung verschob sich ihre Bluse. Zwischen zwei Knöpfen klaffte plötzlich ein Spalt, durch den Bodie einen Blick auf die geschmeidige Haut einer Brust erhaschen konnte. »Welche zum Beispiel?«, fragte Pen.

»Zum Beispiel, wo sie war, als Dad angefahren wurde.«

»Sie war bei ihm«, sagte Bodie. »Und sie war auch bei ihm, als er in die Notaufnahme gebracht wurde.«

»Wie kommt es, dass *sie* nicht verletzt ist?«

»Das werden wir herausfinden«, sagte Pen. Ihre Bluse spannte sich eng über dem Busen. Der glänzende Stoff lag wie gegossen darum, prall und rund und mit kleinen abgeflachten Spitzen, die ganz vorne leicht hervortraten. Bodie spähte erneut auf den Streifen Haut. Dann legte er den Sicherheitsgurt an. »Lass es aber nicht in ein Verhör ausarten«, fügte Pen hinzu. »Joyce ist Dads Frau, egal, was du von ihr hältst. Dad liebt sie, also haben wir ihr mit Respekt zu begegnen. Klar?«

»Schätze schon.«

Pen wandte sich nach vorne.

»Wo muss ich lang?«, fragte Bodie, sah ihr in die Augen und achtete sorgsam darauf, den Blick nicht tiefer zu senken. Ihr Gesicht war allerdings auch kein schlechter Anblick.

»Fahr an der Ampel links.«

Er nickte, sah aufmerksam im Seitenspiegel nach dem Verkehr und gab Gas.

Ihm wurde bewusst, dass er sich inzwischen ziemlich gut fühlte – ein gewaltiger Unterschied zu seinem Zustand von vor wenigen Minuten.

Es war keine Sünde, Pen anzuschauen.

Wenn wir bei ihr unterkommen, werde ich reichlich Gelegenheit dazu haben.

Er wünschte, er hätte nichts von einem Motel gesagt. Es war mehr oder weniger klar, dass Melanie lieber in einem Motel als bei Pen wohnen würde.

Das wird schon klappen, dachte er.

Ich werde auf Geldmangel plädieren.

Abgesehen von Pens gelegentlichen Richtungsangaben schwiegen die Schwestern während der Fahrt. Bodie stellte sich vor, dass sie rastlosen Gedanken nachhingen und sich fragten, wie es dazu kommen konnte, dass ihr Vater angefahren wurde, und ob er wieder gesund werden würde. Vielleicht schwelgten sie auch in Erinnerungen.

Melanie musste mehr als diese Tragödie verkraften. Sie trug dazu noch die Last ihrer Schuldgefühle.

Sie hegte eine Menge Groll, gab ihm die Schuld am Tod ihrer Mutter und war anscheinend stinksauer gewesen, als er Joyce geheiratet hatte.

Wahrscheinlich wünschte sie sich, ihn ein wenig freundlicher behandelt zu haben.

»Jetzt nach rechts«, sagte Pen.

Sie fuhren auf dem San Vicente, und die Luft, die durchs offene Fenster hereinströmte, war kühler als noch vor wenigen Minuten. Bodie nahm an, dass sie sich dem Meer näherten, obwohl noch nichts davon zu sehen war.

In der Mitte der Straße verlief ein breiter Grasstreifen, der wie eine Jogger-Oase wirkte.

Muss ein Traum für die Herzkranzgefäße sein, dachte Bodie, sich mitten in einer viel befahrenen Straße die Lunge aus dem Hals zu laufen.

»Fahr mal langsamer«, meinte Pen. »Es ist nicht mehr weit, und man sieht die Straßenmündung erst, wenn man unmittelbar daran vorbeirauscht.«

Bodie sah in den Rückspiegel und nahm dann den Fuß vom Gaspedal. Die umliegende Gegend war stark bewaldet. Er konnte die Straße noch nicht ausmachen.

Er tippte den Blinker an, bremste sanft ab, entdeckte die zwischen Büschen und Bäumen verborgene Seitenstraße und bog ein. Auf dem schmalen Weg drosselte er das Tempo. Obwohl keine Häuser sein Blickfeld kreuzten, bemerkte er Anzeichen dafür, dass es welche gab: zwischen den Hecken und Rankengewächsen aufblitzende Teile von Gartenzäunen, Briefkästen auf verwitterten Holzpfosten, hier und da eine Garage, ein Zufahrtstor oder ein paar halb auf der Straße geparkte Autos, um die er vorsichtig herumsteuern musste.

Die Karren waren nicht von schlechten Eltern: ein Jaguar, ein Porsche, ein Ferrari und ein Mercedes, der unter den schnittigen Sportwagen gigantisch groß und fast wie ein Fremdkörper wirkte.

»Hinter dem Mercedes kannst du rechts ranfahren«, wies Pen ihn an.

Apropos Fremdkörper – sein VW-Van neben all diesen protzigen Fahrzeugen. Die Leute würden denken, er gehöre irgendeinem Hausangestellten. Vielleicht einem Lebensmittellieferanten. Partyservice für eine Feier auf der Conway-Residenz.

Ein Leichenschmaus.

Er manövrierte seinen Transporter so weit rechts wie möglich. Zweige von Büschen kratzten über die Flanke. Das Gefährt ragte nach wie vor ein gutes Stück auf die Straße hinaus, allerdings nicht weiter als der Mercedes.

Er sprang hinaus. Statt sich durch die kaum zu öffnende Beifahrertür zu quetschen, schwang Pen die Beine auf den Fahrersitz und rutschte darüber hinweg, wobei sie sich am Lenkrad vorwärts zog. Bodie gab sich Mühe, den Blick auf etwas anderes als ihre Bluse zu richten.

Er streckte die Hand aus. Pen ergriff sie, und er half ihr heraus.

»Danke.«

Er ließ ihre Hand los, möglicherweise ein bisschen zu hastig. Melanie hatte die Rückenlehne vorgeklappt. Er schob sich hinein, umfasste behutsam ihren Oberarm und verlieh ihr Halt, als sie ausstieg.

Sie gingen an dem grauen Mercedes vorbei. Melanie betrachtete ihn mit finsterem Blick.

Nahe der Front des Wagens stand ein Briefkasten, der den anderen, die sie entlang der Straße gesehen hatten, ähnelte. Auf diesem prangte in schwarzen Metallbuchstaben der Name CONWAY.

Eine Lücke zwischen den Büschen gab ein hölzernes Gatter preis. Ein Stückchen weiter den Weg hoch bot eine Lücke im dichten Blattwerk Platz für eine Garage. Das geschlossene Garagentor befand sich nur einen knappen Meter jenseits der Straße. Ist bestimmt heikel, rückwärts rauszufahren, vermutete Bodie.

Pen ging voran, entriegelte die Eingangspforte und ließ sie aufschwingen. Sie trat hindurch, gefolgt von Melanie. Bodie kam als Nächster und machte das Tor wieder zu.

Der Rasen war ein akkurat getrimmter grüner Teppich. Der größte Teil davon lag im Schatten von Bäumen, die Bodie die Sicht auf das obere Stockwerk des Hauses verstellten. Der Fußpfad führte an einem kleinen Springbrunnen aus Beton vorbei. In der Mitte des Brunnens stand eine pummelige Putte, die bis auf ein spitzbübisches Lächeln nichts am Leib trug. Aus dem Messing-Penis sprudelte Wasser und spritzte in das Becken hinab.

Bodie fragte sich, ob dieses Ding auf Whits Konto ging. Es handelte sich entweder um einen Ausdruck von Oberschichts-Geschmacksraffinesse in ihrer allerschlimmsten Form oder einen gelungenen bösen Witz. Er hoffte auf Letzteres. Ein Kerl, der auf pissende sakrale Standbilder abfährt, wäre ganz nach seinem Geschmack.

Das weiße Stuckhaus sah aus wie eine Hacienda. Vorne verlief entlang der gesamten Front eine offene Veranda, der ein rotes Ziegeldach Schatten spendete. Ein Dutzend Blumentöpfe hingen an Seilen vom Verandadach herab. Dahinter standen einige weiße schmiedeeiserne Stühle sowie ein passendes Zweiersofa, das höchstwahrscheinlich nicht besonders gemütlich war, aber irgendwie fröhlich aussah. Zu beiden Seiten der Vordertür gab es große Fenster.

Pen stieg auf die Veranda und klingelte an der Tür.

Bodie vernahm Glockengeläut aus dem Inneren.

Die Tür wurde von einer jungen Frau geöffnet, in deren Miene sich Trauer und Schmerz abzeichneten. »Oh, Süße«, stieß sie hervor und umarmte Pen stürmisch. Nach einer kurzen Umarmung und einem Kuss auf die Wange schien sie die andere Schwester zu bemerken. »Melanie?«

Melanie nahm Umarmung und Kuss entgegen, während sie reglos mit herabhängenden Armen dastand. Sie sträubte sich nicht, sondern nahm es wie ein Kind, das von einem lästigen entfernten Verwandten begrüßt wird.

Als die körperlichen Zuwendungen abgewickelt waren, schüttelte Joyce den Kopf. »Es ist so furchtbar. Ich bin so froh, dass ihr beide hier seid.«

»Melanie ist letzte Nacht aufgeschlagen«, erläuterte Pen. Sie sah sich um. »Das ist Bodie, ihr Freund.«

»Freut mich, Sie kennenzulernen«, sagte Bodie und trat einen Schritt vor, um die angebotene Hand zu schütteln.

Stiefmama war im passenden Alter für eine ältere Schwester und mit den Zügen eines Models gesegnet, das gerade einen weißen, über der Hüfte gegürteten Overall auf dem Laufsteg präsentierte. An den Brüsten und Oberschenkeln befanden sich Taschen mit Reißverschluss, und ein einzelner langer Reißverschluss verlief die komplette Front hinab. An jedem Verschluss baumelte ein großer goldener Anhänger, wodurch sie problemlos aufzuziehen waren.

Um ihren Hals lag eine schmale Goldkette.

Sie war leicht gebräunt, hatte tolle Kurven und trug korallenroten Lidschatten. Ihre feinen Augenbrauen waren eine Nuance dunkler als ihre blonden Haare. Das Haar war jungenhaft-koboldgleich kurz geschnitten, als würde sie es darauf anlegen, ihre Ohren hervorzuheben, von denen große, reifenförmige Ringe herabbaumelten.

Bis gestern Abend war Whit zweifelsfrei ein außerordentlicher Glückspilz gewesen.

»Bitte«, sagte sie. »Kommt herein.«

Sie führte sie durch eine rot geflieste Diele. Der Overall saß zwar locker, spannte sich aber beim Gehen straff über ihre Hinterbacken.

Das Wohnzimmer war mit edlem Teppich ausgelegt, der den gleichen Burgunder-Farbton hatte wie Pens Bluse. Darüber hinaus befand sich darin ein Mann, der vom Sofa aufsprang, als sie eintraten.

Melanie hielt abrupt inne.

»Harrison«, sagte Pen mit leiser Stimme.

»Er ist ein wahrer Schatz in dieser schweren Zeit«, sagte Joyce.

»Pen«, sagte er. Er klang aufrichtig traurig und sah auch so aus. Er nahm ihre Hand und tätschelte sie. »Es tut mir so leid.«

Sie entzog ihre Hand seinem Griff.

Harrison wandte sich Melanie zu und schüttelte den Kopf. Ungefragt schnappte er sich ihre schlaff herabhängende Hand und drückte sie. »Was für eine schreckliche Sache«, sagte er. »Einfach schrecklich.«

»Das ist Melanies Freund, Dobie«, sagte Joyce.

»Bodie«, korrigierte er sie und schüttelte Harrison die Hand.

Der Mann pflegte einen festen Händedruck. Er war ein wenig größer als Bodie und maß knapp einen Meter neunzig. Er war schlank, doch unter seinem Polohemd zeichneten sich Muskeln ab. Bodie quetschte dem Typen die Hand etwas fester als nötig. »Harrison Donner. Ich bin Whits Kanzleipartner und ein alter Freund der Familie.«

Der alte Freund der Familie ging ungefähr auf die dreißig zu.

»Nett, Sie kennenzulernen«, sagte Bodie und ließ seine Stimme mit nachdrücklicher Wucht erklingen.

Der Mann verströmte eine ruhige, selbstbewusste Aura, die beinahe an Arroganz grenzte, aber nur beinahe.

Er ist bestimmt ein toller Hecht, dachte Bodie. Kumpeltyp und Sportskanone.

Und er gehörte ohne Frage zu dem Mercedes da draußen, obgleich ein Porsche besser zu ihm gepasst hätte.

»Setzt euch alle doch bitte und macht es euch bequem«, forderte Joyce sie auf. »Ich hole uns Kaffee.« Sie ging hinaus.

Harrison kehrte zu seinem Platz auf dem Sofa zurück. Pen ließ den Blick durchs Zimmer schweifen, bis er sich gesetzt hatte, und ging dann zum anderen Ende des Sofas hinüber. Bodie trat zu einem Polsterstuhl und pflanzte sich hinein. Melanie hockte sich zu seinen Füßen auf den Teppich. Sie legte einen Arm über sein Knie. Er streichelte den Arm.

»Wart ihr schon im Krankenhaus?«, wollte Harrison wissen.

»Wir kommen gerade daher«, gab Pen zur Antwort.

»Joyce und ich waren während der Operation dort. Ich glaube, in Anbetracht der Umstände hält sie sich ganz gut.«

Melanies andere Hand legte sich auf Bodies, drückte sie sanft und blieb dort.

»Warst du dabei, als der Unfall passierte?«, fragte Pen.

Er schüttelte den Kopf. »Joyce hat mich aus der Notfallambulanz angerufen. Sie hat zuerst bei dir angerufen, aber du warst anscheinend nicht da, und sie hat dir auf den Anrufbeantworter gesprochen. Sie brauchte jemanden, der ihr zur Seite stand.«

»Also hat sie natürlich Sie angerufen«, sagte Melanie.

»*Du* warst offenbar gerade nicht abkömmlich, junge Dame. Joyce hat über die Telefonvermittlung vergeblich versucht, deine Nummer in Phoenix zu erreichen.«

»Wir waren wahrscheinlich schon unterwegs«, sagte Bodie.

Harrison wirkte verdutzt.

Joyce kam mit einem Silbertablett herein. Sie stellte es vor Harrison auf dem Tisch ab und fing an, Kaffee in Porzellantassen zu schenken. Als alle gefüllt waren, fragte sie in die Runde, wer Milch und Zucker wolle. Niemand. Sie verteilte die Tassen und zitterte dabei so sehr, dass sie auf ihren Untertassen klapperten.

Eine nahm sie sich selbst und setzte sich damit auf einen Stuhl in der Nähe von Pens Sofa-Ende – ungefähr so weit von Harrison entfernt, wie es die Möblierung erlaubte.

In Bodies Augen trug die Wahl ihres Sitzplatzes irgendwas Schuldbewusstes an sich.

Ihr war offenbar klar, wie es auf die Schwestern wirken musste, sie hier mit Harrison anzutreffen.

Bodie hatte ein wenig Mitleid mit ihr.

Harrison hatte seine verwirrte Miene nicht abgesetzt und richtete sie jetzt auf Pen.

»Mal sehen, ob ich die Abfolge korrekt und vollständig überblicke. Melanie und ihr Freund waren bereits auf dem Weg nach Los Angeles, als Joyce versucht hat, sie anzurufen. Dementsprechend ist die Nachricht vom Unfall irgendwann letzte Nacht bei euch angekommen. Dann erklärt mir bitte, wo ihr seitdem gewesen seid. Du hast nicht angerufen? Du warst vor heute Morgen nicht im Krankenhaus? Hast du dir keine Gedanken über den Zustand deines Vaters gemacht?«

»Hör auf, Harrison«, warf Joyce ein.

Pen schien die Unterstützung dankbar anzunehmen. »Die Sache ist«, hob sie an, »deine Nachricht hat mich erst heute Morgen erreicht.« Sie bedachte Harrison mit einem zornigen Blick. »Ich weiß nicht, wieso wir überhaupt darüber diskutieren. Es geht ausschließlich um Dad. Ich meine, Mel und ich wissen nicht mal, wie es überhaupt dazu kam, dass er angefahren wurde. Warst du bei ihm?« Die Frage richtete sie an Joyce.

Die Frau nickte.

»Dazu kommen wir noch früh genug«, schaltete sich Harrison ein. »Ich würde gern wissen, wie Melanie von dem Unfall erfahren hat, wenn du sie letzte Nacht nicht informiert hast.«

»Warum interessiert Sie das so sehr?«, fragte Melanie.

»Sagen wir einfach, dass mich die Ungereimtheiten und Widersprüche stören. Ich bin schließlich Anwalt und verbringe einen erheblichen Teil meiner Arbeitszeit damit, solche aufzuspüren. Das ist der Weg, auf dem man sich der Wahrheit zu nähern beginnt.«

»Sie wollen die Wahrheit hören?«

Harrison nickte.

»Ich habe gesehen, wie es passiert ist.«

»Ach ja?«

»Als Vision.«

»Damit ich dich richtig verstehe: Reden wir über übersinnliche Wahrnehmung, Telepathie und so was?«

»Richtig«, antwortete Melanie.

»Und deine Vision hat dich dazu veranlasst, die Reise zu unternehmen?«

»Sie hat vorher hier angerufen«, erklärte Bodie. »Es war niemand zu Hause.«

Harrison beugte sich vor, stützte die Ellbogen auf die Knie und sah sie eindringlich ein. »Das ist erstaunlich«, sagte er. »Um welche Uhrzeit überkam dich diese Vision?«

Melanie zuckte mit den Schultern.

»Um ungefähr fünf vor neun«, gab Bodie zur Antwort. »Demnach war es hier laut Pazifik-Zeit fünf vor acht.«

Harrison zog eine Augenbraue hoch und sah Joyce an.

»Genau da ist es passiert«, bestätigte Joyce. Sie wirkte leicht erschrocken.

»Was genau hast du gesehen?«

»Ich habe gesehen, wie Dad von einem Auto überrollt wurde.«

»Kannst du den Wagen beschreiben?«

»Ich glaube nicht.«

»Und was ist mit dem Fahrer?«

Sie schüttelte den Kopf.

»Zu schade, dass deine Vision nicht ein bisschen detaillierter ausgefallen ist. Informationen dieser Art wären natürlich kein zulässiges Beweismaterial, aber wenn sie uns dabei helfen, die Identität des Fahrers zu ermitteln, könnten wir vielleicht genug Beweise auftreiben, um ihn festnageln zu können. Der Gedanke, dass jemand mit so was davonkommen könnte, ist mir zutiefst zuwider.«

Pen wandte sich an Joyce. »Du warst dabei. Hast du nicht gesehen, was passiert ist?«

»Nicht besonders gut. Es war dunkel und hat geregnet. Es handelte sich um einen Sportwagen, das ist das Einzige, was ich sicher weiß. Ich bin mir nicht mal über die Farbe im Klaren.«

»Du hast keinen Blick auf das Nummernschild erhaschen können?«

»Es lief alles so schrecklich schnell ab.«

»*Wie* lief es ab?«, fragte Melanie.

»Wir wollten bei Gerard's essen.«

»Das ist in Beverly Hills«, erläuterte Harrison. »Liegt am Canon.«

Pen nickte. »Da war ich schon mal. Es ist Dads Lieblingsrestaurant.«

»Wir waren dieses Jahr an deinem Geburtstag dort«, sagte Joyce. »Erinnerst du dich noch an seinen Parkplatz?«

»Der lag auf dem Grundstück der Bank, auf der anderen Straßenseite.«

»Da hat er auch gestern Abend geparkt. Dort parkt er immer, wenn wir zu Gerards gehen.« Sie sah Harrison an. »Whit würde lieber etliche Blocks laufen, statt einem Parkplatzwächter seinen Wagen zu überlassen.«

»Da erzählst du mir nichts Neues«, sagte er.

»Vorbeugende Karambolage-Abwehr«, fügte Pen hinzu und zitierte damit offensichtlich ihren Vater.

»Wie auch immer, da es regnete, hat er mich direkt vor dem Restaurant rausgelassen. Ich habe gesagt, er solle den jungen Angestellten seinen Wagen parken lassen. Ich meine, es hat regelrecht geschüttet, und er würde klatschnass werden. Aber er meinte: ›Regenwasser trocknet wieder. Ich gebe diesen Buggy nicht in die Hände von diesem Arschkriecher.‹ Er hat den Kellner ein Arschloch genannt. Nicht von Angesicht zu Angesicht, aber ... Egal, jedenfalls bin ich ausgestiegen und habe unter dem Baldachin auf ihn gewartet. Er fuhr über die Straße und parkte hinter der Bank. Die liegt genau auf der Ecke, wie du weißt. Also die Bank, nicht der Parkplatz. Der Parkplatz ist auf der Rückseite, und ich nehme an, dass er nicht bis zur Ecke und über den Zebrastreifen laufen wollte, da das ein längerer Weg gewesen wäre. Also ging er direkt quer über die Straße. Die Ampel an der Ecke war rot, und es kamen keine Autos. Weder aus der einen noch aus der anderen Richtung. Und dann wurde er plötzlich von diesem Wagen erfasst.« Sie presste die Lippen zu einem schmalen Strich zusammen und starrte auf die Kaffeetasse in ihrem Schoß. Als sie weitersprach, hatte ihre Stimme eine höhere Tonlage und zitterte. »Ich habe es nicht bemerkt, bevor es ihn traf. Ich schätze, ich habe auf irgendwas anderes geachtet. Ich habe gesehen, wie er über die Bürgersteigkante ging, und es herrschte kein Verkehr, und dann hörte ich dieses furchtbare Geräusch und sah, wie er über das Dach dieses Sportwagens rollte. Er hat nicht mal abgebremst, nachdem er ihn angefahren hatte. Whit … er lag mitten auf der Straße, und die Ampel war auf Grün gesprungen, und all die *anderen* Autos kamen auf ihn zu. Ich rannte los und … keiner überfuhr ihn. Ich habe sie quasi beiseitegewunken.«

»Allmächtiger«, murmelte Pen.

»Hat irgendein anderer Fahrer beobachtet, wie er angefahren wurde?«, fragte Bodie.

»Ich weiß es nicht. Die ersten Wagen wurden bloß langsamer, kurvten um mich herum und fuhren weiter. Drei oder vier. Dann hielt jemand an, aber er hatte nichts gesehen.«

»Niemand hat was gesehen. Der Portier geleitete gerade eine Gästegruppe ins Lokal, und die Parkplatzleute haben Autos eingeparkt. Egal, irgendwer hat die Polizei angerufen, schätze ich. Erst erschienen sie auf der Bildfläche, und dann ein Krankenwagen.« Sie seufzte schwer und schwieg für ein paar Augenblicke, bevor sie die Augen erneut nach unten auf ihre Kaffeetasse richtete. »Kaum vorstellbar, dass so was passieren konnte.«

»Wie *konnte* es denn passieren?«, fragte Melanie. »Dieser Wagen ist ja wie aus dem Nichts gekommen.«

»Er ist zweifellos nach rechts auf den Canon abgebogen«, sagte Harrison, »und der Fahrer hat ihn nicht gesehen, bis es zu spät war.«

»Dieser Scheißkerl. Damit kommt er nicht ungestraft davon«, flüsterte Melanie.

9

»Er … oder sie«, meinte Harrison, »wird eventuell ein paar Nächte unruhig schlafen, falls er nicht zu besoffen war, um überhaupt mitzubekommen, was passiert ist, aber solange niemand mit dem Kennzeichen auf der Bildfläche erscheint, wird er davonkommen. Ich hatte jede Menge Fälle, in denen es um Phantom-Autos ging. Ohne Kennzeichen hat man keine Chance.«

»Es ist mir eigentlich sogar egal, wer es war«, gestand Joyce. »Ich meine, wirklich *egal* ist es mir nicht, aber …«

»Und das sollte es auch nicht«, sagte Harrison. »Abgesehen von Dingen wie Strafe und Vergeltung – und der Dringlichkeit, so jemanden von der Straße zu schaffen – geht es hier um eine Anklage wegen schwerster Körperverletzung, und zwar von gewaltigem Ausmaß. Gesetzt den Fall, dass der Fahrer versichert war …«

»Wie kannst du in diesem Moment auch nur an einen Prozess *denken*? Whit liegt in einem Krankenzimmer, halb …« Sie unterbrach sich.

Halb tot, beendete Bodie den Satz für sie. Oder drei Viertel? Sieben Achtel? Die Formulierung schien die Runde zu machen.

»Tut mir leid«, entschuldigte sich Harrison. »Ich hätte das nicht anbringen sollen. Es handelt sich sowieso um einen rein hypothetischen Aspekt. Wir werden wahrscheinlich nie erfahren, wer der Fahrer war.«

Joyce hob die Tasse zum Mund und trank einen Schluck. Wie viel auch immer von ihrem Kaffee noch übrig war, der Rest war kalt geworden. Sie verzog das Gesicht, erhob sich und stellte Tasse samt Untertasse auf dem Tisch ab. Als sie zu ihrem Platz zurückkehrte, brachte sie ein Lächeln zustande und wandte sich an Melanie. »Ich hoffe, du musst nicht allzu bald wieder zur Schule.«

»Nicht sofort«, antwortete Melanie. »Ich will bleiben, bis …« Sie zuckte die Achseln. »Wir haben es noch nicht ausdrücklich besprochen, aber ich kann nicht zurück, solange sich Dad in diesem Zustand befindet. Bodie muss allerdings vielleicht bald abfahren. Er hat eine Assistentenstelle mit Lehrauftrag.«

»Ich kann sehen, dass jemand anders meinen Unterricht übernimmt«, sagte er. »Zumindest für ein paar Tage.«

»Hier gibt es reichlich Platz für euch«, sagte Joyce.

Bodie dachte über Pens Angebot nach. Er würde lieber bei ihr wohnen – das stand außer Frage. »Ich weiß nicht«, sagte er zögerlich.

»Es würde nicht die geringsten Umstände machen. Ihr dürft nicht einfach so in irgendein Motel ziehen. Ich weiß ganz genau, dass Whit das nicht erlauben würde, wenn er hier wäre. Solange ihr also in der Stadt seid, ist das hier euer Zuhause. In Ordnung?«

»In Ordnung«, sagte Melanie. »Danke.«

Pen senkte den Blick. Sie sah aus, als hätte die Zurückweisung sie verletzt, schwieg jedoch.

Raffinierter Spielzug, Mel.

»Habt ihr schon was gegessen?«, fragte Joyce.

»Bei Pen gab es Frühstück«, sagte Bodie.

»Nun, ihr zwei seid wahrscheinlich ziemlich erschöpft. Vielleicht wollt ihr euch ein wenig frisch machen.«

»Ich könnte auf jeden Fall eine Runde Schlaf vertragen«, meinte Melanie.

»Schön. Dann ruh dich doch ein bisschen aus. Habt ihr eure Sachen dabei?«

»Draußen im Van.«

»Gut. Harrison, hilf ihnen doch bitte mit dem Gepäck. Ich kümmere mich um saubere Laken und Handtücher.«

»Pen, bleibst du auch?«, fragte Bodie.

»Tja ...«

»Kein Grund zu einem hastigen Aufbruch«, sagte Joyce. »Außerdem hast du bestimmt einiges an Zeit mit deiner Schwester aufzuholen.«

Pen zögerte.

»Du willst garantiert nicht allein sein«, sagte Bodie.

»Nein, ich glaube nicht.« Sie nickte Joyce zu. »Wenn es dir nichts ausmacht, könnte ich ebenfalls ein wenig Auszeit vertragen. War 'ne harte Nacht.«

»Dann ist also alles geklärt.« Sie bewegte nachdrücklich den Kopf.

»Ich gehe euch mit den Taschen zur Hand«, sagte Harrison.

»Nicht nötig«, gab Bodie zurück. »Wir haben nicht viel.«

»Dann mache ich mich auf den Weg.«

Bodie rechnete damit, dass Joyce protestierte. Sie war schließlich extrem erpicht darauf gewesen, alle anderen bei sich im Haus zu behalten. Doch als sich Harrison vom Sofa erhob, stand sie ebenfalls auf und sagte: »Vielen Dank für alles. Ich weiß nicht, was ich ohne dich getan hätte.«

»Ruf mich an, wenn du mich brauchst.«

»Das werde ich. Nochmals danke.«

»Wirst du heute Abend zu Whit rüberfahren?«, fragte er.

Joyce nickte.

»Halt mich auf dem Laufenden.«

»Ganz bestimmt.«

»Ich bin sicher, dass alles gut ausgehen wird. Whit ist ein zäher alter Hund. Er wird nicht zulassen, dass eine solche Kleinigkeit ihn aus der Kurve trägt.«

Alle verabschiedeten sich, und Harrison verduftete. Joyce begleitete ihn nicht zur Tür.

Joyce schob den Kopf durch den Eingang zum Schlafzimmer. »Ich habe ein paar frische Waschlappen und Handtücher ins Badezimmer gelegt. Wenn ihr irgendwas braucht und nicht finden könnt, schreit einfach.«

»Danke«, sagte Bodie.

Sie ging. Bodie half Melanie dabei, das Bett frisch zu beziehen. »War das hier dein Zimmer?«, wollte er wissen.

»Ja. Allerdings ist es jetzt komplett neu eingerichtet.«

»Das beruhigt mich. Ich wette, du hättest niemals in einem Bett wie dem hier geschlafen.« Das Bett war merkwürdig und ähnelte keinem, das Bodie bislang gesehen hatte: Es war ein Einzelbett, unter dem Platz für ein zweites war. Sie hatten den unteren Teil herausgerollt, und Joyce hatte ihnen gezeigt, wie man es bis auf die gleiche Höhe der anderen Matratze brachte. »Nett von ihr, kein Gewese darum zu veranstalten, dass wir zusammen schlafen.«

»Sie weiß, dass ich mit dir zusammenlebe.«

»Dennoch gibt es Leute, die ...«

»Sie ist nicht meine Mutter.«

»Sie scheint nett zu sein.«

Melanie hob eine Augenbraue. »Bin in einer Minute wieder da«, sagte sie, während sie einen ledernen Kulturbeutel aus ihrem Koffer zog.

Bodie setzte sich aufs Bett und rieb sich über das Gesicht. Er fühlte sich müde und benebelt, und ihm war leicht übel. Schlaf würde das wieder ins Lot bringen. Und außerdem würde Schlaf eine willkommene, wenn auch nur vorübergehende Erlösung von all dem Chaos bedeuten. Es war viel los. Zu viel, als dass er über alles hätte nachdenken wollen.

Melanie kehrte zurück.

»Musst du aufs Klo?«, fragte sie.

»Ja.«

»Es ist am Ende des Flurs.«

Er quälte sich langsam hoch und hockte sich vor seinen Koffer, um Zahnbürste und -pasta rauszunehmen.

»Schau mal kurz ins Elternschlafzimmer, wenn du daran vorbeikommst«, wies Melanie ihn an.

Er folgte ihrer Empfehlung. Im Badezimmer putzte er sich den Pelz von den Zähnen, wusch sich das Gesicht und ging auf die Toilette. Dann kam er wieder.

Melanie machte die Tür zu. »Hast du das Bett gesehen?«

»Ja. Ist irgendwas besonders daran?«

»Es war nicht gemacht.«

»Nein.« Das Laken und die Oberdecke hatten auf einem unordentlichen Haufen am Fuß des Betts gelegen. »Und?«

»Wer hat es benutzt? Und wichtiger noch: Wann?«

»Keine Ahnung.«

»Rate mal.«

Bodie setzte sich und streifte die Schuhe von den Füßen. Es war wunderbar, sie loszuwerden. Ihm war nicht bewusst gewesen, wie erhitzt und eingeengt sich seine Füße angefühlt hatten. »Es muss nicht *das* bedeuten. Joyce und dein Vater hätten es gewesen sein können, bevor sie zum Restaurant aufgebrochen sind.«

»Das bezweifle ich.«

Er schälte seine klammen Socken ab und seufzte. »Vielleicht hat Joyce auch ein Nickerchen gemacht, nachdem sie vom Krankenhaus zurückgekehrt ist.«

»Sie ist mit Harrison zurückgekommen. Sie haben letzte Nacht zusammen in diesem Bett gelegen. Joyce und Harrison. In Dads Bett.«

Bodie schüttelte müde den Kopf. »Und sie hat das Bett so derangiert belassen, sodass alle es sehen können?«

»Sie wusste nicht, dass wir auftauchen würden.«

»Sie hätte das Durcheinander aufgeräumt. Jedenfalls dann, wenn sie mit Harrison rumgevögelt hätte. Selbst wenn sie das Bett nicht sofort gemacht hätte, wäre sie früher oder später unter irgendeinem Vorwand nach oben verschwunden, um das Chaos zu richten. Oder wenigstens die Tür zu schließen.«

»Nicht zwingend.«

Bodie zuckte mit den Schultern. »Wenn du meinst«, sagte er und zog sein Hemd aus. »Dennoch glaube ich, dass sie ihre Spuren irgendwie verwischt hätte, oder?«

»Das kannst du gern glauben.«

Er schnallte den Gürtel seiner Hose auf, stand auf und streifte sie zusammen mit der Unterhose die Beine hinab. Dann stieg er raus und warf sich unter die kühlen weichen Laken.

Verdammt, dachte er, wahrscheinlich haben sie es miteinander getrieben. Wäre ganz schön mies, entspricht aber wahrscheinlich den Tatsachen. Vielleicht haben sie schon seit einer geraumen Weile hinter Whits Rücken was laufen. Oder Joyce brauchte letzte Nacht dringend Trost, und Harrison hatte ihr die Gefälligkeit erwiesen.

Melanie entledigte sich ihrer Bluse. Den BH behielt sie an. Durch den transparenten Stoff waren ihre kleinen Brüste und das dunkle Fleisch ihrer Nippel zu erkennen.

Und Bodie erinnerte sich an Pen im Transporter, an den Spalt zwischen ihren Knopflöchern, den schattenhaft flüchtigen Anblick ihrer Brust.

Er verspürte ein warmes Kribbeln. Das Bettlaken wuchs zwischen seinen Beinen in die Höhe, weshalb er sich auf die Seite rollte.

Melanie öffnete ihre Hose.

»Du weißt«, sagte Bodie, »dass Pen uns eingeladen hat, bei *ihr* zu wohnen.«

»Sie hat nicht genug Platz.«

»Sie hat ein ausreichend großes Bett. Sie hat angeboten, auf der Couch zu schlafen.«

»Auf der Couch würde sich Pen nicht besonders wohlfühlen.« Melanie hängte Bluse und Hose über eine Stuhllehne und sah Bodie an. »Ich vermute, dir wäre es lieber gewesen, wenn wir bei ihr untergekommen wären.«

»Sie ist deine Schwester. Und es überrascht mich ein bisschen, dass du mit Joyce unter einem Dach bleiben willst, in Anbetracht dessen, was du von ihr hältst.«

»Vielleicht möchte ich sie ja im Auge behalten.«

»Ich bezweifle, dass sie Harrison fickt, wenn wir im Haus sind.«

»Diese Schlampe.« Melanie streifte Büstenhalter und Höschen ab. Mit nichts als ihrem samtenen Kropfband bekleidet, trat sie zum Fuß des Bettes. Bodie sah zu, wie sie über die Matratze kroch, die Laken zurückschlug und sich darin einhüllte. Sie lag auf dem Rücken und starrte an die Decke.

»Ich glaube, Pen will wirklich, dass wir bei ihr wohnen«, sagte er.

»Dann hätte sie was sagen sollen.«

»Das Angebot hat sie bereits gemacht.«

»Wir würden ständig übereinander stolpern.«
»Hast du nicht etwas vergessen?«
»Das ist mehr als wahrscheinlich.«
»Die Telefonanrufe.«
»Viel Wind um nichts. Nur ein paar obszöne Anrufe.«
»Für deine Schwester war es sehr wohl mehr als nur Wind. Ich glaube, sie hat Angst, und ich habe durchaus Verständnis dafür. Wenn ich sie wäre, würde es *mich* jedenfalls nervös machen, ganz allein dort zu sein.«
Melanie drehte den Kopf. Sie fixierte ihn über die miteinander verbundenen Betten hinweg. »Du willst sie doch bloß im kurzen Nachthemdchen sehen.«
»Das ist auch ein Argument«, sagte er lächelnd.
Melanie lächelte nicht.
Bodie rutschte über das Bett und küsste sie. »Schlaf gut«, flüsterte er, wälzte sich herum und schloss die Augen.

Pen wachte auf und hob das Gesicht aus der warm schmeichelnden Mulde des Kissens. Sie fühlte sich großartig. Dann wurde ihr klar, wo sie war, und sie dachte an ihren Vater. Dunkle Niedergeschlagenheit erfasste sie.
Er wird durchkommen, sagte sie sich.
Heute Abend sehen wir ihn.
Und Melanie ist hier. Gott sei Dank ist Melanie hier. Es wäre so viel schlimmer, das alles allein durchstehen zu müssen.
Vielleicht geht es Dad schon besser, wenn wir ihn besuchen.
Sie schwang sich hoch und setzte sich auf die Bettkante. Sie hatte in ihren Klamotten geschlafen. Ihre glatte burgunderrote Bluse hatte sich schief um ihren Oberkörper gewickelt, und ihr Gewicht hatte etliche Falten hinein-

gedrückt. Sie glättete den Stoff, so gut es ging, doch die Falten blieben.

Vielleicht würde Bodie sie zu ihrem Apartment fahren, damit sie sich vor dem Krankenhaus umziehen konnte.

Das Apartment. Die Anrufe.

Furcht begann ihr die Kehle zuzuschnüren. Sie versuchte sie zu verdrängen.

Diese Sache spielt keine Rolle, redete sie sich ein. Nicht jetzt, da Dad im Krankenhaus liegt.

Doch die Furcht wuchs.

Hastig stand Pen auf. Vor dem Kommodenspiegel bürstete sie sich die Haare, dann verließ sie das Zimmer und eilte die Treppen hinab. Das Wohnzimmer war verlassen, aber aus dem Arbeitszimmer drangen Stimmen. Als sie näher kam, hörte sie Bodie über das Fernsehgeplapper hinweg.

»... einen Doktortitel in Englischer Literatur. Mag eine nutzlose Sache sein, aber ich bilde mir ein, einen eher exzentrischen Professor in Flickenjacke abzugeben ...« Als Pen eintrat, lächelte er sie an. Er fläzte sich in einem Lehnsessel, hatte die Füße gekreuzt und drückte mit einer Hand ein Corona-Bier gegen seine Gürtelschnalle.

Joyce saß auf der Couch und nippte an einem Glas Weißwein.

»Lass dich nicht stören«, sagte Pen zu Bodie.

»Bin eh fertig«, versicherte er ihr.

»Du hast vor, Professor für Englisch zu werden?«

»Nur, weil ich nichts Anständiges gelernt habe.«

Mit einem Lächeln nahm Pen auf der Couch Platz.

»Ich hole dir was zu trinken«, bot Joyce an.

»Wein wäre klasse.«

Beim Rausgehen sagte Joyce über die Schulter: »Pen ist Schriftstellerin.«

»Ich schreibe Krimis«, sagte sie. »Bislang habe ich allerdings erst einen verkauft. Und das war auch nur eine Kurzgeschichte.«

»Das ist fantastisch. Soweit ich es überblicke, ist die Welt voller Möchtegern-Autoren, die noch nie was veröffentlicht haben.«

»Hegst du irgendwelche Ambitionen in dieser Richtung?«

»Nö. Ich verbringe meine Zeit lieber damit, gutes Zeug zu lesen, statt lausiges Zeug zu schreiben. Hast du auch einen regulären Job?«

»Ich weiß nicht, wie regulär das ist, aber ich bin zertifizierte Stenotypistin. Die meiste Zeit über trotte ich von Anwaltskanzlei zu Anwaltskanzlei, kümmere mich um die Ablage und tippe Protokolle.«

»Das ist bestimmt eine reichhaltige Quelle für Erzählideen.«

Sie nickte. »Ich habe ein paar sehr seltsame Leute kennengelernt. Die Hauptsache dabei ist allerdings, dass ich mir meine Aufträge aussuchen kann. Ich arbeite nur dann, wenn ich will – was meistens der Fall ist, denn ich finde es angenehm, Essen und Miete und solche Kleinigkeiten bezahlen zu können.«

»Kein Verlangen danach, Anwältin zu werden?«

»Das wäre eine Vollzeit-Karriere. Dafür existiert in meinem Leben kein Spielraum.«

»Dann hättest du keine Zeit mehr fürs Schreiben?«

»Nicht genug. Und zu schreiben ist mir wichtiger.«

»Ich würde gern was von dir lesen.«

»Es ist nicht gerade Updike.«

»Ah, aber doch wenigstens Hammett?«

»Nein. Doch es ist immerhin ziemlich gutes Pen-Conway-Zeug.«

Ein Grinsen breitete sich auf Bodies Gesicht aus.

Joyce kam mit einer Flasche Weißwein und einem Glas herein. Sie füllte das Glas für Pen, goss sich selbst nach und setzte sich. »Ich schätze, ich sollte mir so langsam mal Gedanken über das Abendessen machen.«

»Tu das nicht«, sagte Bodie. »Ich erspare dir den Ärger, vorausgesetzt, alle mögen Pizza. Ich weiß, dass es auf Melanie zutrifft.«

»Wo *ist* Melanie?«, fragte Pen.

»Schläft noch. Ich war vor ein paar Jahren in L. A. und hatte eine tolle Pizza aus einem Laden ganz in der Nähe.«

»Das muss La Barbera's gewesen sein«, meinte Pen.

»Richtig, das war der Name. Gibt's den noch?«

»Klar.«

»Dann fahre ich rüber und hole uns was.«

»Oh«, warf Joyce ein, »das ist ein ganz schöner Aufwand.«

»Kein größerer Aufwand, als würdest du für uns alle was zubereiten. Abgesehen davon, bin ich ziemlich heiß auf dieses Zeug. Es ist die beste Pizza, die ich jemals gegessen habe.«

»Wenn es dich so sehr danach verlangt«, erwiderte Joyce. »Ich werde dann aber die Bestellung aufgeben, das ist das Mindeste. Was für eine soll es sein?«

»Melanie mag keine Pilze.«

»Wie wär's mit Salami?«, schlug Pen vor. »Auf einer Hälfte Pilze.«

»Klingt bestens.«

Joyce nahm einen Schluck Wein und ging los, um anzurufen.

»Vielleicht könntest du mir den Weg beschreiben«, sagte Bodie.

»Besser noch«, gab Pen zurück. »Ich begleite dich und spiele die Navigatorin.«

»Ich fände es prima, wenn du mitkämst. Aber vielleicht bleibst du trotzdem besser hier. Melanie könnte runterkommen, während wir unterwegs sind, und ich glaube, es würde ihr nicht gefallen, wenn wir ohne sie losgezogen wären. Außerdem wirst du eventuell als Schiedsrichterin gebraucht.«

Pen runzelte die Stirn.

Bodie warf einen raschen Blick über die Schulter, als wolle er sichergehen, dass Joyce noch nicht im Anmarsch war. »Melanie war nicht allzu erfreut darüber, diesen Harrison-Typen hier anzutreffen. Sie glaubt, hier wären irgendwelche Fummeleien abgelaufen.«

»Der Gedanke ist mir auch schon gekommen«, gestand Pen.

»Wie auch immer, ich weiß nicht, ob sie irgendwas vom Stapel lassen würde, aber es wäre in der Situation bestimmt besser, wenn du da wärst.«

»Du hast vermutlich recht.«

Bodie setzte sich auf und trank sein Bier aus. »Also. Wie komme ich von hier zu La Barbera's?«

»Das ist einfach.«

Während sie den Weg erklärte, kehrte Joyce zurück und öffnete ihre Handtasche. »Sie haben gesagt, sie sei in einer halben Stunde fertig.«

»Ich möchte euch das ausgeben«, meinte Bodie zu ihr.

»Nein, kommt nicht infrage. Ich bestehe darauf.« Sie zog einen Zwanzig-Dollar-Schein hervor.

Bodie winkte ab. »Keine Chance«, sagte er, und Joyce widersprach nicht.

Als Bodie verschwunden war, sagte Joyce: »Er scheint ein sehr netter junger Mann zu sein.«

»Ja. Mir scheint, Melanie hat das große Los gezogen. Sie hatte schon einige Knalltüten am Hals.«

»Darüber weiß ich nichts.« Joyce nahm Platz und trank einen Schluck Wein. Sie drehte sich seitwärts, schob ein Bein auf die Couch und legte einen Arm über die Lehne. »Ich bin froh, dass sie bleibt. Es ist furchtbar, dass so etwas passieren musste, um sie herzuführen, aber vielleicht gibt uns das endlich Gelegenheit ... Unstimmigkeiten auszubügeln. Es wäre schön, wenn sie mich mögen würde.« Joyce lächelte ein wenig traurig. »Warum ist sie nicht ein bisschen so wie du?«

»Melanie betrachtet die Dinge aus einem anderen Blickwinkel.«

»Wem sagst du das? Ich bin jung genug, um Whits Tochter sein zu können, eine kaltherzige Erbschleicherin und eine Schlampe.«

»Das fasst es ungefähr zusammen.«

»Ich *liebe* Whit.«

»Es wird dir nicht leichtfallen, Melanie davon zu überzeugen.«

»Das muss ich auch gar nicht«, sagte Joyce. »Aber es wäre eine ungeheure Erleichterung, wenn sie lernen könnte, mich zu akzeptieren. Wir müssen keine Freundinnen werden. Nur ... Ich *spüre* das Frostige. Sogar dann, wenn sie versucht, freundlich zu sein, ist es immer da.«

»Ich weiß.«

»Als wäre ich eine Spinne oder so was, und sie würde mich am liebsten zertreten.«

10

Pen stieg die Treppe hinauf und ging den Korridor bis zu Melanies Zimmer entlang. Sie klopfte sacht an die Tür.

»Wer ist da?«

»Ich bin's.« Sie trat ein und schloss die Tür.

Melanie lag bis zur Brust zugedeckt auf dem Bett. Ihre Schultern waren nackt.

»Ich wollte sichergehen, dass du wach bist. Bodie ist losgefahren, um Pizza zu holen. Er sollte eigentlich schon zurück sein, aber …«

»Wo ist er hin?«

»La Barbera's. Er ist seit über einer Stunde weg. Hoffentlich hat er sich nicht verfahren.«

»Ist er allein unterwegs?«

Pen nickte. »Ich habe angeboten, mitzufahren und ihm den Weg zu zeigen, aber er hielt es für eine bessere Idee, dass ich hier bei dir und Joyce bleibe.«

»Joyce«, brummte sie.

»Versuch wenigstens, nett zu ihr zu sein, okay?«

»Nett. Klar. Was hatte Harrison hier verloren, Deiner Meinung nach?«

»Ich glaube, du solltest keine voreiligen Schlüsse ziehen.«

»Ist dir im Elternschlafzimmer zufällig was aufgefallen?«

»Nein.«

»Tja, mir schon. Das Bett war benutzt.«

»Das beweist nicht viel. Wenn sie irgendwas zu verbergen hätte, würde sie doch wohl hinterher aufräumen, meinst du nicht?«

»Das hat Bodie auch gesagt.« Melanie warf die Decken von sich und krabbelte aus dem Bett. Lässig schlenderte sie in die Ecke, wo ihr offener Koffer auf dem Boden lag. Ihre Haut wies nicht die geringste Spur von Bräunungsstreifen auf. Offensichtlich bestand ihre Strategie darin, die Sonne zu meiden. Auf ihrem Rücken, den Pobacken und den Waden hatten sich einige Stellen durch das Liegen leicht rötlich verfärbt.

Diese roten Stellen zwangen Pen dazu, sich die Dias des Gerichtsmediziners in Erinnerung zu rufen.

Leichenflecken.

Dad. Was, wenn er …

Das Krankenhaus hätte angerufen.

»Du hast dich schon immer gut mit dem Miststück verstanden«, sagte Melanie und ging neben dem Koffer in die Hocke.

»Sie ist in Ordnung.«

Melanie fand einen Slip. Sie stand auf, zog ihn an und drehte sich zu Pen um. Sie sah wie ein bizarrer Fremdling aus: die von der Sonne gänzlich unberührte Haut, das schwarze Haar, ihr schwarzes Kropfband, das schwarze Spitzenhöschen.

»Harrison kommt ganz schön herum«, sagte sie.

»Hör auf damit.«

»Ich schätze, du und Joyce habt eine Menge gemeinsam.«

»Um Himmels willen, Mel.«

Melanie lachte leise. Kopfschüttelnd wandte sie sich ab und beugte sich über ihren Koffer.

Die Röte an ihren Schulterblättern war ein wenig verblasst.

»Ich glaube, fürs Krankenhaus sollte ich mir was Anständiges anziehen«, sagte sie.

»Falls wir nicht vorher bei meinem Apartment anhalten, muss ich mit dem vorliebnehmen, was ich am Leibe trage.«

»Bodie ist der Ansicht, wir sollten bei dir wohnen.«

»Das Angebot steht noch«, sagte Pen.

»*Willst* du das denn?« Melanie entnahm ihrem Koffer eine weiße Rüschenbluse und zog sie an.

»Hier wäre es wahrscheinlich bequemer für euch«, räumte Pen ein. »Außerdem habt ihr Joyce bereits zugesagt zu bleiben.«

»Das kann man ändern.«

»Nein. Es wäre unhöflich.«

»Bodie denkt, du hättest Angst, allein zu Hause zu bleiben.«

»Wie schmeichelhaft.«

»Hast du?«

Sie zuckte die Achseln, doch Melanie hatte ihr den Rücken zugewandt. »Ein bisschen vielleicht. Damit werde ich schon fertig.«

Melanie hob einen schwarzen Rock in die Höhe.

»Wir gehen heute Abend nicht auf ein Begräbnis«, sagte Pen.

»Heute Abend nicht.«

»Du willst das wirklich anziehen?«

»Bodie mag es, wenn ich Schwarz trage.«

»Oh. Das ist natürlich was anderes.«

»Du genehmigst es also?«

»Ich genehmige es.«

Bodie schüttelte den Kopf und verdrehte die Augen. »Was passiert ist? Eine Katastrophe. Gott möge mich vor den Straßen von Los Angeles bewahren. Alles fing an, als ich nicht auf die rechte Abbiegespur rüberkam, die vom San Vicente auf den Wilshire führt. Das hat mich einen amtlichen Umweg gekostet. Als ich endlich am Restaurant war, hatten sie unsere Pizza nicht fertig. Offenbar ist irgendwas mit der telefonischen Bestellung durcheinandergebracht worden – sie haben sie verschlampt oder so was. Also musste ich neu bestellen und warten.« Er atmete lang und laut aus. »Auf jeden Fall bin ich jetzt hier. Älter, aber auch klüger als zuvor.«

Während sie die Pizza aßen, waren sie sich einig, dass sie den ganzen Ärger wert war.

Um sechs waren sie fertig.

Damit blieben ihnen noch anderthalb Stunden, bevor es Zeit wurde, zum Krankenhaus aufzubrechen.

Joyce verschwand nach oben, um zu baden und sich umzuziehen.

Im Wohnzimmer setzte sich Pen in einen Lehnsessel, während Melanie und Bodie auf der Couch eng nebeneinander Platz nahmen und Melanie die Hand auf sein Bein legte. Sie unterhielten sich. Über Joyce oder Harrison oder Dad sprachen sie jedoch nicht, so als wären diese Themen tabu.

Pens Unruhe wuchs, je mehr Zeit verging. Sie hatte Schwierigkeiten stillzusitzen, und ihre Brust war wie in ein Korsett eingeschnürt, sodass ihr das Atmen schwerfiel. Schließlich erhob sie sich aus dem Sessel, legte sich auf den Boden und zog die Knie an. Das schien zu helfen.

»Alles in Ordnung mit dir?«, fragte Bodie.

»Nur die Nerven«, antwortete sie.

»Vielleicht brauchst du eine Valium-Tablette oder so was«, meinte Melanie.

»Glaube nicht.« Sie fuhr sich mit der Hand übers Gesicht. »Was ich allerdings brauchen könnte, wäre eine ordentliche Volltankung.«

»Du *hast* doch ordentlich getankt.«

»Wohl kaum. Ein paar Glas Wein sind noch keine Volltankung.«

»Pen ist der Überzeugung, keine Schriftstellerin sein zu können, ohne gleichzeitig Säuferin zu sein.«

»Ich bin keine Säuferin. Heute Abend hätte ich allerdings wenig dagegen einzuwenden.«

»Was hält dich zurück?«

»Ich will mich nicht zum Affen machen und voll ins Krankenhaus stolpern.«

Joyce betrat das Zimmer. Sie trug einen weißen Pullover, der nach Kaschmir aussah, ein graues Sakko und einen darauf abgestimmten Faltenrock, Kniestrümpfe und hochhackige Schuhe.

Joyce und Melanie beide im Rock. Ich in meiner weißen Jeans. Na toll, dachte Pen.

Sie hätte Bodie bitten sollen, sie nach dem Essen zum Apartment rüberzufahren, damit sie sich in ein Kleid hätte werfen können.

Aber wen kümmert es eigentlich?, fragte sie sich. Bei wem sollte ich schon Eindruck schinden, den Krankenschwestern etwa? Dad wird es höchstwahrscheinlich nicht bemerken. Und wenn doch …

Sie stellte sich ihn bei Bewusstsein vor, aufrecht im Bett sitzend, selbstständig atmend, von Schläuchen und Drähten befreit.

Mach dir keine falschen Hoffnungen.

Sie hätten angerufen.

»Geht es dir gut?«, fragte Joyce und sah auf sie herab.

»Mir geht's prima.«

»Zu viel Wein«, sagte Melanie.

»Nicht genug.« Pen setzte sich auf. »Müssen wir los?«

»Sehr bald«, sagte Joyce. »Ich würde gern fahren«, teilte sie, an Bodie gewandt, mit.

»Geht klar.«

Joyce ließ den Lincoln Continental in eine freie Lücke am Bordstein des Pico Boulevard gleiten, und sie stiegen aus.

Als Pen begriff, dass sie die Straße nicht überqueren mussten, fiel ihr der Wagen ein, der ihr an diesem Morgen so gefährlich nahe gekommen war. Ein Porsche. Ein Sportwagen.

Ein Sportwagen hatte Dad angefahren.

Derselbe, der mich fast erwischt hätte?

Das ist verrückt, sagte sie sich. Nur ein Zufall. Versuch bloß nicht, irgendeine tiefere Bedeutung hineinzulesen.

Die Abendluft kühlte den Stoff ihrer Bluse. Fröstelnd kreuzte sie die Arme vor der Brust und biss die Zähne zusammen, damit sie nicht klapperten.

Melanie ging mit steifen Schritten und eingezogenen Schultern vor ihr her, doch sie presste sich immerhin an Bodie, der ihr den Arm um den Rücken gelegt hatte. Das war garantiert angenehmer.

Die Wärme der Krankenhauslobby tat gut.

Sie betraten eine Fahrstuhlkabine. Bodie drückte den Knopf, der zu Dads Etage führte. Die Musikberieselung bestand aus einer instrumentalen Orchester-Version von »Bridge Over Troubled Water«. Pen fragte sich, ob die Songauswahl in ironischer Absicht erfolgt war.

Als sie den Fahrstuhl verließen, ging Joyce zur Schwesternstation voran. Eine Krankenschwester geleitete sie den Korridor entlang und öffnete die Tür zu Dads Zimmer.

Er war nicht aufgewacht, saß nicht aufrecht im Bett, atmete nicht ohne Hilfsgeräte.

Er sah genauso aus wie vorher.

Er sah tot aus.

Pens Blick schoss zum Herzmonitor. Die Linie auf dem Bildschirm hüpfte mit jedem Herzschlag, und jeder Frequenzanstieg wurde von einem Piepen begleitet.

Joyce ging zum Bettrand und drückte seine Hand.

Der Rhythmus seines Herzschlags änderte sich nicht.

Er weiß nicht mal, dass wir überhaupt hier sind, dachte Pen.

»Ich bin's, Joyce. Kannst du mich hören? Kannst du verstehen, was ich sage?« Joyce hielt inne, als wartete sie auf eine Antwort. »Deine Töchter sind hier. Melanie ist den ganzen Weg von Phoenix hergekommen, um bei dir zu sein. Wir alle vermissen dich schrecklich, Whit. Du wirst wieder gesund. Alles wird gut.« Sie schwieg für eine Weile und sah dann die anderen an. »Kann ich ein paar Minuten mit ihm allein bleiben?«

Sie verschwanden nach draußen in den Flur. Pen zog die Tür hinter sich zu.

»Warum will sie uns nicht da drin haben?«, flüsterte Melanie.

»Sie ist seine Frau«, sagte Pen. »Sie möchte ein wenig ungestörte Intimsphäre mit ihm.«

»Er liegt im *Koma.*«

»Ein wenig Intimsphäre mit einer Lady wie Joyce könnte ihn da rausholen«, gab Bodie zu bedenken.

Melanie starrte ihn fassungslos an.

»Verzeihung«, murmelte er. »Meine große Klappe.«

»Mach dir keine Sorgen«, sagte Pen, mehr an ihre Schwester als an Bodie gerichtet.

»Ich frage mich, was sie da drin treibt.«

»Mit ihm sprechen, vermute ich«, erwiderte Pen. »Über Dinge, die dich und mich nichts angehen.«

»Vielleicht bittet sie ihn, sich zu beeilen und endlich zu sterben.«

Melanie, die mit ihrem Kropfband, ihrer weißen Rüschenbluse und dem schwarzen Rock so sittsam, prüde und geradezu viktorianisch vornehm wirkte, hatte das Undenkbare ausgesprochen und starrte Pen an, als hielte sie ihre Schwester für zu beschränkt, um das Offensichtliche einzusehen.

»Mein Gott, Mel«, sagte sie leise.

»Wenn Dad stirbt, kriegt sie Harrison, die Lebensversicherung, das Erbe ...«

»Hast du den Verstand verloren?«

»Vielleicht zieht sie höchstpersönlich den Stecker.«

»Dann würde der Alarm anspringen«, flüsterte Bodie, der einen finsteren Blick aufgesetzt hatte und den Kopf schüttelte. »Ich glaube ... die Maschinen sind mit dem Schwesternzimmer verbunden. Wenn so was passieren würde ...«

»Sie würde so etwas niemals *tun*«, sagte Pen.

»Ach nein?«

»Melanie, um Himmels willen.«

Melanie stieß die Tür auf.

Pen sah über die Schulter ihrer Schwester hinweg Joyce, die überrascht den Kopf drehte. Sie stand über das Bett gebeugt und strich die Decke an Dads Brust glatt. Sie drückte sich eine Hand auf die Brust und lächelte nervös. »Ihr habt mich erschreckt.«

»Pardon«, meinte Pen. »Ist alles in Ordnung?«

»Bestens. Ich wollte euch gerade wieder reinrufen.«

Sie traten ins Zimmer.

»Hat er ... irgendeine Reaktion gezeigt?«

»Ich fürchte nein, leider.«

Pen folgte Melanie näher ans Bett und rempelte sie an, als sie abrupt stehen blieb.

Melanie begann zu stöhnen.

Joyce wirkte irritiert, dann verängstigt.

Melanies Rücken wölbte sich, und plötzlich erbebte sie. Sie drückte sich die Fäuste gegen die Schläfen.

»Was macht sie?«, platzte es aus Joyce hervor. »Mein Gott!«

Pens Verstand schien einzufrieren, während sie hinter ihrer zuckenden, stöhnenden Schwester stand.

»Keine Sorge«, sagte Bodie. *Er* klang besorgt. »Das sieht aus wie ...«

Melanie schlingerte Pen entgegen. Bodie verhinderte, dass sie stürzte, und fing sie.

Mit Bodies Unterstützung raffte sich Pen auf und schlang die Arme um Melanies Brust. Der gesamte Körper des Mädchens wand sich in spastischen Zuckungen. Pen drehte das Gesicht zur Seite, um dem heftig in alle Richtungen pendelnden Kopf auszuweichen.

»Hast du sie?«, keuchte Bodie.

»Ja.«

»Du hast sie. Lass sie nicht fallen.«

»Soll ich Hilfe holen?«, fragte Joyce.

»Nein. Das wird schon wieder.«

»Was ist *los* mit ihr?«

Melanies Kopf knickte nach hinten ab und traf Pen direkt unter dem Ohr am Kiefer. Der Schmerz war ein heißer Schock. Sie drückte die Augen fest zu, ließ Melanie jedoch nicht los.

»Alles klar?«, fragte Bodie.

Pen vernahm seine Stimme durch ein Klingeln im Ohr.

»Lass sie vorsichtig runter. Versuch sie langsam runterzulassen.«

An den Seiten fühlte sie Bodies Hände, die gegen ihren Brustkorb drückten, um ihr Halt zu verleihen, während sie in die Hocke sank. Der Druck ließ nach, als Melanies Rumpf auf den Boden glitt.

Mit einem Mal erschlaffte ihr Körper. Ihr Kopf sackte vor. Sie nahm tiefe Atemzüge.

»Bist du okay?«, fragte Pen.

Der Kopf wippte leicht auf und ab.

Bodies Hände zogen sich von Pen zurück. Er trat vor und kniete sich neben Melanie. »Wie geht es dir?«, fragte er mit sanfter Stimme.

»Okay, schätze ich.«

»Wieder eine Vision?«

»Ich ... ich glaube schon.«

Er half ihr aufzustehen. Pen sprang auf die Beine und rieb sich den schmerzenden Kiefer. Sie sperrte den Mund so weit wie möglich auf, wodurch ihr das Ohr wehtat.

»Was war es?«, fragte Bodie.

»Ich weiß es nicht.«

Er streichelte Melanie über die Wangen.

»Ich kann mich nicht erinnern. Nur, dass es grauenhaft war. Aber es ist weg. Als wenn man aus einem Albtraum erwacht und von nichts mehr weiß.«

»Geht es ihr wieder gut?«, wollte Joyce wissen.

Pen fand es bemerkenswert, dass die Frage nicht an Melanie gerichtet war – als gelte es, eine vertrauenswürdigere Meinung einzuholen.

Nicken. Bodie nahm sie in die Arme. Sie klammerte sich an ihn, das Gesicht in seine Halskuhle gedrückt. Eine von

Bodies Händen lag reglos in der Mitte ihres Rückens. Die andere tätschelte sie behutsam.

Pen sah zu.

Sie schob den Unterkiefer von einer Seite zur anderen.

Dann sah sie ihren Vater im Bett, der von alldem nichts mitbekam. Sie ging zu ihm.

»Es tut mir leid, ein solches Theater veranstaltet zu haben«, sagte Melanie, als sie wieder im Auto saßen.

»Bist du sicher, dass mit dir alles in Ordnung ist?«, fragte Joyce.

»Ja.«

»Passiert so etwas öfter?«

»Nein. So gut wie nie.«

»Es hat mir jedenfalls eine Höllenangst eingejagt.«

»Tut mir leid.«

»Hauptsache, es geht dir gut.« Joyce lenkte den Wagen vom Bürgersteigrand weg. Sie warf Pen einen raschen Blick zu. »Wohin? Willst du mit uns zurückfahren oder …?«

»Wir sind nicht weit von meinem Apartment entfernt.«

»Du kannst die Nacht gern bei uns im Haus verbringen.«

»Was spricht dagegen?«, meldete sich Bodie von der Rückbank.

»Pen hat letzte Nacht eine Reihe obszöner Anrufe erhalten«, erklärte Melanie. »Sie ist ziemlich eingeschüchtert.«

»Ich bin nicht eingeschüchtert«, behauptete Pen entschieden und wünschte sich, Melanie hätte darüber den Mund gehalten. Es war was Persönliches. Joyce musste nichts davon wissen. »Sie haben mich nur ein klein wenig aus der Fassung gebracht«, sagte sie, »aber jetzt ist bei mir alles im Lack.«

Tatsächlich?, fragte sie sich.

Sie freute sich nicht gerade darauf, in der Wohnung allein zu sein.

Andererseits wäre es eventuell eine erleichternde Wohltat, etwas Zeit und Ruhe für sich zu haben.

Ein langes heißes Bad. Im eigenen Bett schlafen.

Wie fändest du es, wenn ich dir das Hirn rausficken würde?

Eine Flutwelle heißer Furcht spülte über sie hinweg.

Es wird nicht dadurch besser, dass ich irgendwo anders unterkomme, sagte sie sich. Das macht es vielleicht sogar nur schlimmer.

»Fahr mich doch bitte einfach zu mir«, bat sie.

»Bist du sicher?«

»Es war nur eine Stimme auf dem Anrufbeantworter. Von so einer Kleinigkeit darf ich mich nicht aus der Bahn werfen lassen.«

»Obszöne Telefonanrufe«, sagte Melanie. »Jeder kriegt sie. Ich hatte auch schon ein paar.«

»Ich ebenfalls«, sagte Joyce.

»Wie hast du reagiert?«, fragte Melanie.

»Ich habe einfach aufgelegt, aber ich muss zugeben, dass ich eine Zeit lang ziemlich nervös war.«

»Sie tun nie was anderes über die Anrufe hinaus«, fuhr Melanie fort. »Ich glaube, sie geilen sich per Telefon auf, weil sie Angst vor Frauen haben. Das Telefon ist ungefährlich und anonym. Sie kommen nie wirklich vorbei.«

»Nie würde ich nicht sagen«, wandte Bodie ein. »Vor ein paar Monaten gab es in den Nachrichten diese Geschichte von einer Frau, die solche Anrufe bekam. Nachdem ihr eine Geheimnummer zugewiesen wurde, hat man sie am folgenden Tag vergewaltigt und ermordet gefunden. Offensichtlich fühlte sich der Kerl durch den Nummernwechsel abgewiesen.«

»Oh, vielen lieben Dank, Bodie«, sagte Pen. »Genau das wollte ich hören.«

»Ich wollte nur sagen, dass du meiner Ansicht nach durchaus Grund zur Sorge hast. Mir hat ganz und gar nicht gefallen, wie sich dieser Typ angehört hat.«

»So hören sie sich alle an«, sagte Melanie.

»Wie gesagt, mein Anrufbeantworter hat die Anrufe aufgenommen«, rief Pen Joyce in Erinnerung.

»Whit will nicht, dass ich eins von diesen Dingern bekomme.«

»Ich habe ihn über das Thema reden gehört«, meinte Pen. »Dad mag Anrufbeantworter ungefähr so sehr wie Drive-in-Restaurants.«

Joyce bog vom Pico ab und fuhr die Seitenstraße hinauf, die zu Pens Wohnung führte. »Willst du nicht doch lieber mit zu uns kommen?« Sie klang, als würde sie Pen die Nacht über wirklich bei sich haben wollen – vielleicht, damit sie im Falle einer neuerlichen »Vision« ein Auge auf Melanie warf.

»Nein«, antwortete sie. »Ich komme klar. Vielleicht komme ich aber morgen früh vorbei.«

»Mach das«, drängte Joyce sie. »Komm ein bisschen früher, und wir können nett zusammen frühstücken.«

»Abgemacht.«

Joyce ließ den Lincoln auf der gegenüberliegenden Seite von Pens Apartmentblock ausrollen. Pen stieß die Wagentür auf. Einen Augenblick lang war sie geneigt, einen Rückzieher zu machen.

»Wir sehen uns morgen früh«, sagte Melanie.

»Genau. Bis dann.« Sie machte Anstalten, aus dem Auto zu springen.

»Ich gehe mit dir hoch«, sagte Bodie, »und sehe nach, ob alles in Ordnung ist.«

Sie verspürte eine Woge der Erleichterung. »Danke. Das wäre schön.«

»Ich komme auch mit«, sagte Melanie.

Vor dem Wagen schob sie sich zwischen Pen und Bodie und schnappte sich seine Hand.

Sie gingen auf das schmiedeeiserne Tor zu, und Bodie öffnete es. Pen trat als Erste hindurch. Sie hörte die anderen Schritte unmittelbar hinter sich, während sie quer über den Hof Richtung Treppe lief. Aus einem der Apartments im zweiten Stock drang eine Mischung aus Musik, lauten Stimmen und Gelächter. Obwohl die Pool-Beleuchtung ausgeschaltet war, entdeckte sie im Whirlpool am hinteren Ende ein Pärchen. Sie konnte nicht erkennen, um wen es sich handelte. Wahrscheinlich hätte sie die Leute auch bei hellem Licht nicht erkannt. Die meisten Mieter waren Fremde für sie. Das war ihr auch ganz recht so.

Melanie und Bodie folgten ihr die Treppen hinauf und die Galerie entlang bis zu ihrem Eingang. Während sie nach den Schlüsseln suchte, holten sie zu ihr auf.

»Eine Menge los in deiner Gegend«, sagte Melanie.

»Samstagabend.«

»Wohnt dieser Typ Manny noch hier?«, fragte Melanie.

»O ja.«

Sie steckte den Schlüssel ins Schloss und öffnete die Tür. Sie griff ins Innere und drückte auf einen Lichtschalter.

Die Lampe beim Sofa erstrahlte.

Auf dem Teppich zu ihren Füßen lag ein quadratischer weißer Umschlag – einer von der Sorte, in denen man Geburtstagsgrußkarten verschickte. Sie bückte sich danach. Es gab weder Briefmarke noch Adresse noch Absender. Er war in großen, windschiefen Druckbuchstaben mit P. CONWAY beschriftet.

Als sie den Umschlag aufhob, konnte sie fühlen, dass er leer war.

»Den muss jemand unter meiner Tür durchgeschoben haben«, murmelte sie.

»Das gefällt mir nicht«, sagte Bodie.

Sie drehte den Umschlag um und spürte, wie ihre Beine nachzugeben drohten.

ICH WAR DA UND DU NICHT.
SCHADE. NÄCHSTES MAL KOMME
ICH, WENN DU ZU HAUSE BIST.
AUF BALD.

11

»Zeig mal her.«

Pen reichte Bodie den Umschlag. Er hielt ihn leicht schräg, sodass auch Melanie die Botschaft lesen konnte.

»Ich schätze, du kommst besser mit uns zurück«, sagte Melanie.

»Ja«, flüsterte Pen heiser. »Lasst mich nur ein paar Sachen zusammenpacken.«

Sie warteten im Wohnzimmer.

»Das sieht allmählich ernst aus«, meinte Melanie. »Ich meine, ich hätte nie gedacht, dass er ihr leibhaftig nachstellt.«

»Mich überrascht es nicht besonders«, gab Bodie zurück. »Wie der Kerl sich am Telefon angehört hat ... er klang, als würde er es ernst meinen.«

»Vielleicht sollte sie zur Polizei gehen.«

»Ja.«

Melanie nahm ihm den Umschlag ab und untersuchte ihn von beiden Seiten. Sie schob ihn auf, um sicherzugehen, dass er leer war. Dann drehte sie sich um und fixierte die Stelle auf dem Teppich, wo Pen ihn gefunden hatte. Als sie tief Luft holte, hoben sich ihre Schultern. Seufzend stieß sie den Atem wieder aus. Ihr Kopf sank herab, und sie schüttelte ihn langsam von einer Seite zur anderen. »Der Kerl war tatsächlich hier«, sagte sie mit schwacher Stimme.

»Glücklicherweise war Pen es nicht.«

»Ich komme mir wie ein Arsch vor.«

Bodie legte ihr eine Hand auf den Rücken. Er fühlte ihre warme Haut durch die Bluse. »Mach dir keine Vorwürfe«, sagte er.

»Ich komme mir vor, als wäre ich in der gottverdammten *Twilight Zone*. Dad. Das hier.«

»Pen, die heute Morgen fast angefahren wurde«, ergänzte Bodie.

»Das hatte ich vergessen.«

»Ich nicht. Und wenn du schon *Twilight Zone* ins Spiel bringst – da sind noch deine Visionen. Ein Jammer, dass du dich nicht an die im Krankenhaus erinnern kannst.«

»Ich erinnere mich daran«, sagte sie. Sie drehte den Kopf und sah Bodie in die Augen. »Ich habe mich *von Anfang an* daran erinnert. Ich wollte nur vor den anderen nicht darüber reden.«

»Worum ging es?«

»Später. Ich erzähle es dir, wenn wir unter uns sind.«

»Wir sind jetzt unter uns.«

»Pen.«

Bodie konnte sie im anderen Zimmer hören. Schritte. Schubladen, die aufgezogen wurden.

»Sie wird in einer Minute fertig sein«, sagte Melanie.

»Warum willst du es ihr verschweigen? Hat es was mit ihr zu tun?«

»In gewisser Weise schon.«

»Komm schon, um was geht es?«

»Nein. Ich habe später gesagt. Das ist eine Sache, die nur dich und mich was angeht.«

»Okay«, brummte er. »Später.«

»Sei nicht böse auf mich.«

»Ich bin nicht böse.«

»Bist du doch«, schmollte sie.

»Wahrhaftig!«, plärrte er laut heraus. »Reizbar – sehr, fürchterlich reizbar waren meine Nerven gewesen, und sie sind es noch; doch warum meinen Sie, ich sei verrückt?«

»Das Leiden hat meine Sinne geschärft«, erklang Pens Stimme aus dem anderen Teil des Zimmers. »Und keineswegs zerrüttet oder abgestumpft.«

Bodie grinste sie an.

Melanie sah verdutzt drein und ließ ihren verständnislosen Blick von Bodie zu Pen und zurück schweifen.

»Das verräterische Herz, von Poe«, erläuterte Pen.

»Wir sollten mit dieser Show auf Tour gehen«, sagte Bodie, der seinen Vorschlag dank Melanies verletztem Gesichtsausdruck auf der Stelle bereute. »Abmarschbereit?«

»Ich bin startklar.« Pen trug einen schmalen Koffer in der Hand und eine Handtasche über der Schulter. Sie trug dieselbe weiße Jeans wie zuvor, doch anstelle der roten Bluse jetzt ein kariertes Flanellhemd, das ordentlich in den Hosenbund gestopft war, und darüber einen offenen Wildlederblazer, dessen Enden hin und her schwangen, wenn sie sich bewegte.

Bodie betrachtete sie, als sie näher kam. Seiner Einschätzung nach deuteten Sitz und Bewegungsspielraum ihres Hemds darauf hin, dass sie die Gelegenheit ergriffen und sich einen BH angezogen hatte.

»Ich trage den«, sagte er und langte nach dem Koffer.

»Danke.«

Als sie ihm den Koffer übergab, schrillte das Telefon. Ihre Hand zuckte zurück, und der Koffer entglitt Bodies Fingern und knallte zu Boden. Pen stand stocksteif da, als das Telefon abermals klingelte, schreckte sie zusammen.

»Soll ich rangehen?«, fragte Bodie.

Sie schien nicht in der Lage zu sein, ihm zu antworten.

»*Ich* mache das.« Melanie eilte an ihm vorbei.

Er stürzte hinter ihr her in die Küche und sah zu, wie sie den Hörer abnahm. »Hallo?« Pause. »Nein, ich bin nicht Pen. Soll ich ihr sagen, wer am Apparat ist?« Sie lauschte, bedeckte dann die Sprechmuschel mit der Hand und rief: »Es ist ein Typ namens Gary.«

»Okay«, sagte Pen. Sie trat neben Melanie und nahm das Telefon. »Hallo? ... Richtig, hier spricht *die* Pen Conway ... Natürlich erinnere ich mich an dich. ›Einem geschenkten Gaul schaut man nicht ins Maul.‹«

Bodie kam sich wie ein Schnüffler vor, während er zuhörte, aber da Melanie blieb, machte er ebenfalls keine Anstalten, sich zu entfernen. Außerdem wusste der Typ nicht, ob sich Pen an ihn erinnerte, also konnten sie keine vertrauliche Beziehung zueinander haben.

»Ich schätze, es waren die Fotos der Diapräsentation«, sagte sie. »Ich dachte, ich müsste kotzen ... Genau, ich bin geradewegs nach Hause gefahren ... Ich hatte durchaus Lust, war mir aber nicht sicher, ob du danach runterkommen würdest ... Oh, tatsächlich?« Pen spielte am obersten Knopf ihres Hemds herum. Sie runzelte leicht die Stirn. »Heute Abend? Ich kann leider nicht ... Nein, es ist eine familiäre Angelegenheit. Es geht wirklich gar nicht. Hör mal, gib mir doch einfach deine Nummer. Wenn sich die Lage entspannt hat, rufe ich dich an.« Sie nickte, notierte allerdings nicht seine Nummer. »Verstanden ... das werde ich. Danke für den Anruf, Gary ... schönen Abend noch.« Sie legte auf. »Ein Kerl, den ich neulich beim Treffen der Krimiautoren kennengelernt habe.« Sie entstöpselte das Telefon und legte es auf den Kühlschrank. »Wir sollten aufbrechen. Joyce wird denken, wir wollten sie sitzen lassen.«

Im Wohnzimmer hielt Pen inne und sah auf den Umschlag hinab, den Melanie auf dem Beistelltisch abgelegt hatte.

»Sollen wir ihn mitnehmen?«, fragte Melanie.

Pen nahm und zerknüllte ihn.

»Hey, nicht kaputt machen! Das ist ein Beweisstück.«

»Beweisstück für was?«, fragte Pen ihre Schwester. Ohne eine Antwort abzuwarten, ging sie zurück Richtung Küche.

»Vielleicht solltest du das Ding der Polizei vorlegen«, rief Melanie ihr hinterher.

Pen erwiderte nichts. Sie kehrte ohne den Umschlug zurück.

»Du hast ihn weggeworfen?«

»Meinst du, ich wäre froh über seine Anwesenheit, wenn ich wiederkomme?«

»Bodie und ich haben darüber gesprochen. Wir finden, du solltest zur Polizei gehen.«

Pen ließ die Lampe an. Sie traten nach draußen, und Pen zog die Tür zu und rüttelte probehalber am Knauf. Als sie über die Galerie zur Treppe lief, sah sie sich zu ihnen um. »Ich werde nicht zur Polizei gehen. Erstens haben die wichtigere Probleme, mit denen sie sich herumschlagen müssen. Zweitens existiert kein ausreichendes Beweismaterial, um den Widerling zu identifizieren – falls sie überhaupt Interesse aufbringen.« Mit der Hand auf dem Metallgeländer ging sie nach unten. »Sie würden mir bloß raten, mir eine Geheimnummer zuzulegen oder umzuziehen. Abgesehen davon würden sie das Band abhören wollen.«

Was, wie Bodie vermutete, der wahre Grund dafür war, dass sie die Polizei raushalten wollte. Das konnte er ihr schlecht vorwerfen. Sie würden darauf bestehen, die Aufnahme zu hören. Pen wäre anwesend, wenn es abgespielt würde und dieses Stück Dreck davon sprach, sie zu ficken, ihr die Zunge reinzustecken und in ihrem Mund abzuspritzen. Es erneut mit eigenen Ohren zu hören wäre schlimm genug für sie. Doch wenn dann auch noch Fremde dabei waren, die sich möglicherweise ausmalten, wie es wäre, Pen diese Dinge anzutun … und genau das *würden* sie tun, dachte Bodie. Als Mann konnte man kaum etwas dagegen unternehmen.

»Was hast du also vor?«, fragte Melanie.

»Ich weiß es noch nicht. Vielleicht ziehe ich aus. Oder kaufe mir eine Pistole.«

»Ich glaube, ich gehe ins Bett«, sagte Joyce, kurz nachdem sie wieder in ihrem Haus angekommen waren. »Obwohl es noch früh ist. Ihr könnt ruhig so lange aufbleiben, wie ihr wollt. Seht fern, esst eine Kleinigkeit, trinkt einen Schluck, was auch immer.« An Pen gerichtet, fügte sie hinzu: »Du weißt ja, wo du alles findest.«

»Wäre es in Ordnung, den Whirlpool zu benutzen?«, wollte Pen wissen.

»Klar. Das ist sicher sehr angenehm. Ich würde dir Gesellschaft leisten, aber … heute bin ich diejenige, die kein Mittagsschläfchen halten konnte.«

Sie wünschten ihr eine gute Nacht, und sie verschwand nach oben.

»Wie steht's mit euch beiden? Interesse?«, fragte Pen und sah Melanie an.

»Eher nicht. Aber mach nur.«

»Sicher?«

Bodie wollte in den Whirlpool. Dringend. Er schwieg.

»Wir haben keine Badesachen dabei«, sagte Melanie.

Eine von Pens Schultern hob und senkte sich kaum merklich. »Dad bewahrt ein paar Badehosen für Gäste auf. Eine von denen sollte Bodie passen. Du könntest deine Unterwäsche oder so was tragen«, erklärte sie Melanie.

»Oder gar nichts«, schlug Bodie vor.

»Haha, sehr witzig«, gab Melanie zurück.

»Ich heize schon mal vor.«

Melanie ließ sich aufs Sofa fallen, streckte sich aus und faltete die Hände hinter dem Kopf. Sie sah zu, wie Pen davonging, und richtete den Blick dann auf Bodie.

Er zuckte mit den Achseln. Mit einem Lächeln, das seine Enttäuschung verbergen sollte, setzte er sich neben Melanie und legte ihr eine Hand auf den Oberschenkel. »Mir scheint, ein Bad im Whirlpool wäre genau das Richtige.«

»Wir würden auf dem Weg nach draußen erfrieren.«

»Mir egal.«

»Darauf wette ich.«

»Was soll das schon wieder bedeuten?«

»Du willst bloß Pen ohne Klamotten sehen.«

Er lachte leise, bevor er seine Hand höher schob. Er fühlte die warme Glätte ihrer Haut durch den Rock. »Ich habe kein Interesse an Pen.«

»Mir ist aufgefallen, wie du sie ansiehst.«

»Natürlich sehe ich sie an. Das halte ich für gewöhnlich so. Wenn sich Menschen in meiner Gegenwart befinden, sehe ich sie an. Das verhindert unter anderem Kollisionen.«

»Ja, mach nur deine Scherze.«

»Soll ich mich abwenden, sobald sie den Raum betritt?«

»Das ist nicht komisch«, sagte Melanie.

»Ist mir klar«, erwiderte er. »Tut mir leid. Ich muss wohl zugeben, sie angesehen zu haben. Sie ist attraktiv.«

»Was du nicht sagst.«

»Aber sie ist nicht du, Melanie. Du bist diejenige, die ich liebe.«

Als sie sich plötzlich umdrehte, zog er seine Hand zwischen ihren Schenkeln hervor. Sie schlang die Arme um ihn und drückte ihn fest. Ihr Gesicht war an seinen Hals gepresst. Er strich ihr sanft über den Rücken.

»Trotz deiner Seltsamkeiten«, neckte er sie.

»Ich bin so schrecklich verkorkst.«

»Du bist toll.«

»Nein, bin ich nicht.«

Bodie bemerkte, wie eine Gestalt am Rand seines Blickfelds auftauchte. Er drehte ganz leicht den Kopf und sah Pen in der Zimmerecke. Sie blieb stehen, trat leise hinter das Geländer zurück und erklomm lautlos die Stufen.

Wenn sie klar zum Pool-Entern ist, wird sie diese Treppe herunterkommen, und ich werde genau hier sein, schoss es Bodie durch den Kopf.

Er fühlte sich geil und schuldig.

»War ich eklig zu ihr?«, fragte Melanie.

»Zu Pen? Eklig würde ich nicht gerade sagen. Ich weiß, dass du ihr gegenüber diese Rivalität oder einen Minderwertigkeitskomplex oder was auch immer empfindest, aber ich finde, sie könnte ein wenig mehr Verständnis und Entgegenkommen von dir vertragen. Es ist nicht nur *dein* Vater, der im Krankenhaus liegt. Er ist ebenso Pens Vater.«

»Weiß ich«, sagte sie mit einer Stimme voller Schmerz.

»Und dann belastet sie auch noch die Sache mit dem obszönen Anrufer. Beides ist verdammt traumatisierend, und beides ist zeitgleich über sie hereingebrochen. Ich bin überzeugt, dass ihr ein klein wenig Unterstützung guttäte.«

Mit einem Nicken entwand sich Melanie seinen Armen. Ihre Augen waren feucht und gerötet. Sie wischte sie mit dem Ärmel trocken.

Bodie strich ihr über den Hinterkopf. »Ist alles in Ordnung mit dir?«

Sie schniefte. »Ich habe keine Ahnung, wie du es mit mir aushalten kannst.«

»Ich auch nicht, aber was soll's.«

Unter Andeutung eines Lächelns ließ sie sich wieder aufs Polster fallen und stieß einen langen Seufzer aus. Bodie lehnte sich zurück. Seine Schulter berührte die ihre, und er ergriff ihre Hand.

»Ich werde mir Mühe geben, keine derartige Nervensäge mehr zu sein«, sagte sie.

»Ich auch.« Er drückte ihre Hand. Sie erwiderte die Geste. Kurz darauf sagte er: »Ich würde gern in den Whirlpool steigen.«

»Ach ja?«

»Warum warten wir nicht, bis Pen fertig ist? Dann gäbe es nur dich und mich und das heiße, blubbernde Wasser.«

»Wir würden nach wie vor erfrieren, wenn wir da rausgingen.«

»Wen kümmert das?«

Pen kam die Treppe herab.

Bodie bedeckte seine Augen.

Melanie stieß ihm den Ellbogen in die Rippen.

Er ließ die Hände sinken und sah zu, wie Pen die Stufen herunterkam.

Sie trug einen königsblauen Bademantel, der ihr bis zur Mitte der Oberschenkel reichte, und hatte ein gefaltetes Handtuch unter einen Arm geklemmt.

»Du trägst doch wohl einen Badeanzug darunter?«, fragte Melanie.

»Na sicher. Ich habe heute Abend einen eingepackt, da mir dieser Plan schon vage in den Sinn kam.«

»Wir treffen dich dann im Becken«, sagte Melanie und stand auf.

»Großartig.«

Absolut sagenhaft fantastisch, dachte Bodie.

Am Fuß der Treppe sagte Pen: »Dad hat die Extra-Badehosen im Wäscheschrank beim Badezimmer. Aber nur keine Eile. Das Wasser braucht noch seine Zeit, bis es sich richtig erwärmt hat.«

Bodie, noch immer völlig erstaunt über Melanies Sinneswandel, folgte seiner Freundin nach oben. Sie führte ihn zu besagtem Wäscheschrank und zog zwei Badehosen daraus hervor. Eine war gestreift und schlabberig, weshalb er die andere wählte – eine schmal geschnittene aus dünnem und dehnbarem Nylon.

»Darin wirst du zum Anbeißen aussehen«, meinte Melanie.

»Lieber zum Anbeißen als zum Weglaufen.«

Sie fand zwei große Handtücher und geleitete Bodie ins Schlafzimmer.

Nachdem er in die Badehose geschlüpft war, hob er den Hemdzipfel, damit Melanie ihr Urteil abgeben konnte.

»Süß. Wirklich süß.«

Der eng anliegende Stoff betonte nicht nur seine Genitalien, sondern brachte insbesondere seinen Penis ziemlich detailliert zur Geltung. Er ließ den Saum fallen. »Scheiß drauf, da draußen ist es eh dunkel.«

Melanie zog eine Braue hoch, erhob jedoch keinen Widerspruch.

»Ich werde deiner Schwester konsequent den Rücken zukehren«, versicherte er ihr.

»Wehe dir, wenn nicht.« Melanie ging zur Tür.

»Willst du nicht was anderes anziehen?«

»Was denn?«

Er zuckte die Schultern. Das hier wird immer besser und besser, dachte er. Er folgte ihr die Treppe runter und durch die Hintertür nach draußen. Erschaudernd nahm er sich eins der Handtücher und wickelte es um seine Hüfte.

Die Terrasse wurde von einem Halogenstrahler hell erleuchtet. Der Boden war aus kaltem Beton. Bodie sah sich um und entdeckte einen Weber-Grill, einen Tisch mit Sonnenschirm in der Mitte und Stühlen drum herum sowie ein paar Liegen. Kein Anzeichen von Pen oder der warmen Wanne.

Allerdings konnte er ein leises Maschinenbrummen vernehmen. Es klang monoton und hoch wie eine Klimaanlage.

»Hier entlang«, sagte Melanie.

Er ging hinter ihr her, und sie verließen die erleuchtete Terrasse und traten ins Dunkel. Der Weg war mit ins Gras eingebetteten Natursteinplatten markiert. Hier hinten standen eine Menge Bäume. Bodie blickte in sämtliche Richtungen, konnte jedoch nirgendwo ein Nachbarhaus ausmachen.

Er duckte sich unter den Ästen der Zitronenbäume, die tief hinabhingen.

Dann fiel ihm ein offener, von drei Seiten durch Gitterwände begrenzter und offener Pavillon auf. Darin waren im Mondlicht das erhöht stehende Becken, Pens Kopf und ihre Schultern zu erkennen.

»Herzlich willkommen«, sagte Pen, als sie sich näherten. »Ich habe uns ein paar Erfrischungen besorgt.« Auf dem Rand standen direkt neben ihr eine Weinflasche samt Glas und zwei Flaschen Bier. Ein weiteres Weinglas hielt sie in der Hand.

Bodie tauchte die Finger ins Wasser. Es hatte die Temperatur eines heißen Wannenbads.

Pen griff hinter sich und betätigte einen Schalter. Eine rote Lampe leuchtete am Beckenboden auf. Sie trug einen Bikini, der wahrscheinlich weiß war, im wirbelnden, rötlich verfärbten Wasser allerdings rosa aussah. Bodie drehte sich rasch zu Melanie um. »Ladies first«, sagte er.

Melanie, die ein wenig seitlich stand, stützte sich mit einer Hand auf der hölzernen Plattform ab, die rings um den Pool verlief, und zog ihre Schuhe aus. Ihre Bluse legte sie sorgfältig zusammen und auf der Plattform neben den Handtüchern ab. Von der Taille aufwärts war sie nackt. Ihre Haut schimmerte rosig. Ihre Nippel ragten steif hervor. Bodie, der sich kein Detail entgehen ließ, spürte, wie sein Penis gegen den hauchdünnen und elastischen Stoff der Badehose drückte. Melanies kleine Brüste hoben und senkten sich leicht, als sie die Arme hob, um ihr Kropfband zu lösen. Sie hatte die Augen auf ihn gerichtet, schlüpfte aus dem Rock, legte ihn ebenfalls zusammen und dann auf die Bluse. Sie trug ein schwarzes Spitzenhöschen, von dem sie sich auch nicht trennte, bevor sie schließlich die Holzstufen erklomm und in den Pool kletterte. »Oh, das fühlt sich wunderbar an«, sagte sie und hockte sich hin, bis das Wasser gegen ihre Schultern schwappte. Fetzen von heißem Dampf stoben um ihr Gesicht.

Bodie knöpfte sein Hemd auf. »Kann man von hier zum Haus schauen?«, fragte er und wandte den Frauen den Rücken zu. Nein, durch die Büsche und Bäume hindurch war nichts vom Haus zu sehen. Noch wichtiger war, dass die Mädchen ihn nicht von vorne sahen. Als er sein Hemd abstreifte, spähte er abwärts. Seine Hose war zu einem ziemlich hohen Zelt aufgespannt.

Er wünschte, er hätte doch die andere Badehose genommen.

Er drehte sich um, hielt den Saum des Hemds unten und knotete es wie beiläufig zusammen, während er die Stufen hochkletterte. Er knetete noch immer daran herum, als er ins Wasser sah und die drei unter der Oberfläche liegenden Stufen erblickte. Glücklicherweise wandte sich Pen gerade ab, um nach der Weinflasche zu greifen. Er schmiss das Hemd auf Melanies Klamottenstapel und bewegte sich hastig hinein. Das heiße Wasser bedeckte ihn bis zum Bauchnabel.

Er hockte sich hin, rutschte rückwärts und stieß mit dem Rumpf gegen die gekachelte Sitzbank. Bodie lehnte sich zurück und streckte seine Beine in Melanies Richtung aus. Seine Füße berührten ihre. Sie saß zu seiner Rechten, Pen ihm direkt gegenüber.

»Wie gefällt es dir?«, fragte Melanie.

»Fantastisch.«

Pen reichte Melanie ein Glas Wein, nahm eine Bierflasche von der Kante und beugte sich zu Bodie vor. Ihr Bikini war im Nacken zusammengebunden. Die Kordeln lagen blass auf der nass glänzenden Haut oberhalb ihrer Brüste. Letztere befanden sich über der Wasseroberfläche, wobei das Geblubber einen freien Blick auf sie verhinderte. Bodie schnappte sich die Bierflasche und dankte ihr.

Er ließ sich gegen die Wand sinken und nahm einen Schluck. Das Bier war kalt und schmeckte hervorragend. Das heiße Wasser umschmeichelte ihn. Seine Badehose war so knapp geschnitten und hauchzart, dass er sich komplett nackt fühlte.

»Das Bier ist spitze«, sagte er.

Pen nickte. Durch den heißen Wasserdampf hingen ihre blonden Haare feucht und strähnig herab, und Bodie gefiel es, wie sich einige ihrer Locken über der Stirn und den Ohren kräuselten. Sie nahm einen Schluck Wein und hatte sich aufrecht hingesetzt, um entspannt trinken zu können. Ihr nasser Arm glänzte. Die Spitzen ihrer Brüste befanden sich jetzt knapp über der Oberfläche und wurden vom Wasser umspielt. Durch den milden Strudel konnte Bodie den Rest ihres Bikinioberteils, die leicht gebräunte Haut darunter, den rosig verfärbten Stoffstreifen zwischen ihren Beinen sowie ein gutes Stück ihrer langen Beine erkennen. Das blubbernde Wasser verzerrte allerdings sämtliche Eindrücke zu weichgezeichneten, schwammig-diffusen Bildern.

»Dad wollte einen Swimmingpool anlegen lassen«, sagte Melanie. »Mit all den Bäumen war aber nicht genug Platz dafür. Er konnte sich nicht von ihnen trennen und begnügt sich dementsprechend hiermit.«

»Es ist wirklich schön«, erwiderte Bodie.

»Vor allem, wenn mehr oder weniger kühles Wetter herrscht«, ergänzte Pen. »Und abends oder nachts ist es so gut wie immer kälter.«

»Wir sind nur ein paar Meilen vom Pazifik entfernt«, sagte Melanie. Sie hob ihr Weinglas an die Lippen und rutschte ein wenig höher. Ihre Brüste hoben sich aus dem Wasser. Sie schimmerten feucht im rötlichen Lichtschein, und ihre dunklen Nippel standen steif vor.

Falls sie versucht, meine Aufmerksamkeit von Pen abzulenken, hat sie Erfolg damit, dachte Bodie.

Er drückte sich die glitschige Kachelbank entlang, bis er ihr direkt gegenübersaß.

»Du könntest morgen mit Bodie zum Strand«, schlug Pen vor. »Drüben beim Venice Beach ist es am Wochenende wie im Karneval. Bist du schon mal den Ocean Front Walk entlanggegangen?«, fragte sie Bodie.

»Vor ein paar Jahren. Ich hätte nichts dagegen, ihn wiederzusehen.«

»Keine schlechte Idee«, meinte Melanie. Sie sah Pen an. »Willst du uns begleiten, wenn wir hingehen?«

»Ich fange wohl lieber an, mich nach einer neuen Wohnung umzuschauen.«

»Du willst wirklich umziehen?«

»Wahrscheinlich.« Pen drehte sich, um ihr Glas aufzufüllen.

Melanie schüttelte den Kopf. »Das ist echt heftig.« Sie ließ ihr Weinglas sinken. Die Kante des Fußstücks bog ihren rechten Nippel nach unten. Das Glas glitt tiefer. Ihr Nippel sprang befreit aufwärts.

Bodie krümmte sich und trank von seinem Bier.

»Ich weiß nicht, ob ich weiterhin in meiner alten Wohnung bleiben kann.« Pen trank jetzt auch, dann warf sie den Kopf in den Nacken und starrte gen Himmel. »Hätte jemand was dagegen, wenn ich das Licht ausmachen würde?«

»Nur zu«, sagte Melanie.

Das war's dann wohl mit meiner schönen Aussicht, dachte Bodie. »Einverstanden.«

Pen langte über den Rand der Plattform, und der rote Schimmer erstarb.

Der Halbmond hing geradewegs über ihnen. Eine Passagiermaschine flog vorbei. Bodie konnte nur wenige Sterne ausmachen.

Er richtete den Blick nach unten. Die Frauen waren verschwommene, fahle Flecken aus Gesichtern und Schultern, unsichtbar unter dem unruhigen Spiegel des Wassers.

»So ist es herrlich friedlich«, sagte Pen.

»Und dunkel«, sagte Bodie.

Melanie stellte ihr Glas ab und schob sich nach vorne. Sie kam zu Bodies Poolseite herüber und glitt auf die Bank. Ihr Arm berührte seinen. Das Wasser stand ihr bis zu den Schultern. Die blassen Halbkugeln ihrer Brüste waren durch das Wasser kaum auszumachen, und unterhalb von ihnen konnte Bodie gar nichts erkennen. Er legte ihr eine Hand aufs Bein.

»Ich freue mich, dass wir uns entschieden haben, mit dir rauszukommen«, gestand sie Pen. »Ich hatte völlig vergessen, wie wunderbar das hier ist.«

Bodie spürte, wie seine Hand von ihrem Oberschenkel gehoben wurde. Etwas wurde gegen seinen Handteller gedrückt. Er schloss die Finger darum. Ein kleiner Stoffballen, der … Melanies Höschen.

Sie nahm es ihm weg und führte seine Hand ihr Bein hinauf.

»Hältst du dich immer noch von dem Whirlpool bei deinem Apartment fern?«, fragte Melanie mit ganz ruhiger und unschuldiger Stimme.

»Immer noch«, gab Pen zur Antwort.

»Als ich bei ihr gewohnt habe, ist sie nie in den Pool oder sich sonnen gegangen oder so.«

»Mir hat der Gedanke, von Fremden beäugt zu werden, nie besonders gefallen.«

Bodie nickte nur. Er traute seiner Stimmkraft nicht. Seine Hand war an ihren Zielort gebracht worden und wurde nun freigelassen. Seine Finger glitten über Melanie. Sein Herz raste. Er gab sich Mühe, normal zu atmen. Er hatte den Eindruck, seine Erektion würde jeden Moment seine Badehose zerreißen. Melanie wand sich leicht und kam dem Druck seiner Finger entgegen.

Und plötzlich war alles ganz falsch und abwegig.

Was zum Teufel trieb er hier eigentlich?

Er legte seine Hand auf Melanies Bein zurück. Sie umklammerte sein Handgelenk und zwang sie mit sanftem Nachdruck zurück, doch er befreite sich aus ihrem Griff und stand auf. »Ich glaube, ich gehe mal wieder rein«, sagte er in angestrengt festem Ton. »Mir ist allmählich leicht übel. Liegt wahrscheinlich an der Hitze und dem Bier, keine Ahnung. Wir sehen uns später.«

Er kletterte aus dem Becken, legte sich das Handtuch über die Schultern, klaubte sein Hemd auf und trat eilig auf die Fliesen hinab.

»Bis dann«, sagte Pen. Ihre Stimme klang seltsam.

»Mach's gut«, sagte Melanie.

Den ganzen Weg bis zum Haus über zitterte Bodie – sein Zähneknirschen rührte jedoch von Melanie her.

Was in Gottes Namen war nur in sie gefahren?

Sei nicht ungerecht, sagte er sich. Vielleicht ist sie einfach nur geil geworden und hat sich gehen lassen. Das wäre alles andere als unverständlich, zur Hölle noch mal.

Aber er *wusste*, dass es anders war.

Ihm ihr Höschen zu übergeben. Wie ein Hund, der ihm einen Ball zu Füßen legte. Mach schon, spiel mit mir.

Spiel mit mir vor den Augen meiner Schwester.

Das wird unser kleines Geheimnis sein.

Natürlich nur dann, wenn sie es nicht bemerkt. Und wenn sie es bemerkt, wäre das noch besser, nicht wahr?

Bodie hielt an der Tür inne, trocknete sich hastig die Beine ab, um keine Tropfen auf dem Fußboden zu hinterlassen, und ging ins Haus.

12

Pen trat – oberhalb des Halses vom Wein benebelt, unterhalb vom langen Bad erhitzt – unter die Dusche. Das kalte Wasser prasselte auf sie herab und perlte über ihren Leib. Sie behielt ihren Bikini zunächst an, um das Chlor auszuspülen. Dann legte sie ihn ab, wrang ihn aus und warf ihn über die Duschkabinentür.

Sie wunderte sich über Melanie. Das Mädchen war tatsächlich oben ohne ins Becken gestiegen.

Nichts Besonderes, dachte Pen. Wenn sie nicht dabei gewesen wären, hätte ich auch nackt dringesessen.

Tja, aber genau das ist der Punkt, oder? Wäre Melanie nur mit Bodie oder mir reingegangen ... aber wir waren beide da. Das macht die Sache so merkwürdig.

Als habe sie irgendwas beweisen oder klarstellen wollen. Gegenüber Bodie oder mir? Vielleicht sich selbst gegenüber.

Pen fragte sich, ob Bodies jäher Abgang etwas mit Melanies Verhalten zu tun hatte. Sie hatte eng neben ihm gesessen. Vielleicht sogar eine Hand in seine Badehose geschoben?

Pen empfand ein warmes, erregtes Jucken, als sie darüber nachdachte. Sie stellte das Abseifen ein, richtete den Duschkopf neu aus und wandte das Gesicht dem Wasserstrahl zu.

Sei nachsichtig mit ihr, ermahnte sie sich. Melanie versucht lediglich ihre Interessen zu wahren – sie möchte Bodie ganz für sich. Die Sache mit Dad macht wahrscheinlich alles nur noch schlimmer und komplizierter. So was bringt einen emotional aus dem Gleichgewicht und sorgt für eine verzerrte Perspektive.

Ich sollte sie ausdrücklich wissen lassen, dass ich keineswegs ein Auge auf Bodie werfen will.

Klar. Doch sie würde es mir nicht abnehmen.

Pen shampoonierte ihr Haar. Als sie mit Duschen fertig war, stieg sie aus der Kabine und trocknete sich ab. Sie putzte sich die Zähne und ging auf die Toilette.

Die kalte Dusche hatte nicht ausgereicht, um die Wärme von Whirlpool und Wein wegzuwaschen, und ein dünner feuchter Film ließ ihren Bademantel an der Haut kleben, als sie hineinschlüpfte.

Im Flur schaltete sie die Deckenleuchten aus und ging schnell an der geschlossenen Tür zu Joyces Zimmer vorbei. Melanies Tür war ebenfalls zu. Ein Lichtstreifen drang durch den Spalt über der Schwelle. Als Pen an der Tür vorbeischlich, hörte sie ein Radio. Und Melanie. Melanies atemloses Stöhnen unter der süffig-schmeichelnden Stimme von Kenny Rogers.

Pen eilte in ihr Zimmer, schlug die Tür zu und wischte sich mit dem Ärmel über das schweißnasse Gesicht. Die Musik kam schwach durch die Wand. Reglos stand sie da und lauschte, konnte jedoch nichts von Melanie hören.

Sie warf den Bademantel aufs Bett, ging zum Fenster und öffnete es. Die nächtliche Brise wehte herein und schickte Frostschauer über ihren feuchten Körper.

Die Radiostimme klang jetzt wie Waylon Jennings, und ein gedämpfter Aufschrei drang an ihre Ohren. Ihr Magen machte einen Satz.

Sie hastete zu ihrem Koffer, nahm ihren Fön heraus, setzte sich an die Frisierkommode und schaltete das Gerät ein.

Der Lärm des Gebläses übertönte sowohl die Musik als auch Melanie.

Sie betrat das Krankenhauszimmer, und das Bett war leer. »Wo ist Dad?«, fragte sie. »Wurde er entlassen?«

»Das wüsstest du wohl gern«, sagte der Arzt grinsend. Er war klein und knochig und schwarzhaarig.

»Wo ist Dad?«, fragte sie erneut.

»Zeig mir erst deine Titten.«

»Fahr zur Hölle.«

»Spiel jetzt bloß nicht die Prüde. Ich weiß, dass du mich willst.« Er zerrte an ihrem Bikinioberteil.

Ich wusste, ich hätte mich ordentlich anziehen sollen.

Der Bikini zerriss. Sie kreuzte die Arme über den Brüsten.

»Alles gut, ich bin Arzt.« Er ließ sein Stethoskop in der Luft kreisen. »Lass mich mal deine Pumpe abhorchen.«

Pen konnte das hier nicht so recht einordnen. Wahrscheinlich war es irgendein Trick. Doch er würde ihr sagen können, wo Dad war. Sie nahm die Arme runter.

Der Doktor beugte sich vor und drückte ihr die kleine Metallscheibe gegen den Nippel. »Bitte husten«, sagte er.

Er ist kein Arzt. Da befindet sich mein Herz gar nicht. Ein echter Mediziner würde das wissen.

»Ich höre es nicht. Du legst dich besser hin.«

»Wozu?«

»Damit ich dir das Hirn rausficken kann.«

»Sie sind *er*!«

Sie rammte ihm ein Messer so hart in den Bauch, dass er zusammenklappte. Mit Händen und Knien schlug er auf dem Boden auf.

»Wo ist Dad?«

»Du musstest mich nicht gleich umbringen.«

»Sie sind nicht tot, Sie reden mit mir.«

»Ich werde dich *kriegen*!«

Sie rannte aus dem Zimmer und sah zurück, weil sie eilige Schritte hinter sich hörte. Der Mann verfolgte sie und zog sich das Messer aus dem Bauch, während er weiterlief. Blut floss aus seiner Wunde, sprühte und spritzte hervor, bemalte den Boden und die Wand vor ihm in klarem Rot.

Pen haute auf den Fahrstuhlknopf.

Er kam näher und näher und schwang das Messer über dem Kopf.

Komm schon, Fahrstuhl!

O Scheiße, o Scheiße!

Pen sprang von einem Fuß auf den anderen und hämmerte mit den Fäusten gegen die Fahrstuhltür.

Das Gesicht des Mannes war von einem animalischen Grinsen verzerrt. Er begann zu lachen. Blut platzte aus seinem Mund und seinen Nasenlöchern hervor.

Die Fahrstuhltür glitt auf. Pen sprang hinein. Er griff nach ihr, doch die Tür schloss sich rechtzeitig und klemmte seinen Arm auf Ellbogenhöhe ein.

Der Fahrstuhl fuhr abwärts. Sein Arm rutschte zur Decke hinauf, brach ab und fiel zu Boden, doch er hielt das Messer umklammert. Sein Arm rollte herum. Die Klinge stach weiter zu, zielte auf Pen, zog kleine Kreise durch die Luft. Pen wich zurück. Der Fahrstuhl nahm weiter Fahrt auf. Stürzte förmlich nach unten.

Wohin fährt er?

Warum wird er nicht langsamer?

Er wird ganz plötzlich anhalten, und ich soll in das Messer fallen, aber dazu wird es nicht kommen.

Sie setzte sich auf den Boden.

Hab dich überlistet, du blöder Scheißer.

Der Fahrstuhl kam behutsam und elegant zum Halten. Der erwartete Schock blieb aus.

Die Tür ging auf.

Jenseits davon lag finsteres Dunkel.

Die beleuchtete Anzeige über der Fahrstuhltür zeigte ein K an.

Das ist der Keller. Jemand hat das Licht ausgeschaltet, das ist alles.

Seltsamerweise machte sich Pen nicht halb so viel Sorgen um den abgetrennten und mit dem Messer in der Hand herumfuchtelnden Arm am Boden wie um die Schwärze außerhalb des Fahrstuhls.

Da werden die Leichen aufbewahrt. Die Patienten, die es nicht geschafft haben, in großen Schubfächern verstaut.

Sie ging um den Arm herum, hielt an der Fahrstuhltür inne und spähte in die pechschwarze Dunkelheit.

Sie wollte da nicht raus. Auf keinen Fall.

Ihr Herz schlug heftig vor Entsetzen, und sie japste verzweifelt nach Luft.

»Hallo?«, rief sie. »Ist da jemand?«

Keine Antwort.

Natürlich nicht. Die Toten reden nicht.

Sie rief erneut. »Hallo?«

»Hiiilf mir«, erklang entfernt die gedämpfte Stimme ihres Vaters.

»Ich komme!«

Wenn sie doch nur einen Lichtschalter fände. Sie streckte die Hand aus dem Fahrstuhl, tastete sich an der Wand entlang, und eine eiskalte Hand packte ihr Handgelenk.

»Aaah!!«

Pen erwachte mit einem Ruck und hörte das Echo ihres Aufschreis in dem stockfinsteren Raum nachklingen. Keuchend richtete sie sich auf.

»Allmächtiger Gott«, murmelte sie.

Sie fuhr sich mit einem Ärmel über das Gesicht, um den Schweiß abzuwischen. Ihr Pyjama klebte an ihrer Haut.

Ein wahres Monster von einem Albtraum. Sie versuchte sich an Details zu erinnern und entsann sich ihrer Suche nach einem Lichtschalter sowie der Hand, die ihre umklammert hatte. In dem Traum musste noch mehr geschehen sein, aber der Rest war schlichtweg verschwunden.

Irgendwo hatte sie gehört, man müsse drei oder vier Minuten lang wach bleiben – wenn man früher wieder einschlief, bestünde die Gefahr, sich im selben Albtraum wiederzufinden.

Nein, herzlichen Dank.

Außerdem war ihr Mund trocken, sie hatte leichte Kopfschmerzen, und sie musste pinkeln.

Sie stand auf, zupfte sich das durchgeschwitzte Schlafanzugoberteil von Rücken und Pobacken und öffnete die Tür. Im Flur war es dunkel. Einer der Lichtschalter befand sich an der Wand unmittelbar vor ihrer Tür. Sie hätte fast die Hand danach ausgestreckt, doch die Gedanken an den Albtraum ließen einen kalten Schauer über ihren gesamten Leib kriechen. Sie fühlte das Kitzeln von Gänsehaut an den Schenkeln und Unterarmen, im Nacken, auf der Stirn. Ihre Nippel versteiften sich, die Höfe zogen sich zusammen.

Es war nichts weiter als ein gottverdammter Albtraum, sagte sie sich.

Dennoch war sie immer noch nicht in der Lage, nach dem Lichtschalter zu greifen.

Stattdessen machte sie ihre Schlafzimmerlampe an. Sie warf einen Lichtkreis in den Korridor. Niemand war dort und wartete darauf, sie zu schnappen. Selbstverständlich nicht.

Sie fühlte sich ein wenig erleichtert und ging leise Richtung Badezimmer. Im Medizinschränkchen entdeckte sie Paracetamol und spülte zwei Tabletten hinunter. Auf dem Weg zurück zu ihrem Zimmer hielt sie vor Melanies Tür an. Der Lichtstreifen darunter war verschwunden. Kein Ton drang aus dem Inneren. Sie lief weiter bis zu ihrem eigenen Zimmer, trat über die Schwelle und stoppte abrupt.

Bodie stand in einem zerknitterten Bademantel vor dem Fenster und sah hinaus. »Bist du angezogen?«, fragte er leise, ohne sich umzudrehen.

Pen schob die Tür zu und holte schlotternd Luft. »Ich bin angezogen«, sagte sie. »Was machst du hier?«

Er wandte sich um. Die Hände hatte er in die Hüften gestemmt. Seine Augen wirkten nervös. Er setzte ein schwaches Lächeln auf, das schnell wieder erlosch. »Ich muss bloß kurz mit dir reden. Es tut mir leid, dass ich einfach so reingeplatzt bin.«

»Ist schon in Ordnung«, sagte sie. Ihre Stimme klang merkwürdig verhalten und heiser.

Jesus Christus, dachte sie. Er ist einfach in mein Zimmer gekommen. Was ist hier *los*?

Sie setzte sich auf die Bettkante. Faltete die zitternden Hände. Nahm einen tiefen Atemzug. Sah an sich hinab und bemerkte, dass der oberste Knopf offen stand, machte ihn zu und faltete abermals die Hände.

Bodie trat zu einem Stuhl neben der Kommode. Sein sandbraunes Haar war zerzaust. Sein Morgenmantel wurde auf Hüfthöhe vom Stoffgürtel gehalten. Er schlug die Säume über den Oberschenkeln zusammen, als er Platz nahm.

»Du hast geschrien oder so«, sagte er.

»Ja. Ein Albtraum. Ein echter Reißer.«

»Geht es dir gut?«

Sie nickte.

»Ich wollte eigentlich nicht rüberkommen, aber ich habe dich gehört, und dann bist du an unserer Tür vorbeigegangen. Ich dachte, das wäre vielleicht der richtige Zeitpunkt. Ich lag wach und habe nachgedacht über ...« Er zögerte.

»Über was?«

»Es dir zu sagen.«

Mir was zu sagen?, fragte sie sich. Ihr Herz hämmerte in ihrer Brust.

»Bodie«, flüsterte sie, »du hättest nicht herkommen sollen.«

»Ich weiß, ich weiß. Melanie würde mich umbringen ...«

»Könntest du ihr das verdenken?«

»Ich kann das nicht einfach so für mich behalten.«

»Du kennst mich kaum.«

»Ich weiß, dass ich dir vertrauen kann. Mir scheint, dass da echter Ärger auf uns zukommt.«

Pen runzelte die Stirn, erleichtert, ein kleines bisschen enttäuscht, verwirrt. »Wovon redest du?«

»Erinnerst du dich, wie Melanie im Krankenzimmer zusammengeklappt ist?«

»Ob ich mich erinnere? Soll das ein Witz sein?«

»Sie hat gesagt, sie wüsste nicht, worum sich ihre Vision drehte, aber das stimmte nicht. Sie wusste es noch ganz genau. Und sie hat es mir heute Abend im Zimmer erzählt.«

Bevor oder nachdem du sie gevögelt hast?, überlegte Pen und ärgerte sich sofort über sich selbst. »Was hat sie gesagt?«

»Es ging wieder um den Unfall. Sie hat gesehen, wie das Auto auf sie zuraste, wie vorher, nur hat sie dieses Mal den

Fahrer erkannt hat. Sie hat gesagt, der Fahrer wäre Harrison Donner gewesen.«

»O Mann«, brummte Pen. »Ist sie da sicher?«

»Sie schien sich außerordentlich sicher zu sein.«

»Harrison hat Dad angefahren?«

»Melanie denkt, dass es eine Verschwörung war … dass Harrison und Joyce es gemeinsam geplant haben.«

»War das auch ein Teil ihrer Vision?«

»Das ist eine Theorie, die sie entwickelt hat. Ihrer Erklärung zufolge wusste Joyce im Voraus von ihrer Absicht, bei Gerard's essen zu gehen – wahrscheinlich hat sie sogar den Tisch reserviert. Sie wusste außerdem, dass dein Vater immer seinen Wagen auf dem Parkplatz der Bank abstellt, sodass er den Canon überqueren musste, um zum Restaurant zu gelangen. Sie setzte Harrison ins Bild, und der hat gewartet – möglicherweise am Straßenrand geparkt. Als dein Vater die Fahrbahn betrat …« Bodie hob die Hände von den Knien, ließ sie einen Augenblick lang in der Luft schweben und dann wieder fallen.

»Du willst damit sagen … Melanie glaubt, sie haben ein Komplott geschmiedet, um Dad zu ermorden.«

»Das trifft es so ungefähr. Ich bin nicht überzeugt davon, dass sie richtig liegt, aber es *könnte* so geplant gewesen sein. Ich kann keine Logiklöcher in der Geschichte erkennen. Du etwa?«

»Harrison hätte sich nicht darauf verlassen können, dass es keine Zeugen gab.«

»Wenn es sich ungünstig für ihn entwickelt hätte, wäre es ihm möglich gewesen, das Ganze abzubrechen. Unserer Einschätzung nach haben sie eine ähnliche Falle bereits ein halbes Dutzend Mal vorher arrangiert, es aber immer wieder aus irgendeinem Grund abgeblasen – Zeugen, zu viel Verkehr, was auch immer.«

»Du scheinst ja ziemlich gründlich darüber nachgedacht zu haben«, meinte Pen.

»Ich hatte zwei Stunden Zeit dafür, von dem Moment an, in dem sie mir davon erzählte, bis ich dann hier rüberkam.«

Pen wurde bewusst, dass sie fröstelte. Vielleicht war Bodies Geschichte der Grund. Vielleicht lag es aber auch an der Brise, die durchs Fenster hereinwehte und den Albtraum-Schweiß auf ihrem Pyjama abkühlte.

Bodie saß hölzern im Stuhl, die Beine zusammengepresst, die Hände fest um die Knie gelegt.

»Ist dir kalt?«, fragte sie.

»Ein bisschen«, gestand er.

Es kam ihr flüchtig in den Sinn, ihn ins Bett einzuladen. Sie könnten sich zudecken.

Wohl eher nicht, korrigierte sie sich innerlich.

»Ich mache das Fenster zu«, sagte sie.

»Das übernehme ich.«

Während er zum Fenster ging, ließ sich Pen auf die Seite fallen und griff nach der Steppdecke, die am Fuß des Betts lag. Sie hielt sie Bodie hin.

Er dankte ihr, wickelte sich die Decke um und setzte sich auf den Stuhl. »Das ist schon viel besser«, sagte er.

Pen rutschte nach hinten auf die Matratze und schlug die Beine übereinander. Dann zog sie sich selbst ein Laken über die Schultern. »Also«, hob sie an. »Wie lautet das Motiv?«

»Joyce und Harrison sind ein Paar.«

»Glaubst du das wirklich?«

Bodie zuckte die Achseln. »Keine Ahnung. Es wäre möglich. Es ist nicht unwahrscheinlich, schätze ich.«

»Okay. Nehmen wir an, dass es so ist. Es wäre dennoch kein angemessenes Motiv für einen Mord. In diesem Staat ist es ein Kinderspiel, sich scheiden zu lassen, und sie würde dabei mit einer ziemlich hübschen Abfindung rauskommen.«

»Die Hälfte?«

Pen schüttelte den Kopf. »Sie sind seit fast drei Jahren verheiratet. Sie würde wahrscheinlich die Hälfte dessen kriegen, was Dad seit dem Datum ihrer Hochzeit verdient hat, zuzüglich einiger Jahre Unterhaltszahlungen.«

»Aber wenn sie …« Bodie hielt mitten im Satz inne.

»Ihn tötet.«

»Ja. Dann kriegt sie alles. Und dazu seine Lebensversicherung.«

»Das hängt von seinem Testament sowie von denen ab, die als Versorgungsempfänger in den Versicherungsverträgen genannt sind. Ich könnte mir vorstellen, dass Melanie und ich einen Teil erhalten würden.« Pens Blick verfinsterte sich. »Im Krankenhaus hat Melanie von alldem gesprochen. Weißt du noch? Sie hat irgendwas von Joyce geplappert, die sich Harrison und die Versicherung und die Erbschaft schnappt, wenn Dad sterben sollte. Dann ist sie ins Zimmer geplatzt, um ihn zu ›retten‹.«

»In der Annahme, dass Joyce vorhatte, den Stecker zu ziehen.«

»Und genau dann hatte sie ihre Vision«, sagte Pen. »Sie war kaum durch die Tür, als es losging.«

Bodie zog die Steppdecke fester um sich zusammen. »Glaubst du, sie hat es vorgetäuscht?«

Pen zog die Möglichkeit in Betracht und dachte daran, wie Melanie in ihren Armen stöhnend um sich geschlagen hatte. »Ich glaube nicht, dass sie den Anfall vorgetäuscht hat. Allerdings frage ich mich, ob ihr Misstrauen ihn nicht irgendwie ausgelöst oder motiviert haben könnte. Sie hatte Joyce und Harrison längst in Verdacht, eine heimliche Beziehung zu führen, und sie unterstellt Joyce, dass die sich Dads Tod herbeiwünschte, weshalb es nur noch ein kleiner Schritt bis zum dem Gedanken ist, Joyce und Harrison hätten sich dazu verschworen, ihn über den Haufen zu fahren. Vielleicht hat ihr Unterbewusstsein diesen letzten Schritt für sie getan.«

»Und ihr den Anfall verpasst«, sagte Bodie. »Ich weiß nicht. Anlässlich des Vorfalls beim Konzert sind mir ganz ähnliche Dinge durch den Kopf gegangen. Sie wusste nicht, ob es dich oder deinen Vater getroffen hat, aber sie trug euch beiden gegenüber eine ordentliche Ladung Wut und Schuldgefühle mit sich herum. Daher hatte ich den Eindruck, ihre Vision könne so eine Art perverse Wunscherfüllung gewesen sein.«

Pen starrte ihn an.

»Ich meine damit nicht, dass sie *wollte*, ihr wärt tot. Sondern nur, dass sie mit ihren Gefühlen für euch nicht klarkam. Und dann erlitt ihr Gehirn einen Kurzschluss und schenkte ihr die Vision. Doch was sie in dieser Trance sah, stellte sich als Wahrheit beziehungsweise Tatsache heraus. Vielleicht verhält es sich hiermit genauso.«

»Die Visionen treffen nicht immer zu«, sagte Pen und spürte ein leichtes Beben im Magen.

»Im Falle ihrer Mutter hat sie den Nagel auf den Kopf getroffen, nicht wahr?«

»Dennoch gab es andere Gelegenheiten. Wie der Tag, an dem Dad und Joyce geheiratet haben. Sie sind zu ihren Flitterwochen nach Hawaii geflogen. Melanie und ich waren hier im Haus, und sie hatte einen ziemlich heftigen Anfall. Nachdem sie wieder zu sich gekommen war und sich beruhigt hatte, sagte sie, das Flugzeug wäre mitten in der Luft explodiert.«

Bodie spitzte die Lippen, als wollte er eine Melodie pfeifen, aber kein Laut drang aus seinem Mund.

»Offensichtlich«, fuhr Pen fort, »hatte sie in jenem Fall danebengelegen. An diesem Abend stürzte kein einziger Flieger ab, nirgendwo, geschweige denn der, in dem Dad und Joyce saßen.«

»Sie war nicht gerade glücklich über die Trauung, so viel weiß ich.«

»Sie war außer sich deswegen. Ihrem Empfinden nach befleckte Dad die Erinnerung an unsere Mutter, und Joyce war in ihren Augen eine Hure, die es auf Dads Geld abgesehen hatte. Deswegen ist sie bei mir eingezogen, bevor sie von ihrer Hochzeitsreise zurückkehrten. Sie konnte sie beide nicht ertragen und wollte sie nicht sehen. Dann war da noch die Vision, in der ich die Hauptrolle gespielt habe«, sagte Pen. Ihr Magen flatterte erneut, und auf einmal war ihr schrecklich warm. Sie schüttelte das Laken ab und holte tief Luft. Ihr wurde klar, dass es nicht leicht sein würde, darüber zu sprechen. Aber Bodie musste davon erfahren.

»Es war der Sommer vor meinem Abschlussjahr am College. Ich bin in den Sommerferien immer nach Hause gekommen. Melanie war fünfzehn. Sie ging frisch mit diesem Typen Steve Wells, der gerade die Highschool abgeschlossen hatte. Er war siebzehn oder achtzehn, schätze ich.«

»Sie steht auf ältere Männer«, kommentierte Bodie.

Die Äußerung zwang Pen zu einem Lächeln. »Ja, offenbar tut sie das. Wie auch immer, er hat eine Menge Zeit hier verbracht.« Sie zögerte.

»Und sich in dich verknallt«, sagte Bodie.

Pen nickte. »Hat Melanie dir davon erzählt?«

»Das musste sie gar nicht. Die Art, wie sie sich dir gegenüber verhält und über dich redet, lässt kaum einen anderen Schluss zu, als dass irgendwann so was passiert sein musste.«

»Himmel, es ist nicht so, dass ich ihn irgendwie animiert oder bestärkt hätte. Ich meine, ich war nett und freundlich zu ihm. Ich habe ihm nicht die kalte Schulter gezeigt. Aber ich habe nie ... mit ihm geflirtet oder so.«

Ein dezentes Rot stieg Bodie ins Gesicht.

Pen wollte nicht darüber nachdenken, was das bedeuten mochte. Sie befingerte den Umschlag ihrer Schlafanzughose. »Also, er war eines Abends zum Essen hier. Dad hat hinten im Garten gegrillt. Nach dem Dinner musste Dad weg. Es war eine Besprechung oder so was angesetzt, ich weiß es nicht mehr genau.«

»Lass mich raten«, sagte Bodie. »Ihr drei seid zusammen in den Whirlpool gehüpft.«

Pen blickte ihn an.

»Damals hatten wir den Whirlpool noch nicht.«

»Oh.«

»Melanie schlief auf der Couch ein. Wir hatten Margaritas zum Abendessen, und sie hatte ziemlich einen im Kahn. Ich ging in die Küche, um Kaffee zu machen, und Steve kam hinterher. Es war furchtbar. Es sprudelte nur so aus ihm raus, wie er in dem Augenblick, als er mich sah, jegliches Interesse an Melanie verloren hatte, und der einzige Grund, warum er noch mit ihr zusammen sei, wäre, dass er so in unser Haus kommen und mich treffen könne. Ich sagte ihm, er solle das vergessen, ich wolle nichts mit ihm zu tun haben. Außerdem riet ich ihm, sich so schnell wie möglich aus Melanies Leben zu verpissen, wenn er kein Interesse mehr an ihr habe. Es dauerte, bis er die Botschaft verstanden hatte. Und dann ist er abgehauen.

Melanie ist die nächsten paar Stunden nicht aufgewacht. Inzwischen hatte ich gebadet und mein Nachthemd angezogen. Ich lag im Bett und las, als Melanie in mein Zimmer kam. Sie fragte, wo Steve wäre, und ich sagte, er sei nach Hause gefahren. Ich habe ihr nicht erzählt, was geschehen war. Meiner Ansicht nach war das sein Job, verstehst du?«

»Ja«, erwiderte Bodie. »Warum solltest du darauf sitzen bleiben, die schlechten Nachrichten zu überbringen?«

»Egal, jedenfalls bekam Melanie urplötzlich einen Anfall. Ihre Augen verdrehten sich nach oben, und sie fing an zu zittern. Dann stürzte sie zu Boden. Ich hatte Angst, denn ich wusste nicht, was los war. Doch dann kam sie wieder zu sich und sah mich an, als wäre ich eine Art Monster. Sie drehte völlig durch. Sie nannte mich eine … nun, es waren keine besonders liebevollen Kosenamen. Sie meinte, Steve und ich hätten es miteinander getrieben, während sie stinkbesoffen auf dem Sofa gelegen hatte. Ich versicherte ihr, dass wir gar nichts getan hatten, aber sie wollte mir nicht glauben. Und zwar, weil sie es *gesehen* hatte. Sie hatte alles gesehen, in sämtlichen prächtigen Details, während sie sabbernd auf meinem Schlafzimmerteppich herumrollte.«

Als Pen fertig erzählt hatte, zitterte sie. Sie stieß einen lauten Seufzer aus, starrte auf den Rand ihrer Matratze und wartete schweigend so lange, bis sie sich wieder halbwegs beruhigt hatte. »Ich habe es geleugnet, und Steve leugnete es auch, als sie ihn anrief. Aber sie ist bis heute überzeugt davon, dass wir beide gelogen haben, dass wir tatsächlich gevögelt haben … während sie ihren Margarita-Rausch ausschlief. Sie vertraut ihren Visionen völlig.«

Auf Bodies Stirn hatten sich schon zu Beginn von Pens Geschichte Zornesfalten gebildet, und sie waren geblieben. »Es muss schrecklich sein, wenn man so für etwas beschuldigt wird, das man gar nicht getan hat.«

»Ja. Das bringt einen fast dazu, sich zu wünschen, man hätte doch was getan, um es wenigstens zu verdienen.«

Einer von Bodies Mundwinkeln hob sich. »Hättest mit dem Kerl schlafen sollen.«

»Er war nicht mein Typ.« Pen spürte, wie sich auch auf ihrem Gesicht langsam ein Lächeln ausbreitete. »Wie dem auch sei, das war wahrscheinlich mehr, als du hören wolltest, aber ...«

»Überhaupt nicht. Das erklärt mir eine Menge über dich und Melanie. Die ganze Sache setzt *mich* unter einen gewissen Druck, wenn du verstehst, was ich meine.«

»Kann ich mir vorstellen. Ich bin sicher, dass sie glaubt, wir könnten es kaum abwarten, in die Kiste zu springen.« Sofort wünschte sich Pen, diesen Satz nicht gesagt zu haben. Sie spürte eine Hitzewelle über ihr Gesicht rollen. »Widmen wir uns wieder ihren Visionen«, sagte sie.

»Richtig. Ihre Visionen.«

»Sie hatte mindestens zwei, die völlig daneben lagen: Steve und ich sowie das Passagierflugzeug, das nicht explodiert ist.«

»Sie glaubt nicht, dass sie mit dir und Steve falsch lag«, sagte Bodie, »aber man sollte annehmen, dass die Sache mit der Flugzeugexplosion ihren Glauben ein bisschen erschütterte.«

»Sollte man annehmen.«

»Tja, das von heute Abend hat sie vollständig davon überzeugt, dass Harrison derjenige ist, der euren Vater angefahren hat. Sie geht außerdem davon aus, dass Joyce geholfen hat, das Ganze zu planen und zu inszenieren. Und sie hat vor, etwas dagegen zu unternehmen.«

»Und was zum Beispiel?«, fragte Pen.

»Sie hat gesagt: ›Sie werden dafür bezahlen.‹«

»Sie denkt an Rache?«

»Es sieht ganz danach aus.«

»O mein Gott.«

»Deswegen wollte ich unbedingt mit dir reden. Ich denke, wir müssen etwas tun.«

»Vielleicht bringst du sie besser zurück nach Phoenix.«

»Ich glaube nicht, dass sie sich darauf einlassen würde.«

»Was hast du dann im Sinn?«, fragte Pen.

»Die Hauptsache ist, dass wir sie im Auge behalten müssen.«

»Sie ist noch nie gewalttätig gewesen. Jedenfalls nicht, dass ich wüsste.«

»Es hat noch nie zuvor jemand versucht, ihren Vater umzubringen.«

»Wir wissen nicht, ob sie …«

»*Sie* weiß es. Sie ist sich vollkommen sicher. Und ich finde, es ist nicht ausgeschlossen, dass sie richtig liegt. Diese Visionen haben öfter ins Schwarze getroffen als weit vorbeigezielt.«

»Ich würde sagen, es hält sich ungefähr die Waage.«

»Meinem Eindruck nach hat sie recht mit der Vermutung, dass die zwei ein Verhältnis haben. Was glaubst du?«

»Ich bin nicht überzeugt«, sagte Pen, »habe allerdings auch einen gewissen Verdacht.«

»*Wenn* sie eine Affäre haben, ist es vorstellbar, dass sie deinen Vater aus dem Weg räumen wollten.«

»Das ist ziemlich schwer zu schlucken.«

»Menschen begehen Tag für Tag Morde.«

»Das ist mir bewusst.«

»Und die Leute, die getötet werden, sind in den überwiegenden Fällen Freunde oder Familienangehörige.«

Pen nickte. »Ich habe mich eingehend mit dem Thema beschäftigt.«

Bodie schüttelte die Decke ab, beugte sich vor und stützte die Ellbogen auf die Knie. »Ich will nicht behaupten, dass sie schuldig sind. Die Sache ist nur, dass Melanie das denkt. Sie mag recht haben oder nicht, aber es besteht eine hohe Wahrscheinlichkeit, dass sie irgendwas anstellt. Ich finde, wir sollten sie nicht nur im Auge behalten, sondern ihr helfen.«

»Wobei?«

»Sie dranzukriegen«, antwortete Bodie.

»Wie bitte?«

»Nur wenn wir Melanie unter Kontrolle halten, können wir ihr Verhalten beeinflussen und lenken. Erst mal müssen wir sie davon überzeugen, dass die Vision keinen ausreichenden Beleg darstellt. Dann bieten wir an, sie bei den Nachforschungen zu unterstützen. Ich denke, sie wird sich nicht dagegen sträuben.«

»Und *werden* wir wirklich Nachforschungen anstellen?«

»Nur ein kleines bisschen unauffällig rumschnüffeln. Wer weiß? Vielleicht stoßen wir tatsächlich auf Beweise.«

»Wohl kaum.«

»Falls es so kommt, übergeben wir die Angelegenheit der Polizei. Wenn nichts dabei herauskommt, haben wir Melanie immerhin für eine Weile vor Ärger bewahrt, und sie könnte am Ende möglicherweise sogar einsehen, dass sie nichts mit der Sache zu tun hatten.«

»Da gibt es nur ein Problem. Ich dürfte eigentlich gar nichts von ihrer Vision wissen, und ich kann mir nicht vorstellen, dass sie sonderlich erfreut sein wird, wenn sie herausfindet, dass du dich heimlich in mein Schlafzimmer geschlichen hast, um mir davon zu erzählen.«

»Erzähl ihr, du seist misstrauisch. Im Moment glaubt sie, du wärst auf Joyces Seite.«

»Hat sie das gesagt?«

Bodie nickte.

»Ich schätze, daraus kann ich ihr kaum einen Vorwurf machen.«

»Aber wenn du sie wissen lässt, dass dich deinerseits Zweifel an Joyce plagen, wird sie dich als Verbündete betrachten und sich dir anvertrauen.«

»Es ist, als würden wir uns gegen sie verschwören.«

»Gegen Joyce?«

»Gegen Melanie.« Sie seufzte. »Ich weiß nicht. Wenn wir anfangen, nach Hinweisen zu suchen, bestätigen wir sie letztendlich vielleicht nur in ihrem Irrglauben.«

»Falls es sich um Irrglauben *handelt*.«

»Ja, falls. Und wenn sie recht hat, bin ich mehr als scharf darauf, mit anzusehen, wie die beiden ihr Fett abkriegen.«

»Sag das Melanie.«

»Vielleicht sollte ich das.«

»Ich glaube, sie wird froh sein, dich auf ihrer Seite zu wissen.«

»Vielleicht.«

Bodie erhob sich. »Ich mache mich jetzt besser vom Acker.« Er hob die Steppdecke auf und trug sie zum Fußende von Pons Bett. »Apropos bestätigter Irrglaube … wenn sie aufwachen und rausfinden würde, dass ich hier war …« Er legte die Decke aufs Bett. »Sie würde sich niemals und unter keinen Umständen davon überzeugen lassen, dass es völlig harmlos war.«

»Ich weiß nicht genau, wie harmlos es war.«

Bodies Augen wurden groß.

»*Das* habe ich nicht gemeint.« Erneut spürte sie, wie sie errötete. »Ich meinte die Verschwörung, die wir gegen sie anzetteln.«

Bodie nickte und ging zur Tür. Mit der Hand auf dem Knauf hielt er inne und sah zurück zu Pen. »Die Zeit ist aus den Fugen«, zitierte er Hamlet.

»Ich denke, das sollte eher Melanies Textzeile sein.«

Er lächelte. »Gute Nacht, Pen.«

»Gute Nacht.«

13

Melanie war nicht im Zimmer.

Bodie kuschelte sich in die Decken und machte die Augen wieder zu. Das Bett war zu warm und gemütlich, um es zu verlassen. Flüchtig fragte er sich, wohin Melanie wohl verschwunden war.

Dann stellte er sich Pen in ihrem Zimmer vor, wie sie am vorigen Abend mit übereinandergeschlagenen Beinen auf ihrem Bett gesessen hatte: ihr zerwühltes goldblondes Haar, die blauen Augen, die zarten Sprengsel von Sommersprossen um ihre Nase. Ihm stand das am Hals offene, schimmernd blaue Schlafanzugoberteil vor Augen, glatt und geschmeidig um die Hügel ihrer Brüste und in ihrem Schoß. Die Hosenbeine spannten sich über den Knien. Die schlanken Knöchel waren nackt.

Je länger Bodie bei diesem inneren Bild verweilte, desto heftiger durchfuhr ihn ein sehnsüchtiger Schmerz. Wenn doch nur ...

Wenn doch nur was?

Vielleicht, wenn sie in Tränen ausgebrochen wäre. Sie hatte allerdings nicht einmal kurz davorgestanden. Doch wenn sie geweint *hätte*, wäre er zur Stelle gewesen, um sie zu trösten – er hätte sich zu ihr aufs Bett gesetzt und einen Arm um sie gelegt, und sie hätte sich ihm zugewandt. Er hätte sie sanft gehalten, während die Tränen liefen. Sie geküsst.

Gott, sie zu küssen. Sie einfach in den Armen zu halten und zu küssen.

Es ließ ihm das Herz in der Brust schwer werden, daran zu denken.

Mach dir keine Sorgen, Melanie, dazu wird es nie kommen, dachte er.

Wenn Whit stirbt ...

Netter Gedanke. Verdammt.

Aber sie zu halten, zu küssen.

Er erinnerte sich an seinen panischen Schockzustand, als Pen ihn gefragt hatte, ob ihm kalt sei. Für einen winzigen Moment hatte er befürchtet – und gehofft –, sie würde ihn bitten, ins Bett zu kommen. Komm nicht auf dumme Gedanken, hätte sie gesagt. Versprochen? O ja, klar.

Es war nicht passiert.

Gar nichts war passiert.

Wobei – gar nichts stimmte nicht ganz. Sie hatte ihn nicht gebeten, sich zu verdrücken. Sie hatten eine geraume Weile allein in ihrem Zimmer gesessen, sie im Pyjama, er im Bademantel, und geredet. Sie hatte ihm Dinge erzählt, Geheimnisse mit ihm geteilt. Es war eine durchaus intime Situation gewesen.

Dem Himmel sei Dank für Melanies Vision. Ohne diese als Entschuldigung oder Vorwand ...

Es war kein Vorwand, sagte er sich. Es war der *Grund* für ihn, sie in ihrem Zimmer aufzusuchen.

Seine Absichten waren gänzlich ehrenwert gewesen.

Aber Herrgott noch mal, was, wenn etwas gelaufen *wäre*?

Es lief nichts. Es wird nichts laufen. Denk nicht mal dran.

Angenommen, sie hätte gesagt: »Bodie, ich liege die ganze Zeit wach, denke an dich und wünsche mir, du wärst hier bei mir. Ich liebe dich. Ich kann nichts dafür.«

Mit einem Stöhnen warf er die Bettlaken von sich und sprang aus dem Bett. Nachdem er sich angezogen hatte, trat er in den Flur hinaus. Die Badezimmertür war geschlossen. Er hörte Wasser laufen – wollte jemand baden? Also kämmte er sich die Haare im Schlafzimmer und ging dann nach unten.

Aus der herrschenden Stille schloss er, dass niemand in der Nähe war.

Aber irgendwer war schon in der Küche gewesen. Er schenkte sich einen Becher heißen Kaffee ein.

Auf dem Küchentisch war ein Zettel, der in der Mitte gefaltet war, sodass er wie ein Zelt stehen konnte. Bodie nahm ihn an sich.

Hi!
Ich bin zur Messe und muss einige Dinge erledigen.
Wartet nicht auf mich. Fühlt euch ganz wie zu Hause.
Im Kühlschrank gibt es Eier und Speck, im Tiefkühler Kuchen. Also bedient euch.

Alles Liebe
Joyce

Versierte Rechtschreibung, dachte Bodie und legte den Zettel beiseite.

Bin zur Messe? Das würde bedeuten, dass sie katholisch ist. Wirst du heute beichten, Joyce? Und welche Sünden wirst du dem Pfarrer ins Ohr flüstern? Ehebruch? Versuchter Mord?

Jenseits der Glastür lag der Innenhof in hellstem Sonnenlicht. Bodie trat zur Tür und packte den Griff. Er sah Pen, die sich in geringer Entfernung zu seiner Linken auf einer Liege fläzte und las. Sie trug eine blau und gelb karierte Bluse und weiße Shorts. Ihre schlanken Beine waren der

Länge nach ausgestreckt und die Füße auf Knöchelhöhe gekreuzt. In der anderen Hand hielt sie einen Kaffeebecher.

Bodie verspürte das dringende Bedürfnis, zu ihr rauszugehen und sich neben sie auf einen Stuhl zu setzen.

Was könnte es schon schaden?

Was es schaden könnte, wusste er nicht, doch vielleicht wollte sie ein wenig Zeit für sich allein, und vielleicht würde Melanie einen erinnerungswürdigen Auftritt voller Argwohn und Eifersucht hinlegen, und vielleicht sollte er sich verdammt noch mal nicht als Allererstes am Morgen in traute Zweisamkeit mit Pen begeben.

Also zog er sich von der Tür zurück.

Er spazierte mit seinem Kaffeebecher in der Hand ins Wohnzimmer. Die Sonntagsausgabe der *Los Angeles Times* lag auf dem Schirm einer Tischlampe. Er blätterte sie durch, bis er beim Literaturteil angelangt war, und setzte sich auf die Couch, um ihn zu lesen, während er seinen Kaffee trank und wartete.

Als er seinen Becher geleert hatte, kehrte er in die Küche zurück und füllte ihn erneut. Er ging zur Tür und sah abermals nach draußen. Pen lag noch immer auf der Liege. Sie hatte die Knie angezogen und drückte das aufgeschlagene Buch gegen ihre Oberschenkel. Ihr Haar glänzte in der Sonne.

Mit einem Seufzer wandte er sich ab. Er trug seinen Kaffee zurück ins Wohnzimmer und setzte sich. Das ist verrückt, dachte er, und ich bin eine miese Ratte. Sie ist Melanies Schwester, um Himmels willen.

Ich habe nichts Verwerfliches getan.

Und dabei sollte es besser auch bleiben.

Es würde mir wahrscheinlich sowieso um die Ohren fliegen. Selbst wenn Pen Interesse an mir hätte (und das ist ein in sehr großen Lettern buchstabiertes WENN), ist sie Melanie gegenüber loyal und würde sie nicht hintergehen. Man musste bloß daran denken, was passiert war, als dieser Steve sich an sie rangemacht hatte.

Bodie stieß in der Zeitung auf den Veranstaltungskalender und nahm sich die Kino-Anzeigen vor.

Dann kam Melanie die Treppe herab. Sie trug ihre hellbraune Cordhose und ein graues ärmelloses Sweatshirt, dessen U-Boot-Kragen eine ihrer Schultern freiließ. Ihr Kropfband war schwarz.

»Wo sind denn alle?«, fragte sie, als sie näher herantrat.

Bodie stand auf. »Wo deine Schwester ist, weiß ich nicht. Joyce ist zur Messe in die Kirche gefahren.«

»Messe?« Sie grinste.

»Von oben bis unten blank geschrubbt?«, fragte er und strich ihr über den Hinterkopf. Ihre dichten schwarzen Haare fühlten sich feucht an. Sie presste sich an ihn, und sie küssten sich. Ihre Hände schoben sich in die hinteren Taschen seiner Hose. Als sie ihn massierte, ließ Bodie seine Hände unter ihren Pullover gleiten. Ihre Haut fühlte sich samtig glatt an. Es gab keine Riemen oder Träger. Mit den Händen fuhr er ihren Rücken hinauf und wieder hinab. Seidig zart. Warm. Nackt. Sie fühlte sich wunderbar an, und sie gehörte ihm, und er hatte nicht alle Tassen im Schrank, Pen zu wollen, wenn er schon Melanie hatte. Er drängte eine Hand unter den Bund ihrer Cordhose.

»Bist du zwischendurch auch mal irgendwann *nicht* spitz?«, flüsterte sie an seinen Lippen

»Nicht, wenn du in der Nähe bist.«

Sie lächelte schmal, küsste ihn wieder und stieß sich dann sanft von ihm ab. »Es würde mich interessieren, ob das Miststück uns was zu essen übrig gelassen hat.«

»Eier und Speck im Kühlschrank, Kuchen im Eisfach.«

Sie machten sich Richtung Küche auf.

»Sie ist jedenfalls früh aufgebrochen«, sagte Melanie.

»Meinst du, sie will uns aus dem Weg gehen?«

»Wenn ich sie wäre, würde ich uns aus dem Weg gehen.« Melanie nahm den Zettel vom Küchentisch. »Messe. Lächerlich. Will sie uns glauben machen, sie wäre losgezogen, um für Dad zu beten?«

»Es könnte der Wahrheit entsprechen.«

»Klar, sie betet, dass er den Löffel abgibt.«

Bodie ging zur Tür hinüber. »Oh, da ist Pen. Ob sie wohl schon was gegessen hat?«

»Frag sie doch.«

Er schob die Tür auf. Das Geräusch brachte sie dazu, den Kopf zu drehen. »Guten Morgen«, sagte er.

»Hi, Bodie.«

Sein Herz schlug ein kleines bisschen schneller. »Hast du Hunger?«

Mit einem Nicken schwang sie die Beine von der Liege und stand auf. Bodie erwischte sich dabei, ihre Beine anzustarren, während sie näher kam. Er wandte sich ab.

»Es ist wunderschön da draußen«, sagte sie, als sie die Küche betrat. »Bei mir zu Hause sitze ich nie im Freien.«

»Vielleicht findest du ein neues Apartment mit eigenem Innenhof oder Terrasse«, meinte Melanie.

»Darum sollte ich mich bemühen. Gut geschlafen?«, fragte sie.

»Bestens«, antwortete Melanie.

»Ich auch«, sagte Bodie. »Bin sofort eingepennt.«

»Das ist die typische Whirlpool-Wirkung. Die des Whirlpools, zusammen mit dem Alkohol.« Bodies und ihr Blick trafen sich, und sie sah weg. »Ich bin auch auf der Stelle eingeschlafen.«

»Hast du den Zettel von Joyce gesehen?«, wollte Bodie wissen.

»Schätze, sie will sich rar machen. Wer könnte es ihr verübeln?«

»Wie meinst du das?«, fragte Bodie.

»Nur, dass sie sich in der Gegenwart von Dads Familie aus naheliegenden Gründen nicht besonders wohlfühlt. Schließlich schläft sie offenkundig mit Harrison.«

»Ich dachte, du würdest das nicht glauben«, sagte Melanie. »Woher kommt dein Sinneswandel?«

»Davon, in ihrer Nähe zu sein, schätze ich. Ich kann es nicht genau sagen, aber irgendwas stimmt nicht mit ihr. Vielleicht ist es ihre – keine Ahnung – schmeichlerische Art, dieses fast einschleimende Getue. Als hätte sie ein schlechtes Gewissen und müsste auf Teufel komm raus einen auf herzlich machen. Wenn man dazu die Tatsache nimmt, dass Harrison gestern Morgen hier war … und das, was du mir vom Bett erzählt hast.« Pen sah ihre Schwester skeptisch an. »Das weckt in mir den Verdacht, du könntest die ganze Zeit über recht gehabt haben. Wenn sie Dad lieben würde, schliefe sie nicht mit Harrison.«

»Sie hat Dad nie geliebt«, sagte Melanie. »Sie war nur scharf auf sein Geld.«

»Das heißt aber nicht, dass sie versucht hat, ihn umzubringen«, gab Bodie zu bedenken.

Melanie erdolchte ihn mit ihrem Blick.

Er zog eine Grimasse. »Hoppla.«

»Wovon redet ihr da?«, fragte Pen. »Sie soll versucht haben, *Dad* umzubringen?«

Bodie bemühte sich, bekümmert dreinzuschauen. »Vielleicht solltest du es ihr sagen, Melanie«, sagte er mit einem Achselzucken.

»*Toller* Schachzug.«

»Ist mir so rausgerutscht.«

»Es wäre schön, wenn mir jemand erklären könnte, was zur Hölle hier abgeht«, forderte Pen. »Mein Gott, ich finde, ich habe ein Recht darauf, es zu erfahren. Er ist auch mein Vater.«

Melanie lehnte sich gegen die Kühlschranktür und verschränkte die Arme vor der Brust. Sie seufzte, bedachte Bodie mit einem weiteren giftigen Blick und sah dann Pen an. »Joyce und Harrison haben es gemeinsam arrangiert, dass Dad von dem Wagen erfasst wurde.«

Pens Augen wurden groß. Ihr Mund klappte auf, dann schüttelte sie den Kopf. »Das ist irrsinnig«, murmelte sie.

»Ich habe dir *gesagt*, sie würde nicht zuhören.«

»Mach weiter«, drängte Bodie sie. »Erzähl ihr den Rest.«

»Zu welchem Zweck?«

Bodie richtete sich an Pen. »Harrison saß am Steuer des Wagens, der deinen Vater überfahren hat. Melanie hat ihn gesehen. Es war die Vision, die sie letzten Abend im Krankenhaus hatte.«

»Ich sah ihn hinter der Windschutzscheibe«, sagte Melanie. »Es war, als würde ich durch Dads Augen sehen.«

»Eine derart schwere Beschuldigung kannst du nicht erheben, ohne dass sie auf mehr basiert als ... deiner Vorstellungskraft.«

»Mit meiner Vorstellungskraft hatte das nichts zu tun.«

»Vielleicht war es Telepathie«, schlug Bodie vor. »Vielleicht hat ihr Vater es ihr irgendwie übermittelt.«

»Willst du mir etwa erzählen, *du* glaubst das auch?«

»Keine Ahnung. Vielleicht schon.«

»Ihr seid beide verrückt.«

Bodie fragte sich, ob Pen mit der vorgetäuschten Skepsis eventuell ein wenig *zu* dick auftrug.

»Joyce hat den Tisch bestellt«, sagte Melanie, und ein Anklang von Eifer schlich sich in ihre Stimme. »Sie wusste, dass Dad immer hinter der Bank parkte und die Straße überqueren musste. Harrison hielt irgendwo und wartete, bis Dad kam.«

»Es wäre möglich«, sagte Bodie.

»Es *war* so.«

»Ihr braucht Beweise«, wies Pen sie zurecht. »Ihr könnt das nicht auf der Grundlage irgendeiner übersinnlichen Erfahrung behaupten.«

»Dann lasst uns Beweise *beschaffen*«, regte Bodie an.

»Ich brauche keine weiteren Beweise«, sagte Melanie.

»Deine Visionen treffen nicht immer zu«, hielt Pen ihr entgegen. »Erinnerst du dich an Dads Flitterwochen?«

»Das war Zufall.«

»Das hier könnte auch Zufall sein.«

»Ist es aber nicht.«

»Dann benötigen wir Beweise, mit denen wir zur Polizei gehen können«, sagte Bodie.

Melanie stöhnte.

»Wir müssen einen Blick auf Harrisons Wagen werfen«, meinte Pen. »Wenn er Dad angefahren hat, muss das Schäden am Auto hinterlassen haben. Zumindest irgendwelche … Spuren. Sogar wenn er versucht hat, sie wegzuwaschen …«

»Joyce hat behauptet, es wäre ein Sportwagen gewesen«, sagte Bodie. »Harrison fährt einen Mercedes.«

»Joyce könnte gelogen haben«, sagte Melanie.

»Harrison besitzt durchaus einen Porsche«, sagte Pen. »Er hat einen Mercedes und einen Porsche.«

»Wer sollte das besser wissen als du?« Melanie grinste Bodie an. »Sie hatten ein Verhältnis, falls dir das nicht bekannt war.«

»Wir hatten *kein* Verhältnis.«

»Jaja, sicher.«

»Wir sind ein paarmal miteinander ausgegangen, das ist alles.«

»Weißt du, wo er wohnt?«, fragte Bodie.

»Natürlich weiß sie das.«

Bodie wünschte sich, er hätte das mit Pen und Harrison nie erfahren. Die Vorstellung, dass beide ... »Fahren wir doch zu seinem Haus«, sagte er schnell, »und dann versuchen wir, einen Blick auf seinen Porsche zu werfen.«

Melanie zuckte mit den Schultern. »Das kann nicht schaden, schätze ich.«

»Vorher sollten wir frühstücken«, schlug Bodie vor. »Mein Magen hängt mir in den Kniekehlen.«

»Du immer mit deinem Magen.«

»Harrisons Haus ist nur ein paar Meilen entfernt«, erklärte Pen. »Wir können nach der Aktion was essen.«

»Zwei gegen einen«, sagte er. »Nicht gerade fair.«

Bodie fuhr auf dem San Vicente nach Westen. Melanie saß auf dem Beifahrersitz, Pen hockte hinter ihnen und hielt sich an den Rückenlehnen fest. Ihre linke Hand war nur wenige Zentimeter von Bodies Schulter entfernt. Ihr Gesicht hing in der Lücke zwischen den Vorderbänken, und jedes Mal, wenn er nach rechts blickte, sah er es. Ihr Shampoo – es mochte auch ihr Parfüm sein – roch frisch und rein.

Bodies Magen war verstimmt – vielleicht vor Hunger, vielleicht wegen der unmittelbaren Nähe zu Pen. Oder lag es an der Enthüllung der Sache zwischen ihr und Harrison? Ein Verhältnis? Sie hatte es geleugnet. Allerdings hatte sie zugegeben, sich mit ihm getroffen zu haben. Das gefiel Bodie nicht. Der Kerl war attraktiv wie ein Filmstar, cool, lässig und selbstbewusst.

Fährt einen bekackten Porsche.

So ein Arschloch.

Auch wenn sie kein Paar gewesen waren, hatte Pen offenbar Gefallen an ihm gefunden. Bestimmt hatten sie sich geküsst. Seine Hände mussten auf ihrem Körper gelegen haben.

Solche Gedanken taugten nicht gerade dazu, den Zustand von Bodies Magen zu verbessern.

Was auch immer zwischen ihnen gelaufen sein mochte, es war vorbei, sagte er sich. Pen schien ihn nicht besonders zu mögen. Vielleicht hat er sie grob abserviert. Ich hoffe, sie war die Aktive, wenn es ums Abservieren ging.

»Fahr an der Ampel nach links«, sagte sie.

Bodie lenkte den Wagen auf die Abbiegespur und wartete darauf, dass der grüne Pfeil aufleuchtete.

»Wisst ihr«, sagte Melanie, »wahrscheinlich hat er gar nicht seinen eigenen Wagen benutzt.«

»Arrogant genug ist er jedenfalls«, erwiderte Pen. »Vielleicht doch.«

»Arroganz ist nicht identisch mit Dämlichkeit.«

»Dennoch sollte man das nachprüfen«, meinte Bodie und bog ab.

»Die dritte Straße rechts ab nimmst du.«

Er nickte.

»Entweder ein gemietetes oder ein gestohlenes Auto.«

»Nicht unbedingt«, sagte Pen. »Mieten würde eine Spur hinterlassen.«

»Er könnte bar bezahlt haben.«

»Man muss seinen Ausweis vorzeigen. Vielleicht hat er einen gefälschten, aber so was durchzuziehen ist ziemlich knifflig. Auf dem Führerschein gibt es ein Foto.«

»*So* knifflig ist es auch wieder nicht«, behauptete Melanie.

»Abgesehen davon, dass der Mietwagenverleiher ihn identifizieren könnte.«

»Nicht, wenn er eine Verkleidung getragen hat.«

»Ich kann mir nicht vorstellen, dass er etwas so Raffiniertes, Aufwendiges und Riskantes tun würde. Wie du schon gesagt hast, er ist nicht dämlich. Er würde wissen, dass die Chancen aufzufliegen umso geringer stehen, je schlichter er das Ganze gestaltet.«

Bodie bog rechts ab. Die Wohnstraße lag im Schatten von Bäumen. Die überwiegend zweistöckigen Häuser wirkten alt, aber gepflegt. Eine friedliche Nachbarschaft mit wahrscheinlich wohlhabenden, wenn nicht stinkreichen Anwohnern.

»Zwei Blocks«, erklärte Pen ihm. »Dann nach links.«

»Dann muss er ihn gestohlen haben«, sagte Melanie.

»Auch das wäre nicht ganz so einfach. Es ist viel schwieriger als im Fernsehen. Vor allem, wenn es um einen Sportwagen geht. Man kann nicht einfach reinspringen und das Ding in fünf Sekunden kurzschließen und abdüsen. Man muss die Lenkradverriegelung überbrücken – und die meisten dieser neueren Karren haben Alarmanlagen.«

»Sportwagen werden andauernd gestohlen«, sagte Melanie zu ihr.

»Überwiegend von Profis, Typen mit der Ausrüstung, die Zündung zu starten …«

»Du klingst selbst wie ein Profi«, sagte Bodie.

»Ich habe über solches Zeug geschrieben und musste einiges dazu recherchieren.«

»Ich kann nur einfach nicht glauben, dass er seinen eigenen Wagen benutzt«, sagte Melanie.

»In L. A. gibt es Tausende von Porsches. Mindestens. Er klatscht ein paar falsche Nummernschilder an seinen Porsche, bevor er Richtung Dad fährt, und kommt unbehelligt davon, solange er den Hobel nicht reparieren lässt. Er hat den Mercedes. Er kann den Porsche ein paar Wochen in der Garage stehen lassen und ihn dann vielleicht außerhalb der Staatsgrenzen reparieren lassen. Hier ab, Bodie, und dann die erste links.«

Er bremste, steuerte um die Ecke, sah die Kreuzung vor sich und setzte den Blinker.

»Es ist das dritte Haus auf der rechten Seite«, erläuterte Pen.

»Wie machen wir's?«, fragte Bodie. »Reinstolpern und um einen Blick auf seinen Porsche bitten?«

»Erst mal fahren wir nur vorbei. Ohne langsamer zu werden.«

Er war kaum abgebogen, als er auch schon Harrisons grauen Mercedes in der Einfahrt des dritten Hauses stehen sah.

»Verdammt«, knurrte Melanie leise.

»Zu schade, dass er nicht mit Joyce zur Messe ist«, sagte Bodie.

Harrisons Haus war im Gegensatz zu denen seiner Nachbarn eine einstöckige Ranch, die moderner wirkte als die anderen. Roter Backstein, rote Dachziegel, weiße Randblenden. Vor dem Mercedes befand sich ein schmiedeeisernes Tor.

Pens Kopf blockierte Bodies Sicht, als sie sich zwischen den Sitzen vorbeugte, um aus Melanies Fenster schauen zu können. Als sie sich wieder zurücklehnte, waren sie bereits am Haus vorbei.

»Den Porsche muss er in seiner Garage stehen haben«, sagte sie.

»Und was machen wir jetzt?«, fragte Bodie.

»Während seiner Anwesenheit können wir gar nichts machen.«

»Warum besorgen wir uns dann nicht was zum Frühstücken?«

»In Ordnung.«

Er hielt an der Ecke, ließ einen Mustang passieren, fuhr über die Kreuzung und sah einen am Bordstein geparkten, schwarzen Lincoln Continental. Sein Herz setzte einen Schlag aus.

»Mein Gott«, keuchte Melanie auf.

Bodie trat auf die Bremse.

Pen lehnte sich erneut vor. »Das ist eindeutig Dads.«

»Bist du sicher?«

»Dieser Pfeifenhalter auf dem Armaturenbrett? Den habe ich ihm vor einigen Jahren zu Weihnachten geschenkt.«

Bodie schüttelte den Kopf. »Ratet mal, wer nicht bei der Messe ist.«

»Dieses elende Miststück«, brummte Pen. »Sie treibt es tatsächlich mit ... o Mann. Oh, diese dreckige ...«

»*Ich* habe es von Anfang an gewusst.« Melanie hörte sich an, als sei sie sehr stolz auf sich.

»Mein Gott, wenn Dad das herausfände, würde ihn das auf der Stelle ins Grab bringen. Wie *kann* sie das nur tun!« Pen ließ sich aus Bodies Gesichtsfeld nach hinten fallen. »Ich will nach Hause«, sagte sie mit bedrückter Stimme.

Bodie setzte den Lieferwagen wieder in Bewegung.

»Nicht zu *ihr* nach Hause.« Sie schniefte. »Ich will sie nie wiedersehen.«

Melanie grinste.

»In deine Wohnung?«, fragte Bodie.

»Bitte.«

»Was ist mit dem Anrufer?«

»Juckt mich nicht.«

14

Bodie bestand darauf, Pen bis nach oben zu ihrem Apartment zu begleiten. Melanie leistete ihnen ebenfalls Gesellschaft. Diesmal fand sich kein Zettel unter der Tür.

»Bist du sicher, dass du hier klarkommst?«, fragte Bodie.

»Ich muss einfach für mich sein.«

»Ich weiß nicht, warum du dich auf einmal so aufregst«, sagte Melanie. »Ich dachte, du wärst schon überzeugt gewesen, dass sie rumvögeln. Wir haben es jetzt lediglich endgültig bestätigt bekommen.«

»Ja, wir haben es bestätigt bekommen. Wir sehen uns später, okay? Könntet ihr mir einen großen Gefallen tun und irgendwann mein Zeug rüberbringen? Ich will wirklich nicht dahin zurück, wenn ich nicht unbedingt muss.«

»Klar, machen wir«, sagte Bodie. »Vielleicht solltest du eins deiner Telefone einstöpseln, falls wir uns über irgendwas verständigen müssen.«

Sie nickte.

Dann machten die beiden sich auf den Weg.

Pen setzte sich aufs Sofa, stützte die Ellbogen auf die Knie und legte das Kinn in die Hände. Sie starrte an die Wand.

Nein, zum Teufel, sie hatte nicht geglaubt, dass Joyce was mit Harrison hatte. Natürlich hatte sie den Verdacht gehegt, aber sie hatte es nicht *geglaubt*. Es war zu unfassbar und abscheulich.

Wahrscheinlich ficken sie in genau diesem Augenblick in Harrisons Bett. Und Dad liegt im Krankenhaus, mehr tot als lebendig.

Und gestern haben sie es auch getrieben. Direkt vom Krankenhaus zu Dad nach Hause und dann in Dads Bett losgerammelt.

Was für eine Art von menschlichem Abfall war sie eigentlich?

Vielleicht von der Sorte, die versuchen *würde*, Dad zu töten. Warum nicht? Ein Stück Scheiße wie sie kannte kein Gewissen.

Wie steht's mit Harrison?

Ja, seinerseits ein besonders angenehmer Fall.

Dad vertraute ihm, behandelte ihn wie einen Sohn, hat mich für verrückt gehalten, als ich mich geweigert habe, mich weiterhin mit dem Typen zu treffen. Wahrscheinlich hatte er die Pläne für unsere Hochzeit fix und fertig im Kopf und freute sich schon auf Enkelkinder. Sein jämmerlicher Gesichtsausdruck hätte mich fast zum Weinen gebracht. »Ihr zwei passt so perfekt zusammen, wie füreinander geschaffen.« Mag sein, Dad, aber er ist ein oberflächlicher, geistloser, egozentrischer, sadistischer Widerling. Ich wollte dich nur nicht verletzen, indem ich ihn verriet. Großer Fehler.

Tja, Dad, dein heiß geliebter Augapfel Harrison hat mich vergewaltigt. Was hältst du davon? Er war wahrlich nicht besonders einfühlsam oder zärtlich dabei. Willst du die Blutergüsse und Bissspuren sehen?

Zitternd lehnte sich Pen in die Sofapolster zurück und drückte sich ein Kissen mit Cord-Bezug gegen die Brust.

Sie war eine Idiotin gewesen, sich in jener Nacht von ihm in sein Haus locken zu lassen.

Doch als sie im Scandia zu Abend gegessen hatten, war er charmant und unterhaltsam gewesen, und sie hatten nach den Margaritas zusammen zwei Flaschen Cabernet Sauvignon geleert. Als sie aufbrachen, verspürte sie keinerlei Unwohlsein und war außerdem angenehm beduselt.

»Was machen wir hier?«, fragte sie, als sein Wagen in der Zufahrt vor seinem Haus anhielt.

»*Die Spur des Falken.* Geht in fünf Minuten los. Den willst du doch sehen, oder?«

»Wir sehen fern?«

»Und trinken Kaffee, um auszunüchtern. Danach fahre ich dich nach Hause.«

Ihr Verstand flüsterte ihr eine Warnung zu, doch sie ignorierte sie. Sie gingen hinein. Sie setzte sich auf die Couch. Harrison legte Jackett und Krawatte ab und stellte den Fernseher an. Dann ging er in die Küche, um Kaffee zu kochen. Nachdem er zurückgekehrt war, nahm er neben ihr Platz. Er hielt ihre Hand, aber das war in Ordnung.

Während der ersten Werbeunterbrechung verschwand er und kam mit Bechern voll Kaffee wieder.

»Ich wette, du weißt nicht, dass ich Privatdetektiv war. Ein echter Sam Spade.«

»*Du* warst Privatdetektiv?«

»Klar, dass du das nicht wusstest.«

»Klar, dass ich das nicht glaube.«

Er verschwand aufs Neue. Pen trank einen Schluck Kaffee. Er kehrte mit einem Schuhkarton zurück, ließ sich neben ihr nieder, stellte den Karton auf seinem Schoß ab und zog eine Pistole im Halfter daraus hervor. »Mein stupsnasiger .38er«, sagte er.

Da sitzen wir, beide betrunken, und er hält eine Kanone in der Hand. »Zeig mal«, sagte sie. Er reichte ihr die Waffe.

Sie zog sie aus dem Holster und richtete den Lauf auf ihr Gesicht.

»Hey, Vorsicht.«

In den Kammern der Trommel waren die Köpfe der Kugeln zu erkennen. »Himmel, sie ist geladen.«

»Selbstverständlich.«

Sie legte die Pistole auf den Beistelltisch zu ihren Knien. »Schon mal auf jemanden geschossen?«

»Nein, aber ich musste sie ein paarmal ziehen. Die Firma, für die ich tätig war, bot unter anderem Sicherheitsdienstleistungen an.«

»Muss aufregend gewesen sein.«

»Zunächst schon. Es wurde aber schnell langweilig. Aufregend waren die Repo-Geschäfte, wenn es um Fahrzeugwiederbeschaffung ging.«

Er nahm eine lederne Brieftasche aus der Schachtel und gab sie ihr. Sie öffnete sie. Darin befand sich eine silberne Dienstmarke, in die »Special Agent« eingraviert war. Die Visitenkarten wiesen ihn als Agenten von Robert Abrams Private Investigations, Inc. aus. »Beeindruckend«, sagte Pen. »Du warst wirklich Privatdetektiv.«

»Zwei Jahre lang, während des Jurastudiums. Ich brauchte das Geld und dachte, ich könne nützliche Erfahrungen sammeln. Sieh dir diese Schätzchen an.« Er hob ein Paar Handschellen aus dem Karton in die Luft.

»Hast du sie jemals benutzt?«

»Klar. Ich habe eine Menge Festnahmen durchgezogen. Soll ich dir zeigen, wie man es macht?«

»Ich weiß nicht so recht.«

»Hey, du willst Schriftstellerin werden, nicht wahr? Du musst über solches Zeug Bescheid wissen. Komm, steh auf.«

»Was hast du vor?«

»Du bist eine Verdächtige. Ich habe dich gerade erwischt und gestellt.« Er erhob sich, wies mit dem Zeigefinger auf sie und stopfte sich die Handschellen in die Hosentasche. »Hoch mit dir, auf die Beine.«

Pen stand lachend auf.

»Rüber zur Wand.«

Sie stieß gegen den Tisch und schnappte gerade noch rechtzeitig nach dem Fuß der Lampe, den sie festhielt, bis sie wieder aufhörte zu wackeln. Dann trat sie zur Wand. »Das ist nur ein Vorwand, um mich filzen zu können«, sagte sie.

»Hände an die Wand.«

Sie hob sie über den Kopf und legte sie auf die Vertäfelung.

Harrison knuffte sie in die Rippen. »Mach bloß keine Dummheiten.«

»Das hast du tatsächlich so gesagt?«

»Ich glaube, ich habe gesagt: ›Die kleinste Bewegung, und du bist Futter für die Geier.‹«

»Das ist ja noch schlimmer.«

Eines seiner Beine hakte sich hinter Pens rechten Knöchel und riss ihren Fuß nach hinten. Das Gleiche tat er mit ihrem anderen Fuß. Wenn sie sich nicht an der Wand abgestützt hätte, wäre sie vornüber aufs Gesicht geknallt.

»Jetzt habe ich dich bewegungs- und manövrierunfähig gemacht«, stellte Harrison fest. »Du brauchst beide Hände, um dich aufrecht zu halten.«

»Stimmt.«

Er stach ihr den Finger in den Rücken und fing an, sie mit der linken Hand von oben nach unten abzuklopfen.

Jetzt geht es los, dachte sie. »Übertreib es nicht, ja?«

»Muss sicherstellen, dass du keine Waffe bei dir trägst.«

Er ließ seine Hand an ihrer Seite und ihren Beinen entlanggleiten. Von ihren Brüsten, der Leistengegend und ihrem Hinterteil hielt er sich fern.

Pen war beeindruckt. Vielleicht habe ich ihn falsch eingeschätzt, dachte sie. Vielleicht ist er doch ganz in Ordnung.

»Okay, du bist sauber«, sagte er. Er ließ eine Handschelle um ihr rechtes Handgelenk zuschnappen und zog ihren Arm hinter ihren Rücken. Dann zwang er ihren linken Arm abwärts, zerrte sie von der Wand weg und legte ihr das andere Ende der Handschellen an. »Irgendwelche Fragen?«

»Hast du einen Schlüssel dafür?«, fragte Pen und drehte sich um.

Und sah den Ausdruck in seinem Gesicht.

»Jetzt befindet sich die Gefangene in meiner Gewalt.«

»Harrison.«

»Du bist verhaftet.«

»Lass mich wieder frei.«

»Äh-äh.«

Sie wich zur Wand zurück. »Bitte nicht.«

Er griff hinter ihren Nacken, um die Kordeln ihres Kleids aufzuschnüren.

»Ich schreie.«

»Dann werde ich dir irgendwas ins Maul stopfen, und du wirst Schwierigkeiten bekommen, Luft zu holen. Entspann dich einfach.« Die Schnüre lösten sich. Er zerrte sie nach unten und entblößte ihre Brüste. Sein Blick war glasig, das Gesicht tiefrot. Er riss an dem Kleid, bis es auf Pens Füße hinabrutschte. Er leckte sich die Lippen und drückte ihre Brüste.

»Ich werde dich anzeigen«, sagte sie mit bebender Stimme. »Man wird dir die Anwaltslizenz entziehen.«

»Schwachsinn. Es ist allgemein bekannt, dass du mit mir gehst. Du bist nach einem teuren Dinner mit mir hergekommen. Wer sollte dir glauben, dass du zu irgendetwas gezwungen wurdest?« Seine Hände glitten an ihr hinab. Er schob die Finger unter den Gummibund ihrer Strumpfhose.

»Dreckskerl!« Sie versuchte, ihm das Knie zwischen die Beine zu rammen, verfehlte jedoch und traf stattdessen seinen Oberschenkel.

Er johlte auf, stolperte rückwärts, stürzte sich dann auf sie und warf sie mit einer Schulter hart gegen die Wand. Eine Faust landete in ihrem Bauch. Der Hieb raubte ihr den Atem, und sie sackte zusammen.

Dann lag sie auf dem Boden, benommen und verzweifelt nach Luft schnappend, während er ihr die Strumpfhose runterzerrte. »Zeit ist's, Baby«, murmelte er. »Zeit ist's.« Er zog ihr den Slip runter. »Zeit, die Zeche zu bezahlen, Süße. Man kann einen Kerl nicht ewig hinhalten.« Er riss seinen Gürtel auf. »Jeder Mann hat seine Grenze. Was muss ich noch tun, hm? Bin ich nicht gut genug für dich? Bist du vielleicht eine Lesbe, hä? Ist es das?« Er warf seine Hose beiseite.

»Arschloch«, keuchte sie.

»Das bin ich, das bin ich.« Er zog sich die Unterhose runter und schlüpfte raus. »Und was bist du? Ein beschissener Gletscher. Was braucht es, um dir an die Wäsche zu dürfen, hm? Ein vom Kongress verabschiedetes Gesetz?« Er stieß ein schrilles Lachen aus. »Handschellen braucht es, so sieht's aus.« Er trat ihr die Beine auseinander, ließ sich zwischen ihnen auf die Knie fallen und streifte das Hemd ab.

»Bitte nicht.«

»Zeit, die Zeche zu bezahlen, Süße. Ich werde dir das Hirn rausficken. Und weißt du was? Es wird dir gefallen. O ja. Wann ist dir das letzte Mal das Hirn rausgefickt worden?«

»Nein!«

Was hatte er gesagt?

Ich ficke dir das Hirn raus.

Hatte er das wirklich gesagt? Das waren die Worte des Typen am Telefon gewesen.

Pen spürte, wie ihr Tränen aus den Augenwinkeln rannen.

Sie war auf dem Sofa zusammengesackt, mit zusammengebissenen Zähnen, verkrampft an die Brust gepresstem Kissen und so fest zusammengedrückten Beinen, dass sie schmerzten. Sie setzte sich auf und wischte sich am Schulterteil der Bluse die Tränen ab. Ihr rechtes Ohr fühlte sich nass an. Eine Träne war hineingelaufen. Sie wickelte sich einen Hemdzipfel um die Fingerspitze und tupfte es trocken.

Herrgott, die Vergewaltigung.

Harrison hatte sich mit erheblichem Aufwand dafür zu entschuldigen versucht, ein paar Stunden später. Am nächsten Morgen am Telefon. Er hatte ihr sogar ein Dutzend langstieliger roter Rosen geschickt. Pen wusste, dass er keinerlei Reue verspürte, sondern nur Schiss hatte, sie würde ihn verraten.

Ich war betrunken. Ich wusste nicht, was ich tat.

Das wusstest du sehr genau.

Ich werde dir das Hirn rausficken.

Könnte Harrison der Anrufer vom Freitagabend gewesen sein? Die Stimme hatte nicht wie seine geklungen. Vielleicht hatte er sie verstellt.

Aber warum sollte er mich anrufen? Er und Joyce ...

Er war es nicht, sagte sich Pen.

Bist du sicher?

Sie ging ins Badezimmer. Dort putzte sie sich die Nase und betrachtete sich im Spiegel – ihre Augen waren gerötet, und die geschwollenen Lider schimmerten hellviolett. Plötzlich kniff sie die Augen zusammen.

Sie hastete in ihr Arbeitszimmer. Die Kassette lag nach wie vor im Anrufbeantworter, wo Melanie und Bodie sie zurückgelassen hatten. Ihr Magen zog sich zusammen. Ihr Herz klopfte. Ihre Beine fühlten sich schwach an. Sie lag auf dem Boden, Harrison stieß in sie hinein, biss zu, und ihre hinter den Rücken gefesselten Arme brannten vor Schmerz, während die widerlichen Worte laut durch ihren Kopf geisterten.

Dann ertönte die Stimme von Joyce. Sie schaltete den Anrufbeantworter ab und ließ sich auf den Schreibtischstuhl sinken.

Die Stimme hatte nicht im Geringsten wie Harrison geklungen.

Der Mann, der diese schmutzigen Anrufe getätigt und den Zettel unter ihrer Tür hinterlassen hatte, war nicht Harrison.

Aber er hatte Harrisons schwarze Seele.

»Leckt mich allesamt, ihr verpissten Wichser«, knurrte Pen.

Bodie hatte den Unfallbericht ausgelesen und reichte ihn Melanie. Der Beamte auf der anderen Seite des Schreibtischs glotzte schwer beschäftigt auf den Monitor seines Computers. Er war ein Tastschreiber und verdammt schnell. Erfüllt keinesfalls das Stereotyp des Bullen mit Zwei-Finger-System, dachte Bodie. Aber schließlich ist das hier Beverly Hills. Er nahm an, dass Polizisten aus Beverly Hills insgesamt wenig typisch waren.

Als Melanie ihre Lektüre beendet hatte, legte sie den Bericht auf den Schreibtisch des Beamten. Der Detective schwenkte seinen Stuhl herum und wandte ihnen seine Aufmerksamkeit zu. »Haben Sie gefunden, wonach Sie gesucht haben?«, fragte er mit freundlicher Stimme.

Er sah jünger aus als Bodie.

»Es gab nur diese eine Zeugin?«, wollte Bodie wissen.

»Die Ehegattin? Sie ist zum jetzigen Zeitpunkt jedenfalls die Einzige, die uns bekannt ist.«

»Was wird nun geschehen?«, fragte Bodie.

»Wir haben sämtliche Autolackierereien in L. A. und dem Orange County davon in Kenntnis gesetzt. Sie sind angewiesen, uns unverzüglich zu informieren, wenn ein Sportwagen mit Frontschaden eintrifft. Außerdem überprüfen wir die Autodiebstahlberichte und -anzeigen. Wenn ein Fahrer in eine Unfallflucht verwickelt wird, meldet er seinen Wagen für gewöhnlich als Erstes als gestohlen.«

»Klingt logisch«, sagte Bodie.

»Seit dem Unfallzeitpunkt sind mehr als zwei Dutzend Anzeigen wegen gestohlener Fahrzeuge bei uns eingegangen, und wir sind dabei, diese Liste durchzugehen. Ich denke, es bestehen gute Aussichten, dass sich einer der Fälle als das Gefährt erweisen wird, das Mr. Conway erfasst hat.«

»Das hoffe ich«, erwiderte Bodie. Er warf Melanie einen Blick zu.

»Ich schätze, das ist alles«, sagte Melanie und erhob sich. »Danke für Ihre Hilfe.«

»Dafür bin ich da. Wenn ich noch etwas für Sie tun kann, zögern Sie nicht, mich anzurufen oder vorbeizukommen.« Er übergab Melanie seine Visitenkarte.

Sie betrachtete sie und nickte.

»Warum hast du es ihm nicht erzählt?«, fragte Bodie, als sie den Parkplatz überquerten.

»Ich hatte nie die Absicht.«

»Sie hätten ihre Ermittlungen auf Harrison konzentrieren können.«

»Was hätte ich sagen sollen? Dass ich aufgrund meiner übersinnlichen Fähigkeiten weiß, dass der Mistkerl es getan hat?«

»Du hättest ihm wenigstens erzählen können, dass er und Joyce eine Affäre haben.«

»Du auch.«

»Ich glaube nicht, dass es an mir gewesen wäre, so was zu offenbaren. Ich meine, es ist schließlich deine Familie. Hättest du gewollt, dass es auf den Tisch kommt, hättest du die Gelegenheit gehabt.« Er öffnete ihr die Beifahrertür, ging um den Van herum zur Fahrerseite und stieg ein.

»Lass uns zu Harrison zurückfahren«, sagte sie. »Vielleicht sind sie inzwischen weg.«

An der Tür zögerte Pen und wischte sich mit den schweißnassen Händen über ihre Shorts. Beruhig dich, ermahnte sie sich. Es gibt keinen Grund, nervös zu sein. Du hast weder einen Arzttermin noch eine Wurzelbehandlung vor dir. Nichts Schlimmes kann passieren. Glaubst du etwa, sie würden dich so richtig durch die Mangel drehen?

Sie zog die Tür auf und trat ein.

Es waren etliche andere Kunden da, doch sie kam sich auffällig vor, wie ein Fremdkörper, der eigentlich nicht hier sein sollte. Ein Schweißtropfen rann ihr über die Rippen. Sie drückte ihren Arm dagegen und trocknete das Rinnsal mit dem Blusenstoff.

Als sie in der Nähe des Ladentresens ein Bücherregal erblickte, ließ ihre Anspannung ein wenig nach. Bücher. Vertrautes Terrain. Sie ging zum Regal hinüber und entdeckte *The Shooter's Bible*. Die Ausgabe, die sie zu Hause hatte, war um die fünf Jahre alt und entsprechend überholt. Sie nahm einen der schweren Bände aus dem Gestell, blätterte es durch und schob es sich dann unter den Arm, um es zu kaufen.

Unterm Strich bin ich doch nicht so fehl am Platz, dachte sie. Ich weiß wahrscheinlich mehr über Schusswaffen als viele andere Leute, die hier reinkommen.

Ich weiß, dass Revolver keinen Sicherungshebel haben. Ein Schalldämpfer eignet sich bestens für eine Automatik, ist bei einem Revolver aber Schwachsinn, da der Lärm aus der Trommel kommt. Man wird nicht von einer Hülse getroffen – dieser Teil der Patrone verbleibt in der Kammer. Und bei Revolvern wird sie nicht ausgestoßen. Bei einer automatischen Waffe muss man nichts weiter tun, als den Abzug gedrückt zu halten, während man bei einer halb automatischen Pistole bei jedem Schuss abdrücken muss. In eine .357er Magnum passt Munition vom Kaliber .38.

Zum Teufel, ich bin nicht völlig unbeleckt.

Mit erhöhtem Selbstbewusstsein wandte sie sich vom Büchergestell ab und ging eine Gangreihe entlang. Sie konnte Gewehre und Schrotflinten ausmachen, die am anderen Ende des Geschäfts aufrecht in Wandregalen hinter der Theke standen.

Vor einer gläsernen Vitrine hielt sie an. Der Verkäufer bongte gerade Munitionsschachteln für einen Mann in Safari-Jacke.

In der Vitrine lagen Handfeuerwaffen, Zielfernrohre für Gewehre, Handschellen, Messer ...

Handschellen.

Sie starrte sie an.

Sie hatten ihr die Durchblutung abgeschnitten, weshalb ihre Hände taub geworden waren. Ihre Kanten hatten tiefe Furchen in den Handgelenken und rote, sich schnell in Blutergüsse verwandelnde Male genau über ihren Pobacken hinterlassen. Sie hatte sie unter sich gespürt, wie sie sich eingruben, als Harrison sie rammelte.

»Kann ich Ihnen ein paar dieser Armbänder zeigen?«

Pen hob den Blick und war überrascht, den Verkäufer direkt vor sich zu sehen. »Äh, nein. Nein danke.« Sie legte *The Shooter's Bible* auf den Tresen. »Ich hätte gern das hier. Und eine Pistole.«

Er nickte. Sein Kopf, der auf einem sehr langen Hals saß, schien zu klein für seinen Körper zu sein. Sein dicht gelocktes blondes Haar war kurz geschnitten und sein Schnurrbart so gut wie unsichtbar. Er zwinkerte ihr durch seine Drahtgestell-Brille zu. »Soll es für private Selbstverteidigungszwecke sein, oder vielleicht …«

»Selbstverteidigung«, fiel Pen ihm ins Wort.

Sein winziger Kopf hüpfte auf und ab. »Das begrenzt schon mal die Auswahl. Sie brauchen etwas Leichtes, aber mit ordentlicher Mannstoppwirkung.«

Sein Kopf kippte vor und drehte sich, während er sich über die Auslage beugte und die Möglichkeiten abwog. »Wir haben eine fiese kleine Walther PPK, halb automatisch, sieben Schuss. Ihnen wird wahrscheinlich entweder die .32er oder die .380er zusagen.« Er bückte sich, um die Hintertür des Warentresens aufzuschieben.

»Nein«, sagte Pen. »Ich dachte eigentlich an so etwas wie eine Schrotflinte.«

Seine käsigen Brauen fuhren in die Höhe.

»Eine Flinte Kaliber 12.«

Er richtete sich auf. In seinen Augen schien etwas wie Bewunderung aufzublitzen. »Sie haben es *tatsächlich* auf Mannstoppwirkung abgesehen.«

»Das ist alles, worum es mir geht.«

Er wandte sich ab und nahm eine Schrotflinte vom Wandregal. »Das hier ist die Marlin-Vorderschaftrepetierflinte Kaliber 12, durchgehender Walnuss-Schaft, der Rest und die Mechanik Ganzstahl. Das Magazin fasst fünf Standardpatronen oder vier von Magnum-Format.«

»Magnum?«

»Die sind statt der üblichen sieben knappe acht Zentimeter lang. Hochgeschwindigkeitsgeschosse.«

»Ich verstehe.«

»Hier, legen Sie sie mal an, ob die Größe passt.« Er überreichte Pen die Schrotflinte.

Sie war schwer. Sie wirkte gefährlich. Sie gefiel ihr. Doch jetzt, da sie sie in Händen hielt, wusste sie nicht, was sie damit anstellen sollte. Sie ließ ihren Blick den Lauf hinabwandern und gab sie dem Mann zurück.

»Die perfekte Waffe zu Privatverteidigungszwecken«, erklärte er ihr. Dann sagte er mit leiser Stimme, als wolle er ein Geheimnis enthüllen: »Sie sind nachts allein zu Hause, jemand bricht ein – wenn Sie eins von diesen Schätzchen bei sich haben, wird sich kein Mensch auf der Welt mit Ihnen anlegen wollen. Nicht mal ein Typ mit Faustfeuerwaffe. Sobald er weiß, dass Sie dieses Ding besitzen, haut er ab. Und zwar *für immer*.« Ein Grinsen breitete sich auf dem Gesicht des jungen Mannes aus. »Aller Wahrscheinlichkeit nach werden Sie nicht mal einen Schuss abfeuern müssen. Sie schließen die Schlafzimmertür. Sie hören ihn kommen. Sie warten, bis er genau vor der Tür ist, und dann …« Sein Arm zuckte vor und zurück und lud die Repetierflinte unter stählernem Krachen durch. »Er hört das und weiß, was ihn erwartet. Er nimmt die Beine in die Hand. Bestes Abschreckungsmittel der Welt – einfach nur der blanke *Sound*, mit dem der Schaft einrastet.«

»Hört sich gut an«, sagte Pen. »Was kostet sie?«

»Zweihundertfünfundzwanzig, und ich gebe eine Schachtel Magnums dazu.«

»Ich nehme sie.«

»Klasse.«

»Wie viele Patronen sind in einer Schachtel?«

»Fünf.«

»Dann legen Sie bitte vier Extra-Schachteln dazu.«

»Sie werden ein Reinigungsset brauchen.«

Sie nickte.

Auf dem Heimweg war Pen zufrieden mit sich. Sie hatte es wirklich getan – sich tatsächlich eine Schrotflinte gekauft.

Sie wünschte, sie hätte sie schon am Freitagabend besessen. Dann hätte sich alles anders entwickelt. Kein über ihre Türschwelle gespanntes Kabel zum Beispiel. Kein Kopfsprung gegen die Wand, durch den sie sich fast den verdammten Schädel gespalten hätte.

Sie wäre nicht in Panik geraten.

Sie hätte Bodie nicht niedergestochen.

Das Teil war nicht billig gewesen, aber jeden Cent wert.

Außerdem hätte es mehr gekostet, in eine neue Wohnung zu ziehen, sagte sie sich.

Und es hätte bedeutet davonzulaufen.

Du läufst nicht mehr davon. Du läufst nie wieder davon.

Du besitzt eine Kaliber-12-Pumpgun mit Magnum-Hochgeschwindigkeitsmunition.

Du wirst nicht von der Stelle weichen.

Du wirst dich nicht unterkriegen lassen.

15

Sie fuhren an Harrisons Haus vorbei. Sein Mercedes stand nach wie vor in der Einfahrt. Joyces Lincoln Continental parkte immer noch einen Block weiter am Straßenrand.

»Lass uns doch weiter zu deinem Dad nach Hause fahren«, schlug Bodie vor. »Wir können Pens Sachen holen und sie ihr bringen.«

»Okay«, sagte Melanie.

Bodie gefiel es nicht, dass Pen in ihrem Apartment blieb. Er würde sie vermissen. Keine weiteren Gelegenheiten, den Whirlpool mit ihr zu teilen. Keine weiteren heimlichen Besuche in ihrem Zimmer, nachdem Melanie eingeschlafen war.

Vielleicht konnten sie sie dazu überreden zurückzukehren.

Vielleicht könnte *ich* das. Diesbezüglich wäre von Melanies Seite keine Hilfe zu erwarten. Erinnere Pen an den Anrufer und die Notiz unter ihrer Tür, jage ihr richtig Angst ein, mache sie derart scheu, dass sie zurückkommt. Wenn ich es allerdings übertreibe, wird Melanie gar nicht begeistert sein – sie könnte argwöhnen, dass mir mehr am Herzen liegt als Pens Sicherheit.

Wenigstens kann ich sie wiedersehen, wenn wir den Koffer rüberbringen.

Vielleicht hat sie ihre Meinung bereits geändert. Sie hatte genug Zeit, um sich zu beruhigen. Mit ein wenig Glück hat der Anrufer abermals zugeschlagen.

Bodie bog auf den San Vicente ab und dachte daran, sie selbst anzurufen. Mit Joyces Telefon. Er müsste sich nur lange genug von Melanie loseisen …

Was, wenn Pen seine Stimme erkannte?

Ich will in deinem Mund abspritzen.

Ich will deine Beine spreizen und meinen Schwanz in deine …

Ich könnte so etwas nicht zu ihr sagen. Niemals. Ausgeschlossen.

Ich könnte ihre Nummer wählen und gar nichts sagen. Schweigen. Das würde sie garantiert erschrecken.

Ein mieser Trick, aber es könnte wirklich gefährlich für sie sein, allein in dieser Wohnung zu sein. Der Kerl könnte auf einen Sprung vorbeischauen.

Bodie fragte sich, ob sie wohl ihre Telefone wieder angeschlossen hatte.

»Hast du schon eine Entscheidung wegen des Unterrichts getroffen?«, fragte Melanie.

Er schüttelte den Kopf.

»Du weißt, dass du nicht hierbleiben musst. All das … ist nicht dein Problem.«

»Willst du mich loswerden?«, fragte er und grinste sie an.

»Ich will dir nur nicht das Gefühl vermitteln, dableiben zu *müssen.* Du musst diese Kurse geben, und … Es lässt sich nicht absehen, wie lange es mit Dad dauert. Wie lange er noch durchhält.«

»Es wäre möglich, dass er zu deiner Überraschung wieder gesund wird.«

»Klar, auf jeden Fall«, brummte sie.

»Ich werde noch ein paar Tage bleiben, zumal ich dir helfen will, dieser Sache mit Joyce und Harrison auf den Grund zu gehen.«

»Das wird nicht lange dauern«, meinte Melanie.

»Du hast bereits einen Plan im Kopf?«

Sie zuckte die Achseln.

»Wir können Joyce immer noch so lange mit einem Gummischlauch verprügeln, bis sie alles ausspuckt«, schlug er vor.

»Gute Idee.«

Er bog ab und fuhr langsam den schmalen Weg zum Haus hinauf.

»Meinst du, wir könnten eine Kleinigkeit essen, bevor ich aus den Latschen kippe?«, fragte er, nachdem sie hineingegangen waren.

»Warum nicht?«

Melanie fand Hotdogs im Kühlschrank und Brötchen im Eisfach. Sie schob sie in die Mikrowelle. Während sie erhitzt wurden, schenkte sie Pepsi in zwei Gläser und entdeckte eine aufgerissene Tüte mit Kartoffelchips. Bodie aß ein paar Chips, während er wartete. Sie schmeckten nicht mehr besonders frisch, waren weich statt knusprig und hatten einen merkwürdigen Beigeschmack, der ihn an Wasser aus einem Gartenschlauch erinnerte.

Melanie legte die dampfenden Milchbrötchen und Hotdogs auf Teller. Bodie bestrich seine Brötchen mit Senf. Zum Essen setzten sie sich an den Küchentisch.

»Ich würde vorschlagen, du packst Pens Sachen zusammen, wenn wir fertig sind.«

Melanie kaute.

»Willst du, dass ich dir helfe?«

»Das würde dir gefallen«, sagte sie.

Das würde es mir in der Tat, dachte er. »Ich kann hier unten warten.«

Und Pen anrufen?

Und schwer atmen.

Es wäre nur zu ihrem Besten.

Doch als sie fertig gegessen hatten, war es Melanie, die zum Telefon ging. Sie wählte die 411.

»Wen rufst du an?«

»Die Auskunft.«

»Das *weiß* ich.«

»Santa Monica«, sagte sie in den Hörer. »Harrison Donner. Einundzwanzigste Straße.«

Bodies Rücken versteifte sich.

Melanie legte auf und begann erneut zu wählen.

»Was zum Teufel machst du da?«

»Das wirst du schon sehen.«

»Genau das fürchte ich.«

»Hallo. Harrison? Melanie Conway hier ... Gut, danke. Dad ist aus dem Koma ... Ja. Ich rufe vom Krankenhaus an. Er ist gerade aus dem Koma erwacht ... Ja, ist das nicht wunderbar? Wie auch immer, es geht darum, dass er meint, er müsse mit dir reden ... Nein, ich weiß nicht, worum es geht, aber ich schätze, es ist ziemlich wichtig. Könntest du sofort herkommen ... Klasse. Wir sehen uns in ein paar Minuten.« Sie legte auf.

Bodie starrte sie an.

»Los geht's«, sagte sie.

»Was ...?«

»Wir werfen einen Blick auf seinen Porsche«, erklärte sie.

»Jesus Christus, Melanie.«

Pen saß mit dem schweren Gewehrkoffer über dem Schoß auf dem Sofa. Sie öffnete den Kasten und nahm die Waffe daraus hervor. Holz und Stahl glänzten im Licht, das durch das Fenster hinter ihr hereinfiel. Es roch leicht und angenehm nach Öl.

Obwohl sie noch nie eine Schrotflinte abgefeuert hatte, war sie mit einem Ex-Freund einmal an einem Samstag in den Hügeln nahe Valencia gewesen, wo sie sich damit amüsiert hatten, mit Revolvern und seinem Gewehr auf Blechdosen zu schießen. Das Gewehr war ein Unterhebelrepetierer Kaliber .30 gewesen. Sie erinnerte sich an den Rückschlag gegen ihre Schulter beim Abdrücken. Und an den gottverdammten Krach.

Bei der Schrotflinte wäre es wahrscheinlich ähnlich.

Sie hob sie an, drückte es sich fest an die Schulter und spähte den schmalen Stahlstreifen entlang, der der Länge des Laufs nach bis zu einer Wulst auf der Mündung verlief.

Pauls Gewehr war mit einem Zielfernrohr ausgestattet gewesen. Damit hatte sie die Dosen öfter getroffen als verfehlt.

In diesem Fall – sollte sie das Ding tatsächlich jemals benutzen müssen – wäre ihr Zielobjekt nicht weiter als sechs Meter entfernt. Sie würde kaum danebenschießen können.

Sie betätigte den Vorderschaft. Er gab ein elegant-geschmeidiges Klicken von sich. Ihr Finger krümmte sich um den Abzug, aber sie drückte ihn nicht durch.

Das Ding ist nicht geladen, sagte sie sich. Das sollte es jedenfalls nicht sein. Falls es doch geladen ist, sprengst du ein Loch in deine Wand.

Sie legte die Schrotflinte auf den Knien ab und widmete sich während der nächsten Minuten der Gebrauchsanweisung. Dann überprüfte sie das Patronenlager. Leer. Sie zog den Abzug. Klick. Dann öffnete sie eine Patronenschachtel und schob vier davon ins Magazin.

Sie ließ die Waffe entspannt und warf einen Schalter um, wodurch die Sicherheitssperre aktiviert wurde. Dann zog sie den Schalter einige Male vor und zurück, bis es sich vertraut anfühlte und es wie beiläufig ging.

Alles bereit, dachte sie.

Sie hatte sich schon überlegt, wo sie die Flinte am besten aufbewahren konnte. Sie trug sie in ihr Schlafzimmer, kniete sich neben das Bett und schob die Waffe unter den Teil der Tagesdecke, der seitlich herabhing.

Dann legte sie sich aufs Bett.

Jemand ist hier!

Sie warf sich von der Matratze, riss die Schrotflinte an sich, hob den Lauf und schwang ihn Richtung Tür.

»Peng«, flüsterte sie.

Sie schüttelte den Kopf. Sie kam sich idiotisch vor, wie ein Kind, das Soldat spielte, legte die Flinte aber trotzdem zurück an ihren Platz. Diesmal zog sie die Schuhe aus und schlüpfte unter die Laken. Dann probte sie das Manöver erneut. Die Decken machten sie langsamer, aber nur geringfügig.

Sie übte drei weitere Male, zerrte dann die Bezüge von Laken und Kissen und warf sie zu einem Haufen auf den Boden.

Sonntag. Waschtag.

Du bist jetzt zu Hause, du rennst nicht davon, also kannst du genauso gut deinen häuslichen Alltagspflichten nachkommen, als wäre nichts gewesen.

Bodie fuhr an Harrisons Haus vorbei. Der Mercedes stand nicht mehr in der Zufahrt.

»Es hat geklappt«, sagte Melanie.

»Natürlich hat es geklappt. Aber was wird er denken, wenn er am Krankenhaus ankommt und feststellt, dass du gelogen hast?«

»Er wird sich bestimmt sehr darüber wundern, meinst du nicht?« Melanie klang nicht beunruhigt.

»Er wird sich wundern, schon klar.«

Beim nächsten Block entdeckte Bodie dort, wo der Continental gestanden hatte, eine leere Parklücke. Er fuhr rechts ran und hielt an.

»Wie spät ist es jetzt?«, fragte Melanie, als sie sich auf dem Bürgersteig trafen.

Bodie sah auf die Uhr. »Zwanzig vor eins.«

»Gut.«

»Das wird ziemlich eng, wenn du mich fragst.« Er musste sich beeilen, um mit ihr Schritt zu halten.

»Kein Problem. Ich habe um halb eins angerufen. Nehmen wir an, sie brauchten fünf Minuten, um abzudampfen. Dann bräuchten sie fünfzehn Minuten bis zum Krankenhaus, mindestens fünf, bis sie merken, dass sie verarscht wurden, und weitere fünfzehn, um hierher zurückzukehren. Daher müssten wir bis zehn nach eins freie Bahn haben.«

»In Ordnung. Also checken wir seine Garage und kommen unbehelligt und sauber wieder davon. Aber was zum Geier willst du antworten, wenn Harrison wissen will, was das mit deinem Anruf sollte?«

»Das hängt vom Zustand seines Porsches ab, oder?«

»Der sollte dann besser ramponiert sein.«

Die Tore am Ende der Einfahrt waren gute zwei Meter hoch und verschlossen. Bodie studierte die Mechanik des Schlosses. »Es wird per Fernbedienung geöffnet«, sagte er.

Melanie zögerte keine Sekunde. Sie eilte zur Veranda, überquerte sie und schob sich die niedrige Backsteinmauer hinauf. Dann schwang sie ihre Beine darüber und sprang jenseits des Tors auf die Einfahrt.

Mit einem Stöhnen der Verzweiflung folgte Bodie ihrem Beispiel und lief ihr dann zur Garage hinterher.

Das ist echt heikel, dachte er. Es ist geisteskrank.

Die Zufahrt wurde durch einen hohen Zaun begrenzt, doch das Nachbarhaus war zweistöckig. Er konnte die Fenster des oberen Stockwerks sehen.

Wenn zufällig jemand runterschaut …

Er stellte sich vor, wie ein Polizeiwagen in die Einfahrt bog.

O Mann, o Mann.

Hinter Harrisons Haus fächerte sich die enge Einfahrt vor der Doppelgarage aus.

Melanie rüttelte am Griff und versuchte das Garagentor anzuheben.

»Das wird auch mit Fernbedienung funktionieren«, erklärte Bodie ihr.

»Versuch du mal.«

Es hat keinen Zweck, dachte er. Dennoch zog er kräftig am Griff. Das Tor rührte sich nicht.

Es gab keine Fenster.

Ein Fußweg führte um die Ecke der Garage und dahinter zu einer Seitentür mit Glaspaneelen.

Melanie legte die hohlen Hände auf eines der Fenster und äugte angestrengt hinein. »Da haben wir's«, sagte sie.

»Wie sieht's aus?«

»Dunkel.« Sie versuchte den Knauf, schüttelte den Kopf und wandte sich zu Bodie um.

»Lass uns aufgeben«, meinte er.

»Würdest du die Tür eintreten?«

»Willst du mich verscheißern? Himmel, wir begehen bereits Hausfriedensbruch. Willst du im *Knast* landen?«

Sie warf einen Blick zur Seite. Dann fuhr ihr Arm nach hinten. Bodie zuckte zusammen, sprach- und fassungslos, als ihr Ellbogen in eins der niedrig gelegenen Fenster stieß. Das Glas splitterte ins Innere, und Scherben klirrten, als sie auf den Garagenboden sprangen.

»Mel!«

»Ich gebe nicht auf«, sagte sie, langte durch die zerbrochene Scheibe und öffnete die Tür. »Du kannst hier warten, wenn du Angst hast.«

»Dann Beeilung und schnell weg hier.«

Im Inneren der Garage war es kühl und finster. Bodie machte rasch die Tür hinter sich zu.

Melanie legte einen Schalter um. Eine Deckenlampe leuchtete auf. Der Porsche am anderen Ende der Garage funkelte feuerwehrrot.

Bodie sah sich um. Entlang der Wand standen Waschbecken, Waschmaschine und Trockner sowie mit Stapeln von Pappkartons gefüllte Regale. Nahe des Garagentors standen Harken und Rechen, ein Elektrorasenmäher, Schaufeln und Säcke mit Dünger. In den muffig-feuchten Mief der Garagenluft mischten sich Dämpfe von Düngemittel und Benzin.

Bodie erschauerte. Es lag an der kühlen, abgestandenen Luft. Es lag daran, hier zu *sein.*

Mein Gott, es ist total verrückt.

Melanie hielt vor dem Porsche inne. Ihre Augen wanderten über die Windschutzscheibe und die Motorhaube.

Bodie konnte nichts Besonderes feststellen. Er trat an ihre Seite, als sie in die Hocke ging, um Scheinwerfer, Kühlergrill und Stoßstange zu inspizieren.

»Nicht mal ein Kratzer«, sagte Bodie.

»Das bedeutet nur, dass er wahrscheinlich nicht diesen Wagen genommen hat. Es schließt nicht aus, dass er einen gestohlen oder geliehen hat.«

»Das zu beweisen wird nicht leicht.«

»Gott *verflucht* noch mal!«

»Komm, lass uns verschwinden.«

Sie folgte Bodie zur Tür. Nachdem er sie geöffnet hatte, fuhr er mit der Hand über den Innenknauf, um die Fingerabdrücke zu verschmieren. Dann zog er die Tür zu und wiederholte die Prozedur beim Außengriff.

Melanie lief bereits ein gutes Stück vor ihm zur Hintertür des Hauses. Als Bodie zu ihr hinüberrannte, stand sie auf der Schwelle und spähte hinein.

»Nein!«, rief er wütend und packte sie bei der Schulter.

»Was sagt die Uhr?«

»Nein, Mel. Das dürfen wir nicht.«

»Komm schon, wie spät ist es?«

Er sah nach. »Zehn vor eins.«

»Wir haben mindestens fünfzehn Minuten.«

»Was hast du da drin vor?«, fragte er. Seine Stimme zitterte, sein Herz klopfte wild.

»Mich nur kurz umsehen.«

»Himmel, Mel.«

»Es könnte Beweise geben. *Ich* gehe rein.«

»Nein!«

»Lass mich los.«

Er nahm die Hand von ihrer Schulter.

Hinter Melanie betrat er die Küche. Er fühlte sich hundeelend. Es war schlimm genug, in die Garage einzubrechen. Das hier war blanker Wahnsinn. Ihm wurde bewusst, dass er furchtbar dringend pinkeln musste.

Wenn wir hier drin erwischt werden ...

Warum zum Teufel hat Harrison seine Hintertür nicht abgeschlossen?

Vielleicht ist jemand da!

Denk nicht mal dran.

Das Haus lag still da.

Was, wenn es Fernalarm gibt?

»Was, wenn er Fernalarm hat?«, flüsterte Bodie. »Der könnte direkt mit der Polizei oder einem Sicherheitsdienst verbunden sein.«

Melanie ignorierte ihn.

»Zwei Minuten«, sagte er. »Du hast zwei Minuten, dann sind wir hier raus, und wenn ich dich an den Haaren mitschleifen muss.«

Sie passierten ein Badezimmer. Das hatte er dringend nötig. Er wagte es dennoch nicht.

Er folgte Melanie in eins der Schlafzimmer.

Die Laken und die Tagesdecke hingen vom Fuß des breiten Doppelbetts herab. Die Kissen waren zerwühlt. In der Mitte des blauen Satin-Bezugs prangte ein nasser Fleck.

Melanie beugte sich vor, tippte den Zeigefinger hinein, rieb dessen Spitze über den Daumenballen und roch dann daran.

Bodie kämpfte gegen Brechreiz an.

Sie drehte sich zu ihm um. Einer ihrer Mundwinkel zuckte. »Was *sie* getrieben haben, wissen wir jedenfalls.«

Bodie packte ihr Handgelenk. »Wir verschwinden *sofort.*«

»Okay, okay, zieh nicht so an mir.«

Er ließ sie los und hastete voran – aus dem Schlafzimmer in den Korridor zum Wohnzimmer und weiter. Er öffnete die Vordertür. Melanie trat ins Freie. Er wischte mit der Hand über den Türknauf, erinnerte sich daran, dass Melanie Abdrücke an der Hintertür hinterlassen hatte, und überlegte, quer durchs Haus zurückzurasen, um sie zu entfernen.

Vielleicht nähert sich in diesem Moment ein Streifenwagen dem Haus.

Er trat nach draußen und zog die Tür an der Kante zu.

Langsam gingen sie über die Natursteinplatten zum Bürgersteig.

Als sie das Ende des Blocks erreichten, wurde Bodie klar, dass sie in Sicherheit waren. Er atmete tief ein. Sein Herz hämmerte noch immer. Er musste nach wie vor pinkeln, aber weniger dringend als zuvor.

Sie stiegen in den Van ein. Er fuhr los. »Gott sei Dank ist das überstanden«, sagte er.

»Wir haben nicht besonders viel erreicht.«

»Wir haben rausgefunden, dass Harrisons Wagen nicht beschädigt ist. Und ich gehe davon aus, dass dein Riechtest die Möglichkeit, ihre Beziehung sei eine rein platonische, ausgeschlossen hat.«

»Ich wäre gern dabei, wenn sie vom Krankenhaus zurückkommen.«

»Sie werden zweifellos einige kritische und hochinteressante Bemerkungen über dich austauschen.«

»Das stimmt.«

»Darüber hättest du vor dem Anruf nachdenken sollen.«

»Das habe ich getan. Meine Mitteilung war nicht nur dazu gedacht, sie loszuwerden. Es sollte sie beunruhigen, die ganze Sache aufwühlen.«

»Das hast du garantiert geschafft. Und wenn Harrison das kaputte Garagenfenster entdeckt, wird er extrem aufgewühlt sein. Er wird genau wissen, wer das getan hat. Und warum.«

»Das stimmt«, sagte sie völlig entspannt.

»Vielleicht solltest du besser zu Pen ziehen.«

»Oh, das würde dir wohl so passen.«

»Was mir *nicht* passen würde, wäre ein Zusammenstoß mit Harrison, nach allem, was wir angestellt haben. Es wird ihm klar sein, worauf wir aus waren.«

»Es ist mir egal, was er denkt.«

»Ist dir auch egal, was er unternehmen könnte?«

»Er wird nicht die Polizei einschalten, wenn es das ist, wovor du Angst hast.«

»Wenn er unschuldig ist …«

»Er ist nicht unschuldig.«

»Wenn er *nicht* unschuldig ist, wäre das sogar noch schlimmer.«

Als sie ins Haus traten, eilte Bodie an Melanie vorbei.

»Meine Blase platzt«, sagte er.

»Hey, ich habe meine Handtasche im Auto vergessen.«

Er warf ihr die Schlüssel zu, rannte ins Badezimmer, schlug die Tür zu, riss sich den Reißverschluss auf, zielte auf die Kloschüssel und befreite sich endlich von dem Druck, der ihn so lange gequält hatte. Er seufzte und zählte die Sekunden, bis er fertig war. Dreiundsechzig. Kein Rekord. Sein Rekord lag bei achtundneunzig Sekunden, letztes Jahr, als er von einer bierseligen Runde aus dem Sparkey's zu seinem Apartment zurückgelaufen war.

Er zog den Reißverschluss hoch, spülte und wusch sich die Hände.

Melanie sollte sich *ihre* Hände waschen, dachte er. Sie hat das Zeug tatsächlich angefasst. Und daran gerochen.

Das Mädchen ist definitiv verrückt.

Er trocknete sich die Hände ab und verließ das Badezimmer.

Melanie schien noch nicht zurück zu sein. Er ging in die Küche. Der Gedanke an Sparkey's hatte ihm Durst gemacht. Im Kühlschrank fand er etliche Flaschen Corona-Bier. Er nahm sich eine und empfand einen Anflug von Schuldgefühl.

Es ist nicht so, dass ich das Ding klaue, sagte er sich. Joyce hat gemeint, wir sollten uns wie zu Hause fühlen.

Er durchsuchte eine Schublade, entdeckte einen Flaschenöffner und hebelte den Kronkorken ab.

Sie wäre allerdings nicht mehr so großzügig, wenn sie wüsste, was wir getan haben.

Verdammt, es ist sowieso nicht ihr Bier. Es gehört Whit. Er ist hier der Brotverdiener, der Bierkäufer. Er würde mir bestimmt keins missgönnen. Schließlich habe ich für ihn eine Menge durchgemacht.

Bodie nahm einen Schluck. Es war kalt und köstlich. Er setzte sich an den Tisch und trank noch einen Schluck.

Arme Sau, dachte er. Die haben dich echt beschissen, Whit. Aber so richtig. Dein Kanzleipartner und deine liebe Frau. Solltest du je wieder zu dir kommen, warten ein paar böse Überraschungen auf dich.

Aber haben sie dich überfahren? Das ist die große Frage.

Eine hübsche Vorstellung, sie dafür büßen zu lassen, falls sie verantwortlich sind.

Und wie sollen wir jetzt damit umgehen, dass dieser Schleimpilz Harrison schlau genug war, nicht seinen eigenen Wagen zu benutzen? Wie machen wir jetzt weiter?

Ich schätze, wir *müssen* uns gar keine weitere Mühe machen. Melanie hat die Kochplatte, auf der die Kacke dampft, ordentlich hochgedreht. Wir können uns entspannt zurücklehnen und warten, dass sie überläuft.

Vielleicht den Kopf einziehen.

Braucht ganz schön lange, um ihre Handtasche zu holen.

Plötzlich wusste Bodie, warum.

Er stellte die Bierflasche ab und seufzte.

»Melanie«, stieß er hervor. »Oh, um Himmels willen.«

Er trat auf die Straße hinaus. Wie erwartet, war sein Van verschwunden.

16

Pen trug ihren Wäschekorb die Treppe hinab und ging am Swimmingpool im Innenhof vorbei. Im und um das Apartmentgebäude herrschte Stille, sie sah niemanden. Ein typischer Sonntagnachmittag. Die Mieter waren entweder unterwegs oder hatten sich in ihren Zimmern verkrochen.

Sie betrat den schmalen Durchgang zwischen Hof und Fußweg. Die Tür des Hauswirtschaftsraums stand einen Spalt offen. Eigentlich sollte sie abgeschlossen werden, um Vandalismus und der unberechtigten Nutzung der Geräte vorzubeugen. Alicia, die in dem Eck-Apartment wohnte, hatte ihr mal erzählt, eine Dame mit Einkaufswagen überrascht zu haben, die ihre Wäsche erledigte – eine schmutzstarrende alte Schachtel, die wie eine Irre zu kreischen anfing und sich mit Zähnen und Klauen zu wehren versuchte, als Alicia sie erwischte.

Pen stellte den Korb ab, schwang die Tür weit auf und spähte in die dahinterliegende Finsternis. Niemand war zu sehen, also griff sie um die Ecke und schaltete die Deckenbeleuchtung ein. Der Raum wirkte verlassen. Die beiden Waschmaschinen und die zwei Trockner standen stumm da. Sie nahm ihren Korb auf und ging hinein.

Die Waschmaschinen wurden von oben befüllt. Sie öffnete beide nacheinander und sah hinein. Sie waren leer.

Mein Glückstag, dachte sie.

Sie hatte ihre Wäsche sorgfältig getrennt, bevor sie sich auf den Weg begeben hatte. Sie beugte sich über ihren Korb und packte sich ein Bündel heller Textilien. Eine Socke fiel heraus und landete auf dem Boden. Sie ging in die Hocke, um sie aufzuheben.

»Hübscher Hintern.«

Sie zuckte heftig zusammen, und ihr Kopf fuhr so schnell herum, dass sie einen schmerzhaften Stich im Nacken verspürte.

Im Eingang stand Manny Hammond aus der 202. Er hatte an der University of Southern California Football gespielt und trug für gewöhnlich ein Trikot, um jedermann an seine glorreichen Tage zu erinnern. Jetzt trug er es nicht – nur eine kurze, ausgebleichte rote Turnhose und Badelatschen. Die Hose saß extrem eng.

»Du hast mich erschreckt«, sagte Pen. Sie klaubte die Socke auf und schmiss sie in die Maschine.

»Mach dich mal locker.«

»Ich werde mir Mühe geben.«

Verdammt, wo war er auf einmal hergekommen?

»Verpasst du nicht ein Spiel im Fernsehen?«, fragte sie.

»Warum sollte ich ein Spiel anschauen, wenn ich dich anschauen kann?« Er lehnte sich an den Türrahmen, legte ein Bein auf Knöchelhöhe über das andere und verschränkte die Arme vor der breiten Brust.

Pen bückte sich mit einem Seufzer und griff nach Bleiche und Waschmittel. Sie konnte seinen gaffenden Blick auf sich spüren. Sie richtete sich auf. Als sie den Messbecher füllte, zitterte ihre Hand.

»Hab dich ganz schön aus der Fassung gebracht, was?«

»Es besteht kein Grund, sich derart an mich heranzuschleichen«, erwiderte sie, ohne ihn anzusehen, während sie erst das Wasch- und dann das Bleichmittel in die Trommel kippte. Sie schloss den Deckel, schaltete die Maschine ein und hörte Wasser einlaufen.

»Warum wirfst du den Rest nicht rein?«, schlug er grinsend vor. »Das Zeug, das du am Leib trägst, sieht aus, als könnte es einen ordentlichen Waschgang vertragen.«

»Ein andermal.«

»Was du heute kannst besorgen, das verschiebe nicht auf morgen. Komm schon, Schätzchen, es ist Waschtag. Da muss *alles* sauber und rein werden.«

Sie starrte ihn wütend an, Hitze stieg ihr ins Gesicht. »Warum ziehst du nicht einfach Leine, Manny?«

Sein Grinsen war wie festgetackert. »Ich wette, das sagst du jedem Kerl.«

»Nur den Idioten.« Beschämt und zornig nahm sie den Wäschekorb an sich und kippte den Inhalt in die andere Waschmaschine.

»Du bist keine Lesbe, oder?«

»Halt die Fresse.«

»Ich meine, das wäre jammerschade, bei einem Prachtstück wie dir. Ein herber Verlust für das männliche Geschlecht.«

Sie hielt sich gar nicht erst mit dem Messbecher auf, sondern schüttete das Waschmittel direkt in das Gerät und stellte den Korb beiseite.

»Ja, ich schätze, du bist eine Lesbe.«

Sie knallte den Deckel zu und wirbelte herum. »Ich bin nicht lesbisch, und du bist ein Stück Scheiße.«

Er wirkte belustigt. »So redet man nicht. Allerdings bin ich froh zu hören, dass du keine Lesbe bist. Was ist dann mit dir los? Bist du einfach nur frigide?«

Vor Wut kochend, wandte sich Pen ab, startete den Waschgang und hob den leeren Korb auf. Mit zitternder Hand stellte sie Waschmittel und Bleiche hinein. Sie hielt den Korb gegen den Bauch gedrückt und sah Manny an.

»Du wirst doch nicht schon gehen wollen?« Er trat in den Türeingang und verstellte ihr den Weg.

»Lass mich bitte durch«, sagte sie.

»Wann bist du das letzte Mal amtlich gefickt worden?«

»Geh mir aus dem Weg.«

»Das muss wohl dein Problem sein. Und ich bin genau der Richtige, um dir zu helfen.« Er ließ eine Hand sinken und klopfte sich sanft gegen die Vorderseite seiner Hose. Dank der Wölbung war es nicht zu übersehen, dass er eine Erektion hatte.

»Ich bin gut genug bestückt, um dieses Problem für dich zu erledigen, Süße. Willst du mal sehen?« Grinsend schob er die Shorts ein Stückchen tiefer.

»Hör auf.«

»Ich mach dir einen Vorschlag. Die hier wandert mit deinen Klamotten zusammen in die Wäsche. Mit *all* deinen Klamotten. Verstehst du, was ich meine? Und dann zeige ich dir, wie es ist, so richtig …«

»Hau ab«, sagte Pen und kam, den Korb im Anschlag, auf ihn zu.

»Also, was ist jetzt? Das ist deine große Chance.«

»Verpiss dich!«, schrie sie.

Er schreckte zurück und trat zur Seite.

Pen ging an ihm vorbei und rechnete halb damit, dass er sie packte.

»Fotze«, zischte er. Doch er behielt seine Hände bei sich.

Sie eilte durch die Tür, raus aus dem abgeschatteten Raum, ins Licht der Sonne. Sie zitterte am ganzen Leib und hatte Schwierigkeiten, ruhig durchzuatmen. Am Fuß der Treppe warf sie einen Blick zurück.

Manny stand an der Ecke des Pools und ließ seinen erhobenen Mittelfinger kreisen.

Pen rannte die Stufen hinauf, dann die Galerie bis zu ihrem Apartment entlang. Drinnen lehnte sie sich gegen die Tür. Ihre Brust tat weh. Sie japste nach Luft.

Dieses widerliche Arschloch.

Wann bist du das letzte Mal amtlich gefickt worden?

Ich wollte mich mit dir über meinen großen harten Schwanz und deine saftige dampfende Fotze unterhalten.

Ihre Beine gaben nach. Sie glitt an der Tür hinab und blickte starr über ihre erhobenen Knie.

Manny?

Die Stimme war nicht ganz dieselbe, aber es wäre möglich gewesen, dass er sie bei den Anrufen verstellt hatte.

Manny.

Drüben in 202. Mit klarer Sicht auf ihre Eingangstür und die Fenster. Der wusste, wen sie wann traf. Wusste, wann sie kam und ging und sich schlafen legte.

Wusste, wann sie allein war.

Manny.

Melanie hatte es offenbar fertiggebracht.

Sie wäre um zwanzig nach eins, spätestens um halb zwei wieder hier gewesen, wenn sie zu Harrisons Haus gefahren wäre, seinen Mercedes in der Einfahrt vorgefunden und aufgegeben hätte.

Demnach muss sie das Haus vor ihm erreicht, sich zur Hintertür reingeschlichen und versteckt haben. Im Schrank oder vielleicht unterm Bett.

Bodie sah auf seine Armbanduhr. Seit dem letzten Mal waren zwei Minuten vergangen. Es war inzwischen fünf vor zwei.

Wenn Melanie kehrtgemacht hätte, wäre sie vor einer halben Stunde hier gewesen.

Er glotzte auf die leere Bierflasche, während er sie langsam zwischen den Fingern drehte.

Und was bitteschön unternehme *ich* bezüglich dieser kuriosen Wende des Schicksals?

Zuallererst wäre ein weiteres Bier angemessen.

Bodie stand auf und holte sich ein frisches Corona aus dem Kühlschrank. Er öffnete die Flasche und ging damit nach draußen. Er streckte sich auf der Liege aus. Dank der leichten Brise fühlte sich die Sonne nicht zu heiß an. Er schloss die Augen und stellte sich vor, wie Pen an diesem Morgen ausgesehen hatte, als sie auf derselben Liege lag.

Er trank einen Schluck.

Was tat sie wohl gerade? War sie unterwegs, um sich eine neue Wohnung zu suchen? Wunderte sie sich, warum sie immer noch nicht mit ihren Sachen bei ihr aufgetaucht waren?

Hey, ich bin hier gestrandet. Wenn ich könnte, würde ich dir das Zeug bringen. Ich wäre weitaus lieber dort als hier.

Sobald Melanie zurückkehrt.

Das könnte ein Weilchen dauern.

Sie steckt dort fest, bis es ihr gelingt, sich rauszuschleichen.

Natürlich besteht die Möglichkeit, dass sie erwischt wird.

Ich könnte zu Fuß rübergehen. Würde nicht länger als eine halbe Stunde dauern.

Oder Pen anrufen. Sie hat ein Auto. Wir fahren rüber zu Harrison, und was dann? An die Tür klopfen und nach Melanie fragen? Reizend schlaue Idee.

Doch der Gedanke, Pen anzurufen, ließ sein Herz schneller schlagen. Er könnte ihr von der Sache mit Melanie erzählen. Sie könnten die Lage besprechen. Vielleicht käme sie sogar rüber. Sie wären allein im Haus.

Oh, lass den Quatsch, ermahnte er sich.

Ich rufe sie besser an.

Er stellte seine Bierflasche auf den Tisch und ging ins Haus. Er wählte die Nummer der Auskunft, gab der Telefonistin Pens Namen und Adresse durch und bekam von einer Computerstimme die Nummer mitgeteilt. Er notierte sie auf einem Papierblock, der an der Wand hing, und wählte.

Er ließ das Telefon zehnmal klingeln, bevor er auflegte.

Dann ging er wieder nach draußen und setzte sich in die Sonne. Er nahm einen Schluck Bier und stellte die Flasche ab. Er schloss die Augen.

So viel zum Besuchen.

Er könnte ein Taxi bestellen und sich damit zu Pen bringen lassen. Kein schlechter Gedanke.

Hi. Wollte nur mal kurz vorbeikommen und sehen, wie es dir geht. Wo Melanie ist? Oh, die versteckt sich in Harrisons Haus und sammelt Beweise.

Pen hatte den Fernseher eingeschaltet und auf den Bildschirm geglotzt, wobei ihre unzusammenhängenden Gedanken wild in alle Richtungen geschossen waren, zu ihrem Zusammenstoß mit Manny, den Anrufen, ihrem Vater, der Schrotflinte, der Aussicht auf einen eventuellen Umzug, Joyces und Harrisons Betrug an ihrem Vater und dem möglichen Mordversuch, Melanies »Vision«, Bodie letzte Nacht in ihrem Schlafzimmer, Melanies Eifersucht.

Dann hatte ihr Timer geplärrt und dadurch die Notwendigkeit verkündet, in den Wäscheraum zurückzukehren.

Die Schrotflinte kam nicht infrage, also hatte sie ein Steakmesser mitgenommen, das sie, in ein Handtuch gewickelt, unter dem Arm trug.

Während sie ihre feuchte Wäsche von den Waschmaschinen in einen der Trockner schob, hatte sie damit gerechnet, dass Manny sich hereinschleichen, sie diesmal vielleicht sogar anfallen würde, aber er war nicht aufgekreuzt.

Jetzt wartete sie erneut. In ein paar Minuten wäre der Trockner fertig, und sie müsste abermals runter. Das Handtuch mit dem Messer darin lag vor ihr auf dem Tisch. Sie würde sich nicht ohne es auf den Weg machen.

Vielleicht war Manny nur ein Schwätzer. Nur Gerede und keine Taten. Er hatte nichts *versucht.*

Vielleicht sollte ich das mit dem Messer vergessen.

Das in seiner Hose war zweifelsfrei ein Ständer gewesen, und er wollte ihn mir reinschieben. Daraus hat er keinen Hehl gemacht. Falls ich auch nur das geringste Interesse gezeigt hätte, wäre er mit mir auf dem Boden gelandet und …

Manny ist nicht der Anrufer.

Manny hat den Zettel nicht unter der Tür durchgeschoben.

Manny lauert dir in der Waschküche auf, halb nackt, und versucht dich zu nötigen, die Beine breit zu machen. Er ist nicht der Typ für anonyme Telefonanrufe. Pen ließ sich aufs Sofa fallen und starrte finster auf den Fernseher.

Der Gedanke, es könnte sich um Manny handeln, war auf eine gewisse Art tröstlich und beruhigend gewesen, wie ihr nun klar wurde. Er war ein echter Mensch, und sie kannte ihn sogar, ein Feind, gegen den sie sich schützen konnte. Kein Phantom ohne Gesicht, kein Fremder irgendwo da draußen, der es auf sie abgesehen hatte. Besser Manny mit seinem Ekelgrinsen und seinen Obszönitäten und der Beule in seiner Turnhose als …

Das plötzliche Keifen einer Klingel ließ sie zusammenfahren.

Ich will in deinem Mund …

Nicht das Telefon, sondern der Timer.

Sie stand auf, betastete die Tasche ihrer Shorts, um sich zu vergewissern, dass sie ihre Schlüssel dabeihatte, und nahm das Handtuch mit dem Messer. Sie klemmte sich das Handtuch unter den Arm, griff sich den Wäschekorb und verließ das Apartment.

Mannys Vorhänge waren aufgezogen. Sie sah ihn an keinem der Fenster stehen, aber das hieß gar nichts; er könnte nur wenige Zentimeter tiefer im Raum, vom Halbdunkel verborgen, stehen und sie unbemerkt beobachten.

Zügig lief sie die Galerie entlang und die Treppe hinab. Als sie am Pool vorbeikam, hörte sie leise Musik aus einem der Apartments. Ein Lebenszeichen. Das fand sie beruhigend.

Sie hatte den Wäscheraum zugesperrt, als sie ihn verlassen hatte, und er war noch immer verschlossen.

Manny hatte natürlich einen eigenen Schlüssel.

Pen setzte den Korb ab, kramte in ihrer Tasche nach den Schlüsseln und zog sie hervor. Sie schloss die Tür auf und äugte ins Innere.

Niemand da.

Sie knipste das Licht an. Dann stieß sie ihren Korb mit der Fußspitze über die Schwelle und machte die Tür hinter sich wieder zu.

Der Trockner rumpelte immer noch vor sich hin.

Sie hatte ihn auf eine Stunde programmiert.

Das Programm hätte vor fünf Minuten beendet sein müssen.

Sie nahm den Korb und ging zu dem Gerät hinüber. Das Ziffernblatt der Kontrolluhr zeigte an, dass der Trockengang noch drei oder vier Minuten laufen würde.

Ich muss meine Küchenuhr falsch eingestellt haben, sagte sich Pen.

Entweder das, oder irgendjemand war hier gewesen und hatte mit dem Einstellrad des Trockners herumgespielt.

Ich bin so verflucht paranoid. Ich muss dringend davon runterkommen.

Sie beugte sich vor und legte die Finger um den Klappengriff des Trockners. Auf einmal hatte sie Angst, ihn zu öffnen.

Da drin könnte *irgendwas* sein.

Wie wäre es etwa mit einer durch die Mangel gedrehten toten Katze? Und einer an ihren Schwanz gebundenen Notiz: »Wie wär's mit ein klein wenig Muschi?«

Du scheinst endgültig die Bodenhaftung zu verlieren, Pen, altes Mädchen.

Sie zwang sich, die Klappe aufzumachen. Die Maschine wurde stumm, und sie hielt die Luft an, als die Ecke eines Lakens herausflatterte.

Sie ging in die Hocke und sah in die dunkle Trommel. Abgesehen von ihrer Wäsche, schien sich nichts darin zu befinden.

Sie griff hinein und umklammerte mit beiden Händen warmen Stoff.

Es gab keine winzigen nadelspitzen Zähne, die sich in ihre Finger bohrten.

Natürlich nicht.

Es ist alles in Ordnung, nur in meinem Kopf nicht.

Sie zog ein Wäschebündel hervor und warf es in den Korb.

Scheiße, dachte sie, als sie abermals hineingriff. Es ist gar nichts in Ordnung. Die ganze verdammte Welt stürzt ein.

Immerhin hat mir niemand eine kleine Aufmerksamkeit hinterlassen.

Hoffentlich.

Sie beeilte sich, die Maschine zu leeren.

Das ins Handtuch gewickelte Messer legte sie auf den weichen Wäschehaufen, hob den Korb auf und verließ zügig den Raum.

Der Pool lag halb im Schatten, aber sie ging durchs helle Sonnenlicht und schüttelte den Kopf.

Eine tote Katze im Trockner.

Ausgehungerte Ratten?

Allmächtiger Gott, es ist alles schon schlimm genug, ohne dass ich auch noch fiese kleine Überraschungen *hinzuerfinde.*

Sie gelangte zum Fuß der Treppe.

Beinahe in Sicherheit.

Sie nahm die Stufen und malte sich aus, wie Manny sie durch sein Fenster anstarrte.

Das ist die kleinste meiner Sorgen, sagte sie sich. Er ist ein Widerling, aber er ist nicht der Anrufer. Mit ihm kann ich klarkommen.

Sie fühlte sich versucht, einen Blick über die Schulter zu werfen, als sie den Balkon überquerte, aber falls er sie beobachtete, wollte sie es gar nicht wissen. Sie schloss ihre Wohnungstür auf, trat ein und schob die Tür mit dem Hintern zu.

In Sicherheit.

Die Eingangstür war abgeschlossen. Die Telefone waren ausgestöpselt. Die Schrotflinte lag unter dem Bett.

Jetzt kann mir niemand etwas antun.

Pen nahm ein paar lange und tiefe Atemzüge, um sich zu beruhigen, bevor sie den Korb ins Schlafzimmer schleppte und dessen Inhalt auf die Matratze kippte.

Sie fing an, ihre Wäsche zu sortieren: Laken und Kissenbezüge auf den ersten, Bügelwäsche auf den zweiten

Haufen und einen dritten für Unterwäsche. Als das Sortieren erledigt war, trug sie ihre Büstenhalter paarweise zur Kommode und stapelte sie ordentlich in einer Schublade. Dann faltete sie ihre Höschen zusammen. Bis auf die abgerissene weiße Unterhose, die sie Freitagnacht im Bett getragen hatte, waren die Slips neu, knapp geschnitten und bunt – es gab rote, blaue, rosafarbene und lavendelblaue.

Ihr schwarzes Höschen fehlte.

Sie wusste genau, dass sie es angehabt hatte.

Wo also war es?

Sie durchstöberte die zwei anderen Wäschehaufen in der Annahme, der schwarze Slip hätte sich in einer Bluse oder einem Laken verfangen. Doch er war nirgendwo zu finden. Sie kontrollierte den Korb und den Fußboden neben dem Bett. Dann wühlte sie die Wäsche ein weiteres Mal durch, diesmal gewissenhafter, wobei sie jedes Stück in die Luft hob, schüttelte und darauf wartete, dass der Slip irgendwo heraussegelte.

Aber nichts.

»Gottverflucht«, flüsterte sie.

Ihre Brust zog sich zusammen.

Sie musste das Höschen in einer Waschmaschine oder dem Trockner zurückgelassen haben. Er war klein und schwarz, dementsprechend hätte sie ihn beim Ausräumen zwischen ihren anderen Klamotten leicht übersehen können. Normalerweise fuhr sie mit den Händen einmal das metallene Rund der Trommel entlang, um sicherzugehen, dass nichts vergessen wurde. Doch heute hatte sie das nicht getan. Zu geistesabwesend. Zu fahrlässig. Zu erpicht darauf, so schnell wie möglich in die Sicherheit ihrer eigenen vier Wände zurückzukehren.

Na toll.

Sie wollte nicht noch mal da runter. Sie wollte sich nicht vom Fleck rühren, eingeschlossen, die Kabel der Telefone gekappt, und vielleicht ein Glas Wein trinken und ein langes heißes Bad nehmen.

Besser den Slip holen, bevor es jemand anders tut.

Sie eilte nach draußen und hatte die Hälfte der Treppe bereits hinter sich gelassen, als sie merkte, dass sie ihr Messer vergessen hatte.

Sie griff sich an die vordere Hosentasche und fühlte keine Schlüssel. Ihr Herzschlag setzte aus. Sie schlug sich gegen die andere Vordertasche. Sie steckte sie *nie* in diese Tasche, aber genau dort waren sie.

Gott sei Dank.

Es wäre wirklich großartig, wenn du dich selber aussperren würdest.

Mit großen Schritten ging sie am Pool vorbei, zog den Schlüsselbund aus der Tasche und hielt den passenden Schlüssel in der Hand, als sie bei der Waschküche ankam.

Drinnen lehnte sie sich über die Waschmaschine, lugte hinein und tastete auf der Suche nach dem Slip überall darin herum. Dann hockte sie sich vor den Trockner und ließ eine Hand durch die Trommel gleiten. Sie überprüfte sogar die Maschine, in der sie die hellen Sachen gewaschen hatte. Dann suchte sie den Boden ab.

Das Höschen war verschwunden.

Jemand war reingekommen und hatte es sich genommen.

Manny? Was, wenn es *nicht* Manny gewesen war?

Pen rannte, nervös und innerlich kalt, zurück zu ihrem Apartment. Sie lehnte sich gegen die Tür, am ganzen Leib zitternd.

Nur die Ruhe.

Beruhige dich, *zum Teufel noch mal.* Irgendwer hat meinen Slip geklaut – wollte ihn haben, hat ihn gestohlen und *hält ihn jetzt in den Händen.*

Hat mich bei der Wäschekammer kommen und gehen sehen. Jeden meiner Schritte beobachtet.

Ich muss dringend von hier abhauen

17

Nach dem Aufwachen schlenderte Bodie zur Gartenlaube. Er ließ die Finger durch das kühle Wasser des Whirlpools gleiten und dachte an den letzten Abend in der sprudelnden Hitze, an Pen, die so wunderschön gewesen war, Melanie oben ohne und flirtend und später auch unten ohne, so eifrig darum bemüht, Bodies Aufmerksamkeit von ihrer Schwester abzulenken.

Wo mag sie jetzt sein? Zusammengekauert in Harrisons Schrank? Versteckt unter seinem Bett? Vielleicht schon ertappt.

Er sollte eigentlich irgendetwas unternehmen, aber was?

Er lief am Rand der hölzernen Plattform entlang und entdeckte die Bedienungselemente. Ohne größeren Aufwand – ein gedrückter Knopf hier, ein umgelegter Schalter da – könnte er wahrscheinlich das Wasser erhitzen.

Nur zu.

Er tat es.

Der Mechanismus begann zu brummen, und die glatte Oberfläche wurde leicht aufgewirbelt. Er ließ einen Arm ins Wasser baumeln und tastete sich vor, bis eine warme Strömung gegen sein Handgelenk drängte.

Er kehrte ins Haus zurück. Im oberen Stock fand er die Badehose und zog sie an. Mit einem Handtuch über den nackten Schultern ging er runter in die Küche. Er nahm sich ein Bier aus dem Kühlschrank, öffnete es, ging nach draußen zum Whirlpool und kletterte hinein.

Das Wasser ließ ihn erschauern, aber er setzte sich direkt vor die Mündung des Rohrs, aus dem das warme Wasser sanft gegen seinen Rücken schoss.

Er saß dort, wo Pen letzten Abend gesessen hatte.

Er schloss die Augen und rief sich ihre Erscheinung in Erinnerung – ihr im roten Glimmer schimmerndes Gesicht, ihr blondes Haar in der Farbe des Herbstmonds, ein paar feuchte Locken, die auf der Stirn klebten, der seidige Glanz ihrer nassen Schultern, das über die Spitzen ihrer Brüste hinwegplätschernde Wasser.

Das Wasser fühlte sich bereits wärmer an.

»Hi.«

Bodie riss die Augen auf. Einen Moment lang konnte er nicht glauben, dass Pen dort vor ihm stand. Doch das tat sie, o ja, ohne Zweifel. »Hallo«, sagte er.

»Ich hatte nicht damit gerechnet, dass jemand hier ist.«

»Nur ich.«

»Wo sind die anderen?«

»Joyce ist immer noch ... unterwegs.«

Pen nickte, wobei ein Funke des Zorns in ihren Augen aufblitzte.

»Melanie hat mich gewissermaßen hier sitzen lassen.«

Sie stieg die Stufen empor, streifte sich auf dem Steg die Sandalen von den Füßen, setzte sich auf die Kante und ließ die Beine ins Wasser hängen. »Es könnte heißer sein.«

Er zuckte mit den Achseln. Sein Herz hämmerte.

»Ich bin ein bisschen ausgeflippt, so allein da drüben.«

»Ich habe schon versucht, dich anzurufen.«

Ihre Brauen hoben sich.

»Ich schätze, du warst nicht zu Hause.«

»Ich habe meine Telefone nicht angeschlossen. Noch nicht. Wer weiß, vielleicht nie wieder.«

»So schlimm?«

»Ich weiß, es ist albern.«

»Das finde ich nicht.«

»Danke. Weshalb hast du angerufen?«

»Zieh dir doch deinen Badeanzug an und komm rein.«

»Hast du deswegen angerufen?«

»Ich habe wegen Melanie angerufen.«

Mit einem Nicken forderte Pen ihn auf fortzufahren.

»Wir sind zurück zu Harrisons Haus. Davor waren wir auf dem Polizeirevier, haben allerdings nicht viel herausgefunden. Dann sind wir rüber zu Harrison. Er und Joyce waren immer noch da, also sind wir hierher zurück, und Melanie hat ihn angerufen – hat gesagt, euer Vater wäre aus dem Koma erwacht und wolle ihn sehen.«

»Im Ernst?«

»Es hat geklappt. Wir sind wieder hingerast, und er war verschwunden, also sind wir in seine Garage eingebrochen, um einen Blick auf seinen Porsche zu werfen.«

»Was soll das heißen, ihr seid eingebrochen?«

»Melanie hat eine Scheibe eingeschlagen.«

»Du lieber Himmel, und du hast ihr *erlaubt*, diese Sachen zu machen?« Pen klang nicht verärgert, sondern einfach nur verdutzt.

»Tja, nicht wirklich. Ich wusste nicht, was sie vorhatte. Als sie Harrison am Telefon diese wilde Geschichte auftischte, hatte ich keinen Plan, was sie sagen würde, bevor sie den Mund aufmachte. Und als es losging, konnte ich meinen Ohren nicht trauen. Bei dem zerschlagenen Garagenfenster war es ähnlich – sie hat es einfach *getan*, ohne dass ich es hätte verhindern können. Ich war schon bereit, die Sache abzublasen, und bevor ich michs versah, rammt sie auch schon ihren Ellbogen durchs Glas.«

»Du hättest sie davon abhalten müssen, verrücktes Zeug zu unternehmen. Darum ging es doch gerade bei unserer Idee, Harrison näher unter die Lupe zu nehmen.«

»Nun ja, es ging auch darum, nach Beweisen zu suchen.«

»Habt ihr irgendwelche aufgespürt?«

»Der Porsche war unversehrt. Wenn er derjenige ist, der deinen Vater angefahren hat, hat er dabei in einem anderen Wagen gesessen.«

Sie nickte. »Das passt. Er ist zu gerissen, um für so was sein eigenes Auto zu benutzen.« Sie lehnte sich zurück, stützte sich auf die durchgedrückten Arme und rollte den Kopf im Nacken, als wollte sie Knoten oder Spannungen in ihrer Nackenmuskulatur lösen. Ihre lose über den Bund hängende Bluse war hochgerutscht und entblößte ein Dreieck aus Haut zwischen dem untersten Hemdknopf und dem Rand ihrer Shorts. Ganz oben an der freigelegten Stelle befand sich ihr Bauchnabel. Als sie eine Hand zum Nacken hob, um sich zu massieren, wurde der Blick auf ein noch größeres Stückchen Bauch frei.

»Kopfschmerzen?«, fragte Bodie.

»Bislang nicht. Bloß ein steifer Nacken. Ich bin in letzter Zeit ein wenig angespannt.«

»Das heiße Wasser würde dir guttun.«

»Du scheinst fest entschlossen, mich da reinzulocken.« Die Spur eines Lächelns lag auf ihrem Gesicht.

Bodie erwiderte das Lächeln. »Nee.«

»Das könnten wir gerade noch gebrauchen – Melanie kommt wieder und findet mich zusammen mit dir hier drin.«

»Wäre auch nicht viel schlimmer, als wenn sie mich letzte Nacht in deinem Schlafzimmer entdeckt hätte.«

»Wohl wahr. Aber ich denke, wir sollten unser Glück nicht herausfordern. Wo *ist* sie überhaupt?«

»Ich bin mir nicht ganz sicher.«

»Was *glaubst* du, wo sie ist?«

»In Harrisons Haus, die Verdächtigen bespitzeln.«

»Was?«

»Genau weiß ich es nicht.«

Pen richtete sich kerzengerade auf. Mit gerunzelter Stirn beugte sie sich ein wenig zu ihm vor. Ihre Hände legte sie flach auf die Oberschenkel. »Sie ist *in* seinem Haus?«

»Das vermute ich. Als wir eben dort waren, war die Hintertür unverschlossen.«

»Also ist sie selbstverständlich rein.«

»Wir sind beide rein.«

»Großer Gott.«

Bodie zuckte die Schultern. »Ich dachte, scheißegal, wir sind schon in die Garage des Typen eingebrochen.«

»Habt ihr denn irgendwas im Haus gefunden?«

Er ließ sich ein paar Euphemismen durch den Kopf gehen. Irgendwelche anderen Worte für Samen ... »Es gab gewisse Anzeichen dafür, dass sie tatsächlich das Tier mit den zwei Rücken gespielt hatten.«

Pen errötete. »Du bist ein wahrer Dichter«, sagte sie.

»Ein echter Robert B. Parker.«

»Nichts ... was sie schwerer belastet?«

»Wir konnten nicht lange bleiben. Ich habe Melanie so schnell rausgezerrt, wie ich konnte.«

»Aber du meinst, dass sie gerade dort ist?«

»Sie war nicht gerade begierig darauf, wieder abzuhauen. Wir waren kaum wieder hier, als sie auch schon mit meinem

Van abdampfte. Das war ungefähr um dreizehn Uhr. Seitdem ist sie weg.«

»Das ist fast *drei* Stunden her!«

»Weiß ich, weiß ich. Und ich sitze einfach hier rum.« Er griff hinter sich, nahm seine Bierflasche und trank einen Schluck. »Willst du auch was?«

»Bodie!«

»Fällt *dir* irgendwas ein?«

Sie streckte eine Hand aus. Bodie erhob sich. Sie bedachte seinen Körper mit einem flüchtigen Blick und wandte sich schnell wieder ab, als er einen Schritt vorwatete und ihr die Flasche reichte. Sie trank, den Kopf zurückgeworfen und die Augen für einen Moment geschlossen. Dann gab sie ihm die Flasche zurück. »Danke.« Sie rieb sich über den nackten Schenkel. Eine feuchte Schmierspur blieb zurück.

Bodie ließ sich erneut ins Wasser sinken, bis es ihm bis zu den Schultern reichte. Er hob die Flasche zum Mund, fühlte die Halsöffnung an seinen Lippen. Sekunden zuvor waren Pens Lippen an dieser Stelle gewesen.

»Diese gottverdammte dämliche Idiotin«, murmelte sie kopfschüttelnd. »Verzeihung. Ich sollte nicht so … Was hattest du vor, einfach abwarten und hoffen, dass sie irgendwann zurückkommt?«

»So ungefähr. Wenn sie in Harrisons Haus ist, versteckt sie sich irgendwo. In diesem Fall wäre sie nicht in der Lage, abzuhauen, wann sie will. Im Grunde hängt sie dort fest, bis sich eine Gelegenheit für sie ergibt, sich hinauszuschleichen. Und selbst wenn die Gelegenheit *kommt*, wird sie die möglicherweise nicht ergreifen. Ich meine, das Mädchen ist zu so ziemlich allem entschlossen, sonst wäre sie gar nicht erst dort reingegangen. Wahrscheinlich denkt sie, dass es ihre beste und letzte Chance ist, den beiden auf die Schliche zu kommen.«

Pen nickte. Sie hatte die Lage erfasst und nichts gegen Bodies Ausführungen einzuwenden. »Andererseits könnte es sein, dass sie erwischt wurde.«

»Ich weiß.«

»Was, wenn sie *wirklich* diejenigen sind, die ... Dad das angetan haben?«

»Dann steckt Melanie in gewaltigen Schwierigkeiten.«

»Oder noch schlimmer.«

»Wenn sie sie allerdings nicht geschnappt haben und wir ihr zur Rettung eilen ...«

»Wir können doch nicht einfach nur *warten*.«

»Wir wollen es Melanie aber nicht versauen. Falls wir sie da rausholen, bevor sie etwas Belastendes belauscht hat, wird sie uns das niemals verzeihen.«

»Ich kann ohne ihre Vergebung leben. Bisher bin ich ganz gut damit zurechtgekommen.« Pen setzte einen beinahe verzweifelten Blick auf. »Er hat eine *Waffe*, Bodie. Harrison hat eine Waffe.«

»Ein Grund mehr, sich nicht offensiv mit ihm anzulegen.«

»Ich habe heute eine Schrotflinte gekauft.«

»Oh, großartig. Dann liefern wir uns doch einfach eine Schießerei.«

»Er könnte sie *töten*. Ich kenne ihn. Er ist zu ... fast allem imstande.«

»Okay. Wir werden etwas unternehmen. Ich weiß nicht was, aber ...«

»Wir müssen. Wir haben keine andere Wahl.«

Bodie trank einen Schluck Bier und erhob sich. Pen blieb auf der Kante sitzen, direkt neben der kleinen Treppe. Er drehte sich um und stellte den Heißwassersprudel ab.

»Vielleicht fällt uns ein Plan ein«, sinnierte sie.

Bodie watete zu den Stufen hinüber.

»Mein Kopf ist völlig leer«, sagte sie.

»Uns wird schon was einfallen.« Seine Kehle war wie zugeschnürt. Angestrengt starrte er stur geradeaus, um nicht sehen zu müssen, wohin sie blickte, als er die erste Stufe betrat und spürte, wie der Wasserpegel bis auf seine Oberschenkel absank. Die Badehose hing schlotternd an ihm.

Pen stand auf. Bodie zog sich das Handtuch von der Schulter und bot es ihr an. »Willst du dir die Beine abtrocknen?«, fragte er.

»Danke.« Sie nahm es entgegen, beugte sich vor und rubbelte sich die Beine ab, wobei ihre Haare zu beiden Seiten des Kopfs hin und her schwangen. Sie gab ihm das Handtuch zurück und schlüpfte in ihre Sandalen.

»Würdest du das bitte für mich halten?« Sie ergriff die Bierflasche. Während er sich abtrocknete, ging sie an ihm vorbei und sprang von der Plattform.

Sie sah zu ihm auf und sagte: »Wir müssen einen Weg finden, sie aus dem Haus zu locken.«

»So was wie sie anrufen und ihnen mitteilen, dass dein Vater sie sprechen will?«

»Oh, klar. Richtig.« Ihr Blick wanderte unruhig herum und schließlich zur Seite. Sie blinzelte, als hätte sie irgendetwas in den Büschen erspäht. »Keine Ahnung«, sagte sie und nahm einen Schluck Bier.

Bodie war mit dem Abtrocknen fertig, wickelte sich das Handtuch um die Hüfte und kam die Stufen runter.

Pen trat einen Schritt zurück. Sie folgte ihm zum Haus.

»Weißt du«, sagte sie, »vielleicht *ist* Melanie gar nicht in Harrisons Haus oder auch nur in der Nähe. Sie könnte überall sein. Ich meine, sie hat dir doch nicht gesagt, wohin sie wollte?«

»Nein, hat sie nicht.«

»Bevor wir irgendwas anderes unternehmen, sollten wir vorbeifahren und nachsehen, ob dein Van irgendwo in der Nachbarschaft parkt.«

»Ich würde vorher gern kurz duschen.«

»Klar, mach das.«

Er schob die gläserne Schiebetür auf, trat zur Seite, um Pen den Vortritt zu lassen, und ging hinter ihr in die Küche. Ihr weißer Hosenboden war ein wenig verschmutzt. Er ließ den Blick ihre Beine hinabwandern. »Ich beeile mich«, sagte er.

Pen blieb in der Küche, Bodie ging nach oben. Er versuchte den Gedanken zu verdrängen, dass er allein mit ihr im Haus war, aber es gelang ihm nicht. Innerlich bebte er.

Es wird nichts passieren, sagte er sich. Reg dich nicht unnötig auf.

Du würdest es nicht wagen, und sie würde es nicht zulassen.

Niemand von euch will Melanie in den Rücken fallen.

Die Badezimmertür ließ er jedoch unverschlossen. Er schälte sich die Badehose von den Beinen und wrang sie über dem Waschbecken aus.

Pens weißer Bikini hing über der oberen Führungsschiene der Duschkabinentür. Er würde nass werden, wenn er ihn dort hängen ließe. Er zog ihn ab. Sah sie darin vor sich, im warmen Whirlpool. Sah vor sich, wie sie ihn hier im Badezimmer auszog. War versucht, den dünnen Stoff zu streicheln. Hastig warf er ihn über einen Handtuchhalter.

Er duschte. Dabei stellte er sich vor, wie Pen hereinschlich und die beschlagene Tür zur Seite schob. Sie war nackt. *Hast du was dagegen, wenn ich dir Gesellschaft leiste?*

Quäl dich nicht, dachte er. Das wird sie nicht tun.

Und sie tat es auch nicht.

Als er fertig war, ging er mit einem Handtuch um die Hüfte den Flur entlang zum Schlafzimmer. Er schlüpfte rasch in seine Kleidung und ging nach unten. Er fand Pen auf dem Wohnzimmersofa, zurückgelehnt, die Beine ausgestreckt. Ihre Handtasche lag neben ihr, und deren Riemen hing bereits über ihrer Schulter. »Bereit zum Aufbruch?«, fragte sie.

»Ich schätze schon.«

Sie gingen nach draußen und zu ihrem Wagen. Bodie sah vom Beifahrersitz aus zu, wie sie einstieg und den Motor startete. Sie wendete. Auf dem San Vicente klappte sie die Blende runter, um ihre Augen gegen das Licht der Nachmittagssonne abzuschirmen. Unter dem Schatten der Lichtschutzblende schimmerte der leichte Flaum auf ihrer Wange und über der Lippe golden im Sonnenlicht.

Sie sah zu ihm rüber.

»Hab nur nachgedacht«, sagte er.

»Ach ja?«

Er hatte an gar nichts gedacht, sondern lediglich Pens Züge bewundert. »Was, wenn Melanie nicht da ist?«, fragte er.

»Ich finde, das wäre eine ziemliche Erleichterung.«

»Wenn sie nicht dort ist, wo ist sie dann?«

Pen schüttelte kaum merklich den Kopf. »Viel wichtiger ist, was wir tun, wenn sie da *ist*?«

»Wer weiß?«

»Ich wünschte, sie wäre einfach in Phoenix geblieben.«

Diese Worte schmerzten Bodie.

»Dich meine ich nicht«, versicherte ihm Pen, als wüsste sie Bescheid.

»Ich habe sie hergebracht.«

»Du warst bloß ritterlich. Ich wette, dass es dir allerdings inzwischen auch leidtut, stimmt's? Hast dich mitten ins Chaos begeben.«

»Es gibt durchaus gewisse Entschädigungen.«

Pen hielt den Blick auf die Straße gerichtet.

Das hätte ich nicht sagen sollen, dachte Bodie. Himmel!

»Ja«, gab Pen zurück. »Ich habe gehört, wie Melanie dich letzte Nacht entschädigt hat. Dünne Wände.«

Für einen Augenblick kapierte Bodie ihre Bemerkung nicht. Dann wurde ihm klar, dass sie sie im Bett gehört hatte.

Das war nicht die Art von Entschädigung, die ich meinte, dachte Bodie.

Es ist das, wovon sie *glaubt*, dass ich es meinte.

Nicht das Schlechteste.

Mein Gott, sie hat uns beim Ficken gehört.

»Ich schätze, wir hätten das Radio lauter drehen sollen«, sagte er.

»Sie wollte wahrscheinlich, dass ich es mitbekomme«, sagte Pen. »So, wie sie sich gestern Abend aufgeführt hat, würde mich das jedenfalls nicht überraschen.«

»Sie wollte, dass du es mitbekommst?«

»Damit mir bewusst wird, dass sie etwas hat, das ich nicht habe.«

Mich?

Sie redet von mir.

»Ein Versuch, dich eifersüchtig zu machen?«, hörte er sich fragen. Seine Stimme klang abwesend.

»Es würde mich nicht wundern«, erwiderte sie.

»*Warst* du es?« Er konnte nicht glauben, diese Frage gestellt zu haben.

»Eifersüchtig?« Sie warf ihm einen flüchtigen Blick zu. »Was glaubst du?«

Er schluckte. »Ich würde … keine Vermutung riskieren wollen.«

»Und ich keine Antwort. Wenn ich sagen würde, ja, ich war eifersüchtig, wäre das wie eine Einladung an dich, sich an mich ranzumachen, und das könnte ich Melanie nicht antun. Wenn ich Nein sagen würde, wärst du beleidigt.«

»Gutes Argument.«

»Lass uns einfach Freunde bleiben.«

»Gute Idee.«

»Und halt besser nach deinem Van Ausschau.«

Er bemerkte, dass sie soeben auf Harrisons Straße abgebogen war.

Der Mercedes parkte in der Einfahrt. Joyces Continental stand am Straßenrand vor seinem Haus.

»Interessant«, sagte Pen. »Dieses Mal hat sie sich nicht die Mühe gemacht, weiter die Straße hinauf zu parken.«

»Ihre geheime Liebe ist kein großes Geheimnis mehr.«

»Dafür hat Mels Anruf gesorgt.« Pen fuhr um die Ecke. »Ich frage mich, was sie *darüber* gesagt haben.«

»Was immer es gewesen sein mochte, Melanie hat wahrscheinlich einen Teil davon mit angehört.«

»Falls sie da drin ist.«

Bodies Van parkte am anderen Ende des Blocks.

Pen zog hinter ihm rechts ran und hielt. Bodie stieg aus. Er äugte durch die Scheiben in seinen Wagen und kehrte dann zu Pens Auto zurück. »Sie ist nicht drin.«

»Sie ist tatsächlich bei Harrison.«

»Sieht so aus.«

»Irgendwelche Ideen?«, fragte Pen.

»Lassen wir sie ungestört, wo sie ist.«

»Genial.«

»Ich meine es ernst. Sie hat sich selbst in diese Situation gebracht, und ich gehe davon aus, dass sie auch in der Lage ist, sich herauszuretten, wenn der richtige Zeitpunkt gekommen ist.«

»Was ist, wenn nicht? Was, wenn sie sie schon in ihrer Gewalt haben? Was, wenn sie aus dem Krankenhaus zurückgekommen sind und gewisse Dinge offen *ausgesprochen* haben? Wenn sie über den Anschlag auf Dad geredet und sich dann Melanie geschnappt haben?«

»Dann hätte sich die Situation ein enormes Stück Richtung Kackscheiße entwickelt. Aber ich gehe eher davon aus, dass nichts davon passiert ist. Unserem offiziellen Wissensstand zufolge haben diese beiden nichts mit dem Unfall plus Fahrerflucht zu tun. Sie werden Melanie gegenüber nicht ... handgreiflich werden ... nur weil sie weiß, dass sie eine Affäre haben.«

Pen sah ihn an. Ihr Blick war düster. »Wir können sie nicht einfach dort im Stich lassen«, sagte sie flüsternd.

»Ich weiß.«

»Aber du hast gesagt ...«

»Ich denke bloß laut und versuche uns auszureden, irgendeine Dummheit zu begehen.«

»Zum Beispiel?«

»Ich gehe rein und hole sie. Allein. Du bleibst im Wagen und rufst die Bullen, falls wir nicht in fünf Minuten zurück sind.«

»Das ist dein Plan?«, fragte Pen.

»Klasse, oder? Einfach und schlicht.«

»Er hat eine Waffe.«

»Er wird niemanden erschießen. Nicht, wenn du hier wartest.«

»Das gefällt mir nicht.«

»Wie sähe dein Plan aus?«

»Ich könnte reingehen, während du im Wagen wartest.«

»Dagegen fällt mir ein ausgezeichnetes Argument ein.«

»Welches?«

»Ich werde es dir keinesfalls erlauben.«

18

Pen steuerte ihr Auto in die Einfahrt und parkte hinter Harrisons Mercedes. Sie ließ den Motor laufen.

Bodie nahm seine Armbanduhr ab. »Fünf Minuten«, sagte er, als er sie Pen reichte.

»Ich habe Angst.«

»Ich nicht.«

»Ja, das sehe ich.«

»War schön, dich kennengelernt zu haben.«

»Sehr witzig.«

Bodie stieg aus dem Wagen. Er fühlte sich, als wäre die Luft in seinen Lungen zu Gelatine geronnen. Seine Beine schienen kurz vor dem Kollaps zu stehen, aber er zwang sie vorwärts, eins nach dem anderen, bis er vor der Haustür stand.

Er drückte die Klingel. Im Inneren ertönten Glockenschläge.

Er rang um Atem.

Er fragte sich, ob Pen den Fünf-Minuten-Countdown gestartet hatte, als er den Wagen verlassen hatte, oder vorhatte zu warten, bis er im Haus war.

Er hob die Hand erneut zur Klingel, und die Tür öffnete sich.

Eine von Harrisons Augenbrauen wölbte sich. Er trug einen blauen Trainingsanzug mit weißen Streifen an Ärmeln und Hosenbeinen, und er hielt keine Waffe in der Hand. »Wen haben wir denn da?«, fragte er.

»Entschuldigen Sie die Störung«, sagte Bodie und versuchte erfolglos, seiner Stimme das Zittern auszutreiben.

Harrison lehnte sich in den Rahmen und sah an ihm vorbei. »Einen hätten wir. Wo steckt die andere Schwester? Gefangen in einer Telefonzelle?«

»Dürfte ich reinkommen und mit Ihnen reden?«

Er trat einen Schritt zurück, um Bodie einzulassen. »Ich nehme an, du wurdest auserwählt, den Beschwerdeausschuss zu vertreten.«

»So in etwa.«

Er machte die Tür hinter Bodie zu. »Was hast du vor, mich zusammenzuschlagen?«

»Nein, lieber nicht.«

»Was dann?«

»Wir wissen über Sie und Joyce Bescheid.«

Harrison feixte. »Das ist inzwischen ziemlich offensichtlich. Ihr irrt euch allerdings gewaltig, wenn ihr glaubt, ich hätte etwas mit Whits Unfall zu tun.«

Bodie sackte der Magen in die Knie. »Ich weiß nicht, wovon Sie …«

»Oh, du hattest natürlich nicht das Geringste mit dem hübschen kleinen Telefonanruf oder dem Einbruch in meine Garage zu tun?«

Aus dem Augenwinkel nahm Bodie Bewegungen seitlich von ihm wahr. Er drehte den Kopf und sah Joyce, die am Eingang zur Empfangsdiele stand. Sie trug einen Bademantel, der ihr viel zu groß war. Die Ärmel waren über ihren Handgelenken hochgekrempelt. »Wenn ich heute Abend in mein Haus zurückkehre«, sagte sie, »will ich, dass ihr drei verschwunden seid. Ich will keinen von euch jemals wiedersehen.«

»Prima«, sagte Bodie.

»Wer bezahlt mir das Garagenfenster?«, fragte Harrison.

»Melanie«, antwortete Bodie und überlegte, ob seine Stimme laut genug war, um bis zu ihrem Versteck vorzudringen.

»Ich wusste es«, sagte Joyce.

»Diese verrückte kleine Schlampe.«

»Hören Sie zu, Mister ...«

»Nein, du hörst zu. Wir schätzen es nicht besonders, Zielobjekte dieses geisteskranken Rachefeldzugs zu sein, und es gibt Rechtsmittel ...«

»MELANIE!«

»Was verdammt noch mal hast ...?«

»MELANIE, HAU AB!«

Joyce hielt krampfhaft den Morgenrock vor der Brust zusammen und stand stocksteif da. Ein erschrockener Ausdruck lag auf ihrer Miene.

»Sie ist *hier*?« Harrison tobte. »Verflucht, wenn dieses kleine Miststück in meinem Haus ist ...«

Bodie trat an ihm vorbei.

Harrison packte seine Schulter. Bodie wirbelte herum und schlug die Hand weg. »Wir sind in wenigen Sekunden verschw...«

Joyce kreischte auf. Harrisons Wut verwandelte sich in Schock. Bodie drehte sich rechtzeitig genug, um zu sehen, wie Joyce mit Melanie auf dem Rücken zu Boden stürzte. Melanie saß rittlings auf ihr, riss ihren Kopf an den Haaren nach hinten und rammte ihr eine Faust ins Gesicht.

Bodie wurde von Harrison zur Seite gestoßen und prallte gegen einen Stuhl. Er rappelte sich wieder auf die Beine. Als er quer durch den Raum rannte, sah er, wie Harrison Melanie am Kragen ihres Sweatshirts ergriff und versuchte, sie von Joyce runterzuziehen. Der locker sitzende ärmellose

Pullover wurde erst über ihren Oberkörper, dann über ihren Kopf und schließlich über ihre Arme gezerrt, bevor sie mit einem Mal davon befreit war. Harrison verlor taumelnd das Gleichgewicht und wedelte mit dem leeren Kleidungsstück Richtung Decke. Er landete hart auf dem Hintern.

Melanie, nackt bis zur Taille, versetzte Joyce einen Fausthieb in den Nacken.

Harrison raffte sich auf.

Bodie beachtete ihn nicht weiter, schnappte nach Melanies Arm und zog sie von Joyce runter.

»Lass mich!«, schrie Melanie.

»Komm!«

Sie stolperte, von Bodie gezogen, auf den Knien vorwärts.

»Ganz ruhig, alle miteinander!«, rief er laut. »Wir verschwinden. Wir sind sofort weg.«

»Verrücktes Dreckstück!«, kreischte Joyce.

Harrison setzte sich in Bewegung und rückte an.

»Lassen Sie sie in *Ruhe*!«, warnte Bodie ihn.

Harrison trat zu. Die Spitze seines Laufschuhs traf Melanie direkt unter der Achselhöhle in die Rippen. Ihre Hand löste sich mit einem Ruck aus Bodies Griff. Sie stürzte und schlug mit dem Gesicht gegen eine Tischkante. Bodie griff nach ihrem Sweatshirt. Harrison, der das andere Ende festhielt, sprang auf ihn zu. Er nahm Harrison in den Schwitzkasten und schickte den Mann per Hüftwurf zu Boden. Sobald Harrison aufschlug, legte Bodie nach, indem er sich fallen ließ und seinem Gegner ein Knie in den Bauch bohrte. Harrison entwich sämtliche Luft. »Ich habe Ihnen gesagt, Sie sollen sie *in Ruhe lassen*!« Er riss Harrison das Sweatshirt aus der Hand.

Melanie kniete am Boden, hielt sich mit einer Hand am Tisch fest und presste die andere auf ihre Wange. Zwischen ihren Fingern sickerte Blut hervor. An der Seite hatte sie eine rötliche Schramme von dem Tritt.

Bodie bückte sich und gab ihr das Sweatshirt. Er erhaschte einen kurzen Blick auf den kleinen Riss über ihrem Wangenknochen, bevor sie das Sweatshirt dagegen drückte. »Komm«, sagte er sanft. »Gehen wir.« Er schob die Hände unter ihre Achselhöhlen und hob sie hoch. Einen Moment lang war sie sehr schwer. Dann stützten ihre Beine ihr Gewicht. Er führte sie zur Tür.

»Ich werde ... euch die Bullen auf den Hals hetzen«, brüllte Harrison.

Bodie sah sich um. Der Mann lag eingerollt auf der Seite und hielt seinen Bauch umklammert. »Mach doch, Arschloch. Hoffentlich hast du ein gutes Alibi für Freitagabend.«

»Ihr seid nichts als beschissene Irre! Ihr beide!«

Joyce kniete ebenfalls, hielt sich mit beiden Händen den Bademantel zu und starrte durch einen Vorhang strähniger Haare. Sie schwieg.

Melanie machte die Tür auf.

Bodie hatte ihr einen Arm um den Rücken gelegt und half ihr die Stufen hinab. Es herrschte nach wie vor Tageslicht. Das Sweatshirt war gegen ihr Gesicht gedrückt, doch ihre Brüste wurden von ihren Armen bedeckt.

Pen eilte vollkommen fassungslos um den Wagen herum und öffnete die hintere Seitentür. »Mein Gott, was ist passiert?«

»Lass uns abhauen.«

Melanie zog den Kopf ein und krabbelte auf den Rücksitz. Bodie folgte ihr. Pen rannte zur anderen Seite und schwang sich hinters Steuer. Sie schoss aus der Einfahrt und gab ordentlich Gas. »Wohin?«

»Mein Van.«

»Sollen wir sie in die Notaufnahme bringen? Was ist mit ihr passiert?«

»Eine kleine Schnittwunde unter dem Auge. Sie ist gegen einen Tisch geknallt.«

»Mit mir ist alles in Ordnung«, nuschelte Melanie.

»Wir bringen sie besser zur Notaufnahme«, sagte Pen.

»Ich bin in Ordnung.«

»In meinem Van gibt's einen Verbandskasten.« Bodie zog sie an sich, sodass ihr Kopf auf seinem Schoß ruhte. »Lass mich mal sehen.« Er lüpfte das Sweatshirt von ihrer Wange. Der klaffende Riss lag einen Zentimeter unterhalb ihres linken Auges. Blut füllte die Wunde und begann herauszurinnen. Er tupfte es ab.

»Was ist da drin passiert? Hat es einen Kampf gegeben?«, fragte Pen.

»Eine bescheidene Rauferei.«

»Du hast Harrison ganz schön erwischt«, sagte Melanie und lächelte zu ihm auf.

»Zieh das doch wieder an.«

Sie setzte sich auf und schob die Arme durch die Ärmelöffnungen. Nachdem sie sich das Sweatshirt über den Kopf gezogen hatte, nahm sie den Saum und drückte sich den Stoff auf die Verletzung. Ihre linke Brust stach heraus wie jemand, der unter einem Bühnenvorhang hervorlugte. Neben dem Nippel klebte eine verschmierte Blutspur.

»Habt ihr irgendwas herausgefunden?«, fragte Pen.

»Sie wissen, dass wir sie verdächtigen«, sagte Bodie.

»Was ist mit dir, Mel? Wo warst du den ganzen Nachmittag über?«

»Im Schlafzimmer. Unter dem Bett.«

»Was hast du hören können?«

»Sie haben's auf jeden Fall getan.«

»Dad angefahren?«

»Ja.«

»Was haben sie gesagt?«

»Nicht jetzt. Ich fühle mich ... nicht gut.«

»Sie hat sich außerdem einen Tritt in die Rippen eingefangen.«

Pen stoppte hinter dem Lieferwagen. Melanie gab Bodie die Schlüssel, und er öffnete die Hecktüren. Erleichtert sah er, dass sie sich ihr Sweatshirt runtergezogen hatte, bevor sie aus dem Wagen gestiegen war.

Alle drei kletterten in den Van. Während Bodie die Türen schloss, legte Melanie sich auf den Schlafsack. Sie hob das blutbesprenkelte Sweatshirt an ihre Wange.

Bodie holte seine Reiseapotheke hervor. Er besprühte die Schnittwunde mit Desinfektionsmittel und klebte dann ein Pflaster darauf.

Pen kauerte sich neben ihn. »Was tun wir jetzt? Zur Polizei gehen?«, fragte sie.

»Das halte ich für keine gute Idee«, sagte Bodie. »Melanie hat sich unerlaubt im Haus aufgehalten. Und sie hat die Auseinandersetzung angefangen. Ich denke, man würde uns so einiges zur Last legen können.«

»Na toll«, murmelte Pen.

»In der Tat hat Harrison gedroht, die Polizei zu rufen. Ich bin allerdings nicht sicher, ob er den Mumm dazu hat.«

Sie sah auf Melanie hinab. »Hast du tatsächlich gehört, wie er zugegeben hat, Dad mit dem Wagen angefahren zu haben?«

»Ja.«

»Und was ist mit Joyce?«

»Sie hängt mit drin. Sie haben es gemeinsam getan, genau wie ich dachte.«

19

Pen war mit dem Packen fertig und wartete im Wohnzimmer. Bodie kam ein paar Minuten später runter, beladen mit Gepäck. Melanie war hinter ihm. Sie hatte sich das Blut aus dem Gesicht gewaschen und eine frische weiße Bluse angezogen.

»Können wir bei dir unterkommen?«, fragte Melanie.

»Na klar«, sagte Pen. Sie sah Bodie an. »Wäre es nicht vielleicht doch besser, du würdest heute Abend nach Hause fahren?«

»Tja …«

»Ich bin nicht scharf darauf, dich loszuwerden, aber wenn Harrison Anzeige gegen dich erstattet, wärst du außerhalb des Staats besser dran.«

»Er wird keine Anzeige erstatten«, meinte Melanie. »Er weiß, dass wir alles verraten würden.«

»Es wäre wahrscheinlich besser«, räumte Bodie ein, »vor dem Rückweg eine Nacht durchzuschlafen. Wir brechen morgen früh sofort auf.«

»Gut.«

Nicht gut, dachte Pen. Sie wollte sie gar nicht fahren lassen. Immerhin hatte sie gewusst, dass sie nicht lange bleiben konnten. Ab morgen würden sie Unterricht verpassen, und Bodie musste seine Kurse geben. Außerdem war es für sie das Beste, so schnell wie möglich heimzukehren, bevor Melanie die Gelegenheit erhielt, weitere Unruhe zu stiften.

Melanies offenkundige Bereitschaft, am nächsten Morgen aufzubrechen, überraschte sie allerdings.

Wir sollten ein Auge auf sie haben, dachte sie.

»Ich halte an einem Fast-Food-Laden«, sagte Bodie, »und besorge uns Abendessen.«

»Es gibt einen Jack-in-the-Box in der …«

Er nickte. »Habe ich gesehen. Was hättet ihr gern?«

»Tacos wären prima. Die haben tolle Tacos.«

Draußen vor der Tür zögerte Pen. »Sollten wir nicht eventuell die Hausschlüssel dalassen?«

»Scheiß drauf«, sagte Melanie. »Es ist immer noch Dads Haus. Joyce hat kein Recht, uns rauszuschmeißen.«

»Wahrscheinlich nicht.«

Melanie ging mit Bodie zum Van. Pen stieg in ihr Auto und fuhr ihnen zum San Vicente hinterher.

Auf dem Weg zurück zu ihrem Apartment fragte sie sich, ob Melanie es sich wegen der morgendlichen Abreise noch mal anders überlegen würde. Es schien eher unwahrscheinlich, dass sie ihre Hoffnung, Joyce und Harrison dranzukriegen, aufgab, vor allem jetzt, da sie offenbar mit eigenen Ohren gehört hatte, wie sie ihre Schuld gestanden.

Sie hat garantiert einen Plan im Hinterkopf. Vielleicht hat sie vor, sich heute Nacht davonzuschleichen. Um was zu tun? Weiß der Geier. Sie war durchgeknallt genug gewesen, sich in Harrisons Haus zu verstecken – und Joyce anzugreifen.

Wir sollten verdammt noch mal dafür sorgen, dass sie uns nicht entwischt. Auch wenn das bedeutet, die ganze Nacht wach zu bleiben.

Als Pen vor ihrem Apartmentkomplex parkte, überlegte sie, im Auto zu warten, bis die anderen kamen. Der Essensstopp müsste sie kaum mehr als fünf Minuten kosten.

Sei keine Hosenscheißerin, sagte sie sich. Falls du nicht ausziehst – und aus keinem anderen Grund hatte sie schließlich die Schrotflinte gekauft –, gewöhnst du dich besser wieder an deine vertraute Umgebung.

Er hat sich mein Höschen geschnappt. Er war heute Nachmittag leibhaftig hier. Vielleicht ist er ein Mieter, wie Manny.

Aber Manny ist es nicht. Es ist jemand anders.

Ich kann hier nicht wohnen bleiben, begriff sie.

Genauso wenig war sie in der Lage, sich vom Autositz zu erheben.

Wenn Bodie kommt, wird alles gut.

Morgen suche ich mir eine neue Heimstätte. Ich kann in einem Motel übernachten, solange es …

Morgen wird Bodie weg sein.

Er muss sich davonmachen. Es ist unvermeidlich, Melanie von alldem wegzubringen.

Ich selbst hätte auch nichts dagegen, vor alldem zu fliehen.

Aber ich kann nirgendwo hin. Nicht, solange Dad in diesem Zustand ist.

Ich sollte im Krankenhaus anrufen. Vielleicht heute Abend rüberfahren. Was, wenn Joyce dort ist?

Wir müssen wegen der beiden etwas unternehmen. Sie können nicht einfach so damit davonkommen.

Ich könnte morgen zur Polizei gehen und ihnen alles erzählen. Wenn sie ihre Ermittlungen auf Harrison konzentrieren, finden sie eventuell was raus. Ja, das werde ich machen. Es sei denn, sie kommen mir zuvor und tauchen hier auf, um Melanie und Bodie festzunehmen.

Wenigstens konnten wir sie an einem Stück und weitgehend unversehrt aus Harrisons Haus retten.

Bodie hatte recht gehabt, wir hätten uns nicht einmischen und sie einfach machen lassen sollen. Höchstwahrscheinlich hätte sie es geschafft zu verschwinden, ohne dass es jemand spitzgekriegt hätte.

Oder vielleicht auch nicht.

Sie hätten sie erwischen können. Gott allein weiß, wozu Harrison imstande gewesen wäre.

Sie hatten das Richtige getan.

Was werden *sie* als Nächstes machen? Sie wissen, dass wir ihnen auf der Spur sind. Wie werden sie sich aus der Schlinge ziehen? Vielleicht gar nicht. Harrison ist Anwalt und wird wissen, dass wir über keinerlei Beweise verfügen.

Vielleicht genügt es schon, dass wir sie verdächtigen.

Was wird er also machen, uns drei umbringen?

Das würde eine furchtbare Menge Staub aufwirbeln. Er würde es nur unter der Voraussetzung riskieren, völlig verzweifelt zu sein und keinen anderen Ausweg zu sehen.

Melanie und Bodie werden morgen weg sein. Wenn er das rausfindet, wird ihn das erheblich entlasten. Und sobald ich bei den Bullen gewesen bin, habe ich meinen Beitrag zum Schaden geleistet. Dann gibt es kein Motiv mehr für ihn, mich zum Schweigen zu bringen.

Wir müssen lediglich die Nacht überstehen.

Vor ihrem geistigen Auge sah Pen, wie Harrison die Wohnungstür auftrat, hereinstürmte und die .38er sprechen ließ. Eine Kugel traf Melanie in die Brust und warf sie zu Boden. Sie und Bodie versuchten zu fliehen, aber er fing sich eine Kugel im Rücken ein. Sie schaffte es bis ins Schlafzimmer, schwang die Schrotflinte herum und schoss Harrison in zwei Hälften, als er durch den Türrahmen sprang. Sie eilte ins Wohnzimmer. Melanie war tot, doch Bodie atmete noch.

Du kommst wieder in Ordnung, versicherte sie ihm. Du wirst wieder gesund.

Wirklich hübsch, dachte sie. Ich lasse meine eigene Schwester sterben und Bodie überleben.

Pen war klar, dass *sie* keine übersinnlichen Fähigkeiten besaß. Das war Melanies Fachbereich. Doch sie wusste den Wert von Tagträumen zu schätzen. Was sie sich ausgemalt hatte, war ein durchaus realitätsnahes Gedankenspiel. Unwahrscheinlich, aber nicht ausgeschlossen.

Für alle Fälle hatte sie vor, die Tür mit einer Kette zu sichern und ihre Pumpgun in Reichweite zu haben.

Harrison wäre verrückt, wenn er, um sich schießend, hereinstürmen würde.

Aber er hat die Waffe.

Und diese Handschellen.

Ein ehemaliger Privatdetektiv. Wieso hatte er seine Marke und den Ausweis nicht abgeben müssen, als er den Dienst bei der Agentur quittiert hat? Vielleicht hat er vorgegeben, sie verloren zu haben. Solche Gegenstände konnten sich als sehr nützlich erweisen, vor allem, wenn ein Kerl darauf abfuhr, Frauen zu vergewaltigen.

Nicht ganz so nützlich wie die Handschellen.

Fang jetzt nicht an, wieder daran zu denken, ermahnte sie sich. Hör sofort damit auf.

Doch er hatte an jenem Abend irgendetwas von sich gegeben ... irgendwas, das mit dem Job zu tun hatte. Was war es doch gleich gewesen? Hatte er jemals auf jemanden geschossen? Nein, aber er hatte die Waffe ein paarmal gezogen. Hatte gesagt, die Arbeit sei langweilig gewesen.

Abgesehen von den Repo-Geschäften, wenn es um Fahrzeugwiederbeschaffung ging.

Heilige Scheiße!

Als jemand gegen ihre Scheibe klopfte, zuckte sie zusammen. Melanie sah zu ihr herein. Pen stieg aus dem Wagen.

»Wartest du schon lange?«, fragte Bodie. Er trug Tüten mit Essen in beiden Händen.

Pen schüttelte den Kopf. »Nur ein paar Minuten.« Sollte sie ihnen von Harrison erzählen, sie darüber aufklären, dass er Erfahrung mit Autodiebstahl hatte und vielleicht sogar die entsprechenden Werkzeuge dafür besaß?

Das würde Melanie nur unnötig aufregen.

Eine mitternächtliche Suche nach dem Werkzeug?

Nur keine Pferde scheu machen. Spar es dir für die Polizei auf.

Sie holte ihr Gepäck aus dem Kofferraum und ging durchs Vordertor voraus. Auf dem Weg zur Treppe ließ sie den Blick an den Apartments entlang des Pools vorbeischweifen. Wohnte *er* in einem davon? Pen kannte hier nur wenige. Er könnte einer von den anderen sein.

Aber er kennt mich.

Er hat meinen Slip.

Er würde mir gern das Hirn rausficken und ...

Hör auf damit!

Sie eilte die Stufen hinauf und versuchte sich zu beruhigen. Der Widerling würde heute Nacht, wenn Bodie anwesend war, nicht aktiv werden.

Und das wird meine letzte Nacht hier sein, du mieses Stück Dreck. Pech gehabt.

Sie schloss die Wohnungstür auf und sah als Erstes auf den Teppich hinab. Niemand hatte eine Nachricht unter der Tür durchgeschoben, während sie weg war.

Während sie und Melanie sich an den Küchentisch setzten, verschwand Bodie nach unten, um den Rest des Gepäcks zu holen.

»Fahrt ihr wirklich morgen?«, fragte Pen.

»Davon gehe ich aus. Ich komme wieder, wenn sich bei Dad … was verändert.«

»Willst du heute Abend noch mal ins Krankenhaus?«

»Warum sollte ich? Er ist doch … es ist, als wäre er tot. Ich kann es nicht ertragen, ihn so zu sehen.« Melanie sackte in ihrem Stuhl zusammen und stützte den Kopf in die Hände. »Ich will einfach nur alles vergessen. Ich will schlafen.«

»Wie geht es dir sonst so?«

»Ich habe schreckliche Kopfschmerzen.«

»Ich hole dir Aspirin.« Pen ging ins Bad und öffnete das Medizinschränkchen. Als sie nach dem Aspirin griff, bemerkte sie ein Röhrchen mit Schlaftabletten. Methaqualon, 150 Milligramm, ein Medikament, das der Arzt ihr verschrieben hatte, als sie während einer schlimmen Phase nach der Vergewaltigung an Schlaflosigkeit gelitten hatte. Das Haltbarkeitsdatum war abgelaufen, aber die Tabletten würden wahrscheinlich keinen Schaden anrichten. Auch wenn sie nicht mehr so stark wirkten, würden ein paar davon Melanie vermutlich für eine Nacht ins Land der Träume schicken. Und jedem Ansatz, sich später hinauszuschleichen, einen Riegel vorschieben.

Pens Hände zitterten, als sie zwei von den Tabletten in ihre Handfläche schüttete.

Es ist ein schmutziger Trick, dachte sie.

Sie werden sie plattmachen. Bodie und ich müssen uns nicht die Nacht damit um die Ohren schlagen, sie zu bewachen.

Sie stellte das Fläschchen weg und verließ mit den beiden Tabletten in der Hand das Badezimmer.

Bodie hatte am Tisch Platz genommen. Pen nahm ein Trinkglas aus dem Hängeschrank und füllte es mit Wasser. »Ich habe Mel ein bisschen Aspirin besorgt«, sagte sie.

Bodie nickte.

Sie stellte das Glas vor Melanie hin und ließ die Pillen in ihre Handfläche purzeln. »Ist ein neues Mittel«, sagte sie. »Extrastark. Sie werden dich leicht schläfrig machen, aber …«

»Bestens«, gab Melanie zurück. Sie schaufelte sie sich in den Mund und trank die Hälfte des Wassers.

»Du hast keine Sehtrübung oder Übelkeit, oder?«, fragte Bodie sie.

»Nein. Nur Kopfschmerzen.«

»Dann solltest du dich nach dem Essen hinlegen«, meinte er.

»Ja.«

Pen holte Bodie eine Flasche Bier und schenkte Melanie und sich Wein zum Essen ein. Sie wickelte ihre Tacos aus den Papierhüllen und legte sie auf ihren Teller. Bodie und Melanie packten ihre Bacon-Cheeseburger aus. Bodie hatte für jeden eine Portion Nachos gekauft – Tortilla-Chips mit geschmolzenem Käse und grünen Chilis.

»Alles, was uns noch fehlt, ist eine Mariachi-Kapelle«, sagte Bodie.

»Ich hätte uns rasch ein paar Margaritas zubereiten sollen«, sagte Pen. Doch dann wurde ihr klar, dass es ohne besser war, sie hätte es sonst nicht gewagt, Melanie die Schlaftabletten zu verabreichen. Ein wenig Wein zu den Tabletten war wahrscheinlich kein Problem. Tequila und Curaçao hingegen …

»Warum erzählst du Pen nicht, was heute Nachmittag passiert ist?«, schlug Bodie vor.

Melanie hob eine Schulter. »Da gibt's nicht viel zu erzählen«, sagte sie und biss in ihren Burger.

»Offenbar«, sagte Bodie, »hatten sie eine Menge über uns zu bereden. Nichts davon war besonders schmeichelhaft.«

»Harrison hat sich *echt* über dich hergemacht«, sagte Melanie und sah Pen dabei ziemlich vergnügt an. »Er hat dich mit Schimpfwörtern belegt, da würde deine anonyme Telefonbekanntschaft erröten.«

»Wie reizend von ihm«, erwiderte Pen kaum hörbar und schlug die Zähne in einen Taco.

»Ja. Er denkt, dass du hinter der Idee meines Anrufs und des Einbruchs in seine Garage steckst. Er meinte, du hättest es voll auf ihn abgesehen.«

»Hat er zufällig auch gesagt, warum?«

»Hat Joyce erzählt, es läge daran, dass er dich abserviert hat.«

»Tatsächlich.«

»Meinte, er würde mit dir abrechnen.«

»Meine Rechnungen sind alle beglichen.«

»Meinte, er würde dich gern so richtig in den Arsch ficken.«

Bodie stellte sein Bier ab. »Ich hätte den Wichser verprügeln sollen, als ich die Gelegenheit hatte.«

»Was hat er über den Unfall gesagt?«, wollte Pen wissen.

»Sie wissen Bescheid, dass wir Bescheid wissen. Das Erste, was Harrison tat, war, die Garage zu überprüfen. Er hatte sich schon zusammengereimt, dass der Anruf ein Trick war, um ihn loszuwerden und einen Blick auf sein Auto zu werfen. Sogar schon, bevor er die zerbrochene Scheibe entdeckt hat. Als er wieder reinkam, meinte er zu Joyce: ›Ich wusste es. Diese Arschgeigen schnüffeln uns hinterher.‹ Dann hat er gesagt, sie müsse sich keine Sorgen machen, da wir nichts beweisen könnten.«

»Damit lag er vermutlich richtig«, kommentierte Bodie.

»Joyce hat Angst, dass Dad Harrison am Steuer gesehen hat. Sie dachte laut darüber nach, ihm Luft in die Venen zu injizieren.«

Pen erstarrte. »Im Krankenhaus?«

»Ja. Aber Harrison meinte, es wäre idiotisch, ein derartiges Risiko auf sich zu nehmen, da Dad wahrscheinlich sowieso nicht mehr zu sich kommt. Er hat gesagt, sie sollten einfach abwarten. Selbst *wenn* Dad sich erholt, besteht nur eine geringe Chance, dass er sich an Einzelheiten des Unfalls erinnern wird.«

Bodie nickte. »Es ist sehr unwahrscheinlich, dass er sich erinnert. Ich bin als Kind mal vom Dach gefallen, und ich kann mich *noch immer* nicht an den Sturz erinnern.«

»Was hattest du auf einem Dach verloren?«, fragte Pen.

»Keine Ahnung. Ich hatte eine Stunde vorher zu Mittag gegessen, aber was passiert ist, bis ich in einem Krankenwagen wieder zu mir kam, ist ein einziger blinder Fleck für mich.«

»So hat Peter Hurkos seine übersinnlichen Fähigkeiten entwickelt«, schaltete sich Melanie ein. »Ist von einer Leiter oder einem Dach oder so gefallen.«

»Tja, mir hat es keine übersinnlichen Fähigkeiten verliehen. Gott sei Dank. Eine mit diesem Talent ist ...«

»Schon schlimm genug?«, bot Melanie an und zog eine Augenbraue hoch.

Bodie schien einen Moment verärgert und dann traurig zu sein. »›Genug‹, wollte ich sagen.«

»Darauf wette ich.«

»Lass es«, ermahnte Pen sie.

Melanie fixierte Pen mit einem wissenden Blick. »Ich kann mir gut vorstellen, dass *du* es kaum erwarten kannst, mich loszuwerden.«

»Hör mal, wir sind auf deiner Seite.«

»Wie kommt es dann, dass ihr beide so scharf darauf seid, mich nach Phoenix zurückzuschaffen?«

»Das ist zu deinem eigenen Besten«, erklärte Bodie ihr.

»Oh, na klar, sicher.«

»Sieh nur, was du heute angestellt hast«, sagte Pen und gab sich Mühe, unaufgeregt zu klingen. »Du hast Gott weiß wie viele Gesetze gebrochen …«

»Gesetze können mich mal.«

»Himmel, du bist komplett durchgedreht. Du hast Joyce angegriffen.«

»Sie hat versucht, unseren Vater zu töten!«

»Vielleicht.«

»Nicht vielleicht.«

»Noch dazu hast du dich in ernste Gefahr begeben. Und Bodie ebenfalls. Am Ende deiner Wahnsinnstat hättet ihr beide tot sein können.«

»Und du hast sicher im Wagen gesessen.«

»Hey«, sagte Bodie, »irgendjemand musste draußen warten, um Hilfe holen zu können, falls die Kacke übergekocht wäre. Pen wollte an meiner Stelle reingehen.«

»Klar, verteidige sie nur.«

»Verdammt noch mal!« Bodie knallte die Flasche auf den Tisch.

Pen schreckte zurück. Melanie zuckte heftig zusammen, brach in Tränen aus und stürzte aus der Küche.

Bodie sah ihr nach. Dann sah er Pen an, schüttelte den Kopf und murmelte: »Entschuldigung.«

»Sie hat es herausgefordert.«

»Ich weiß, aber …« Mit einem Seufzer schob er seinen Stuhl zurück und stand auf. »Ich sollte mich besser bei ihr entschuldigen.«

Bodie fand sie in Pens Zimmer, wo sie mit einem Kissen über den Augen auf dem Bett lag. Er setzte sich neben sie.

»Lass mich in Ruhe«, sagte sie gedämpft.

»Hey, es tut mir leid, dass ich die Beherrschung verloren habe. Komm doch wieder mit und iss auf.«

»Ich habe keinen Hunger mehr.«

»Willst du denn nicht groß und stark sein, wenn du erwachsen bist?«

»Hahaha.«

»Komm schon, Mel.«

»Ich will einfach nur schlafen. Ich bin müde und habe Kopfschmerzen.«

»Es wird dir besser gehen, wenn du deinen Hamburger aufisst.«

»Nein, keinen Bock.«

Bodie legte ihr eine Hand auf den Bauch. Durch die Bluse fühlte er die Wärme ihrer Haut. »Es gefällt mir nicht, dich so aufgebracht zu sehen.«

Sie schniefte. »Ihr seid beide gegen mich.«

»Nein, sind wir nicht. Vielleicht haben wir dich zu heftig und zu schnell angeschnauzt, aber die Situation war auch ziemlich angespannt. Wir wussten nicht, was mit dir passiert, als du in diesem Haus warst.«

»Mir ging es prächtig.«

»Aber das war uns alles andere als klar. Wir haben uns echt Sorgen gemacht, und der einzige Grund dafür ist, dass wir dich lieben. Niemand ist *gegen* dich. Nun ja, Joyce und Harrison eventuell.«

Ihr Mund verzog sich zögernd zu einem Lächeln. Sie zog das Kissen vom Gesicht und legte es sich unter den Kopf. Mit den Fingerspitzen wischte sie sich die Tränen ab, holte tief Luft und stieß sie langsam wieder aus. »Ich wollte euch nicht so viel Ärger machen.«

»Ist schon gut. Hey, es war immerhin ziemlich aufregend.«

»Wollte Pen wirklich selbst rein und mich holen?«

»Ja. Ich musste ihr mit körperlicher Gewalt drohen, um sie dazu zu bringen, im Wagen zu bleiben.«

»Ich hätte nicht so mit ihr reden dürfen.«

»Ich bin sicher, dass sie Verständnis dafür hat. Die letzten Tage waren für uns alle recht schwer.«

»Würdest du bitte die Vorhänge zuziehen?«

Bodie erhob sich, fand den Tunnelzug und unterbrach das Eindringen der Spätnachmittagshelligkeit.

»Ich komme, sobald es mir besser geht.«

»Ich bleibe hier.«

»Nein, geh nur und iss zu Ende.«

»Bist du sicher?«

»Ja. Iss aber nicht meinen Burger auf. Ich bin bald wieder bei euch.«

Bodie beugte sich über das Bett und drückte ihr einen sanften Kuss auf die Lippen. »Schlaf gut«, flüsterte er.

Er wollte gerade die Tür hinter sich schließen, als ihm bewusst wurde, dass Melanie auf falsche Gedanken kommen könnte, also ließ er sie weit offen.

Er kehrte in die Küche zurück. Pen saß nach wie vor am Tisch und sah über die Schulter, als er sich näherte. »Wie geht's ihr?«

»Gut. Sie will ein Nickerchen machen.«

»Das ist wahrscheinlich keine schlechte Idee.«

»Sie hat mich gewarnt, nicht ihr Abendessen aufzufuttern.«

»Dann geht es ihr womöglich tatsächlich besser.«

Bodie setzte sich Pen gegenüber. Er war erleichtert, Melanie aus dem Weg zu haben, und schämte sich für dieses Gefühl. Sein Cheeseburger mit Bacon war kalt geworden, schmeckte aber immer noch gut. Er spülte den Happen mit einem Schluck Bier hinunter.

»Sie scheint nicht sehr glücklich darüber zu sein, morgen nach Hause aufzubrechen«, sagte Pen.

»Ich bin selbst nicht irrsinnig erfreut über diese Aussicht.«

»Ich dachte, du wärst froh, aus dieser Sache rauszukommen.«

»Mir gefällt der Gedanke nicht, dich hier allein sitzen zu lassen. Melanie hat eine Menge Chaos veranstaltet, und du musst mit den Konsequenzen klarkommen.«

»Das wird schon. Mit den wirklich haarigen Sachen hatte ich nichts zu tun. Wenn Melanie und du von der Bildfläche verschwunden seid, könnte Harrison von seinem Sieg überzeugt sein. Er wird wahrscheinlich so tun, als sei nie irgendetwas geschehen. Darin ist er verdammt gut.«

»Was meinst du damit?«

Pen schüttelte den Kopf. »Er wird mich in Ruhe lassen.«

»Ich hoffe nur, dass du recht hast. Aber Melanie hat gesagt, dass er glaubt, du würdest hinter all dem stecken, was heute vorgefallen ist.«

»Lass ihn glauben, was er will.« Pen schob sich einen Chip in den Mund. Ein dünner Käsefaden klebte an ihrer Oberlippe. Sie kaute und leckte ihn dann ab. »Vielleicht solltest du Melanie nichts davon sagen – jedenfalls nicht, bevor ihr weg seid –, aber ich habe vor, morgen zur Polizei zu gehen und ihnen alles zu berichten.«

Bodie runzelte die Stirn. »Hältst du das wirklich für eine gute Idee?«

»Zum einen geht es um reinen Selbstschutz. Wenn ich erst mal mit der Polizei gesprochen und die beiden beschuldigt habe, glaube ich nicht, dass sie es wagen, mir nachzustellen. Danach würde es einen schlechten Eindruck machen, wenn mir irgendwas zustieße. Abgesehen davon will ich die Bullen ernsthaft überzeugen. Möglicherweise finden sie irgendwelche Beweise.«

»Besser sie als wir.«

»Das steht fest«, stimmte Pen zu.

»Ich wüsste sowieso nicht, wie wir ab jetzt weitermachen sollten.«

»Melanie hat da vielleicht ein paar Einfälle.« Sie sah sich um, als wollte sie sichergehen, dass ihre Schwester nicht irgendwo in der Küche herumschlich. »Ich habe den Verdacht, dass sie ein allerletztes Ass im Ärmel hat. Bis morgen früh vergeht noch eine Menge Zeit.«

»Ja«, sagte Bodie. »Ich verstehe, worauf du hinauswillst. Sie schläft ein bisschen und macht sich dann heimlich davon, wenn du und ich eingeschlafen sind. Das traue ich ihr glatt zu. Wir müssen dafür sorgen, dass sie keine Gelegenheit dazu bekommt.«

20

Nach dem Abendessen räumten Pen und Bodie den Tisch ab. Pen wickelte die Überreste von Melanies Burger ein und legte sie in den Kühlschrank. Sie holte eine Kanne hervor und begann Kaffee zu kochen.

»Gute Idee«, sagte Bodie. »Wir haben eine lange Nacht vor uns.«

»Wir könnten schichtweise schlafen«, sagte Pen.

»Ich würde dich erdrücken.«

Sie lachte. »Du kannst ja unten liegen.«

»Ein verlockendes Angebot«, erwiderte Bodie. Er entschuldigte sich und machte sich Richtung Flur auf.

Während er weg war – offenbar zur Toilette –, kochte Pen den Kaffee fertig. Dann trug sie einen Küchenstuhl zur Eingangstür, kippte ihn zurück und schob die Lehne unter den Knauf. Genau wie Freitagabend, dachte sie und erinnerte sich an den Schock vom nächsten Morgen, als sie gesehen hatte, wie ein Arm hineingeschoben worden war, der versuchte, den Stuhl wegzurücken. Es war Bodie gewesen, und sie hatte mit dem Messer auf ihn eingestochen.

»Ich glaube nicht, dass das Mel von einem Ausbruch abhalten wird«, sagte Bodie, als er ins Wohnzimmer trat.

Sie lächelte ihn an. »Oh, so ein Mist.«

»Was soll es dann bezwecken?«

»Nur für den Fall der Fälle.«

»Befürchtest du, Harrison könnte irgendeinen Versuch starten?«

»Ich bezweifle es. Aber man weiß nie.«

»Du bist so ziemlich der vorsichtigste Mensch, der mir je begegnet ist.«

»Ein Anflug von Paranoia«, erläuterte sie. »Ich glaube, das liegt in der Familie.«

Bodie setzte sich aufs Sofa. »Auch ein blindes Huhn findet mal ein Korn, und sogar Paranoide haben Feinde.«

»Manchmal sind es imaginäre Feinde. Denk nur daran, wie ich dich gestern mit dem Messer attackiert habe.«

»Nur ein Kratzer.«

»Zum Glück. Aber es zeigt, was passieren kann, wenn man die Kontrolle verliert.«

»Ich habe versucht, mir gewaltsam Zutritt zu verschaffen, zur Hölle noch mal. Du wusstest nicht, wer ich war. Meiner Ansicht nach war der Angriff gerechtfertigt.«

»Er mochte gerechtfertigt gewesen sein, aber ein Fehler war es dennoch. Der Kaffee müsste fertig sein.«

Sie ging in die Küche, schenkte zwei Becher voll und kam mit ihnen zurück. Einen überreichte sie Bodie. »Hast du nach Melanie gesehen?«

»Sie ist komplett weggetreten.«

»Gut. Ich muss was holen.« Pen stellte ihren Becher auf dem Tisch ab und eilte in ihr Schlafzimmer. Die zugezogenen Vorhänge ließen nichts vom trüben Abendlicht herein. Melanie war eine undeutliche Gestalt im Bett. Pen schlich sich nah an sie heran. Sie konnte die langen, tiefen Atemzüge hören.

Weggetreten, keine Frage.

Mit dem Methaqualon würde sie eine lange, lange Weile nicht aufwachen.

Pen dachte an ihren Vater, der im Koma lag.

Ich habe das Melanie angetan.

Sie wird daraus erwachen, Dad nicht.

Doch, das wird er. Er muss.

Mit äußerst behutsamen Bewegungen ging Pen in die Hocke und zog die Schrotflinte unter dem Bett hervor. Sie nahm sie ins Wohnzimmer mit. Bodies Augen wurden groß.

»Machst du dir jetzt immer noch Sorgen um mich?«, fragte Pen.

»Herr im Himmel, ich würde es um jeden Preis vermeiden wollen, mich bei dir unbeliebt zu machen.«

»So gehört es sich verdammt noch mal auch. Ich bin eine echt garstige Person.«

»Kann ich mal einen Blick darauf werfen?«

»Klar. Nebenbei, sie ist geladen.«

»Andernfalls könnte man damit auch nicht viel ausrichten.«

Sie gab ihm die Flinte, nahm sich dann ihren Kaffeebecher und setzte sich ans andere Ende der Couch. Sie drehte sich ein wenig zur Seite, die Knie gegen das Rückenkissen gedrückt, um ihn beobachten zu können.

»Ein Prachtstück«, sagte Bodie. Er hob das Gewehr an die Schulter, zielte quer durchs Zimmer, ließ es dann in den Schoß sinken und strich über den Schaft aus Walnussholz. »Wirklich schön.«

»Ich habe es heute Morgen gekauft.«

»Kaliber zwölf?«

Pen nickte. »Mit Magnum-Spezialpatronen.«

»Stark. Ich schätze, Harrison sollte sich mit *dir* besser nicht anlegen.«

»An ihn habe ich dabei weniger gedacht«, sagte sie und nahm einen Schluck Kaffee, als Bodie sich ihr zuwandte.

»Der Anrufer?«

»Genau.«

»Den hatte ich bei all den anderen Ereignissen fast vergessen.«

»Ich wünschte, mir würde das auch gelingen«, sagte sie und trank noch einen Schluck. »Ich lege die Schrotflinte besser an einem sicheren Ort ab.« Sie platzierte ihren Becher auf dem Tisch.

Bodie beugte sich schräg zu ihr hinüber und händigte ihr die Waffe aus.

Sie stand auf. »Ich will sie im Zweifelsfall griffbereit haben.«

»Du solltest vermeiden, dass sie Melanie ins Auge sticht«, riet Bodie ihr.

»Du kannst anscheinend Gedanken lesen.« Sie lehnte die Pumpgun an die Wand zwischen Eingangstür und Sofaende, versteckt hinter dem Vorhang. Dann zog sie an der Gardinenkordel, und die Vorhänge glitten aufeinander zu, bis sie geschlossen waren. »Ein Symptom von Paranoia«, erklärte sie. »Man will nicht, dass Leute reinschauen.«

»Ein Onkel von mir kam so zu Tode«, erzählte Bodie ihr. »Er stand eines Abends in seinem Wohnzimmer, mit eingeschaltetem Licht und offenen Vorhängen. Irgendjemand, der draußen auf der Straße herumballerte, hat ihn erschossen.«

»Mein Gott, ist das wirklich wahr?«

»Es war bloß einer dieser Fälle von totaler Willkür. Ich schätze, er hat schlicht ein unwiderstehliches Ziel abgegeben.«

Pen schüttelte den Kopf. »In dieser Welt geschehen die unfassbarsten Dinge.«

»Man kann nicht vorsichtig genug sein.«

»Mein Lebensmotto.« Sie knipste eine Lampe an. »Noch Kaffee?«

»Gern.«

Sie trug die Becher in die Küche, schenkte nach und kehrte zurück. Sie gab Bodie eine Tasse und setzte sich dann an ihr Ende vom Sofa. »Es ist alles ein bisschen beängstigend«, sagte sie.

»Und wir stehen hier wie auf dem dunklen Pass, wo, voll verwirrten Rufs von Flucht und Schlacht ...«

»Sich Heere blind bekriegen in der Nacht«, vollendete Pen.

Bodie grinste. »Hey, wie wäre es, wenn du mich eine deiner Geschichten lesen lassen würdest?«

Pens Magen tat einen kleinen Hüpfer. »Okay«, sagte sie. »Wenn du wirklich willst ...«

»Und ob.«

Nervös nippte sie erneut am Kaffee. Dann erhob sie sich und ging zum Bücherregal hinüber. Sie zog eine Ausgabe von *Ellery Queen's Mystery Magazine* hervor und reichte sie Bodie. »Denk dran, es ist alles andere als William Faulkner.«

»Die haben dich dafür bezahlt, nicht wahr?«

»Ja.«

»Dann ist es eine stattliche Leistung, Faulkner hin oder her.«

»Danke«, nuschelte sie. »Seite 93.«

Er schlug das Magazin auf und begann zu lesen.

Meine Kurzgeschichte, dachte Pen. Sie war erfreut und gleichzeitig beschämt. Sie wusste nichts mit sich anzufangen, während er las, weshalb sie sich über ihren Koffer beugte und das Taschenbuch ergriff, das sie Freitagabend in der Wanne zu lesen begonnen hatte.

Sie setzte sich wieder auf die Couch und schlug es auf.

Bodie blätterte eine Seite um.

Sie fragte sich, ob ihm die Geschichte bisher gefiel.

Sie war tatsächlich ziemlich seicht.

Sie versuchte zu lesen, aber ihr Blick schweifte ständig zu Bodie am anderen Ende der Couch hinüber. Seine Miene war ernst und konzentriert. Er strich sich eine hellbraune Locke aus der Stirn, doch sie fiel wieder herab.

Pen vergaß das Buch auf ihrem Schoß, und sie vergaß auch, sich Gedanken über Bodies Reaktion auf ihre Kurzgeschichte zu machen. Sie starrte ihn an – seine Haare glänzten im Schein der Lampe, sein Hemd war aufgrund seiner krummen Sitzposition vorne zerknittert, ein Fuß ruhte auf dem Knie, der ausgelatschte Laufschuh war halb ausgezogen und baumelte von seinen Zehen herab, und durch ein Loch in seiner Socke schimmerte ein Fleckchen rosafarbener Haut.

Sie verspürte das dringende Bedürfnis, quer über das Sofa zu ihm rüberzurutschen.

Ah, das wirst du nicht tun, sagte sie sich.

Melanie schläft tief und fest.

Denk nicht mal dran.

Bodie hielt den Blick fest auf den Text gerichtet, schüttelte den Kopf und murmelte: »O mein Gott.« Er klappte das Magazin zu, sah Pen an und schüttelte abermals den Kopf. Er grinste. »Mann, da quälen mich furchtbare Sorgen um sie, und dann jagt eigentlich *sie* die ganze Zeit die *anderen.*«

»Soll das bedeuten, dass sie dir gefällt?«

»Du hast alles umgedreht. Mit dem allerletzten Satz hast du alles auf den Kopf gestellt. Ja, ich finde sie großartig. Und außerdem toll geschrieben. Es kam mir vor, als wäre ich in ihr drin, würde alles empfinden, was sie empfunden hat. Sehr schön. Wenn du das in einem meiner Kurse als Studentin abgegeben hättest, hätte ich es mit einer Eins minus benotet.«

Pen zwang sich, einen finsteren Blick aufzusetzen. »Warum das Minus?«

»Um zu vermeiden, dass du übermütig wirst.«

Sie lachte. »Jedenfalls herzlichen Dank.«

»Hast du noch mehr, was ich lesen könnte?«

»Alle anderen Geschichten sind unveröffentlicht.«

»Ist mir egal.«

»Man sollte aufhören, wenn es am schönsten ist.«

»Komm schon«, sagte er. »Wir haben die ganze Nacht vor uns.«

Und nur noch diese Nacht, dachte Pen. Ich will sie nicht komplett damit verbringen, ihm bei der Lektüre meiner Geschichten zuzusehen. »Nun, vielleicht noch eine.«

Sie trank ihren Kaffee aus, ging ins Arbeitszimmer und schaltete das Licht ein. Sie fühlte sich unsicher und erregt.

Sie musste dringend auf die Toilette – der viele Kaffee. Stattdessen setzte sie sich an ihren Tisch und zog die unterste Schublade auf. Auf jeder der darin befindlichen Aktenmappen prangte der Titel einer Kurzgeschichte. Sie blätterte sie mit zitternden Fingern durch.

Ich sollte zügig eine aussuchen, bevor ich platze, dachte sie.

Sie zog den Ordner mit der Aufschrift »Der McDougal-Stein« hervor, legte sich die Mappe auf den Schoß und schlug sie auf. Oben auf dem geklammerten Manuskript lagen drei Absageschreiben.

Vielleicht kann er mir sagen, was daran nicht stimmt.

Ich dachte, sie wäre ziemlich gut, zum Teufel.

Sie nahm das Manuskript aus der Mappe und legte sie weg.

Als sie aufstand, fiel ihr Blick auf den Anrufbeantworter. Die Stimme erklang dröhnend in ihrem Schädel, zerfetzte ihr Wohlbefinden in tausend Stücke, ließ ihre Innereien einfrieren und zusammenschrumpfen. Hastig sah sie zum Fenster. Die Vorhänge waren geschlossen.

Er kann mich nicht sehen.

Vielleicht hat er gesehen, wie das Licht anging. Falls er in diesem Gebäude wohnt …

Aber er kann nicht anrufen und weiß außerdem, dass ich nicht allein bin. Kein Grund zur Sorge. Nicht heute Nacht.

Er hat mein Höschen.

Sie eilte aus dem Büro, und ein Teil ihrer Furcht fiel von ihr ab, als sie ins Wohnzimmer trat und Bodie im Schein der Lampe sah, so ruhig, entspannt und tröstlich – und glücklich.

»Die hier ist ein paarmal abgelehnt worden«, sagte sie und gab ihm die Geschichte.

»Muss echt scheiße sein.«

Sie lachte. »Bin in einer Minute wieder da«, sagte sie und lief ins Badezimmer. Bodie hatte den Klodeckel offen gelassen. Sehr aufmerksam und fürsorglich. Sie öffnete schnell ihre kurze weiße Hose, zog sie runter, schob die Daumen unter den Bund ihres Slips, schob auch diesen hinab und setzte sich.

Und dann starrte sie auf das knapp geschnittene Spitzenhöschen hinab, das zwischen ihren Knöcheln gespannt war.

Bodie hörte, wie die Spülung der Toilette ging. In der Erwartung, Pen in wenigen Sekunden auftauchen zu sehen, beobachtete er den im Dunkel liegenden Eingang zum Flur. Und wartete.

Offenkundig hatte sie noch was zu tun.

Er las die Geschichte weiter und hatte sie fast beendet, als er hörte, wie eine Tür geöffnet wurde. Pens Schritte erklangen langsam und leise im Korridor. Dann trat sie ins Wohnzimmer.

Sie hob die Hand zu einem zaghaften Gruß. Ein Lächeln huschte über ihr Gesicht. Ihre Nase war leicht gerötet, die Augen waren rot und geschwollen. »Noch Kaffee?«, fragte sie mit aufgekratzter Stimme.

»Nein, danke. Alles in Ordnung mit dir?«

Mit einem Nicken nahm sie an ihrem Ende des Sofas Platz. »Schon fertig?«

»Nein. Was ist los? Du hast geweint.«

»Es ist lächerlich.«

»Es kann wohl kaum lächerlich sein, wenn es dich derart aufwühlt.« Er lehnte sich vor und warf das Manuskript auf den Beistelltisch. Dann wandte er sich Pen zu. Sie saß vornübergebeugt da, die Ellbogen auf die Knie gestützt, der Kopf schlaff herabhängend. Bodie sah sie irritiert an, glitt näher zu ihr und legte ihr eine Hand auf den Rücken. Sie zuckte weder zurück, noch befahl sie ihm aufzuhören. Er massierte sie sanft zwischen den Schulterblättern und nahm ihre durch die Bluse spürbare warme Glätte sehr bewusst wahr.

»Schon mal das Gefühl gehabt, dass die Dinge dir entgleiten?«

»So etwas wie unbewusste Fehler? Oder Filmrisse?«

Sie nickte. Das Haar, das über ihrem Gesicht hing, glänzte im Schein der Lampe.

»Klar«, sagte Bodie. »Hin und wieder. Was ist passiert?«

»Der Kerl, der Freitagabend angerufen hat. Trotz all der Dinge um mich herum bin ich nicht in der Lage gewesen, ihn aus meinem Hirn zu verbannen.«

»Das ist verständlich.«

»Mein Gott, er hat mich derart aus der Fassung gebracht, dass ich dich niedergestochen habe. Ich meine, ich habe alles total unverhältnismäßig aufgeblasen. Ich habe diesen dämlichen Stolperdraht über meiner Türschwelle gespannt und mir beinahe den Schädel aufgeschlagen, und dann habe ich dich mit dem Messer traktiert, um Himmels willen.«

»Ich beschwere mich nicht.«

»Ich war so durch den Wind, dass ich tatsächlich geglaubt habe, er würde herkommen und versuchen, mich zu vergewaltigen. Ich war komplett überzeugt davon.«

»Es bestand durchaus eine reale Gefahr, dass er das tun könnte«, sagte Bodie. »Ich habe mir ebenfalls Sorgen gemacht.«

»Dann hat er diese Botschaft unter meiner Tür hinterlassen. Ich war wie gelähmt. Aber ich dachte, ich lasse mir von ihm nicht mein Leben zerstören. Ich wollte nicht, dass er mich vergrault und verjagt. Also bin ich heute Morgen losgegangen und habe die Schrotflinte gekauft. Ich bringe die Sache mit ihm ein für alle Mal in Ordnung, klar? Soll er nur kommen. Die Flinte ist ein Zauberstab – wenn ich damit herumfuchtele, bin ich sicher. Die Sache ist nur, ich bin hierher zurückgekommen und war allein und hatte *immer noch* Angst, verdammt. Aber ich will nicht zulassen, dass er mich in die Finger kriegt, okay? Also gehe ich runter in die Waschküche, und so ein Ekelpaket macht mich an, und ich bin derart durcheinander, dass ich *ihn* für den Anrufer halte. Ich habe tatsächlich ein Messer mitgenommen, als ich noch mal runterging. Wahrscheinlich hätte ich *ihn* niedergestochen, wenn er wieder aufgetaucht wäre. Das wäre wirklich traumhaft gewesen. Zwei angestochene Typen innerhalb von zwei Tagen. Vielleicht lande ich im Guinnessbuch der Rekorde.«

»Du solltest nicht so hart mit dir ins Gericht gehen«, flüsterte Bodie.

»Oh, du hast das Beste noch nicht gehört, da wir schon mal von Verfolgungswahn sprachen. Als ich anfing, meine Wäsche wegzuräumen, fehlte ein Teil. Ein Slip. Toll, was? Mein obszöner Telefonfreund hat sich in die Wäschekammer geschlichen und mein Höschen geklaut. Das gab mir den Rest. Er weiß nicht nur, wo ich wohne, sondern ist leibhaftig hier in der Nähe und spioniert mir nach, vielleicht sogar ein Nachbar, und er hat meinen gottverfluchten Slip. Die Sache ist leider nur folgende.« Pens Stimme bebte. Sie drehte Bodie den Kopf zu. Haarsträhnen hingen ihr wirr übers Gesicht, und ihre Augen glänzten feucht. »Hier kommt der Knaller.« Ihr Kinn zitterte. »Ich habe ihn die ganze Zeit über angehabt. Ich hatte das Höschen *am Leib.* Niemand hat es geklaut. Ich habe sie den ganzen Tag lang getragen. Ich trage sie immer noch.« Sie gab einen erstickten Laut von sich, der vielleicht den Versuch eines Lachens darstellen sollte, aber als Schluchzer herauskam. »Wie verrückt ist das, hm?«

»Oh, Pen«, flüsterte er und streichelte ihr übers Haar.

Dann fuhr sie herum, schlang die Arme um ihn und weinte heftig an seiner Brust.

»Alles ist gut«, sagte er. »Alles ist gut.« Er sank ins Kissen zurück und hielt sie fest. Er strich ihr über Haar und Nacken. Sie fühlte sich groß in seinen Armen an, mit breiteren Schultern als Melanie. Eine ihrer Brüste presste sich gegen ihn. Er ermahnte sich, sie zu ignorieren. Sie einfach nur zu halten gab ihm ein gutes, richtiges, warmes Gefühl, und er war nicht scharf auf eine durch sexuelle Erregung hervorgerufene Extraportion schlechten Gewissens. Trotzdem konnte er nichts dagegen machen.

»Ich muss dir was sagen«, fing er an und schob sie von sich.

Sie nickte und zog die Nase hoch, ihr Gesicht ganz nah an seinem, ihre Hände auf ihm.

»Das ist alles meine Schuld«, sagte Bodie.

Pen erschauerte, als sie einen tiefen Atemzug nahm.

»Jedenfalls zum Teil.«

In ihrer Miene stand Verwirrung.

»Dieser Anrufer … er war nie hier. Er hat angerufen, aber er ist nicht hergekommen. Weißt du noch, wie lange ich gestern Abend gebraucht habe, um die Pizza zu holen? Ich habe mich nicht verfahren. Ich habe an einem Drogeriemarkt angehalten und eine Geburtstagskarte gekauft. Den Umschlag habe ich genommen. Ich bin derjenige, der die Nachricht unter deiner Tür hinterlassen hat.«

»Nein, bist du nicht. Du versuchst nur, mich zu beruhigen.«

»Tut mir leid. Es war ein dummer Trick.«

»Nein, du …«

»Ich war es wirklich.«

»Warum?«

»Damit du nicht hierbleibst. Ich habe die Stimme dieses Typen auf dem Band gehört. Ich hatte Angst … Angst, dass er vielleicht herkommt. Ich wollte dich nicht allein hier wissen. Und ich wusste, dass du Angst hattest, hierzubleiben, und dass es nur an Melanie lag, die dich dazu zwang.«

Pen sah ihm tief in die Augen.

»Ein dummer Trick«, wiederholte er. »Ich hätte wissen müssen, dass das die Lage für dich nur noch schlimmer macht. Zum Teufel, das *war* mir auch klar. Es war mir aber egal. Ich wollte dich um jeden Preis bei uns im Haus haben.«

»Weil du Angst um mich hattest?«

»Ja.«

Belass es dabei, warnte er sich.

Ich bin bis zu diesem Punkt gelangt. Ich muss es vollenden.

»Und auch ... weil es nicht fair war. Du hattest uns eingeladen, bei dir unterzukommen, und ich wusste, das wäre das Richtige gewesen – denn du hast zuerst gefragt und brauchtest uns hier, und ich dachte, wir würden bei dir bleiben, aber Melanie ging zu Joyce und sagte ihr, wir würden in ihrem Haus wohnen. Das hat sie nur getan, um dich zu kränken.«

»Sie hat es getan, um dich von mir fernzuhalten«, sagte Pen.

»Ich weiß. Ich *wollte* dir nicht fern sein.«

»Oh, Bodie.«

»Tja ...«

»Es ist wohl keine große Überraschung«, meinte Pen.

»Passiert ständig«, sagte er. »Melanie taucht mit einem neuen Freund auf, und der verknallt sich in dich. Mir ist klar, dass ich ein Arsch bin. Morgen früh hauen wir ab, und dann ist die Geschichte erledigt.«

Sie schloss eine warme Hand um seinen Nacken. »Die Geschichte erledigt«, flüsterte sie. »Ich weiß. Diese Nacht gehört uns ... Die Tabletten, die ich Melanie vor dem Essen gegeben habe, waren kein Aspirin. Es waren Schlaftabletten. Starke. Sie wird heute Nacht nicht mehr aufwachen.«

»Mein Gott.«

»Ich habe befürchtet, sie könnte später versuchen, heimlich zu verschwinden«, sagte Pen. »Darum habe ich es getan. Nicht wegen dem hier. Nicht, damit wir allein und ungestört sein können.«

Bodie schüttelte den Kopf.

»Ist nicht schlimmer als du mit deiner Nachricht, oder?«

»Besser«, hörte er sich sagen. »Viel besser. Du und ich, wir sind ein ganz schön durchtriebenes Paar.«

»Ich bin nicht stolz darauf, sie narkotisiert zu haben, aber … Ich werde dich so sehr vermissen, Bodie.« Sie hob ihr Gesicht an seins, und sie küssten sich.

Das sollten wir nicht, schoss es ihm durch den Kopf.

Pens Mund war warm und feucht.

Ihm war schwindlig. Er fühlte sich wie ein Highschool-Junge, der wundersamerweise vom Mädchen seiner Träume geküsst wurde, dem Mädchen, das er nur aus der Distanz hatte lieben und verehren können und um das sich all seine Tagträume drehten. Es schien unwirklich.

Er schlang die Arme um sie. Sie schmiegte sich an ihn und drückte ihn ins Kissen zurück.

Oh, das hier ist die Wirklichkeit.

Ihr Gewicht auf ihm war echt. Ihr gegen seine Brust gepresster Busen war echt. Genau wie ihr Mund, ihre Zunge und ihr Atem, der sich mit seinem vereinte.

Pens Mund ließ von seinem ab. Ihre Lippen waren nass. Sie starrte ihn an, und ihre Augen bewegten sich ganz leicht von links nach rechts. Es kam ihm vor, als könnte er ihren Blick ergründen, aber nicht tief genug vordringen. Er wollte in ihren Kopf hineinsehen, sich mit und zwischen ihren Gedanken und Gefühlen bewegen.

»Was machen wir jetzt?«, fragte sie flüsternd.

»Wie meinst du das?«

»Mit uns.« Ihre Augen flackerten nach wie vor leicht hin und her, von seinem rechten zu seinem linken Auge und zurück.

»Was willst du tun?«, fragte er.

»Das ist nicht so einfach.«

»Warum nicht?«

»Ich kann ihr nicht wehtun, Bodie. Das mache ich nicht.«

»Sie schläft. Du hast gesagt …«

»Was ist nach dieser Nacht?«

Bodies Herz schlug schneller.

»Wir werden uns was einfallen lassen«, gab er schließlich zurück. Seine Stimme klang so verzweifelt, wie er sich fühlte.

»Und was?«

»Ich habe keine Ahnung.«

»Ich auch nicht«, sagte Pen. Sie lehnte sich an ihn, wobei ihre Stirn an seinem Hals ruhte. Er streichelte ihren Rücken.

»Ich will dich nicht verlieren. Mein ganzes Leben lang habe ich gehofft, dass eines Tages …«

»Pen und Bodie, verliebt, verlobt, verheiratet.«

Pen gefror in seinen Armen zu Eis.

Jenseits der Türschwelle, kaum auszumachen in der Finsternis des Flurs, stand Melanie.

21

Melanie schob eine Hand in die Tasche ihrer Cordhose. Als sie sie wieder hervorzog, lagen zwei Tabletten darin. »Ich wusste, dass es kein Aspirin war«, sagte sie mit leerer Stimme. Sie glotzte Pen mit ausdruckslosen Augen an. »Du hast mir Schlaftabletten gegeben. Damit du die Nacht ungestört mit Bodie verbringen kannst. Damit du ihn verführen kannst.«

»Oh, Scheiße«, murmelte Bodie.

»Das war nicht der Grund«, sagte Pen. »Ich hatte Angst, du würdest dich rausschleichen und Harrison nachstellen.«

»Schlampe«, sagte Melanie bedächtig.

»Mel!«, blaffte Bodie.

Sie drehte gemächlich den Kopf in seine Richtung. »Was?«, fragte sie.

»Rede nicht so. Sie ist auf deiner Seite. Wir sind beide auf deiner Seite.«

»Du willst mich aus dem Weg haben.«

»Sei nicht albern.«

Melanies Lippen verzogen sich zu einem milden, humorlosen Lächeln.

Mein Gott, dachte Pen, was haben wir ihr angetan?

Bodie richtete seine Aufmerksamkeit auf Pen. »Wir sollten aufbrechen«, sagte er. »Ich glaube nicht, dass wir bis morgen warten sollten. Ich bringe sie jetzt gleich zurück.«

»Ja.«

»Wir können nicht weg«, sagte Melanie. »Du hast sie noch nicht gefickt. Du musst sie ficken. Jeder muss sie ficken.« Dank des sanften Tons und des herablassenden Lächelns überzog sich Pens Rücken mit Gänsehaut.

Bodie erhob sich, ging um den Beistelltisch herum, dann an Melanie vorbei und griff sich die beiden Koffer, die er aus dem Van raufgeholt und abgestellt hatte. Melanie stand reglos da und verfolgte sein Treiben mit leerem Blick.

Pen sprang auf die Beine, zog den Stuhl unter dem Knauf weg und öffnete die Tür.

Bodie sah sie derart leiderfüllt an, dass sie ihn am liebsten in die Arme geschlossen hätte. »Es wird sich schon wieder richten lassen«, sagte er.

»Das kann ich mir kaum vorstellen.«

»Sie wird drüber hinwegkommen, sobald wir erst mal verschwunden sind.«

Wird sie das? Pen bezweifelte es stark. Ich werde nicht drüber wegkommen, und ihr genauso wenig.

»Komm, Melanie«, sagte er sanft.

Sie kam zu ihm, hielt ihre toten Augen jedoch auf Pen gerichtet. »Erst kam die Liebe«, skandierte sie mit tiefer Stimme, »dann kam die Heirat, und dann kam Penny mit 'nem Baby-Dreirad.«

»Bye«, sagte Bodie.

Sie nickte.

Dann standen sie vor der Tür. Pen trat auf die Galerie und sah ihrer Schwester hinterher, die Bodie die Treppe abwärts folgte. Nachdem sie außer Sicht waren, hörte sie, wie das Hoftor quietschend geöffnet und dann wieder geschlossen wurde. Die kühle Abendluft brachte sie dazu, die Arme vor der Brust zu verschränken. Sie presste ihre nackten

Beine zusammen und biss sich auf die Zähne, damit sie nicht klapperten.

Dann erklang das entfernte Geräusch von Bodies startendem Van.

Das war's, dachte sie. Sie fahren.

»Hey, Süße, ich kann dich aufwärmen«, rief Manny aus seiner Tür.

Sie fühlte sich weder belästigt noch bedroht. Sie empfand ihm gegenüber gar nichts. Er war völlig unwichtig.

Sie betrat ihre Wohnung, machte die Tür hinter sich zu, schob den Riegel der Sicherungskette vor und sah auf den Stuhl, den sie zuvor benutzt hatte, um die Tür zu blockieren.

Warum sich weiter Sorgen machen?

Sie hatte keine Angst. Ihr ging der flüchtige Gedanke durch den Kopf, dass sie froh sein sollte, keine Angst mehr zu haben, aber es war ihr schlicht egal.

Sie schloss ihr Küchentelefon wieder an.

Soll der Mistkerl doch anrufen, dachte sie. Er kann mir nicht wehtun. Stock und Stein brechen mein Gebein, doch Worte bringen …

Pen und Bodie, verliebt, verlobt, verheiratet.

Worte bringen keine Pein.

Wie hatte alles nur so furchtbar falsch laufen können?

Sie sind weg. Ich werde Bodie nie wiedersehen. Melanie hasst mich abgrundtief. Sie denkt, ich … und sie hat recht damit.

Bodie. Mein Gott. Bodie.

Sie wanderte langsam zum Schlafzimmer und schaltete das Licht ein. Sie wollte sich hinlegen, schlafen, vergessen.

Noch nicht mal neun Uhr.

Neun. Sie hatten die Besuchszeit des Krankenhauses verpasst.

Sie hatte heute kaum einen Gedanken an ihren Vater verschwendet.

Ich besuche ihn morgen, versprach sie sich.

Im Badezimmer putzte sie sich die Zähne und wusch sich das Gesicht, bevor sie ins Schlafzimmer zurückkehrte, wo sie sich auszog, das Höschen zuletzt.

Sie setzte sich auf die Bettkante und hielt den Slip in den Händen.

Niemand hat ihn gestohlen. Das fand alles nur in meinem wirren Kopf statt.

Wir müssen nichts fürchten, außer uns selbst.

Sie warf das Höschen auf den Boden, machte die Lampe aus und kroch unter die Decken. Zunächst fühlten sich die Laken auf ihrem nackten Körper kühl an, dann zunehmend wärmer.

Sie dachte an Bodie, der durch die Nacht fuhr, und an Melanie, die stumm auf dem Beifahrersitz saß. Bemühte er sich um eine Entschuldigung? Würde Melanie überhaupt zuhören? Oder war sie zu weit abgedriftet, verloren in ihrer persönlichen Welt des Schmerzes?

Hab nicht zu viel Mitleid mit ihr, dachte Pen. Bodie und ich, wir leben in unserer eigenen Welt des Schmerzes, und das nur, weil wir sie nicht verletzen wollten.

Doch das haben wir getan.

Wir haben sie tief verletzt. Und uns auch.

Gottverdammt noch mal.

Warum hat sie auch nicht die Tabletten geschluckt!

Vielleicht ist es so das Beste. Hätte sie weitergeschlafen, wären Bodie und ich ... wir hätten letztendlich miteinander geschlafen.

Wahrscheinlich.

Nein, hier gab es kein Wahrscheinlich.

Denk nicht darüber nach. Denk einfach gar nicht.

Sie zog das Extrakissen zu sich heran und drückte es sich fest gegen die Brüste.

Sie erinnerte sich daran, wie es sich angefühlt hatte, ihn zu küssen.

Dem Stand der Nadel von Bodies Spritanzeige nach war sein Tank zu einem Viertel gefüllt. Er fuhr auf dem Robertson Boulevard in südlicher Richtung. Wenn er sich richtig erinnerte, war er nur noch wenige Meilen von der Auffahrt zum Santa Monica Freeway entfernt. Wenn sie erst mal auf der Schnellstraße waren, würde es eine Menge Aufwand bedeuten, zum Tanken zu halten.

Als er an einer Ampel anhielt, sah er auf der anderen Seite der Kreuzung eine Selbstbedienungstankstelle.

Die Ampel wurde grün. Er rollte über die Kreuzung, bog auf die Tankstelleneinfahrt ab und hielt neben den Zapfsäulen. Er zog den Schlüssel aus dem Zündschloss, bevor er sich umdrehte, ins dunkle Heck des Vans spähte und sagte: »Ich bin in einer Minute wieder da.«

Melanie gab keine Antwort.

Was, wenn sie nicht dort hinten ist?

Sie muss es sein. Bodie hätte gehört, wie sich die Hintertüren öffneten, wenn sie sich davongemacht hätte.

Dennoch war er irritiert.

Er schaltete die Innenraumbeleuchtung ein und sah Melanie ausgestreckt und mit vor dem Bauch gefalteten Händen auf dem Schlafsack liegen. »Alles in Ordnung mit dir?«, fragte er.

Sie sagte kein Wort. Sie rührte sich nicht.

»Mach dir bitte keine Gedanken«, sagte er. »Okay? Zwischen mir und Pen ist nichts passiert. Es ist überflüssig, darüber zu brüten.«

Sie zeigte keine Reaktion.

Bodie stieg aus dem Van. Er schob die Schlüssel in seine Hosentasche und zog seine Geldbörse hervor, während er sich der Bürozelle näherte. Auf dem Weg sah er ein paarmal zurück.

Er rechnete nicht wirklich damit, dass Melanie die Flucht ergriff, aber in letzter Zeit steckte sie voller Überraschungen.

Er legte seine Kreditkarte in die Mulde unterhalb der gläsernen Trennwand. Der dunkelhäutige und freundlich grinsende Mann auf der anderen Seite nahm sie an sich. Bodie teilte ihm die Nummer der Säule mit, die er nutzen wollte, und lief dann zum Van zurück.

Obwohl er sowieso versuchte, in seiner Aufmerksamkeit keinen Moment nachzulassen, ermahnte er sich abermals, sich zu vergewissern, dass Melanie immer noch im Wagen war, bevor er wieder losfuhr.

Sie wird nirgendwo hingehen, dachte er. Sie ist in einer Art Schockzustand oder so was.

Er steckte den Zapfhahn in seinen Tank und hielt den Abzug gedrückt.

Morgen wird es ihr bestimmt besser gehen. Sie ist lediglich stocksauer und voller Vorwürfe. Sie wird *mich* wahrscheinlich abservieren und mir den Ärger ersparen.

Als der Hahn klickte, hakte Bodie ihn wieder an seinem Platz an der Seite der Zapfsäule ein. Er drehte den Tankdeckel fest zu und machte sich auf den Weg zur Kasse.

Bis zum Ende des Semesters ist es weniger als ein Monat. Wie es auch laufen mag, bis dahin sind wir getrennt, und ich kehre zu Pen zurück.

Bodie klaubte seine Kreditkarte auf und unterschrieb den Kassenzettel. Er riss den Kundenbeleg ab und schmiss den Rest in die Mulde. Der Mann dankte ihm.

Er ging zum Van, stieg ein, schaltete das Deckenlicht an und warf einen prüfenden Blick ins Heck. Melanie lag nach wie vor dort. Es schien, als hätte sie keinen einzigen Muskel bewegt, während er getankt hatte.

Er machte die Beleuchtung wieder aus, schob den Schlüssel in die Zündung und startete den Motor.

Vielleicht habe ich Schwein, und sie bleibt die komplette Fahrt über in diesem Zustand, dachte er.

Er fuhr auf eine Seitenstraße, hielt an der Ecke an und bog dann rechts auf den Robertson ab. Als er sich wieder auf der Fahrspur befand, fragte er sich, ob er an der Schnellstraße nach links oder rechts abbiegen musste.

Warte einfach auf die Ausschilderung.

Hauptsache nach Osten – du willst schließlich nicht am Pazifik landen.

Vielleicht wird bis zum Sommer eine Wohnung in Pens Apartmentkomplex frei.

Er hielt an einer Ampel.

Die eigentliche Frage ist doch: Kann ich bis zum Semesterende warten? Das werde ich müssen. Muss den Magister abschließen.

Er vernahm das leise Geräusch einer Bewegung in seinem Rücken.

Wenigstens ist Melanie nicht in Schockstarre verfallen.

Ich könnte an den Wochenenden rüberfahren. Wenn ich erst mal die Sache mit Melanie gere…

Schmerz explodierte in Bodies Kopf

Pen fand sich unsanft aus dem Schlaf gerissen. Sie keuchte. Sie zitterte. Ihr Herz schlug wie wild.

Es klingelte.

Jemand war an der Tür!

Es plärrte erneut.

Das Telefon?

Sie warf sich aus dem Bett und durchquerte eiligst das Zimmer, in der Furcht, der Anrufer würde auflegen, bevor sie den Apparat erreichte – und gleichzeitig fürchtete sie, er würde nicht auflegen.

Wer?

Sie hoffte, dass es Bodie war. Es könnte irgendwer sein.

Der obszöne Stalker. Harrison oder Joyce. Das Krankenhaus.

Mein Gott, lass es bitte keine schlechten Nachrichten sein!

Vielleicht hatte sich jemand verwählt. Vielleicht wollte ihr jemand was verkaufen.

Das Telefon klingelte abermals.

In den Flur fiel schwaches Licht, von der Wohnzimmerlampe, die sie nicht ausgeschaltet hatte.

Sie schlug eine Hand gegen den Küchentürrahmen, um abzubremsen, griff um die Ecke und schnappte nach dem Telefon.

»Hallo?«

»*Du* bist es, stimmt's?«

Sie kannte die Stimme. Ihre Haut schien enger zu werden. Sie spürte, wie sie sich zusammenzog und kribbelte.

»Diesmal kein Band?«

»Nein.«

»Weißt du, wer ich bin?«

»Was willst du?«, fragte sie mit bibbernder Stimme.

»Ich will mich unterhalten. Ich habe dich vermisst. Warst du weg?«

Leg auf, dachte sie. Klar. Wenn ich das tue, wird er einfach wieder anrufen.

Oder herkommen. Er weiß, dass ich hier bin.

Pen fiel die Schrotflinte ein. Sie hatte sie im Wohnzimmer zurückgelassen, nahe der Tür an die Wand gelehnt, hinter dem Vorhang versteckt.

Lass ihn kommen. Bereite ihm einen überraschenden Empfang.

»Oder hattest du bloß Schiss, den Hörer abzunehmen? Du hast doch keine Angst vor mir, oder, Süße?«

»Warum sollte ich Angst haben?«, fragte sie und bemühte sich, gelassen zu klingen.

Er lachte. Es war ein leises, trockenes Lachen, das ihr das Blut in den Adern gefrieren ließ.

»Ich habe gehofft, dass du wieder anrufen würdest«, erklärte sie ihm.

»Tatsächlich?«

»Diese Dinge, die du gesagt hast ... Ich habe mir die Aufnahmen so oft angehört. Ich liebe sie.«

»Macht es dich heiß?«

»Und wie. Gerade werde ich auch heiß.«

»Was hast du an?«, wollte er wissen.

Gar nichts. Pen wünschte, sich auf dem Weg zum Telefon ihren Morgenmantel übergeworfen zu haben.

Er kann mich nicht sehen.

»Jeans. Und einen Pullover.«

»Einen BH?«, zischte er.

Fast hätte sie Ja gesagt. Sie hätte sehr gern einen getragen. Sie wäre gern in blickdichte, schwere Kleider gehüllt gewesen. Sie hatte sich noch nie so entblößt, ungeschützt und verletzlich gefühlt.

Jetzt bloß keinen Rückzieher machen, sagte sie sich.

»Nein«, sagte sie zitternd.

»Ah, großartig. Ein Pullover und kein Büstenhalter. Ich kann es mir lebhaft vorstellen. Ja. Oh, mein Schwanz wird groß und heiß. Weißt du, was mir gefallen würde? Es würde mir gefallen, dir den Pullover hochzuschieben und an deinen Titten zu lutschen.«

»Willst du, dass ich ihn ausziehe?«, fragte sie.

»Oh, ja.«

Was zum Teufel treibe ich hier?, fragte sie sich. Bin ich irre? »So«, sagte sie, »ist ausgezogen.«

Er seufzte. »Sind deine Nippel hart?«

Sie sah hinab. Sie waren hart. Allerdings nicht vor Erregung. »Und wie.«

»Ich würde gern meinen Schwanz an ihnen reiben. Würde dir das gefallen?«

»Das würde es, und wie.«

»Oh, ich weiß, ich weiß. Warum ziehst du nicht deine Hose aus?«

»Mache ich. Eine Sekunde.«

»Und den Slip auch. Ich will dich nackt.«

Sie hörte sein heiseres Atmen. Während sie lauschte, lehnte sie sich gegen den Türrahmen und rieb ihre unterkühlten Beine aneinander. Als sie an sich hinabblickte, bemerkte sie, dass ihre Oberschenkel von Gänsehaut überzogen waren.

»Okay«, sagte sie. »Ich bin nackt. Du auch?«

»Natürlich. Und oh, mein Schwanz ist *riesig*. Er hat große Sehnsucht nach dir.«

»Er?«

»Spike.«

Das ist beinahe komisch, dachte sie. Der Wichser hat seinem Penis einen Namen verpasst. Einen Hundenamen. Spike. Zugleich ließ einen das Wort an etwas Langes, Spitzes, Stachelartiges denken.

»Ich wette, Spike ist groß und mächtig«, sagte sie. »Ich wünschte, ich könnte ihn leibhaftig spüren.« Sie hörte ihre eigenen Worte. Das bin nicht ich. Das hier ist eine Figur aus einer meiner Erzählungen, die mit einem Geisteskranken plaudert.

»Was würdest du mit ihm anstellen?«

»Ich würde ihn streicheln. Ich nehme stark an, dass er das mag.«

»Oh, ja, und wie.«

»Dann würde ich an ihm saugen.«

»Oh, Schätzchen!«

»Ich würde Spike lutschen und blasen, bis er sich pulsierend in meinem Mund entlädt, und ich würde alles bis auf den letzten köstlichen Tropfen schlucken, und dann würde ich ihn sauber lecken.«

Ich bin genauso verrückt wie er.

Mein Wahnsinn hat Methode, tra-la-la-la-la.

»Würde dir das gefallen?«, fragte sie mit rau verstellter Stimme.

»Oh ja, ja. Und dann?«

»Müsstest *du* diese Frage nicht stellen?«

»Verrate es mir.«

»Ich würde dich von oben bis unten mit Honig einreiben. Und dann schmierst du mich überall damit ein, sodass wir schön glitschig und klebrig sind. Dann lecken wir uns gegenseitig ab, und wenn alles weg ist, spreize ich meine Beine und …«

»Ja! Ja!«

»O Gott, ich bin so scharf! Lass uns nicht weiter darüber reden.«

»Bitte.«

»Ich will, dass du mich fickst. Ich will Spike in meiner Fotze. Du willst es doch auch, oder?«

»JA!«

»Komm rüber.«

»Was?«

»Sofort.«

Es herrschte Stille, abgesehen von seinem keuchenden Atem.

»Oder bist du bloß einer von diesen Typen, die darauf abfahren, nur darüber zu reden? Nur Worte, denen keine Taten folgen?«

Erneut stieß er dieses trockene Kichern hervor, das wie knisterndes Papier klang. »Das wirst du schon noch früh genug herausfinden. Ich werde dich *aufbohren*, Süße. Ich ficke dir das Hirn raus!«

»Dann komm her und tu es. Kein weiteres Gerede.«

Weitere schwere Atemzüge.

Himmel, werde ich ihm wirklich den Schädel wegpusten?

Darauf kannst du verdammt noch mal einen lassen.

Magnum-Munition.

Dazu bin ich nicht imstande.

Oh, nein? Oh, nein?

»Komm schon, Liebster«, hauchte sie. »Ich bin *scharf*! Ich will dich! Ich muss dich haben! Schaff deinen Arsch hierher!«

»Ja. Klar. Ja. Okay. Sag mir nur, wo du wohnst.«

Wie bitte?

»Du *weißt*, wo ich wohne.«

»Ich weiß es, sobald du es mir verrätst.«

»Meine Adresse steht im Telefonbuch.«

»Und wie lautet dein Name, du süßes kleines Ding?«

»Du kennst meinen *Namen* nicht?«

»Scheiße, nein. Ich habe nur irgendwelche Nummern gewählt. Habe sie aufgeschrieben, um zurückrufen zu können, aber ...«

Pen rammte das Telefon auf die Basis, riss an dem Kunststoffsockel und zog den Apparat aus der Anschlussdose in der Wand.

Eine lange Weile stand sie gegen den Türrahmen gelehnt, nach Luft ringend, die Arme vor den Brüsten gefaltet, die Beine eng zusammengepresst. Sie zitterte schrecklich. Ihr war klar, dass sie sich eigentlich erleichtert, geradezu siegreich hätte fühlen müssen.

Stattdessen fühlte sie sich elend und krank.

Weil sie wusste, dass es da draußen einen solchen Mann gab, obwohl sie sich eine neue Telefonnummer beschaffen würde und er damit für immer aus ihrem Leben verschwunden wäre.

Weil sie wusste, was sie ihm gesagt hatte.

All der Schmutz. Die Verdorbenheit.

Und weil sie – was das Allerschlimmste war – wusste, dass sie es wirklich und wahrhaftig darauf angelegt hatte, ihn zu sich zu locken.

Ihn mit der Schrotflinte zu töten.

Sie fühlte sich furchtbar dreckig.

Sie stieß sich von der Wand ab und wankte auf wackligen Beinen durch den Flur zum Badezimmer.

Als Bodie zu sich kam, ließ ihn der Schmerz in seinem Kopf aufstöhnen. Es war, als wären seine Lider das Einzige, was seine Augäpfel noch in ihren Höhlen hielt, und dass seine Augen ihm, wenn er sie öffnete, durch den enormen Druck dahinter aus dem Schädel platzen würden.

Außerdem war ihm, als müsse er sich jeden Moment übergeben.

Habe letzten Abend offenbar zu engagiert gebechert. Er konnte sich nicht erinnern, gesoffen zu haben, aber …

Worauf zum Geier lag er? Ein Bett war es nicht.

Er rieb über die Oberfläche.

Gras. Taufeuchtes Gras.

Er schlug die Augen auf. Schmerz und Übelkeit stiegen an. Er zwang sich auf Hände und Knie und übergab sich. Die Krämpfe waren der Horror und trieben ihm weißglühende Nägel in den Schädelknochen. Als er fertig war, kniete er sich vor der Schweinerei hin und umklammerte seinen Kopf. Die Hand über seinem rechten Ohr ertastete eine enorme Schwellung.

Es ist kein Kater. Man hat mich ...

Er war gefahren, mit Melanie auf dem Weg zurück nach Phoenix.

Ein Unfall? Er musste mit irgendwas kollidiert und aus dem Wagen geschleudert worden sein. Melanie!

Er drehte den Kopf und stöhnte auf, weil eine neue Schmerzwelle über ihm zusammenschlug. Der Van war nirgendwo zu sehen. Genauso wenig wie eine Straße. Bodie kniete hinter einer Hecke. Zu seiner Rechten lag ein freies Feld, in dessen äußerster Ecke sich Spielplatzgerätschaften befanden. Er drehte sich ein Stückchen weiter und entdeckte ein Gebäude – vielleicht eine Schule?

Wo zum Teufel bin ich? Wie bin ich hergekommen?

Bodie stand vorsichtig auf und dann eine Weile reglos da, um das Schwindelgefühl abklingen zu lassen. Er zog ein Taschentuch hervor, putzte sich die Nase und warf das Taschentuch ins Gras, bevor er mit langsamen Schritten durch eine Lücke im Buschwerk trat.

Er fand sich auf einem Bürgersteig wieder. Vor ihm lag eine schmale Straße, auf der gegenüberliegenden Seite von Häusern gesäumt. Am Rand parkten Autos. Sein Van war allerdings nicht darunter. Links von ihm, ungefähr einen

Block entfernt, überquerten etliche Wagen die Kreuzung einer stark befahrenen Straße. Er ging darauf zu und versuchte sein Gedächtnis aufzufrischen.

Ich war in Pens Apartment. Mit ihr zusammen auf dem Sofa. Wir haben uns geküsst. Oh, und wie wir uns geküsst haben. Es war so … und dann kam Melanie rein. Sie hätte eigentlich fest schlafen sollen, hatte aber die Tabletten nicht geschluckt. Wenn sie doch nur die verdammten Tabletten genommen hätte. Sie hatte sich extrem merkwürdig aufgeführt. Es war dringend Zeit, sie fortzuschaffen, zurück nach Phoenix zu bringen. Sie lag hinten im Lieferwagen, ohne ein einziges Wort von sich zu geben. Ich legte einen Tankstopp ein. Und danach?

Er wusste noch, dass er seine Kreditkartenquittung unterschrieben hatte, doch ab da war der Film gerissen.

Wir haben aber keinen Unfall gehabt. Wenn wir einen Zusammenstoß hingelegt haben, wo ist dann mein Van?

Vorsichtig befingerte er die Beule an seiner Schläfe.

Melanie … hat sie mich mit irgendeinem Gegenstand niedergeschlagen? So muss es gewesen sein. Sie hat mich ausgeknockt. Während ich *gefahren bin*? Vielleicht habe ich an einer roten Ampel gehalten. Sie hat mich möglicherweise bewusstlos geschlagen, auf den Beifahrersitz verfrachtet und sich dann hinters Steuer gesetzt.

War noch nicht zur Rückkehr nach Phoenix bereit.

Hat den Schulhof entdeckt, lud mich ab und zerrte mich hinter die Büsche.

War sie stark genug, um das zu schaffen?

Man sagt, verrückte Menschen verfügten über …

Verrückt.

Sie hat es auf jemanden abgesehen.

Offene Rechnungen.

Pen?

Bodies Schädel pochte.

Sie ist hinter Pen her.

Aber vielleicht auch nicht, vielleicht geht es um Harrison und Joyce. Das wäre in Ordnung. Wen kümmerte es schon?

Aber was, wenn es Pen ist? Was wird Melanie ihr antun?

An der Ecke der befahrenen Straße hielt Bodie inne. Wie er vermutet hatte, war es der Robertson Boulevard, und er konnte in der Ferne die Überführung der Schnellstraße ausmachen.

Er musste Pen warnen.

Er hob die Hand, um einen Blick auf seine Armbanduhr zu werfen.

Die Uhr war verschwunden.

Es gab keine Möglichkeit festzustellen, wie lange er bewusstlos auf dem Rasen gelegen hatte.

Falls es nur wenige Minuten gewesen waren, hatte er vielleicht noch Zeit, sie zu warnen.

Er sah Telefonzellen auf der anderen Straßenseite.

Als er an seine hintere Hosentasche griff, stellte er fest, dass seine Geldbörse ebenfalls verschwunden war. Er schob eine Hand in die vordere Tasche. Keine Münzen.

Keine Möglichkeit, Pen anzurufen. Keine Möglichkeit, sie zu warnen.

Er rannte los.

Schmerzblitze schossen durch seinen Kopf, aber er wurde nicht langsamer.

Ich werde es nicht rechtzeitig schaffen, dachte er. Es könnte bereits zu spät sein.

Was wird Melanie ihr antun?

Alles meine Schuld.

O Scheiße, Scheiße, Scheiße!

Diese Schmerzen!

Ich muss sie retten!

Vor Bodie trat ein Mann mit einer Fresstüte aus einer Burger-Bude, überquerte den Bürgersteig und hielt vor einem geparkten Cadillac an.

»Hey«, rief Bodie und sprintete auf ihn zu. »Mister! Könnten Sie mich mitnehmen? Bitte? Es ist wirklich dringend.«

»Sind Sie irre?«

»Jemand wird getötet. Ich brauche nur eine Mitfahrgelegenheit. Es dauert nicht lange. Bitte!«

Der Mann gluckste, schüttelte den Kopf und kramte in seiner Tasche nach den Schlüsseln. »Sieht der hier wie ein Taxi aus, Kumpel?«

»Ich mache keine Witze, Mister. Es handelt sich um einen *Notfall*!«

»Verpiss dich.« Er wandte sich der Fahrertür zu.

Bodie packte ihn an der Jacke, drehte ihn herum und schmetterte ihm eine Faust in die Magengrube. Der Bauch war fett und weich. Dem Mann blieb die Luft weg, und er klappte zusammen. Bodie verpasste ihm einen Handkantenschlag in den Nacken. Der Mann knallte mit den Knien aufs Pflaster. Bodie zerrte ihn am Jackenkragen vorwärts, und der Mann fiel der Länge nach hin.

»Es tut mir leid, Mister. Sie können sich darauf verlassen, ihn wiederzukriegen.«

Er riss dem Mann die Schlüssel aus den schlaffen Fingern, schloss die Fahrertür auf und sprang in den Wagen. Als er den Motor startete, tauchte das Gesicht des Mannes über der Stoßstange auf.

Bodie legte den Rückwärtsgang ein und schoss mit quietschenden Reifen nach hinten. Der Mann kroch unter gellendem Kreischen auf sein Auto zu.

Die Straße war frei.

Bodie wendete und trat das Gaspedal durch.

Allmächtiger Gott, dachte er, was habe ich getan?

Tätlicher Angriff, Körperverletzung und Autodiebstahl. *Jesus!*

Jetzt nur nicht von den Bullen angehalten werden.

Obwohl er das dringende Bedürfnis hatte, das Gaspedal durchgedrückt zu halten, drosselte er sein Tempo auf siebzig Stundenkilometer.

Er sah in den Rückspiegel.

Keine Wagen, die ihn verfolgten.

Niemand war Zeuge gewesen, wie er sich den Caddy geschnappt und den Kerl vermöbelt hatte. Glück gehabt.

Eine rote Ampel.

Kacke!

Er wagte es nicht, sie zu überfahren.

Er schlug mit der Faust aufs Lenkrad, während er auf Grün wartete.

»Los, los!«

Die Ampel sprang um. Er schoss vorwärts.

Ich habe dieses Ding gestohlen.

Ich habe diesen Kerl zusammengeschlagen und mir sein Auto unter den Nagel gerissen.

Wenn das keine regelrechte Ein-Mann-Verbrechenswelle ist, Leute.

Ich hab's geschafft, Ma! Jetzt bin ich ganz oben!

Allmächtiger Herr im Himmel.

Gestern noch sanftmütiger Student, heute schon Schwerverbrecher.

Er spürte ein Kitzeln in der Kehle. Drohte da ein Kichern? Es bräche vermutlich als Schrei hervor.

Fast da.

Mach, dass ihr nichts geschehen ist. Bitte, Gott, mach, dass es ihr gut geht.

Bodie bog in Pens Straße ein.

Fast da. Mach, dass es ihr gut geht.

Tot auf dem Boden, Messerstiche am ganzen Körper, leere Augen, die zur Decke starren …

Nein, nein, nein!

Er erreichte ihren Block, warf hektische Blicke von einer Seite zur anderen, hielt verzweifelt nach seinem Van Ausschau. Er bremste abrupt vor ihrem Wohnhaus ab. Immer noch kein Anzeichen des Lieferwagens, aber vielleicht hatte ihn Melanie um die Ecke abgestellt.

Er sprang aus dem Auto, hastete über die Straße, stieß das eiserne Tor auf und eilte zur Treppe. Er nahm immer drei Stufen auf einmal und raste die Galerie entlang bis zu ihrer Tür. Durch die Vorhänge des Panoramafensters schimmerte Licht. Er hämmerte gegen die Tür. »Pen!«, brüllte er. »Pen, ich bin's, Bodie!«

Einige Sekunden verstrichen.

Er klopfte erneut.

Die Tür wurde geöffnet.

Von Pen im blauen Velours-Bademantel.

Sie schien unversehrt. Sie sah wunderschön aus. Ihr Blick war verängstigt.

»Ist Melanie hier?«, fragte Bodie.

Pen schüttelte den Kopf.

Bodie trat ein. Er zog die Tür zu, nahm Pen in die Arme und drückte sie fest an sich.

22

Es war so unglaublich gut, ihn zu sehen, ihn wiederzuhaben, ihn zu halten. Sie erwiderte seine feste Umarmung. Sie wollte nicht wissen, warum er hier war, was schiefgelaufen war. Sie wollte ihn nur nicht mehr loslassen.

Er schnappte keuchend nach Luft, und sie konnte seinen Herzschlag an ihrer Brust fühlen.

»Bist du in Ordnung?«, flüsterte sie nach einer Weile.

»Jetzt schon. Von markerschütternden Kopfschmerzen abgesehen.«

»Ich hole dir Aspirin.«

»Ich komme mit.«

Er folgte ihr. »Was ist passiert?«, fragte sie schließlich.

»Ich weiß es nicht genau. Ich schätze, Melanie hat mir den Schädel eingeschlagen.«

Pen drehte sich zu ihm um und runzelte die Stirn. »Sie hat dich *geschlagen*?«

»Ich bin auf einem Schulspielplatz drüben in der Nähe der Schnellstraße aufgewacht. Der Van war weg. Ich hatte Angst, sie würde herkommen.«

»Ich habe nichts von ihr gesehen.«

Im Badezimmer öffnete Pen die Hausapotheke, entnahm ihm die Aspirin und schwang die verspiegelte Tür wieder zu.

Bodie stand hinter ihr und schlang ihr die Arme um die Taille. Pen sah ihn im Spiegel an. Sein Gesicht über ihrer rechten Schulter war bleich und gequält.

»Ich hatte so furchtbare Angst, sie könnte dir was angetan haben«, sagte er.

»Oh, Bodie.«

Eine seiner Hände schob sich unter ihren Bademantel. Sie lag kühl auf ihrer Haut, bewegte sich langsam aufwärts und schloss sich um ihre Brust. Seufzend drückte sie sich an ihn. Sie hakte einen Daumen unter den Stoffgürtel ihres Mantels und löste ihn. Der Gürtel öffnete sich. Bodie zog die Vorderseite des Mantels auseinander. Sie sah, wie er sie im Spiegel bestaunte. Sein Gesicht, noch immer blass, aber nicht mehr schmerzverzerrt. Seine Hände wanderten über ihre Brüste, die Innenflächen strichen über ihre steifen Nippel. Er hielt ihre Brüste fest umschlossen, drückte sie leicht, und Pen wand sich stöhnend. Als er seine Hände weitergleiten ließ und mit den Daumen über ihre Nippel rieb, verschlug es ihr den Atem.

Seine Hände streunten abwärts, liebkosten ihren Bauch, glitten über ihre Hüften und die Schenkel hinab. Dann bewegten sie sich sanft nach oben. Pen schloss die Augen. Die Hände entfernten sich wieder und kehrten zu ihren Hüften zurück.

Die Aspirin entglitt Pens Fingern. Sie nahm Bodies rechte Hand und führte sie zwischen ihre Beine. Er stöhnte, als er sie dort berührte. Pens Knie wurden weich. Seine Hand massierte sie, und sie krümmte sich ihr erschauernd entgegen.

Es tut mir leid, Melanie, dachte sie. Es tut mir leid. Ich kann es nicht ändern, wir haben alles versucht.

Sie schob Bodies Hand weg und drehte sich um. Der Bademantel fiel ihr von den Schultern. Bodies Hände strichen über ihren Rücken und legten sich dann um die Pobacken.

Mit zitternden Fingern fing sie an, sein Hemd aufzuknöpfen.

»Was ist mit Melanie?«, flüsterte er.

»Das kümmert mich nicht mehr. Sie hat dich verletzt. Sie hat dich nicht verdient.«

»Sie ist bestimmt rüber zu Harrison.«

»Nein.« Pen wollte keinen Gedanken an Melanie verschwenden.

»Mir gefällt die Vorstellung nicht, ihr nachzujagen, aber ich kann sie nicht einfach …«

»Was?«

»Ich weiß es nicht. Aber ich muss sie finden.«

Pen lehnte sich an Bodies Brust. Er hielt sie zärtlich in den Armen. »Ich komme mit dir«, sagte sie.

Seine Hände rutschten an ihrem Rücken hoch, als sie sich bückte, um den Bademantel aufzuheben. Er streichelte ihre Schultern. Sie streckte sich, drehte sich um und nahm das Aspirin aus dem Waschbecken. »Du solltest welche nehmen«, sagte sie. Sie überreichte sie ihm und wartete an seiner Seite, während er sich Wasser aus dem Hahn in die hohle Hand laufen ließ und damit vier Tabletten hinunterspülte.

Sie verließ vor ihm das Badezimmer. Er blieb auf der Schwelle stehen und sah ihr zu, wie sie ihren Mantel an die Schranktür hängte.

»Hast du geschlafen?«, fragte er.

»Vor einer Weile. Dann habe ich einen Anruf bekommen. Von *ihm.*«

»O nein.«

Sie zog eine Kommodenschublade auf und griff sich einen blauen Slip. »Wir haben geredet«, sagte sie und schlüpfte hinein. Dann streifte sie, erst auf dem einen, dann auf dem anderen Bein balancierend, ein Paar weiße Socken über. Sie sah Bodie an. Er starrte mit leicht offenem Mund zurück. »Wie sich herausgestellt hat, hat der Typ keineswegs die Absicht, mir einen leibhaftigen Besuch abzustatten. Er weiß nicht, wo ich wohne, nicht mal, wer ich überhaupt bin. Ich besorge mir eine neue Nummer, und die Sache ist erledigt.«

»Wie ist er an deine Nummer gekommen?«

»Hat einfach willkürlich irgendeine gewählt.«

»Mein Gott.«

»All die Sorgen und Ängste für nichts. Es war von vornherein ausgeschlossen, dass er mich ... besuchen würde.«

»Das ist doch großartig.«

»Ja«, sagte Pen leise. Sie ging in die Hocke, griff in die unterste Schublade, nahm eine verschossene blaue Jogginghose und stieg hinein. Das dazu passende Sweatshirt warf sie aufs Bett. Sie spürte Bodies starren Blick auf ihrem nach wie vor von der Taille aufwärts nackten Körper und trat zum Schrank, aus dem sie sich ihre Laufschuhe griff und zum Bett trug, wo sie sich hinsetzte. Sie zog die Schuhe an, band die Schnürsenkel zu, nahm sich ihr Sweatshirt und ging auf Bodie zu.

»Versuchst du mir Salz in die Wunde zu streuen?«, wollte er wissen.

»Es ist *deine* Idee, sie zu verfolgen. Sieh dir gut an, was du verpasst.«

Er lächelte schwach und blickte Pen tief in die Augen, wobei er ihre Brüste berührte. »Manchmal nimmt das Leben einen seltsamen Verlauf.«

»Wirklich seltsam«, sagte Pen und bog den Rücken durch, während er sie streichelte.

»Hätte sie mich nicht bewusstlos geschlagen, wären wir jetzt auf dem Weg nach Phoenix.«

»Sie wäre in Sicherheit.«

»Ich wäre nicht … hier bei dir.«

Ihr Atem flatterte, als er ihre Nippel knetete. »O Gott, Bodie.«

»Ist eine Beule am Kopf wert.«

»Wir … sollten aufbrechen.«

Seine Hände sanken hinab auf ihre Hüfte. Sie zog sich das Sweatshirt über den Kopf.

»Ich wünschte, wir *könnten* sie einfach vergessen«, sagte er.

»Das können wir nicht.«

»Ist mir klar.«

»Glaubst du wirklich, dass sie bei Harrison ist?«

Bodie nickte.

»Was machen wir, abermals rüberfahren?«

»Uns bleibt wohl kaum was anderes übrig.«

Sie gingen ins Wohnzimmer. Pen schnappte sich ihre Handtasche und schlang sich den Riemen über die Schulter. Am Ende der Couch strich sie den Vorhang zur Seite und nahm ihre Schrotflinte an sich.

»Soll das ein Scherz sein?«

»Nur für den Fall der Fälle.«

»Wenn wir das Ding benötigen, stecken wir echt tief in der Scheiße.«

»Ich weiß, dass er einen .38er hat.«

»Komm, lass mich die nehmen.«

»Ich komme schon klar.«

»Wenn es zum Schusswechsel kommt, sollte ich besser den Abzug drücken.«

»Was bist du, so eine Art Sexist?«

»Stimmt haargenau, Schätzchen.« Er streckte die Hände nach der Flinte aus.

Pem schüttelte den Kopf. »Wir können nicht einfach so damit durch die Gegend spazieren.« Sie schob den Lauf in ihre ausgebeulte Jogginghose. Er drückte kalt gegen die Seite ihres Beins. Sie hob das Sweatshirt an und verbarg den Schaft darunter.

»Kannst du so damit laufen?«

»Ich kann es versuchen.« Sie hielt es an ihrer Seite gepackt und trat auf die Galerie hinaus. Bodie machte die Tür zu. Er ging voran und warf immer wieder einen Blick zurück, während sie zur Treppe humpelte und langsam die Stufen runterging. Ihr rechtes Bein hielt sie steif gestreckt.

Am Fuß der Treppe griff er nach ihrem linken Arm.

Er hielt ihr das Tor auf.

Sie hinkte neben ihm her.

Als sie an ihrem Wagen ankamen, ließ sie die Waffe ihr Bein hinabgleiten, bis die Mündung auf dem Pflaster ruhte. Sie klemmte sich den Schaft unter den Arm, holte die Schlüssel aus ihrer Handtasche und schloss auf. Sie sah sich um. Niemand in der Nähe. Sie hob den Saum des Sweatshirts und legte den Gewehrschaft frei. Dann zog sie sich die Flinte aus der Hose und warf sie eilig ins Auto.

»Ich fahre den Cadillac«, sagte Bodie und deutete mit einem Kopfnicken Richtung Straße.

Pen entdeckte den großen Wagen, der auf der anderen Seite geparkt war. »Woher hast du den ...?«

»Erzähle ich dir später. Fahr mir hinterher. Nur ein paar Blocks weit, dann lasse ich die Karre stehen, und wir fahren weiter.«

Pen stieg in ihren Wagen. Als die Scheinwerfer des Cadillacs aufleuchteten, setzte sie auf die Straße zurück. Sie folgte dem Caddy den Block runter, weg vom Pico.

Wo und wie in aller Welt ist er an dieses Ding gekommen?, wunderte sie sich. Er musste ihn gestohlen haben. Es gab keine andere Erklärung. Er war allein, hilflos und aufgeschmissen … und krank vor Sorge um mich. Er hat tatsächlich ein Auto geklaut, um zu mir kommen zu können.

Das könnte ihn ins Gefängnis bringen.

Obwohl sie Angst um ihn hatte, verspürte Pen tiefe Dankbarkeit. Er hatte den Kopf für sie hingehalten, seine Freiheit und Zukunft aufs Spiel gesetzt.

»Steig endlich aus dieser Karre«, flüsterte sie.

Er fuhr weiter.

»Komm schon, komm schon.« Sie sah in den Rückspiegel und rechnete halb damit, einen Streifenwagen zu erblicken, aber die Straße hinter ihr war leer. »Verdammt noch mal, Bodie! Es reicht! Mach schon!«

Er bog rechts ab.

Pen folgte ihm und stieß einen langen und lauten Atemzug aus, als er den Straßenrand ansteuerte. Doch er stieg nicht aus.

»Was *machst* du?«, platzte es aus ihr heraus. Sie rollte ganz langsam an dem Wagen vorbei, lugte hinein und sah ihn über die Sitze gelehnt. Aus dem offenen Handschuhfach fiel Licht.

Unmittelbar hinter dem Cadillac hielt sie an. Sie schaltete die Frontscheinwerfer aus, um ihre Nummernschilder zu verdunkeln – falls jemand beobachtete, wie Bodie den gestohlenen Wagen verließ und in ihren einstieg.

»Beeil dich bitte«, murmelte sie.

Endlich stieg er aus. Pen beugte sich quer über den Beifahrersitz und entriegelte die Tür. Als er sie öffnete, konnte sie die Schrotflinte gerade noch rechtzeitig am Lauf erwischen, um zu verhindern, dass sie rausfiel. Sie richtete sich wieder auf und zog dabei die Waffe mit sich. Die Innenbeleuchtung glomm auf, aber nur für einen Moment. Dann knallte die Tür zu, und die Dunkelheit hielt wieder Einzug.

Pen fuhr mit ausgeschalteten Scheinwerfern los. »Ich dachte schon, du würdest die ganze Nacht da drin bleiben«, sagte sie.

»Ich habe den Fahrzeugschein gesucht. Sobald ich die Gelegenheit habe, werde ich versuchen, den Besitzer anzurufen und ihm mitteilen, wo er seinen Wagen findet.« Dann berichtete er Pen, wie er das Auto gestohlen hatte.

Pen lauschte fassungslos.

»Ich habe keine Sekunde darüber nachgedacht«, sagte er. »Es kam alles ganz plötzlich, und ich habe einfach gehandelt. Das Komische ist, dass ich nicht mal besonders heftige Schuldgefühle empfinde. Ich bin nur froh, nicht erwischt worden zu sein.«

Pen bog um die Ecke und schaltete die Scheinwerfer ein. »Ich auch.«

»So was habe ich noch nie getan.« Sein Ton klang rechtfertigend.

Pen ergriff seine Hand und drückte sie. »Falls du denkst, ich würde es dir vorwerfen ... Ich fühle mich schlecht, weil du den Mann verletzt hast, aber ... hey, ohne Streitross kann der galante Ritter nicht zur Rettung eilen.«

»Die Sache ist bloß«, brummte er, »dass die Jungfrau nicht in Nöten war.«

»Das wusstest du nicht.«

»Es ist der Gedanke, der zählt, nicht wahr?«

Sie sah ihn scheu von der Seite an. Ihre Kehle war wie zugeschnürt. »Der Gedanke zählt eine ganze Menge. Das kannst du mir glauben.«

Bodies Finger schlossen sich enger um ihre Hand.

Pen hielt am Pico vor einer Ampel an. »Ich schätze, ich nehme die Landstraßen«, sagte sie. »Welchen Weg wir auch nehmen, es wird eine Weile dauern, bis wir bei Harrison sind.«

»Nimm die langsamste Strecke.«

»Das meinst du nicht ernst.«

»Wie auch immer.«

Die Ampel sprang um. Als sie die Kreuzung überquerte, sah sie die Straße hinauf und erblickte in der Ferne das Krankenhaus. Sie dachte an ihren Vater, der im Bett lag und von Schläuchen am Leben gehalten wurde. »Ich habe es heute nicht mal geschafft, ihn zu besuchen«, sagte sie.

»Wir fahren morgen hin.«

Wir. Das Wort verschaffte ihr ein wohliges Gefühl. »Du fährst heute Abend nicht nach Phoenix zurück?«

»Dafür ist es ein bisschen spät. Außerdem haben sich eine Menge Dinge geändert. Es *hat* sich doch einiges geändert, oder?«

»Eine Menge«, versicherte Pen ihm.

»Du wirst Melanie nicht ...«

»Sie hat dir den Schädel eingeschlagen. Sie hätte dich umbringen können. Sie hat sämtliche Ansprüche, gleich welcher Art, eingebüßt.«

»Ich glaube, sie sieht das anders.«

»Pech.« Pen bog nach links auf den Olympic ab und trat aufs Gas.

»Wozu die Eile?«, fragte Bodie.

»Hast mich erwischt«, antwortete Pen, fuhr aber nicht langsamer.

»Melanie hatte jetzt ungefähr eine Stunde Zeit, um zu tun, was auch immer sie tun wollte.«

»Was glaubst du, *was* sie tut?«

»Wer weiß? Ich war vollkommen sicher, dass sie vorhatte, dich zu ermorden. Gott sei Dank lag ich damit falsch. Wer weiß? Ich kann nur hoffen, dass alles vorbei ist, wenn wir ankommen.«

»Ich will nicht, dass ihr was passiert.«

»Ich auch nicht, aber ...«

»Es wäre unsere Schuld. Wir haben sie über die Kante getrieben, Bodie. Was auch immer geschieht, wir tragen die Verantwortung dafür. Du und ich.«

»Vergiss nicht, dass sie den Nachmittag in Harrisons Schrank verbracht hat. Das war, bevor sie uns zusammen erwischt hat.«

»Hast du ihr Gesicht gesehen, als sie uns auf dem Sofa entdeckt hat?«

»Ich will damit nicht sagen, dass sie nicht aufgebracht war. Aber die Tatsache, dass sie die Tabletten nicht genommen hat, *beweist*, dass sie vorhatte, sich davonzuschleichen.«

»Sie dachte, ich wollte ihr das Licht ausknipsen, damit du und ich ungestört sein können.« Pen gab Gas, um es über eine gelbe Ampel zu schaffen. »Vielleicht hatte sie recht. Ich habe es nicht bewusst deshalb getan, aber ... möglicherweise hatte ich es irgendwie im Hinterkopf.«

»Worin auch immer unsere Schuld besteht«, sagte Bodie, »jetzt tun wir jedenfalls Buße. Wir könnten in deinem Apartment sein. Stattdessen eilen wir zur Rettung.«

»Oder zum Aufräumen der Scherben.«

Harrisons Mercedes stand in der Einfahrt zu seinem Haus. Joyces Continental parkte nicht mehr davor.

»Ganz schon clever«, sagte Pen, als sie langsam an der Hausfront vorbeifuhr. »Ihrem Wissensstand nach waren wir bei der Polizei. Würde keinen guten Eindruck hinterlassen, wenn Joyce die Nacht mit ihm verbrächte.«

»Also ist sie nach Hause gefahren«, sagte Bodie.

»Und wo ist Melanie?«

Bodie zuckte die Achseln. Er hatte zu beiden Seiten der Straße nach seinem Van Ausschau gehalten, ihn aber nirgendwo entdecken können. »Fahr weiter«, sagte er. »Vielleicht hat sie ihn weiter weg abgestellt.«

Pen bog ab, und dann noch mal. Sie umfuhren Harrisons Block, dann abermals nach rechts, zurück auf seine Straße, und hielten an der Ecke an. »Was meinst du?«

»Mich darfst du nicht fragen«, erwiderte Bodie. »Ich lag schon zweimal daneben.«

»Dann muss sie bei Dad sein.«

»Im Haus? Das wäre auch meine Vermutung. Das hier wird immer besser. Ich nahm an, wir hätten ein Rendezvous mit Harrison. Aber selbstverständlich wäre es möglich, dass er mit Joyce dorthin gefahren ist. In ihrem Wagen.«

»Das bezweifle ich«, sagte Pen. »Sie sind wahrscheinlich getrennt unterwegs.«

»Sollen wir seine Bude unter die Lupe nehmen?«

Mit einem Kopfschütteln bog Pen nach links in Harrisons Straße ein und entfernte sich von dem Haus. »Wir sind auf der Suche nach Melanie«, erklärte sie.

Auf der 26. Straße wartete sie eine Lücke im Verkehr ab und schlängelte sich dann nach links ein.

»Ich hoffe nur …«

»Was?«, fragte sie.

»Melanie ist eventuell schon bei Harrison gewesen. Sie haben sie vielleicht … geschnappt. Das könnte der Grund dafür sein, warum der Van dort nirgends stand. Vielleicht hat Harrison sie damit abtransportiert. Joyce wäre hinterhergefahren, um ihn aufzugabeln, nachdem sie … sie beseitigt haben.«

Pen blickte ihn flüchtig an. Im trüben, grauen Licht der Straßenlampen waren ihre Augen sehr groß und ihre Lippen sehr verzerrt.

»Es ist nur eine Möglichkeit«, sagte er und wünschte, er hätte seine Theorie für sich behalten.

»Wenn er Melanie wehgetan hat …«

»Wir finden sie wahrscheinlich bei deinem Dad zu Hause.«

Am San Vicente hielt Pen an einer roten Ampel. Sie beugte sich vor und presste die Stirn gegen den oberen Teil des Lenkrads.

Bodie rieb ihr durch den weichen Sweatshirt-Stoff über den Rücken. »Alles wird gut«, sagte er.

»Wird es das? Dad liegt im Koma. Melanie … weiß der Himmel.« Sie drehte den Kopf. Ihre Miene war eine Maske aus Qual. »Es ist alles meine Schuld.«

»Nein, Harrisons«, widersprach Bodie.

Hinter ihnen ertönte eine Hupe.

Die Ampel war auf Grün gesprungen, und der Wagen vor ihnen bewegte sich bereits auf der Kreuzung. Pen bog nach rechts auf den San Vicente ab.

»Ich hätte alles verhindern können«, sagte sie. »Wenn ich nicht die Klappe gehalten hätte. Ich wollte Dad nicht verletzen. Es hätte ihm einen solchen Schlag verpasst. Er hielt Harrison für einen furchtbar netten Kerl. Aber wenn ich ihm erzählt hätte … vielleicht wäre der Drecksack jetzt im Gefängnis, obwohl ich das bezweifle. Wäre schwierig gewesen, eine Jury davon zu überzeugen, dass ich nicht darum gebettelt oder es zumindest einkalkuliert habe. Doch es hätte alles verändern können. Ich hätte was sagen sollen, verdammt.«

Bodie starrte sie mit angehaltenem Atem an. Er fühlte sich, als wäre ihm ein Nashorn über den Bauch getrampelt.

»Darum gebettelt?«

»Harrison hat mich vergewaltigt.«

»Nein.«

»Ich hätte es sagen sollen.«

»Wurdest du … verletzt?«

Sie sah Bodie an und nickte. Tränen glitzerten in ihren Augen. Die Straßenleuchten ließen sie silbern glänzen. »Ich war ziemlich übel zugerichtet«, murmelte sie.

»Hast du dich gewehrt?«

»Sosehr ich konnte«, sagte sie mit zitternder Stimme. »Er hatte mich mit Handschellen gefesselt.«

Bodie stöhnte.

»Er hat mich … sehr lange bearbeitet.« Mit dem Rücken ihres Handgelenks wischte sie sich Tränen von der Wange. »Seitdem bin ich mit keinem Mann mehr zusammen gewesen.« Schniefend sah sie Bodie an. »Du wärst der Erste – falls du mich noch immer willst, jetzt, da du weißt …«

»Oh, Pen.« Er legte ihr eine Hand auf den Oberschenkel und drückte ihn sanft. Hitze schien seinen Arm hinaufzuströmen. »Ich wollte noch nie jemanden so sehr, wie ich dich will.«

»Es macht dir nichts aus, dass …?«

»Ich würde das Schwein liebend gern umbringen«, murmelte Bodie.

»Ich habe niemandem davon erzählt«, sagte sie. »Ich habe einfach so getan, als wäre es nie passiert, und Harrison hat sich verhalten, als wäre es *tatsächlich* nicht passiert, und nach einer Weile war es fast, als …«

»Als würde man damit leben können«, vollendete Bodie.

»Ich hätte es erzählen müssen. Vielleicht wäre dann nichts von alldem geschehen.« Sie rieb sich mit dem Ärmel übers Gesicht.

Bodie streichelte ihr Bein, während sie das Tempo verlangsamte und links in die schmale Straße abbog, die zum Haus ihres Vaters führte. Er sehnte sich danach, sie in die

Arme zu schließen und festzuhalten und all ihren Schmerz verschwinden zu lassen – ihren Schmerz und den seinen.

Harrison hatte sie vergewaltigt. Ihr Handschellen angelegt, sie zusammengeschlagen, sie gefickt.

Dieser Dreckskerl.

Dieses miese Stück Scheiße.

»Bodie, du tust mir weh.«

»Verzeihung.« Er löste die verkrampften Finger von Pens Schenkel und wickelte sie um den kalten Stahl des Schrotflintenlaufs.

Dann suchte er den Straßenrand nach seinem Van ab. Langsam fuhren sie an einem Ferrari, einem Porsche, einem Jaguar vorbei.

Pen hielt vor der Garage. »Sie ist nicht hier. Es muss so sein, wie du gesagt hast, und sie haben sie im Van fortgeschafft.«

»Fahr noch ein Stückchen weiter.«

Pen fuhr um eine Kurve, und da war Bodies Van, an eine dicht belaubte Hecke geschmiegt. Bodie spürte, wie sich seine Eingeweide zusammenzogen.

Pen schaltete in den Rückwärtsgang, drehte sich seitwärts, legte einen Arm über die Rückenlehne und sah durch die Heckscheibe. Langsam stieß sie zurück.

Bodie starrte sie an.

Irgendwie erschien es ihm wichtig, diesen Augenblick festzuhalten, wie sie aussah, sie so in Erinnerung zu behalten und diese Erinnerung niemals zu verlieren.

Die halbdunkle Silhouette ihres Gesichts. Das fahle Weiß ihres Auges und die schmale Silberspur einer Träne im Augenwinkel. Das Wallen weicher Haare. Die Art, wie sie die Unterlippe zwischen die Zähne gezogen hatte. Die Krümmung ihres Kiefers. Die Kuhle in ihrem Hals. Die Art, wie ihre Brüste ihr Sweatshirt ausfüllten, kleine flache Hügel, der rechte höher als der linke, da ihr rechter Arm erhoben war und auf der Rückenlehne ruhte.

Sein Blick wanderte Pens linken Arm hinab bis zum Lenkrad. Der Ärmel war über ihrem schlanken Handgelenk aufgekrempelt. Ihre Hand, die das Steuer ganz leicht von einer Seite zur anderen bewegte, wirkte klein und zerbrechlich. Er sah, wie die weit geschnittene Jogginghose in ihrem Schoß Falten warf und ihre Schenkel verhüllte. Dann hob er den Blick wieder zu ihrem Gesicht.

So wunderschön. Alles an ihr. Und sie gehört jetzt mir.

Ich werde niemals zulassen, dass ihr etwas Schlimmes geschieht, dachte er und fühlte, wie ihn ein schmerzliches Gefühl der Niederlage und Hilflosigkeit übermannte, denn er wusste, dass es ein leeres Versprechen war. Die Zukunft würde für sie beide Schlimmes bereithalten, sie beide früher oder später töten, komme, was da wolle.

Pen stoppte den Wagen vor dem Garagentor. Sie zog die Handbremse an, schaltete die Scheinwerfer aus und wandte sich Bodie zu.

Er nahm die Schrotflinte aus dem Weg, legte die Arme um sie und zog sie sanft, aber bestimmt an sich. Sie küssten sich. Er schob seine Hände unter das Sweatshirt und ließ sie die samtene Haut ihres Rückens hinaufgleiten.

»Ich wünschte, wir müssten nicht da rein«, flüsterte sie.

»Wir müssen auch nicht.«

Pen drückte ihm einen letzten flüchtigen Kuss auf die Lippen und schob sich von ihm weg. Sie zog den Zündschlüssel ab und öffnete ihre Tür.

Bodie stieg aus und nahm die Schrotflinte mit.

23

Pen hielt an der Eingangstür inne und durchsuchte mit zitternden Fingern ihren Schlüsselbund. »Wenn wir doch nur wüssten, ob Joyce hier ist oder nicht«, sagte sie.

»Hat die Garage irgendwelche Fenster?«

»Nein.«

Sie fand den Hausschlüssel und öffnete die Tür. Sie wollte schon eintreten, doch Bodie legte ihr eine Hand auf die Schulter. Er ging vor. Pen folgte ihm.

Und vernahm Melanies Stimme.

»... allein hierher, oder ich töte sie ... Ich kann mir nicht vorstellen, dass das in deiner Absicht liegt. Ich habe hier ein Stück Papier, dass die Bullen garantiert höchst interessant finden würden.«

Pen zog geräuschlos die Tür hinter sich zu und schlich dicht hinter Bodie durchs Foyer.

»Das wirst du sehen, wenn du herkommst. Beeil dich besser. Wenn du in zehn Minuten nicht da bist, bringe ich sie um.«

Sie legte in dem Moment auf, als sie das Arbeitszimmer betraten.

»Melanie?«

Sie drehte sich um. »Die Turteltauben«, stellte sie fest und starrte sie durch schwarze Haarsträhnen an. Sie strich sich die Haare aus dem Gesicht, wobei ihre Fingerspitzen Blutschlieren auf ihre Stirn malten. Ihre weiße Bluse, deren

Vorderseite blutverschmiert war – sie hatte sich wiederholt die Hände daran abgewischt –, hing über dem Hosenbund.

»Oh, Mel«, murmelte Pen, »was hast du getan?«

Grinsend hielt sie ein Blatt Papier in die Höhe.

Bodie nahm es entgegen und betrachtete es aufmerksam.

»Ihr zwei hättet sie mit dem Mord an Dad davonkommen lassen.«

»Sie haben ihn nicht ermordet«, sagte Pen.

Melanies Lippen bebten. »Du wolltest mir bloß Bodie wegnehmen. Das war alles, was dich gekümmert hat. Es war dir egal, was sie Dad angetan haben.«

»Natürlich hat es mich gekümmert«, sagte Pen, die merkte, dass Melanie jetzt ein wenig besser beieinander war als zu dem Zeitpunkt, als Bodie sie aus dem Apartment gebracht hatte. Besser beieinander, aber keineswegs weniger verrückt.

Mels Lippen verzogen sich auf erschreckende Weise, hündisch gefletschte Lefzen, die zu einem monströsen Grinsen wurden. »Dich hat nur gekümmert, die Beine breit zu machen.«

Bodie reichte Pen das Blatt, an dessen Rändern blutige Fingerabdrücke prangten. Sie las die zittrige Handschrift:

Dies ist mein Geständnis. Ich, Joyce Conway, habe mich mit Harrison Donner zusammengetan, um meinen Ehemann, Whit Conway, zu ermorden. Wir hatten hinter seinem Rücken eine Affäre. Wir wollten ihn umbringen, um seine Lebensversicherung zu kassieren und an sein Erbe zu gelangen.

»Es war also Harrison, dem du befohlen hast herzukommen?«, fragte Bodie.

»Wer sonst?«

»Er wird wahrscheinlich mit einer gottverdammten Spezialeinheit anrücken.«

»Das glaube ich nicht.«

Ich habe Harrison verraten, wo und wann wir unser Abendessen geplant hatten, und er wartete im Wagen. Als Whit die Straße überquerte, überfuhr er ihn mit seinem Auto. Es war ein gestohlenes Fahrzeug, denn er wollte die Tat nicht mit seinem eigenen begehen.

Am Ende stand Joyces Namenszug, in derselben krakeligen Handschrift wie das Geständnis.

»Wo ist sie?«, fragte Bodie.

»Wollt ihr sie sehen?« Melanie sah auf ihre Armbanduhr. Es war Bodies. »Ich schätze, wir können ein paar Minuten erübrigen.« Sie nahm Pen den Zettel weg und trat an ihnen vorbei. Als sie ihr Richtung Treppe folgten, warf sie einen Blick über die Schulter. »Wir müssen uns verstecken, bevor Harrison auftaucht. Ihr wisst schon, das Überraschungselement.«

Am Fuß der Treppe sah Bodie Pen an. Sein Gesicht war grau. Er ergriff ihre Hand. Seine Finger waren eiskalt.

Sie eilten hinter Melanie die Stufen hinauf. Sie führte sie den Korridor entlang.

Pen wusste, dass sie ein Massaker zu erwarten hatten. Sie fühlte sich benommen und taub. Das Licht schien zu trüb zu leuchten. Sie blinzelte, und plötzlich umgab Melanie eine stahlblaue Aura. Sie empfand Übelkeit. Genau wie am Freitagabend, dachte sie, die Versammlung der Krimiautoren, die Schock-Show des Gerichtsmediziners.

Leichenflecke, Bissspuren auf den Pobacken des toten Körpers, der für immer erschlaffte grünlich graue Penis der männlichen Leiche, Fliegeneier im Nasenloch.

Ich muss hier raus.

Frische Luft.

Bodie hielt sie an der Tür des großen Schlafzimmers zurück. »Warte hier«, sagte er.

Pen lehnte sich mit dem Rücken zum Raum gegen den Türrahmen. Bodie ließ ihre Hand los und drückte sich an ihr vorbei. Pen rutschte abwärts, senkte den Kopf und fixierte durch ihre Knie dumpf den Teppich.

Das sollte ich nicht, dachte sie. Ich sollte ihn sich nicht allein dieser Sache stellen lassen. Es würde ihm helfen, wenn ich an seiner Seite wäre.

Sie zwang sich wieder auf die Beine.

Aus dem Inneren des Zimmers drang kein Laut.

Als sie sich umwandte, sah sie Bodie und Melanie Schulter an Schulter stehen. Sie hatten ihr den Rücken zugedreht. Ihre Körper blockierten die Sicht auf das, was sie betrachteten. Auf was? Joyce.

Pen trat langsam näher.

Sie roch Blut und würgte. Hastig zog sie ihren Sweatshirt-Saum hoch und presste sich den weichen Stoff gegen Nase und Mund. Der frische Duft überdeckte den Kupfergestank des Bluts. Sie hörte auf zu würgen, blinzelte sich die Tränen aus den Augen und trat an Bodies Seite.

Joyce saß auf einem geraden und ziemlich unbequem wirkenden Stuhl und starrte Pen mit purpurgefärbtem Gesicht entgegen. Sie kniff die Augen zu, um das Blut wegzublinzeln, das ihr aus der zerschnittenen Stirn lief. Sie atmete keuchend durch die Nase. Ihr Mund war mit einem Stoffstreifen geknebelt, wahrscheinlich der Gürtel eines Morgenrocks.

»Ich musste eine kleine Nummer mit ihr abziehen«, sagte Melanie.

Bodie tippte Pen mit dem Lauf der Schrotflinte an. Sie hielt sich weiterhin das Sweatshirt vor den Mund, griff mit der freien Hand nach dem Lauf und hielt die Waffe fest, während Bodie hinter den Stuhl trat.

Joyces Füße waren an die Stuhlbeine gefesselt. Ihr blutgetränktes Nachthemd klebte an ihrem Körper, doch Pen konnte keine weiteren Wunden erkennen. Das ganze Blut, dachte sie, war aus den Schnitten in Joyces Stirn geflossen.

Wenn das alles war, müsste sie eigentlich wiederhergestellt werden können.

Hätte schlimmer sein können, dachte Pen. Viel schlimmer.

Sie sah Melanie an. Melanie gaffte die Schrotflinte an. Nein, wurde ihr klar. Nicht die Schrotflinte.

Mich mit meinem hochgeschobenen Sweatshirt.

Ein kalter Hauch kroch ihr über den Rücken. Sie riss sich den Pullover runter. Melanies starrer Blick hob sich bis zu ihrem Gesicht.

Pen konnte den Hass in den Augen ihrer Schwester kaum fassen.

Der Blick schweifte von ihr ab, als Bodie Joyce von ihrem Knebel befreite. »Was machst du da?«, verlangte sie zu wissen.

»Um Himmels willen«, brummte Bodie. Er hockte sich hin, um die Fesseln um Joyces Hände zu lösen. »Lass sie in Ruhe.«

Pen sah nun, dass etwas in Joyces Mund gestopft war. Sie nahm den Schrotflintenlauf in die andere Hand, trat näher und beugte sich über die Frau.

»Tu das nicht«, warnte Melanie.

»Halt den Mund«, erwiderte Pen, schob Joyce die Finger in den Mund und zog einen durchweichten Stofffetzen hervor. Ein rosafarbenes Spitzenhöschen.

Joyce rang nach Luft.

»Willst du, dass sie Harrison warnt?«

»Bist du einigermaßen in Ordnung?«, fragte Pen.

»Mah … mein Gesicht.«

»Bist du noch irgendwo verletzt?«

»Hat eine fiese Beule auf dem Hinterkopf«, sagte Bodie.

Pen tupfte mit dem zusammengeknüllten Höschen behutsam Joyces Stirn ab. Dann nahm sie das Stoffbündel weg und betrachtete die Wunden. Die Buchstaben PPK waren in die Stirn geritzt worden. Sie drückte den improvisierten Lappen auf die Schnittwunden und warf Melanie über die Schulter einen finsteren Blick zu. »Was zum Teufel soll das?«

»Ihr zwei seid doch so beschissene Dichternaturen, also findet es selbst raus.«

»Ich bekomme ihre Hände nicht frei«, sagte Bodie.

»Warum hast du das getan?«, fragte Pen laut und empört. »Allmächtiger Gott, Pen …«

»E für Ehebruch, M für Mord.«

»Warum hast du das getan, verdammt?«

»Um ihr Geständnis zu kriegen natürlich.«

»Du Schwachkopf! Dieses Geständnis ist zu nichts zu gebrauchen. Es ist völlig wertlos. Du hast es ihr unter Folter abgepresst.«

»Sie wollte es nicht schreiben. Ich musste sie zwingen.«

»Lüge«, murmelte Joyce. »Sie mir dies … danach angetan. Nur um … mir wehzutun.«

»Das Geständnis ist wertlos«, wiederholte Pen.

»Was für ein Pech«, sagte Melanie und schubste Pen aus dem Weg.

»Hey!«, schrie Bodie.

Pens Füße verknoteten sich. Sie verlor das Gleichgewicht, schlug mit der Schulter voran hart auf den Boden und kreischte auf, als der Schrotflintenlauf ihre Finger auf den Teppich einquetschte.

Bodie sprang aus der Hocke hinter Joyce. »NEIN!«, brüllte er und warf die Hände nach vorne, um Melanie wegzustoßen.

Zu spät.

Das Messer (woher kam es eigentlich?) schlitzte Joyce die Kehle auf, und ein breiter Blutstrahl benetzte Melanies Bluse, als Bodies Hände auf ihre Schultern schlugen und sie heftig ins Stolpern brachten.

Sie landete auf dem Rücken.

Pen kam auf die Beine und sah, wie Bodie durch den roten Sprühnebel rannte. Er beugte sich über Melanie. »Her damit!«, schrie er. Er griff nach dem Messer und zog die Hand rasch zurück, als Melanie danach hackte. »Gib es mir! Herrgott!«

Melanie krümmte und wand sich auf dem Boden, trat gegen seine Schienbeine und stach mit der Klinge nach ihm. Bodie schrie unablässig und versuchte ihre Messerhand zu packen.

Pen hob die Schrotflinte auf. »Geh aus dem Weg!«, fuhr sie Bodie an.

Er sah zu ihr auf.

Melanies rechtes Bein trat zu, und ihr Schuh traf ihn mitten im Schritt. Seine Augen quollen hervor. Er umklammerte mit beiden Händen seine Weichteile und klappte zusammen. Seine Knie schlugen auf den Boden.

Melanie rollte sich von ihm weg.

Pen richtete die Schrotflinte auf sie, als sie sich aufraffte. »Halt!«

Melanie ging langsam auf Pen zu, gebeugt, das Messer in der rechten Hand, die Augen fast ganz hinter strähnigem

Haar versteckt. »Willst du mich abknallen, Schwesterherz? Nur zu. Mach schon. Du oder ich.«

Pen wich vor ihr zurück.

»Ich werde dich in Stücke schneiden. Ich werde dir dein hinreißendes Gesicht zerschneiden. Ich werde dir deine hübschen Titten abschneiden. Dann werden wir ja sehen, meinst du nicht auch? Meinst du, Bodie wird dich dann noch wollen? Ja? Ja?«

Die Wand beendete Pens Rückzugmanöver. Sie entsicherte die Waffe. »Hör auf.«

»Nein, nein, nein, ich bestimmt nicht.«

Pen zog den Abzug. Die Pumpgun zuckte in ihren Händen. Ihr Dröhnen explodierte in ihren Ohren. Ein rundes Stück Decke direkt oberhalb von Melanies Kopf platzte weg. Weißer Staub und Putzbrocken rieselten herab.

Melanie grinste breit, trat einen weiteren Schritt vor, schnappte sich mit der linken Hand die Mündung und drückte sie gegen ihre Brust. »Na los, Schwester. Versuch's noch mal.«

»Mel ... um Gottes willen!«

Pen schielte über Melanies Schulter hinweg zu Bodie, der auf Händen und Knien herumkroch und sich bemühte aufzustehen.

Der Lauf flog hoch, von Melanie in die Luft geschleudert. Ungläubig sah Pen, wie sich ihre Schwester darunter wegduckte und mit dem Messer nach ihrer Brust stieß. Sie taumelte seitwärts und spürte einen brennenden Streifen unter ihrer linken Brust. Sie stieß den Ellbogen vor, der Melanie in die Achselhöhle traf und ihren Angriff vereitelte. Doch sie hatte noch immer eine Hand um den Flintenlauf gelegt. Sie entriss Pen das Gewehr und schmiss es zu Boden.

Pen stieß sich von der Wand ab. Sie versuchte, um Melanie herumzuspringen, um die Waffe zurückzubekommen, doch Melanie versperrte ihr mit flinken Bewegungen den Weg und hackte mit dem Messer nach ihr. Pen ließ sich zurückfallen, als die Klinge über ihren Bauch strich. Sie zerschlitzte ihr locker sitzendes Sweatshirt, verfehlte aber ihre Haut. Sie wirbelte herum und rannte auf die Schlafzimmertür zu.

Melanies Füße stampften dicht hinter ihr über den Teppich. Als Pen den Korridor entlanghastete, blieb sie zurück.

»Du bist tot!«, kreischte Melanie. »Hörst du mich? Du bist tot!«

Oben auf der Treppe ergriff Pen das Geländer und schwang sich hinab.

Sie kam drei Stufen weit, ehe sie getroffen wurde. Sie schrie auf, mehr vor Schreck als vor Schmerz, als die Klinge eindrang. Der Stoß warf sie nach vorne. Ihre Füße hoben sich von den Stufen, und sie flog kopfüber die Treppe hinab.

Bodie stolperte durchs Schlafzimmer, jeder Schritt neue Qualen, als würden seine Testikel mit einer Kneifzange traktiert. Ächzend bückte er sich nach der Schrotflinte. Noch immer klingelten seine Ohren vom Donnerhall des Schusses.

Er taumelte durch den Eingang und dann nach links. Der Flur war leer. Er hörte Schritte auf der Treppe, sah jedoch niemanden. Wenige, aber entscheidende Meter Wand versperrten ihm die Sicht. Dann war er am Ende der Wand angelangt und warf sich gegen das Balkongeländer über dem Wohnzimmer.

Melanie hielt das Messer wie eine komplett Wahnsinnige hoch über dem Kopf und stürmte die Stufen hinab. Unten war Pen, die, auf Knie und eine Hand gestützt, davonzukriechen versuchte. Ihr rechter Arm war seltsam verdreht und schien gebrochen zu sein. Auf dem Rücken ihres Sweatshirts zeichnete sich ein glänzender ovaler Blutfleck ab.

»Mel!«, schrie Bodie.

Sie hielt nicht an. Sie hatte die Hälfte der Treppe hinter sich gelassen.

Pen war inzwischen auf den Beinen und torkelte mit dem hin und her baumelnden gebrochenen Arm auf die Eingangshalle zu.

Bodie lud die Flinte durch.

Melanie hörte das Geräusch und sah über die Schulter.

»Halt!«, rief er.

Er spähte durchs Visier. Das Korn am Ende der Mündung flatterte auf Melanies Hals vor und zurück. Er bemerkte ihr Kropfband. Eine Erinnerung durchzuckte ihn, daran, wie sie miteinander im Bett gelegen hatten, sie mit nichts als einem ihrer Kropfbänder, und er hatte angefangen, es zu lösen, und sie hatte sich die Hände über die Ohren gelegt, als wollte sie ihren Kopf vom Abfallen bewahren. Der Druck seines Fingers um den Abzug wurde schwächer.

»Bleib einfach, wo du bist!«, befahl er. »Keine Bewegung! Lass das Messer fallen!«

Sie drehte den Kopf weg.

Bodie ließ den Blick nach rechts schweifen. Pen hatte die Vordertür erreicht und zog sie auf.

Melanie sah zu ihm zurück, dann wieder zur Tür.

»Tu es nicht!«, rief er.

Sie raste die Stufen runter.

Bodie verfolgte sie mit dem Lauf der Schrotflinte, wusste, dass ein Treffer sie wahrscheinlich töten würde, verabscheute den Gedanken, fragte sich, ob Pen genug Vorsprung hatte, zielte schließlich auf eine Stelle ein Stück vor Melanie und feuerte. Die Pumpgun machte einen Satz, der Rückstoß malträtierte seine Schulter, die Explosion ließ seine Trommelfälle erbeben. Die Eingangstür, die Pen offen gelassen hatte, knallte zu, als die Schrotkugeln im unteren Bereich einschlugen.

Er rannte zur Treppe und verzog bei jedem Schritt, der eine neue Schmerzwelle von seinen Hoden durch seinen Körper schickte, das Gesicht.

Melanie erreichte die Haustür im selben Moment, in dem er die Treppe hinabzulaufen begann.

Laufen hatte wehgetan, aber das Treppensteigen war die reinste grellweiße Hölle.

Melanie riss die Tür auf und stürzte nach draußen.

Bodie betätigte den Vorderschaft und warf die verbrauchte Patrone aus.

Die letzten drei Stufen nahm er mit einem Satz und schrie auf, als der Schmerz beim Aufkommen in ihm explodierte. Er humpelte durch die Eingangshalle und schließlich durch die Haustür.

Melanie, deren weiße Bluse ein helles bewegliches Ziel bot, hatte den dunklen Garten bereits zur Hälfte durchquert. Der verschwommene, rennende Umriss Pens war ihr nicht weit voraus.

Sobald Pen beim geschlossenen Einfahrtstor ankam, würde Melanie sie einholen und schnappen.

Keine Frage.

»Halt!«, schrie Bodie und legte das Gewehr an.

Was, wenn einige der Schrotkugeln an ihr vorbeizischen und Pen treffen?

Er nahm die Mitte von Melanies Rücken ins Visier. Sein Finger legte sich fester um den Abzug.

Pen war nur noch einen langen Schritt vom Tor entfernt.

Das Tor wurde krachend aufgestoßen, traf sie mit Wucht, schleuderte sie zur Seite.

Ein Mann stürmte auf das Grundstück, in vorgebeugter Haltung, als hätte er sich gerade wie ein Rammbock gegen das Tor geworfen. Als Melanie, die ihren Kurs nicht mehr hatte ändern können, über Pen stolperte und auf ihn zuflog, richtete er sich abrupt auf.

Harrison.

Harrison hatte Pen vergewaltigt.

Bodie schoss nicht.

Der Mann streckte beide Hände aus, um Melanie abzuwehren. »Hey!«, brüllte er. Dann war sie auf ihm und stieß ihm das Messer so heftig in die Brust, dass es ihn bis auf den Fußweg zurückwarf. Melanie ließ sich auf ihn fallen.

Sogar von der Veranda aus konnte Bodie hören, wie sein Kopf auf Beton schlug.

Er rannte auf die miteinander ringenden Gestalten zu.

Harrison lag unten und bewegte sich nicht.

Melanie, die auf ihm saß, umso mehr.

Vor allem ihr Arm.

Sie trieb ihm das Messer in den Körper, riss es heraus, stach wieder und wieder zu, bis Bodie ihr durch einen gezielten Hieb mit dem Flintenkolben Einhalt gebot.

Als er zu Pen hinüberwankte, schleifte er die Schrotflinte neben sich her. Dann ließ er sie ins Gras fallen und kniete sich neben sie. Sie lag auf dem Rücken, japste und hielt eine Hand auf die Wunde unter ihrer Brust gedrückt.

»Wie schlimm ist es?«

Als wäre das überhaupt nicht wichtig, schüttelte sie den Kopf. »Was ist passiert?«, keuchte sie.

»Mel ... ich glaube, sie hat Harrison getötet. Ich habe sie bewusstlos geschlagen.«

Stöhnend versuchte Pen sich aufzurichten. Bodie drückte ihre Schultern sanft zu Boden. »Ich nehme an, dass dein Arm gebrochen ist.«

»Was du nicht sagst.«

»Ruh dich einfach aus. Ich gebe der Polizei Bescheid.«

»Nein. Hilf mir auf.«

»Pen ...«

»Bitte.«

Er zog sie an den Schultern hoch. Als sie saß, legte sie ihm den linken Arm um den Hals. Er packte sie direkt unterhalb der Achselhöhlen und hob sie an. Erst war sie sehr schwer, doch als ihre Beine mitspielten, wog sie nichts mehr. »Okay«, murmelte sie. Bodie hielt ihren Arm fest, merkte jedoch schnell, dass sie keinerlei Unterstützung benötigte, als sie ihn zu den reglosen Körpern zurückführte. »Würdest du sie bitte von ihm runterziehen?«

Bodie ging in die Hocke und zog behutsam an Melanie, bis sie von Harrison wegrollte. Als eine ihrer Hände auf den Boden klatschte, stöhnte sie auf. Ihre Augen blieben geschlossen.

Pen sank neben Harrison auf die Knie und starrte ihn an.

Bodie trat um Melanie herum und kauerte sich nah neben Harrisons Kopf. Seine Augen waren geschlossen, der Mund stand offen. Das Heft des Messers ragte aus seiner Brust.

Pen legte ihm eine Hand um die Kehle.

»Sie muss fünf- oder sechsmal auf ihn eingestochen haben«, sagte Bodie.

»Ich kann keinen Puls fühlen.«

»Ich hätte sie aufhalten können. Ich war bereit, sie zu erschießen, aber als sie auf ihn statt auf dich losging ... Der Mann hat dich vergewaltigt. Und er hat deinen Vater überfahren.«

»Wo ist seine Pistole?«, fragte Pen.

»Ich habe keine bei ihm entdecken können.«

Pen beugte sich über die Leiche und zog einen Revolver aus der Jackentasche. »Ich habe mir gedacht, dass er ihn dabeihat. Ich weiß nicht, ob das eine große Hilfe sein wird, aber …« Sie schwang den Revolver Richtung Hausfront und feuerte zweimal.

Sie setzte sich rittlings auf die Leiche, legte die Waffe in Harrisons Hand und schob seinen Zeigefinger durch den Abzugsbügel. Die Fingerspitze drückte sie gegen den Abzug. Mit dem Saum ihres Sweatshirts wischte sie ihre Abdrücke vom Rest der Pistole ab.

»Was ist mit Joyce?«, fragte Bodie.

»Keine Ahnung.«

»Es besteht nicht die geringste Möglichkeit, das nach Selbstverteidigung aussehen zu lassen.«

»Wenn wir die Leiche loswerden könnten …«

Bodie hörte ein Martinshorn in der Ferne durch die Nacht heulen.

»Zu spät für irgendwelche Aktionen dieser Art«, sagte er.

Melanie, die ausgestreckt auf dem Rasen neben ihrem Opfer lag, sah aus, als schliefe sie.

»Fällt dir eine gute Geschichte ein?«, fragte Bodie Pen.

»Keine, die alle Details abdecken würde. Es wird auf die Wahrheit hinauslaufen, schätze ich. Sie muss genügen.«

»Abgesehen von dem Revolver.«

Die Alarmsirene schwoll zu einem hohen Kreischen an.

Pen stand auf.

Bodie, der sich ebenfalls erhob, legte ihr eine Hand auf den Rücken, knapp oberhalb des Hinterns. Zusammen traten sie durch das offene Tor. Pen lehnte ihren Kopf an seine Schulter. »Ich wünschte, wir könnten in die Vergangenheit reisen«, sagte sie, »die Uhr zurückdrehen und alles ändern.«

»Ich schätze, Harrison und Joyce haben bekommen, was sie verdient haben«, sagte Bodie.

»Aber Melanie.«

»Ja.«

»Was haben wir ihr angetan?«

Er schlang die Arme um Pen und zog sie an sich. Während er sie hielt, bewegte er langsam den Kopf zur Seite, bis er das offene Tor jenseits ihres Kopfs im Blick hatte. Melanie hatte sich auf Hände und Knie gestützt. Sie wandte ihnen das Gesicht zu. Ihre Miene war in der Finsternis ein matter Fleck mit schwarzen Höhlen statt Augen.

Die uns anstarren, wie Bodie wusste.

Voller Hass.

Er spürte, wie es ihm kalt den Rücken hinunterlief.

Würde sie sich die Schrotflinte greifen?

Das Martinshorn gellte ohrenbetäubend.

Sie entschied sich für das Messer.

Sie zog es aus Harrisons Brust.

Bodie erwartete angespannt ihren Angriff.

Melanie stach die Klinge langsam in Harrisons Kehle. Sie hielt den Griff mit beiden Händen umklammert und zog die Klinge vor und zurück, nach rechts und links. Ihr langes schwarzes Haar schwang wie ein Vorhang im Wind vor ihrem Gesicht hin und her, als sie sich über ihm wiegte und ihr ganzes Gewicht in den finalen Schnitt legte.

»Was ist los?«, fragte Pen.

»Nichts.« Bodie strich ihr über den Kopf. »Alles in bester Ordnung.«

24

»Keine Dummheiten«, sagte Pen. Sie lag im Bett, nackt bis auf ihre weißen Shorts, ein weißes Pflaster unter der linken Brust und einen weißen Gipsverband um den Arm. Die im Moment nutzlose Schlinge lag achtlos hingeworfen und zerwühlt neben ihr auf dem Laken. »Schließlich bin ich ein Pflegefall.«

»Du siehst sehr gepflegt aus.« Bodie umschloss mit den Händen ihre Brüste und rieb mit den Daumen sanft die Nippel. Pen wand sich.

»Pflegen kannst du mich später«, sagte sie. »Jetzt geht es um ernste Dinge.«

»Natürlich.«

Bodies Hände zogen sich zurück. Pen hob den Kopf vom Kissen. Sie drückte ihre Brust flach und äugte darüber hinweg, um zu sehen, was er trieb. »Sei vorsichtig«, warnte sie ihn lächelnd.

Bodie schob seinen Fingernagel unter eine Ecke des Klebebands, mit dem das Pflaster fixiert war. »Es ist schwer, sich zu konzentrieren«, sagte er, »wenn man etwas derart Reizvolles vor Augen hat.«

»Klar. Zweifellos.«

Er entfernte das Klebeband behutsam und sah aufmerksam zu, wie es sich langsam von ihrer Haut löste.

»Aauuhh.«

»Vielleicht ein kurzer heftiger Ruck.«

»Wag es nicht.«

»Wir sollten diesen Verband wirklich häufiger wechseln als den auf dem Rücken. Die Örtlichkeit ist so unglaublich malerisch.«

Das Pflaster löste sich und enthüllte eine zehn Zentimeter lange, genähte Schnittwunde.

»Igitt«, sagte Pen.

»Macht gute Fortschritte.«

»Du hast leicht reden. Ich bin diejenige, die wie Frankensteins Braut aussieht.«

»Du siehst toll aus. Das verleiht dir eine ganz spezielle Note.«

»Sicher.«

Bodie entrollte ein Wattepad und Verbandsmull, schnitt jeweils ein der Länge der Wunde entsprechendes Stück ab und fixierte alles mit einem Klebestreifen.

»Gute Arbeit.« Sie ließ ihre Brust los und den Kopf wieder aufs Kissen sinken.

Ihre Finger hatten leichte rötliche Abdrücke auf ihrer cremefarbenen Haut hinterlassen. Bodie sah zu, wie sie verblassten.

Ich werde dir die Titten abschneiden!

»Was ist los?«, fragte Pen.

»Melanie. Sie kehrt immer wieder zurück.«

»Ja.«

»Ich frage mich, wie es ihr geht.«

»Keine Ahnung«, sagte Pen leise. »Immerhin wird sie sich wahrscheinlich nicht vor Gericht verantworten müssen. Das wäre hart gewesen, mit nichts als Joyces fragwürdigem Geständnis im Rücken.«

Bodie legte Pen eine Hand auf den Bauch und streichelte sanft über die zartglatte Haut. »Meinst du, sie behandeln sie gut?«

»Es ist nicht gerade das Hilton. Wir können sie irgendwann später vielleicht in einer besseren Einrichtung unterbringen.«

»Wenigstens hat sie die beiden fertiggemacht.«

»Ich frage mich, ob es das wert war.«

Das Telefon klingelte. »Ich geh ran«, sagte Bodie. Er tätschelte ihren Bauch, stand dann auf und eilte zur Küche. Plötzlich überkam ihn heftige Furcht. Pen hatte die Nummer ändern lassen. Nur die Polizei, die Leute von Melanies psychiatrischer Klinik und das Krankenhaus hatten die neue. Der Anruf konnte nur Ärger bedeuten. Er hob ab. »Hallo?«

»Bin ich mit dem Wohnsitz von Penelope Conway verbunden?«, fragte eine männliche Stimme.

»Jawohl, das sind Sie.«

»Dürfte ich Miss Conway bitte sprechen?«

»Darf ich fragen, mit wem ich spreche und warum Sie anrufen?«

»Ich bin Dr. Herman Grey vom Beverlywood Medical Center und rufe wegen Miss Conways Vater an.«

Bodies Magen wurde von einer eisigen Faust zusammengedrückt. »Einen Augenblick bitte.« Er ließ den Telefonhörer am Kabel hinabbaumeln und lief zurück ins Schlafzimmer. Pen saß bereits aufrecht im Bett.

Als sie Bodie sah, wich alle Farbe aus ihrem Gesicht.

»Es ist Dr. Gray«, sagte er.

Sie biss sich auf die Unterlippe.

Bodie folgte ihr in die Küche und stand nah hinter ihr, als sie den Hörer ergriff. Er legte ihr eine Hand auf den entblößten Rücken und starrte angestrengt auf den Verband über ihrem rechten Schulterblatt.

»Hier spricht Pen Conway«, sagte sie.

Sie lauschte.

»O mein Gott«, sagte sie und brach in Tränen aus.

»Was zum Teufel ist mit dir passiert?«

»Was zum Teufel ist mit dir passiert?«, konterte Pen schlagfertig. Dann fiel sie neben seinem Bett auf die Knie und gab ihrem Vater weinend einen langen Kuss.

»Hey, ich werde klitschnass, Mäuschen. Dreh mal die Leitung ab«, sagte er, nachdem ihr Mund von seinem abgelassen hatte.

»Himmel, Dad.« Sie küsste ihn abermals.

Seine Hand kam unter dem Laken hervor und strich ihr übers Haar. »Ist wirklich schön, dich wiederzusehen«, sagte er. »Schön, überhaupt irgendwas wiederzusehen, wenn wir schon dabei sind.«

»Wie fühlst du dich?«

»Als hätte mich eine Lokomotive gerammt.«

»Es war ein Sportwagen.«

»Das wurde mir berichtet.«

Pen wischte sich mit ihrer linken Hand die Augen trocken.

»Und wie lautet deine Ausrede?«, fragte Whit und schwenkte den Blick zu ihrem Gips.

»Ich bin die Treppe runtergefallen.«

»Tollpatschigkeit scheint in der Familie zu liegen, was?« Bodie bemerkte ein Funkeln in den Augen des alten Herrn. »Waren Fahrlässigkeit oder Mitverschulden im Spiel?«

»Nein, ich war ganz allein verantwortlich.«

»Oooch. Wir hätten so schöne Prozesse wegen Körperverletzung anstrengen können, du und ich, wenn doch nur ...«

»So ist das Leben«, sagte Pen.

»Und es hat uns alle zusammen wieder.« Dann gab er ein »Aauuhh« von sich, ein ziemlich exaktes Echo dessen, was

Pen ausgestoßen hatte, als Bodie damit beschäftigt gewesen war, ihr das Verbandspflaster von der Brust zu ziehen.

»Dad, ich möchte dir Bodie vorstellen.« Sie lächelte ihn über die Schulter hinweg an. In ihren Augen schimmerten Tränen.

»Ich dachte, Bodie wäre eine Stadt in Wyoming. Du siehst nicht besonders nach einer Stadt aus.«

»Willkommen zurück, Mr. Conway.«

»Du knallst also meine Tochter?«

»Dad!«

»Zur Hölle noch eins, ich weiß doch, dass du's tust. Das sehe ich dir an der Nasenspitze an. Du scheinst in Ordnung zu sein.«

»Danke, Sir.«

»Nenn mich Whit.«

»Whit.«

»Trinkst du?«

»Ich habe den größten Teil des Biervorrats, den Sie im Kühlschrank hatten, weggeputzt.«

»Sieh zu, dass du ihn auffüllst, bevor ich nach Hause komme. Der Genesungsprozess macht tüchtigen Durst.«

»Verstanden.«

»Apropos zu Hause, wie kommt es, dass ihr zwei hier seid und Joyce nicht?«

»Sie weiß nicht, dass du aufgewacht bist«, erklärte Pen. »Noch nicht. Wir sagen es ihr, sobald wir sie sehen.«

»Macht das. Sag ihr, sie soll ihren süßen Hintern hierherbewegen.«

»Mache ich.«

»Was ist mit Tochter Nummer zwei?«

»Sie ist direkt nach dem Unfall für ein paar Tage hier gewesen. Es sah danach aus, als würde sich dein Zustand für eine ganze Weile nicht ändern, also ist sie zur Schule zurück. Sie muss ihre Kurse besuchen …«

»Tja, daran ist nichts verkehrt. Ich bin schon froh, dass sie so aufmerksam war, überhaupt herzukommen.«

»Sie war schrecklich mitgenommen, Dad.«

Ein Lächeln umspielte seine Mundwinkel. »Das ist schön zu hören. Melanie … seid eure Mutter tot ist, haben meine jüngere Tochter und ich so unsere Probleme miteinander gehabt.« Er schüttelte den Kopf. »Für Joyce hat sie nicht besonders viel übrig, fürchte ich.«

»Dich liebt sie sehr.«

»Teufel noch eins, ich glaube, ich werde ihr mal einen Besuch abstatten, wenn ich wieder auf den Beinen bin.«

Bodie hielt Pen an der Hand, als sie das Krankenhaus verließen. Die Morgensonne schien hell und warm, und er sah zu, wie der leise Wind mit Pens glänzenden Haaren spielte.

Kummer lag in ihrem Blick.

»Ist alles in Ordnung bei dir?«, fragte er.

»Es war schrecklich, ihn anzulügen.«

»Jetzt ist es wirklich noch nicht an der Zeit, ihm die Wahrheit zuzumuten.«

Sie schüttelte den Kopf. »Das wird ihn echt fertigmachen.«

»Warte noch ein paar Tage.«

»Dadurch wird es nicht einfacher.«

»Ich weiß.«

»Eine Welt der Schmerzen wartet auf ihn.«

»Wenn er rausfindet, was seine Frau und Harrison ihm angetan haben, wird es ihn vielleicht nicht ganz so schwer treffen, dass sie tot sind.«

»Das ist bloß eine andere Art von Schmerz.«

»Es wäre ihm erspart geblieben, wenn er im Koma geblieben wäre. Aber so ist es doch wohl eindeutig besser, oder?«

»Ja.« Ihre Lippen verzogen sich zu einem Lächeln. Sie sah Bodie in die Augen. »Sehr viel besser so.« Ihre Hand legte sich fester um seine. »Ich werde allerdings eine Weile in seiner Nähe bleiben. Er wird mich brauchen.«

»Ist mir klar.«

»Tut mir leid.«

»Die Sommerferien stehen vor der Tür. Bis dahin komme ich jedes Wochenende. Falls du magst.«

»Natürlich mag ich.«

»Lass bloß niemand anders diese Verbände wechseln. Die gehören mir.«

»Zu Befehl, Sir.«

»Das wird ein toller Sommer.«

»Wir gehen an den Strand.«

»Lass uns jetzt zum Strand«, schlug Bodie vor.

Sie hielten an einer Ecke an und warteten, dass die Ampel grün wurde.

Bodie fühlte sich ein wenig traurig. Er wusste, dass er Pen in ein paar Tagen verlassen würde, und er wusste auch, dass mehr oder minder schwere Zeiten vor ihnen beiden lagen – voller Schmerz und Trauer und Einsamkeit.

Doch in diesem Augenblick waren sie zusammen. Sie war an seiner Seite, ein Teil von ihm, der gefehlt hatte, wiedergefunden worden war und nie mehr verloren gehen durfte.

Die Ampel sprang um.

Der Verkehr stoppte.

Bodie stand still am Bordsteinrand, Pen fest bei der Hand haltend, und sah aufmerksam nach beiden Seiten, um sicherzugehen, dass keine Gefahr drohte. Dann trat er mit Pen über die Kante, und sie überquerten die Straße.

25

An der Kreuzung von Crescent Heights und Sunset Boulevard hielt Phil Danson vor der roten Ampel an. Er sah nach rechts und links. Weit und breit war kein Wagen in Sicht, weshalb er auf die Tube drückte und seinen Jaguar XKE über den Sunset jagte.

Das versetzte ihn in einen kleinen Rausch.

Leichtes Risiko, leichter Rausch.

Er hielt das Gaspedal durchgedrückt, schaltete in einen anderen Gang und nahm Tempo auf. Die Straße zum Laurel Canyon hinauf verlief steil und kurvenreich. Er nahm die Kurven extrem rasant, und die Art, wie sein schnittiger Wagen auf der Straße lag, zauberte ihm ein Grinsen ins Gesicht. Der stetige schnelle Wechsel von einer Seite zur anderen warf ihn in seinem Sitz hin und her. Hätte er den Sicherheitsgurt angelegt, hätte er die Kraft und Wucht nicht so intensiv spüren können. Daher hatte er sich nicht angeschnallt.

Vor ihm sprang eine Ampel auf Rot. Er beließ den Fuß auf dem Gas.

Kein echtes Risiko. Es war schließlich zwei Uhr morgens – wie hoch also standen die Chancen, dass ein Auto von der Seite heranrauschen und in ihn hineindonnern würde? Niedrig bis null. Phil hoffte auf einen Adrenalinschub, als er über die rote Ampel und die Kreuzung schoss.

Er fuhr über die Mittellinie.

O ja.

Sein Herz schlug schneller, sein Magen verknotete sich.

»Alles gut«, keuchte er.

Das hier ist klasse, einfach großartig.

Mit den schweißfeuchten Händen am Lenkrad raste er bergab.

»Wie ein geölter Blitz!«

Er machte die Scheinwerfer aus. Die Straßenbeleuchtung spendete ihm genug Licht, um die Straße vor sich erkennen zu können. Fast jedenfalls. Das Pflaster war eine undeutliche Wildbahn, gesäumt von dunklen Böschungen, sich permanent drehend und krümmend.

Er steuerte einhändig, als er das Radio einschaltete. »Hier ist KLFC mit lieblichen Klängen von Mitternacht bis Morgengrauen.«

»Scheiß drauf.« Phil drückte sich zum nächsten Sender und erwischte Bruce Springsteen.

»Der Boss!«, schrie er triumphierend und drehte die Lautstärke hoch.

Schwache Leuchtkegel zerschnitten die vor ihm ausgebreitete Dunkelheit. Mit einem anfeuernden Jauchzen riss Phil das Steuer herum. Der Jaguar schlingerte seitwärts, als das grelle Licht von Scheinwerfern in seine Augen stach. Eine Hupe plärrte. Ein Mustang flog vorbei, gefährlich nah, aber: vorbei.

Phil lachte.

Am Mulholland war die Ampel für ihn grün. Er donnerte so schnell darunter durch, dass seine Reifen sich tatsächlich vom Asphalt hoben, als die Straße auf der anderen Seite abfiel.

Die Straße den Bergrücken hinab war sehr breit, und auf ihr gab es, wie er wusste, häufig Verkehrskontrollen. Er schaltete seine Scheinwerfer ein und verlangsamte sein Tempo bis zur erlaubten Höchstgeschwindigkeit.

Der Spaß war vorbei. Er fühlte sich nach wie vor ein bisschen schwindlig und klapprig und klammerte sich für eine Weile an diese Hochgefühle, indem er an seine wilde Fahrt zum Gipfel hoch und die knappe Geschichte mit dem Mustang dachte.

Es war geil gewesen, einfach hammergeil.

Als er die Kreuzung zum Ventura Boulevard erreichte, stellte er das Radio ab. Er wartete das grüne Ampelsignal ab, bog dann nach links ab und fuhr zu Earls Autolackiererei.

Er schaukelte die Einfahrt entlang, hielt vor dem geschlossenen Garagendoppeltor an und drückte auf die Hupe.

Wenige Sekunden später rollte eines der Tore nach oben. Earl winkte ihn, den obligatorischen Zigarrenstumpen im Mundwinkel, herein.

Phil ließ den Jaguar vorwärts gleiten. Hinter ihm ging das Tor rumpelnd wieder zu. Er stellte den Motor ab und stieg aus.

Earl schielte durch eine graue Rauchwolke kritisch auf den Wagen.

»Sieht nach einer echten Schönheit aus«, sagte er.

»Sie ist eine Schönheit«, bestätigte Phil. »Fährt sich wie ein Traum.«

Earl ging um das Fahrzeug herum, stieß Rauch aus und nickte. »Ich hatte dich schon letzte Woche damit erwartet.«

»Jetzt mach keinen Druck, Earl.«

»Ich mach keinen Druck. Geht nur darum, dass ich dem Kerl versprochen habe, er würde das Ding kriegen, kapiert?«

»Tja, jetzt hast du das Ding.«

»Dauert seine Zeit, das Lackieren, die Seriennummern austauschen, all das ...«

»Dauert seine Zeit«, konterte Phil, »einen Jag in tadellosem Zustand aufzutreiben.«

»Dachte, du hättest schon einen ganz bestimmten im Visier gehabt.«

»War auch so. Ich hatte das Schätzchen klargemacht. Hab mir den Schlitten in Beverly Hills geschnappt, aber es hat geschüttet wie aus Kübeln, und irgendein alter Sack ist mir genau vor dem Kühler rumgeeiert, und ich hab ihn natürlich erwischt. Und zwar ordentlich erwischt, und ich glaube, irgendeine Torte hat gesehen, wie ich ihn umgenietet habe, deshalb musste ich zügig die Flatter machen und die Kiste kaltstellen. Das hätte sonst zu viel Ärger geben können. Wer hat schon Bock auf zusätzlichen Ärger? Ich jedenfalls nicht. Hey, das hier ist sowieso das bessere Auto. Dieser andere Wagen wollte ums Verrecken nicht anständig bremsen.«

Werkverzeichnis der von
Richard Laymon
im Wilhelm Heyne Verlag
erschienenen Titel

Laymon über Laymon:

»Ich finde es faszinierend, dass fast jeder Leser ein anderes meiner Bücher als sein Lieblingsbuch nennt.

Was sind meine Lieblingsbücher?

Eigentlich alle. Wenn mir ein Buch nicht gefällt, schreibe ich es auch nicht zu Ende.

Außerdem versuche ich, jedem Buch etwas Besonderes zu verleihen: sei es eine ungewöhnliche Wendung, eine gut gelungene Figur, interessante Schauplätze oder Themen.

Es gefällt mir, ein altbekanntes Thema aufzugreifen und daraus etwas Neues zu machen. Der Pfahl *zum Beispiel ist die ungewöhnliche Version einer Vampirgeschichte,* Das Grab *gibt dem Zombiegenre eine neue Richtung, und* Der Ripper *ist eine sehr spezielle Interpretation des Jack-the-Ripper-Mythos.*

Was ich auch sehr interessant finde, ist die Tatsache, dass meine Fans nach der Lektüre eines meiner Bücher nicht aufhören können, bis sie alle gelesen haben. Das ist toll.«

Dieses und alle folgenden Zitate finden sich im Original neben weiteren Interviews und vielen interessanten Artikeln auf der offiziellen englischsprachigen Website Richard Laymon Kills!, die von Steve Gerlach betreut wird:

http://rlk.stevegerlach.com/

Rache (*Come Out Tonight*, 1999)

Los Angeles. Eine heiße Sommernacht. Sherry und Duane haben etwas vergessen: Kondome. Also macht sich Duane auf, um im Laden um die Ecke welche zu kaufen. Sherry wartet. Und wartet. Schließlich geht sie selbst los. Doch sie kann Duane nirgends finden – stattdessen bietet ihr ein anderer Junge, Toby, seine Hilfe an. Dankbar steigt Sherry zu ihm ins Auto. Die schlechteste Entscheidung, die sie je getroffen hat – denn Toby ist alles andere als ein harmloser junger Mann ...

Die Insel (*Island*, 1991)

Laymon über Laymon:

»Beim Schreiben dieses Romans habe ich eine ungewöhnliche Technik eingesetzt: Das Buch besteht ausschließlich aus den Tagebucheinträgen eines jungen Mannes. Wir sehen alles durch seine Augen, erfahren alles aus seiner Perspektive. Im Gegensatz zu den üblichen Romanen, die in der ersten Person geschrieben sind, spielt das Schreiben des Tagebuchs in der Geschichte eine große Rolle. Im Moment der Niederschrift kann der Erzähler unmöglich wissen, was als Nächstes passiert.

Es hat mir viel Spaß gemacht, mit dem Tagebuchformat zu experimentieren. Da haben sich ganz neue Möglichkeiten ergeben, die Geschichte zu erzählen, den Leser – und auch mich – zu überraschen.«

Das Spiel (*In the Dark*, 1994)

Eines Tages erhält die junge Bibliothekarin Jane Kerry einen geheimnisvollen Umschlag, der einen Fünfzigdollarschein und die Aufforderung enthält, sich an einem ominösen »Spiel« zu beteiligen: Wenn sie jeweils um Mitternacht eine bestimmte Aufgabe löst, dann verdoppelt sich ihre Belohnung. Aus Neugierde beteiligt sie sich. Die ersten Aufgaben sind noch leicht, doch sie werden härter und härter – bis sie Jane an einen Punkt führen, von dem es kein Zurück mehr zu geben scheint: Das »Spiel« artet in reinsten Terror aus.

Laymon über Laymon:

»In Das Spiel *geht es um eine Schatzsuche. MOG, der Master of Games, hinterlässt seltsame Botschaften, die zu immer höheren Geldbeträgen führen, wenn man sie korrekt entschlüsselt. MOG ist der große Unbekannte, der Schlimmes im Schilde führt. Früher oder später könnte man sogar denken, dass er nicht von dieser Welt ist.*

Er versucht, Gott zu spielen.

Was er auch schafft – durch eine Mischung aus Versprechungen und Drohungen.

In gewissem Sinn bin ich MOG, indem ich als Autor ein übles Spiel mit meinen Figuren treibe. Ich treibe sie in seltsame, gefährliche Abenteuer – und das nur, um mich und meine Leser zu amüsieren.«

Nacht (*After Midnight*, 1997)

Als Alice den Job als Babysitterin annimmt, ahnt sie nicht, dass ihr die schrecklichste Nacht ihres Lebens bevorsteht. Denn kaum ist sie allein im Haus, wird sie von einem geheimnisvollen Anrufer terrorisiert. Als der dann auch noch versucht, in das Haus einzudringen, weiß sie sich nicht anders zu helfen, als ihn mit einem alten Säbel niederzustrecken. Doch damit beginnen die Probleme erst: Denn der Eindringling ist überhaupt nicht der Anrufer – und er wird auch nicht die letzte Leiche in dieser Nacht bleiben …

Das Treffen (*Blood Games*, 1992)

Laymon über Laymon:

»Das Treffen *bietet einige Besonderheiten, die ich nicht unerwähnt lassen will.*

Zunächst einmal habe ich versucht, die Atmosphäre einer kleinen geisteswissenschaftlichen Universität einzufangen – ganz besonders das Wohnheimleben.

Außerdem werden in Das Treffen *in Rückblenden viele der Abenteuer erzählt, die die Freundinnen vor ihrer verhängnisvollen Reise nach Vermont erlebt haben. Einmal helfen sie einem aufstrebenden Jungregisseur, eine Kurzgeschichte namens ›Speisesaal‹ zu verfilmen. Natürlich müssen sie den Autor anrufen und ihn um Erlaubnis fragen – mich. Wir führen eine nette kleine Unterhaltung.*«

Der Keller

Die *Beast-House*-Trilogie in einem Band:

1. Im Keller (*The Cellar*, 1980)
2. Das Horrorhaus (*The Beast House*, 1986)
3. Mitternachtstour (*The Midnight Tour*, 1998)

Das alte Haus in der Nähe von San Francisco ist eine gruselige Touristenattraktion – denn nachts, so heißt es, soll dort eine blutrünstige Bestie ihr Unwesen treiben. Deshalb finden auch nach 16 Uhr keine Führungen mehr statt. Doch einige glauben nicht, dass die Bestie wirklich existiert. Sie halten das sogenannte Horrorhaus für einen gewaltigen Schwindel, den es mit allen Mitteln zu entlarven gilt. Ein katastrophaler Fehler …

Laymon über Laymon:

»Für viele ist Der Keller *das beste meiner Bücher – wahrscheinlich, weil es das erste ist, das sie gelesen haben. Wie bei einem ersten Date …«*

Die Show (*The Travelling Vampire Show*, 2000)

Es ist der Sommer 1963, und die Show ist in der Stadt! Begeistert stehen der sechzehnjährige Dwight, sein Kumpel Rusty und die hübsche Slim vor dem Plakat, das eine »Große Vampirshow« ankündigt – angeblich mit einem echten Vampir. Pech nur, dass die Show erst um Mitternacht beginnt und Minderjährigen der Zutritt untersagt ist. Doch das spornt die drei Freunde erst recht an, hinter das Geheimnis der Show zu kommen. Ist alles nur Humbug – oder sind tatsächlich echte Vampire nach Grandville gekommen?

Ausgezeichnet mit dem Bram Stoker Award

Die Jagd (*Endless Night*, 1993)

Laymon über Laymon:

»Als ich meinen Abschluss in Englisch an der Willamette University machte, musste ich vor verschiedenen Dozenten eine mündliche Prüfung ablegen.

Bei der mündlichen Prüfung fragte mich eine Professorin: ›Haben Sie vor, jemals experimentelle *Literatur zu schreiben?‹*

›Nein‹, antwortete ich.

Damals war experimentell *für mich gleichbedeutend mit ›bedeutungsschwer, verkopft, richtungslos und unverständlich‹.*

Genau die Art von Literatur, mit der ich nichts zu tun haben wollte.

In den vergangenen Jahren habe ich mir jedoch oft gewünscht, ich hätte eine andere Antwort gegeben.

In Die Jagd *erzählt eine der Hauptfiguren, der psychopathische Simon, einen Teil der Geschichte über eine Reihe von Tonbandaufzeichnungen. Dadurch war es mir möglich, die Handlung aus Simons Sicht darzustellen – zumindest das, was er uns auch erzählen will. Was er da von sich gibt, ist keinesfalls meine eigene Weltsicht.*

Beim Verfassen dieser Tonbandaufzeichnungen fielen mir einige große Unterschiede zwischen geschriebener und ge-

sprochener Sprache auf. Daher las ich alles laut vor und nahm ein paar große Änderungen in Bezug auf Rhythmus, Wortwahl und Ausdrucksweise vor, damit Simons Monologe auch wirklich gesprochen und nicht geschrieben klingen.

Ja, ich wünschte wirklich, ich könnte die Frage nochmals beantworten, die mir meine Dozentin an der Willamette vor so vielen Jahren gestellt hat.

›Haben Sie vor, experimentelle *Literatur zu schreiben?‹, würde sie mich fragen.*

Und ich würde antworten: ›Kommt darauf an, was Sie mit experimentell *meinen.‹«*

Der Regen (*One Rainy Night*, 1991)

Ein seltsamer schwarzer Regen fällt auf die Kleinstadt Bixby. Seine warmen Schauer versetzen jeden, der sie auf der Haut spürt, in ekstatische Verzückung. Doch der Regen weckt auch die pure Mordlust. Polizisten erschießen diejenigen, die sie beschützen sollen, harmlose Passanten fallen über ihre Mitmenschen her. Immer mehr Einwohner werden Opfer dieses unheimlichen Phänomens – erfüllt von Hass und Wut, ziehen sie aus, um diejenigen, die den schwarzen Tropfen entkommen sind, zu töten.

Der Ripper (*Savage*, 1993)

Whitechapel, November 1888. Zufällig erlebt der junge Trevor Bentley mit, wie Jack the Ripper einen grässlichen Mord begeht, und kommt selbst nur knapp mit dem Leben davon. Der erbarmungsloseste Serienkiller, den die Annalen der englischen Kriminalgeschichte verzeichnen, verlässt London und macht sich auf den Weg nach Amerika. Trevor, der dem Ripper das blutige Handwerk legen will, folgt ihm in die Neue Welt und erlebt viele Abenteuer, bevor sich ihre Wege erneut kreuzen.

Laymon über Laymon:

»Der Ripper *ist ebenso beliebt wie* Der Keller *oder* Der Pfahl. *Einmal traf ich eine junge Leserin aus Australien, die zu einer Signierstunde nach Disneyland gekommen war. Sie erzählte mir, wie gut ihr das Buch gefallen hat. Doch dann sagte sie: ›Wenn Sie Jesse umgebracht hätten, hätte ich Sie getötet.‹ Sie muss Jesse richtig gernhaben (ich auch).*«

Der Pfahl (*Stake*, 1990)

Larry Durban, Autor blutiger Horrorbücher, verirrt sich mit seiner Frau und einem befreundeten Pärchen in der Wüste Kaliforniens. Sie entdecken ein Hotel in einer Geisterstadt, in dessen Keller ein Sarg mit einer weiblichen mumifizierten Leiche versteckt ist. In der Brust der Toten steckt ein Holzpfahl. Larry beschließt nicht nur, eine Mischung aus Tatsachenbericht und Vampirroman über diesen Fund zu schreiben, sondern auch das Entfernen des Pfahls auf Video aufzunehmen. Doch während sich Larry noch romantischen Blutsaugerträumen hingibt, muss seine Tochter Lane feststellen, dass sich die wahren Ungeheuer hinter der Fassade ganz normaler Menschen verbergen.

Das Inferno (*Quake*, 1995)

Ein schweres Erdbeben sucht Los Angeles heim. Sobald die Erschütterungen vorbei sind, bricht das eigentliche Chaos in der zerstörten Stadt aus. Clint Banner wird in seinem Büro von dem Beben überrascht. Er will so schnell wie möglich zu seiner Familie, doch auf den Straßen herrscht Anarchie. Gemeinsam mit einer hysterischen Frau und der cleveren, erst dreizehn Jahre alten Em macht er sich auf eine Odyssee durch das von Plünderern heimgesuchte L. A. Und die Zeit drängt: Clints Frau Sheila ist unter den Trümmern ihres Hauses verschüttet und kann sich nicht aus eigener Kraft befreien. Was ihr Nachbar, der psychopathische Stanley, gnadenlos ausnutzt.

Das Grab (*Resurrection Dreams*, 1988)

Melvin war mit Abstand der schrägste Typ der Ellsworth Highschool. Nur Vicki hatte den Mut, sich für ihn einzusetzen. Doch dann wollte er es allen zeigen: Er stahl eine Leiche aus einem Grab und versuchte sie vor aller Augen mit einer Autobatterie zum Leben zu erwecken – ein spektakulärer Fehlschlag. Diesen grässlichen Vorfall hat Vicki nie vergessen. Trotzdem entschließt sich die frischgebackene Ärztin dazu, in ihren Heimatort zurückzukehren – obwohl sie dort auch Melvin wiederbegegnen wird. Und der widmet sich immer noch seinen Experimenten ...

Finster (*Night in the Lonesome October*, 2001)

In diesem Semester bricht für den zwanzigjährigen Ed Logan eine Welt zusammen – seine Freundin Holly, die große Liebe seines Lebens, schreibt ihm einen verhängnisvollen Brief: Sie hat einen anderen kennengelernt und will die Beziehung beenden. Verzweifelt und krank vor Liebeskummer, beschließt Ed, sich mit einem nächtlichen Spaziergang abzulenken und sich dann mit ein paar Donuts und einer Tasse Kaffee zu trösten. Es ist eine dunkle, unheilvolle Oktobernacht, und Ed ist nicht allein – er trifft ein hübsches Mädchen, das ihm die Geheimnisse der Finsternis zeigen will. Doch die Nacht kann auch grausam und unbarmherzig sein, und sie steckt voller Gefahren.

Der Käfig (*Amara/To Wake the Dead*, 2002)

Im Haus des Sammlers Robert Callahan in Los Angeles befindet sich in einem versiegelten Sarg die Mumie der Pharaonenfrau Amara. Callahan entdeckte in jungen Jahren zufällig ihr Grab in Ägypten und musste schon damals feststellen, dass sie bei Nacht zum Leben erwacht und mordend umherzieht. Als Diebe die Mumie stehlen wollen, fällt der Sarg zu Boden, die magischen Siegel zerbrechen, und Amara ist erneut befreit. Zur selben Zeit wacht der junge Ed aus tiefer Bewusstlosigkeit auf und muss erkennen, dass er sich in einem grauenvollen Albtraum befindet: Er wurde in einem unterirdischen Raum in einen Käfig gesperrt und ist seinen Peinigern hilflos ausgeliefert ...

Der Wald (*Dark Mountain*, 1992)

Karen freut sich riesig auf den Campingausflug mit ihrem Freund Scott und seinen Kindern Julie und Bennie. Gemeinsam wollen sie eine Woche lang durch die kalifornischen Wälder und Hügel wandern. Zunächst scheint es auch ein friedlicher Ausflug zu sein.

Doch der abgeschiedene Wald, in dem sie campieren, ist der Wohnort der alten Einsiedlerin Ettie und ihres Sohns Merle. Ettie, die mit finsteren Mächten im Bunde steht, ist wild entschlossen, ihr Territorium um jeden Preis zu verteidigen. Dann gerät der einfältige, aber sehr gefährliche Merle außer Kontrolle, und für die Camper beginnt ein grauenvoller Albtraum.

Laymon über Laymon:

»Der Wald *wird auch oft als Lieblingsbuch genannt – offensichtlich von denjenigen Leuten, die gerne Campingausflüge machen.*«

Der Gast (*Body Rides*, 1996)

Da Neal ein eher ängstlicher Mensch ist, nimmt er auf nächtlichen Autofahrten durch L. A. immer eine Pistole mit – selbst wenn er nur zur Videothek fährt, um ein paar Filme zurückzubringen. Da hört er die Schreie einer Frau in Todesangst. Neal nimmt allen Mut zusammen und eilt zu ihrer Rettung. Tatsächlich gelingt es ihm, die entführte Elise Waters aus der Gewalt eines irren Serienkillers zu befreien und den Täter niederzuschießen.

Zum Dank schenkt ihm Elise ein goldenes Armband mit magischen Kräften: Wer es küsst, verlässt seinen Körper und kann in beliebige andere Personen eindringen.

Was für Neal zunächst eine reizvolle Sache zu sein scheint, verwandelt sich schnell in einen Albtraum: Auch Schmerzen spürt man wie seine eigenen, und wie es scheint, ist der psychopathische Killer nicht so tot, wie Neal geglaubt hat.

Das Loch (*Into the Fire*, 2005)

Nach einer höllischen Begegnung mit einem ehemaligen Mitschüler irrt die junge Pamela durch die kalifornische Wüste, bis sie von einem sehr seltsamen Busfahrer aufgelesen wird. Gleichzeitig nimmt der harmlose Student Norman zwei Anhalter mit, die sich schnell als eiskalte Psychopathen entpuppen. Alle treffen sich in einem winzigen Kaff in der Einöde, dessen Bewohner auf den ersten Blick ganz nett zu sein scheinen – aber manche Gäste auf der Durchreise wahrhaftig zum Fressen gern haben.

Die Gang (*Funland*, 1990)

Das Küstenstädtchen Boleta Bay birgt ein finsteres Geheimnis. Immer wieder verschwinden Menschen. Eine Gang Jugendlicher macht die herumlungernden Stadtstreicher dafür verantwortlich. Sie wollen ihnen eine Lektion erteilen – und gehen dabei bis zum Äußersten. In einer finsteren Nacht treibt die Gang ihre drastischen Säuberungsaktionen auf die Spitze. Doch im alten Vergnügungspark des Ortes erleben die Jäger eine Überraschung. In der Finsternis lauert etwas Unaussprechliches, Grauenhaftes auf sie, das nur eines kennt: Blutrausch.

Die Klinge (*Cuts*, 1999)

Der psychopathische Albert mag Frauen. Doch die Frauen mögen Albert nicht. Unmenschlicher Hass treibt ihn dazu, alle Grenzen hinter sich zu lassen. Albert beginnt einen mörderischen Streifzug durch die USA – immer auf der Suche nach Opfern. In Kalifornien kreuzt sein Weg das Schicksal einer Gruppe junger Intellektueller. Auf einer Halloweenparty treffen alle zusammen – das Blutbad beginnt …

Der Geist (*Darkness, Tell Us*, 1991)

Eine Gruppe von Studenten probiert auf einer Party ein altes Ouija-Brett aus. Tatsächlich können sie Kontakt mit einem Geist aus dem Jenseits aufnehmen, der ihnen verrät, dass in den unzugänglichen Bergen Kaliforniens ein Schatz versteckt sein soll. Für die jungen Leute beginnt eine Reise ins Grauen …

Der Killer (*Beware*, 1985)

Als die Journalistin Lacey eines Abends in einem kleinen Supermarkt einkaufen will, findet sie sich in einem Albtraum wieder. Schwer verletzt kann sie einem unheimlichen Killer entkommen, der die Ladenbesitzerin enthauptet hat. Doch dies ist erst der Anfang. Auf ihrer verzweifelten

Flucht vor dem Killer kommt Lacey einer Kultgemeinschaft auf die Spur, die entsetzliche Rituale durchführt. Um die Entfesselung unvorstellbaren Grauens zu verhindern, muss die junge Frau alle Grenzen hinter sich lassen.

Die Spur (*No Sanctuary*, 2001)

Die Nacht ist tiefschwarz und ruhig. Eine Frau streicht durch die Straßen. Es ist die junge Gillian, die ein ausgefallenes Hobby hat: Sie sucht nach Häusern, deren Besitzer offensichtlich verreist sind, und richtet sich dort ein. Das Problem ist, dass sie dieses Mal das Haus eines Serienkillers erwischt hat. Sie verschafft sich Zutritt zu dem Anwesen ... und wird bereits erwartet.

Das Haus (*Allhallow's Eve*, 1985)

Halloween. In der amerikanischen Kleinstadt Ashburg gibt es dieses Jahr eine große Party. Geladen wird ins Sherwood-Haus. Ein ganz besonderes Haus. Vor vielen Jahren ist dort eine Familie bestialisch ermordet worden. Seitdem wird es gemieden. Doch trotz dieser finsteren Vorboten öffnen sich am Abend die Tore. Das blutige Spiel beginnt ...

Das Ufer (*The Lake*, 2009)

Der dunkle See ... Das einsame Haus am Ufer ... Zwei junge Menschen, die dort eine Liebesnacht verbringen wollen ... Doch einer von ihnen wird den nächsten Morgen nicht mehr erleben ... 18 Jahre später wird die Kleinstadt Tiburon von einem Serienkiller heimgesucht. Das Haus am Ufer wird wieder zum Ort unvorstellbaren Grauens!

Die Tür (*Friday Night in Beast House*, 2001)

Erscheint März 2017

Tief und düster ragt es in die Nacht empor. Das sogenannte Horrorhaus. Schreckliche Morde sollen dort über die Jahrzehnte geschehen sein. Im Keller des makabren Anwesens will der junge Mark sich seinen Ängsten stellen – ohne zu wissen, dass ihn ein Inferno des Grauens erwartet ...

Das Auge (*Alarms*, 1992)

Erscheint September 2017

Sie sieht Dinge, die andere nicht sehen ... grausame Dinge ... Menschen, die sterben ... Blut ... Sie glaubt an ihre Visionen ... Sie glaubt, dass diese Bilder reale Begebenheiten zeigen ... Morde ... Vielleicht hat sie recht ... Vielleicht ist sie einfach nur wahnsinnig ... Wer weiß?

Das Ende (*Among the Missing*, 1999)

Erscheint März 2017

Er wartet auf euch ... in schattigen Schluchten ... in dunklen Wäldern ... er lauert ... um euch alles zu nehmen ... euer Glück ... eure Liebe ... euer Leben ... Er kommt immer näher ... jagt euch ... bis zum Ende.